KB106690

검은 책 1

Kara Kitap

KARA KİTAP
by Orhan Pamuk

Copyright © İletişim Yayıncılık A.Ş., 1994
All rights reserved

Korean Translation Copyright © Minumsa 2007, 2014, 2022

Korean translation edition is published by arrangement with
Orhan Pamuk c/o The Wylie Agency (UK) LTD.

이 책의 한국어 판 저작권은
The Wylie Agency (UK) LTD.와 독점 계약한 (주)민음사에 있습니다.

저작권법에 의해 한국 내에서 보호를 받는 저작물이므로
무단 전재와 무단 복제를 금합니다.

세계문학전집 397

검은 책 1

Kara Kitap

오르한 파묵

이난아 옮김

민음사

아이린에게

이븐 아라비[1]가 진짜 있었던 사건이라며 언급한 바에 의하면,
한 승천한 방랑승이 세상을 에워싸고 있는 카프산[2]에 이르러,
산을 에워싸고 있는 뱀 한 마리를 보았다. 오늘날 세상을 에워싸고 있는
이러한 산과 이 산을 에워싸고 있는 뱀이 없다는 것은 익히 알려진 바이다.

—『이슬람 백과사전』

---

1) Ibn Arabi(1165~1240). 이슬람 최고의 신비주의 사상가. 후대 신비주의
교단, 페르시아 시인에게 큰 영향을 미쳤다.
2) 터키 동화나 민담에 나오는 전설의 산.

차례

1부

▲ 소설의 주요
무대인 테쉬바키에와
나신타쉬 광장

테쉬바키에

이을리야르딤 골목

쿠툴루 보스탄 골목

이을디림 나신타쉬 거리

여자 고등학교

알라딘의 가게

테쉬바키에 대로

경찰서

테쉬바키에 사원

렝갈르라 이크라미

쉬티쉬 가게

누망사 광장

케위쉬 골목

코낙 극장

하르비예

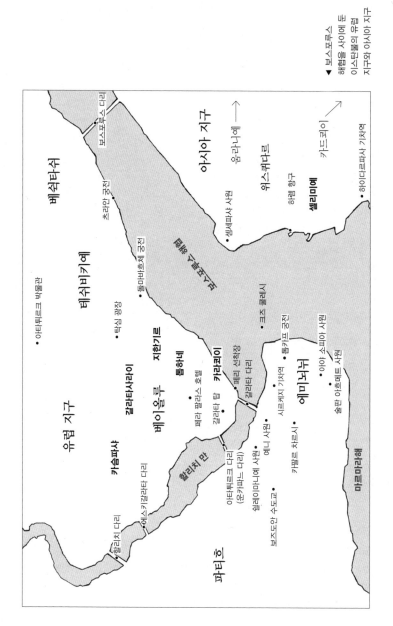

보스포루스
해협을 사이에 둔
이스탄불의 유럽
지구와 아시아 지구

유럽 지구

베식타쉬

테쉬비키예

아타튀르크 박물관

가슴파사

딕심 광장

갈라타사라이

즈라간 궁전

보스포루스 다리

지한기르

돌마바흐체 궁전

베이올루

통하네

페라 팔라스 호텔

갈라타 탑

할리치 만

카라쾨이

페리 선착장

갈라타 다리

아타튀르크 다리
(운카파느 다리)

쉴레이마니예 사원

에니 사원

시르케지 기차역

룸리 히사르 궁전

크즈 쿨레시

아시아 지구

셀세파사 사원

움라니예

위스퀴다르

하렘 항구

셀리미예

카드쾨이

하이다르파샤 기차역

보즈도안 수도교

에미뇌뉘

에윱 소피아 사원

할리치 다리

에스키갈라타 다리

할리치

카팔르 차르시

술탄 아흐메트 사원

파티흐

마르마라해

일러두기

1 본문에 나오는 터키어는 외래어표기법을 따르되, 원래 발음에 최대한 가깝게 표기했다.

2 모든 주석은 독자의 이해를 돕기 위해 옮긴이가 붙였다.

1부

1장
갈립이 뤼야를 처음 보았을 때

제사(題詞)를 사용하지 말라,
그건 글 속의 신비를 죽이는 것이니까!
— 아들리

이렇게 죽을 거라면, 너도 신비를 죽이라,
신비를 판 거짓말쟁이 예언자를 죽이라!
— 바흐티

뤼야[1]는 침대 머리맡에서 끝까지 펼쳐져 있는 푸른색 체크무늬 이불의 물결과, 그림자가 드리워진 계곡, 푸른색 언덕을 덮은 달콤하고 따스한 어둠에 싸여, 얼굴을 묻은 채 엎드려 자고 있었다. 밖에서는 겨울 아침의 첫 소리가 들려왔다. 가끔 지나가는 자동차와 낡은 버스 소리, 포아차[2] 장수와 함께 일하는 살렙[3] 장수가 인도에 놓았다가 들어 올리는 주전자 소리, 돌무쉬[4] 정거장의 승객 정리원이 부는 호루라기 소리. 군청색 커튼으로 희미해진 회색빛 겨울 햇살이 방으로 비

---

1) 터키어로 '꿈'이라는 뜻.
2) 요구르트나 치즈가 들어간 간식용 빵.
3) 식용이나 약용으로 쓰이는 난초과 식물이나 그것으로 만든 음료.
4) 일정한 지역을 왕래하는 마을버스 같은 승합차.

처 들었다. 아직 잠에서 덜 깬 갈립은 푸른색 이불 밖으로 삐져나온 아내의 머리를 바라보았다. 뤼야의 턱은 오리털 베개에 파묻혀 있었다. 이마의 굴곡에는 그녀의 머릿속에서 일어난 멋진 일들에 대해 두려운 호기심을 불러일으키는, 뭔가 비현실적인 것이 어려 있었다. 제랄은 신문 칼럼에 "기억은 정원이다."라고 쓴 적이 있다. 그 당시 갈립은 '뤼야의 정원, 뤼야의 정원…… . 생각하지 마, 생각하지 마, 질투할 거야!'라고 생각했다. 하지만 갈립은 아내의 이마를 보며 생각에 빠져들었다.

지금 갈립은 평온한 잠에 빠져 있는 뤼야의 문 닫힌 정원의 버드나무, 아카시아, 넝쿨 장미 사이를 햇빛 아래서 거닐고 싶었다. 그러나 그곳에서 만날 얼굴들이 두려웠다. 안녕! 너도 여기에 있었어? 그가 예상한 불쾌한 추억과 예상하지 못한 남자의 그림자. 미안합니다만, 당신은 내 아내를 어디서 만났습니까, 혹은 알게 되었습니까? 삼 년 전에 당신 집에서, 알라딘의 가게에서 산 외국 패션 잡지 속에서, 함께 다녔던 중학교 교정에서, 그녀가 당신과 손잡았던 극장 입구에서…… . 아니다, 어쩌면 뤼야의 기억은 이렇게 복잡하거나 매정하지 않을 것이다. 어쩌면 기억의 어두운 정원 속, 유일하게 햇빛이 비치는 곳에서 지금 뤼야와 갈립은 나룻배를 타고 뱃놀이를 나갔을 것이다. 뤼야의 가족이 이스탄불로 이사 온 지 육 개월이 지났을 때 둘은, 그러니까 갈립과 뤼야는 함께 유행성 이하선염에 걸렸다. 당시, 때로는 갈립의 어머니가, 때로는 뤼야의 아름다운 어머니인 수잔 백모가, 때로는 두 분이 함께 갈립과 뤼야의 손을 잡고 자갈길 때문에 흔들리는 버스를 타고 베벡이

나 타라비아[5]로 뱃놀이를 하러 가곤 했다. 약보다 세균이 많던 시절이라 보스포루스의 깨끗한 바다 공기가 아이들의 이하선염에 좋을 거라고 생각했던 것이다. 아침 바다는 잔잔했다. 흰색 나룻배, 언제나 변함없이 친근한 뱃사공. 어머니와 백모는 항상 나룻배의 선미에 앉았고, 뤼야와 갈립은 나룻배의 앞쪽에 나란히 앉아 올라갔다 내려갔다 하는 사공의 등 뒤에 숨어 있었다. 배에서 바다를 향해 내뻗은 서로 닮은 다리와 가는 발목 아래로 바닷물이 천천히 흘러갔다. 바다 이끼, 일곱 색깔의 기름 얼룩, 반쯤 투명한 작은 자갈, 제랄의 글이 있을까 하여 들여다보았던 신문 조각들…….

뤼야를 처음 보았을 때, 그러니까 이하선염에 걸리기 육 개월 전에 갈립은 식탁 위에 올려놓은 등받이 없는 의자에 앉아 있었다. 이발사가 그의 머리를 자르는 중이었다. 더글러스 페어뱅크스[6] 콧수염을 기른 키가 큰 이발사는 일주일에 다섯 번 집으로 와서 할아버지에게 면도를 해 주었다. 아랍인인 알라딘의 가게 앞에 커피를 사러 온 사람들이 줄지어 서 있고, 밀매업자들이 나일론 스타킹을 팔고, 56년식 시보레 자동차가 갈수록 늘어나고, 갈립이 초등학교에 입학하고, 《밀리예트》 신문의 2면에 일주일에 다섯 번 제랄이 셀림 카츠마즈라는 필명으로 쓴 글을 주의 깊게 읽던 시절이었다. 하지만 갈립이 읽고 쓰는 것을 그때 처음 배운 것은 아니었다. 이 년 전

---

5) 모두 보스포루스 해협의 유럽 쪽 연안에 면한 지역.
6) 무성영화 시대의 유명한 액션배우.

에 할머니가 읽고 쓰는 것을 가르쳐 주었기 때문이다. 할머니와 갈립은 식탁 가장자리에 앉았다. 할머니는, 그건 굉장한 신비였다, 글자들이 서로 만났을 때 어떤 소리가 나는지를 그르렁거리며 말해 준 후에, 입에 물었던 바프라 담배의 연기를 뿜어 댔다. 그 연기로 손자의 눈에는 눈물이 맺혔고, 알파벳 속에 있는 거대한 말(馬)이 푸른색으로 변해 살아났다. 밑에 말이라고 쓰여 있는 커다란 그림 말은 절름발이 물장수와 고물장수의 마차를 끄는 비쩍 마른 말보다 더 컸다. 그 당시 갈립은 이 건강한 말 알파벳 위에, 그림 위에 신비한 약을 뿌리면 말이 살아날 거라 생각했다. 하지만 이후에 초등학교를 2학년부터 다니는 것이 허락되지 않았기 때문에, 게다가 학교에서 말이 들어가 있는 알파벳 책으로 읽고 쓰는 것을 배웠기 때문에, 이러한 자신의 바람이 우스꽝스럽다고 생각했다.

그때 할아버지가 약속한 대로 석류 색깔 병 안에 든 그 신비한 약을 길거리에서 사 올 수만 있었다면, 갈립은 1차 세계 대전의 체펠린 비행기, 대포, 진흙투성이 시체로 가득한 먼지 앉은 오래된 잡지 《륄뤼스트라시옹》 위에, 멜리흐 백부가 파리와 페스[7]에서 보낸 그림엽서 위에, 와스프가 《뒨야》에서 오린 새끼에게 젖을 먹이고 있는 오랑우탄 위에, 제랄의 신문에서 오린 이상한 사람의 얼굴 위에 그것을 뿌리고 싶었다. 하지만 할아버지는 더 이상 이발소에 가기 위해서조차 밖에 나가지 않았고, 종일 집 안에만 있었다. 그래도 외출해 가게에 가

7) 모로코에서 세 번째로 큰 도시.

는 것처럼 집 안에서도 옷을 차려입고 지냈다. 일요일에는 길어 가는 턱수염처럼 짙은 회색인, 칼라가 넓고 오래된 영국식 재킷에다 헐렁한 바지를 입고 커프스 단추를 달았으며, 아버지가 그라바트라고 하는 것을 맸다. 어머니는 '그라바트'라고 하지 않고 '크라바트'라고 했다. 아버지보다 부유한 집안 출신이라는 것을 자랑스러워했기 때문에.[8] 이후 어머니와 아버지는 할아버지에 대해, 날이 갈수록 무너지고 페인트칠이 벗겨지는 오래된 목조건물에 대해 이야기하는 것처럼 말했다. 그러다 목청이 높아지기 시작하면 할아버지에 대해서는 잊어버리고 갈립에게 화살을 돌렸다.

"위층으로 올라가 놀아라!"

"엘리베이터 타고 갈까요?"

"혼자 엘리베이터 못 타게 해!"

"혼자 엘리베이터 타지 마!"

"와스프하고 놀까요?"

"안 돼. 와스프가 화내!"

와스프는 사실 화내지 않았다. 와스프는 귀머거리에다 벙어리였다. 하지만 그는 내가 바닥을 기어 다닐 때는 '비밀 통로' 놀이를 한다는 것을, 적군의 참호를 향해 판 터널을 고양이처럼 소리 없이 전진하는 군인마냥 아파트 통풍구의 바닥에 도달하듯 동굴의 끝에 도달했다는 것을, 자신을 조롱하지

---

8) 둘 다 프랑스어에서 터키어로 정착된 말로 넥타이라는 뜻이지만, '크라바트(kravat)'는 상류층 사람들 발음이고, '그라바트(gravat)'는 시골 사람들 발음이다.

않는다는 것을 알았다. 하지만 나중에 온 뤼야를 제외하고는 아무도 이를 알지 못했다. 나는 와스프와 함께 창문 너머로 전차가 지나가는 길을 하염없이 바라보곤 했다. 시멘트 아파트의 시멘트 처마 아래로 한쪽 창문은 세상의 한 끝인 사원을, 또 다른 창문은 세상의 다른 한 끝인 여자 고등학교를 향해 나 있었다. 그 사이에는 경찰서, 커다란 밤나무, 모퉁이, 들락거리는 손님이 많은 알라딘의 가게가 있었다. 이따금 가게를 드나드는 사람을 바라보다, 지나가는 자동차로 시선을 돌렸을 때, 갑자기 와스프가 마치 꿈속에서 악마와 뒤엉켜 싸우는 것처럼 흥분해서 으르렁거리는 끔찍한 소리를 내면, 나는 멍하니 서 있다가 정말로 겁에 질리곤 했다. 그러면 마주 보는 두 굴뚝처럼 우리 조금 뒤에서 나지막한 안락의자에 앉아 할머니와 담배를 피우며 라디오를 듣던 할아버지는 자신의 말에 귀 기울이지 않는 할머니에게, 궁금해서라기보다는 그저 습관적으로 이렇게 말하곤 했다.

"와스프가 또 갈립에게 겁을 주는군."

그러곤 우리에게 물었다.

"자동차가 몇 대나 지나갔니?"

하지만 닷지, 패커드, 데소토, 신형 시보레 자동차가 몇 대 지나갔는지에 대해 내가 하는 말은 듣지도 않았다.

할머니와 할아버지는 아침부터 밤까지 켜 놓는 라디오, 그러니까 터키 개와는 닮지 않은 털이 길고 평온해 보이는 사기 개 인형이 위에서 자고 있는 라디오에서 흘러나오는 터키 노래와 프랑스풍 음악, 뉴스, 은행과 화장수와 복권 광고를 들으며 계속 이야기를 나누었다. 그들은 가실 줄 몰라 이제는 익숙해져 버린 치통에 대해 말하듯, 손에 든 담배에 대해 자주 불평을 했다. 여전히 담배를 끊지 못하는 죄를 서로에게 전가하며, 둘 중 하나가 기침을 시작하면 다른 하나는 처음에는 승리감에 신이 나서, 나중에는 걱정을 하며 화가 난 듯 자신의 말이 맞다고 선언했다. 하지만 얼마 지나지 않아 둘 중 하나는 신경질을 냈다.

"내게 남은 게 담배밖에 더 있어! 제발 잔소리 좀 하지 마!"

이렇게 말한 다음에는 신문에서 읽은 것을 덧붙였다.

"신경 안정에 도움이 된다잖아!"

그러고는 잠시 입을 다물었다. 하지만 복도에 있는 벽시계가 똑딱거리는 소리마저 들리는 이 정적은 그리 오래가지 않았다. 그들은 다시 신문을 집어 들고 바스락거리며, 오후에는 카드놀이를 하면서 이야기를 했다. 같은 아파트에 사는 사람들이 저녁을 먹으러 오거나 함께 라디오를 들으러 올 때도, 제랄의 칼럼을 읽은 후에도 할아버지는 덧붙였다.

"칼럼 밑에 자신의 이름을 쓰도록 허락한다면 어쩌면 그 애가 정신을 차릴 텐데……."

그러면 할머니는 한숨을 쉬며 "다 큰 어른인데요, 뭐."라고 말한 후, 언제나 하던 이 질문을 마치 처음인 듯 진심으로 궁금한 표정으로 덧붙였다.

"글 밑에 자기 이름을 쓰도록 허락하지 않기 때문에 이렇게 형편없이 쓰는 거예요, 아니면 그렇게 형편없이 글을 쓰기 때문에 칼럼 밑에 이름 쓰는 것을 허락하지 않는 거예요?"

그러면 할아버지는 둘 중 한 분이 가끔 그러하듯 자위하는 분위기로 말하곤 했다.

"그래도 이름을 쓰는 걸 허락하지 않기 때문에 그 애가 우리 가문에 수치를 안겨 주었다는 걸 다행히 소수의 사람만 아는 거야."

그러면 할머니는 갈립이 보기에도 진심이 아닌 듯한 말투로 이렇게 대꾸하곤 했다.

"아무도 몰라요. 그 글이 우리를 언급하고 있다고 누가 그래요?"

세월이 흘러 제랄이 독자에게 편지를 수백 통 받던 시기에, 어떤 주장에 의하면 상상력이 고갈되었기 때문에, 또 다른 주장에 따르면 여성들과 정치 때문에 시간이 없어서, 혹은 단순한 게으름의 소산으로 약간 글을 고쳐서 이번에는 자신의 그 대단한 이름을 내걸고 다시 게재했던 그 칼럼 중 한 편에 대해, 할아버지는 이전에 수백 번 반복했던 문장을 지겨움과 꾸며 낸 감정으로 반복하는 이류 연극배우처럼 이렇게 말하곤 했다.

"그 아파트 관련 글에서 우리 아파트를 언급하고 있다는 것을 도대체 누가 모르겠어!"

그러면 할머니는 입을 다물었다.

그 무렵 할아버지는 이후에 더 자주 꾸게 된 꿈에 대해 이야기하기 시작했다. 매일 서로에게 반복해 들려주었던 이야기들처럼, 할아버지가 때때로 눈을 반짝이며 말해 주던 그 꿈은 푸른색이었다. 꿈속에서 군청색 비가 쉬지 않고 내렸기 때문에 할아버지의 머리와 턱수염은 계속 자라났다. 할머니는 할아버지의 꿈 이야기를 인내심을 갖고 들은 후에 이렇게 말하곤 했다.

"이발사가 곧 올 거예요."

하지만 할아버지는 이발사에 관해서는 별로 이야기하지 않았다.

"그는 말도 많고 질문도 많아!"

푸른색 꿈과 이발사에 관해 언급한 후, 갈립은 할아버지가 숨을 약하게 쉬면서 한두 번 이렇게 말하는 것도 들었다.

"다른 곳에, 다른 아파트를 지었어야 했어. 이 아파트는 재수가 없어."

세월이 많이 흐른 후에, 쉐흐리칼프⁹⁾ 아파트를 한 층 한 층 팔고 다른 곳으로 이사했다. 주변의 다른 비슷한 건물처럼 그 아파트에도 작은 기성복 상점, 불법 낙태 시술을 하는 여의사 사무실과 보험 사무실이 입주한 후에, 갈립은 알라딘의 가게 앞을 지날 때마다 아파트의 추하고 어두운 외관을 보면서 할아버지가 왜 그런 말을 했을까 궁금해했다. 이발사는 수염을 깎을 때마다 호기심보다는 그저 습관으로, 유럽과 아프리카에서 이즈미르¹⁰⁾로 갔다가, 이스탄불의 아파트로 돌아오는데 많은 세월이 걸렸던 멜리흐 백부에 대해 할아버지에게 물었다.("어르신, 큰아드님은 아프리카에서 언제 돌아옵니까?") 갈립

---

9) '도시의 심장'이라는 뜻.
10) 터키 에게해 연안에 위치한 도시.

은 할아버지가 이 질문과 주제를 좋아하지 않는다는 것을 알 았기 때문에, 큰아들이자 가장 이상한 아들이 어느 날 본처와 아이를 버리고 해외로 떠났다가, 그 후 새 부인과 딸(뤼야)을 데리고 돌아온 것이 할아버지 머릿속의 불운과 관련이 있다 는 것을 이미 그때부터 짐작하고 있었다.

아파트를 짓기 시작했을 때 멜리흐 백부는 아직 이스탄불 에 있었다. 제랄이 갈립에게 많은 세월이 흐른 후에 설명해 주 었던 것처럼, 사탕업자 하즈 베키르의 가게나 로쿰¹¹⁾과 경쟁 할 수는 없지만, 할머니가 만든 모과 잼, 무화과 잼, 버찌 잼 을 병에 담아 선반에 진열하여 팔 수 있겠다는 생각으로, 나 중에는 제과점이 되었다가 더 나중에는 레스토랑으로 바뀌었 던 시르케지에 있는 사탕 가게와 카라쾨이에 있는 '하얀 약국' 에서 온 아버지와 형제들을 만나기 위해, 당시 서른 살이 되 지 않았던 멜리흐 백부도 변호사 업무보다는 싸움을 많이 하 고 오래된 재판 서류에 연필로 배나 한적한 섬 그림을 그렸던 사무실에서 저녁 무렵 나와, 니샨타쉬에 있는 아파트 건축 현 장으로 가서 재킷과 넥타이를 벗은 채 팔을 걷어붙이고 작업 종료 시간 무렵 나태해지는 인부들에게 의욕을 불러일으키기 위해 일을 시작했다고 한다. 당시 멜리흐 백부는 유럽식 사탕 제조업을 배우고, 밤 사탕을 포장할 반짝이는 종이를 주문하 고, 프랑스인들과 합작하여 형형색색의 거품이 나는 목욕 비

11) 전분과 설탕으로 만든 아주 단 터키식 젤리. '터키인의 즐거움'이라고도 한다.

누 제조 공장을 설립하고, 당시 유럽과 미국에서 마치 유행병에 걸린 것처럼 연달아 파산하는 공장의 기계와 할레 고모를 위한 그랜드 피아노를 싸게 사기 위해, 귀머거리 와스프를 실력 있는 이비인후과와 뇌 전문 의사에게 보이기 위해 누군가 프랑스와 독일에 가야 한다고 말하기 시작했다. 이 년 후 멜리흐 백부와 와스프는 트리스타나라는 루마니아 배를 타고 마르세유로 갔는데, 갈립은 할머니의 상자를 뒤지다가 발견한 사진에서 그 배를 보았을 뿐이었다. 사진에서는 장미수 냄새가 났다. 그 배는 (제랄이 와스프의 신문 스크랩을 훑어보다가 알게 된 바로는) 흑해에 돌아다니던 수뢰(水雷)에 충돌해 침몰했다고 한다. 멜리흐 백부와 와스프가 유럽으로 떠날 무렵, 아파트는 완공되었지만 아직 가족이 이사하지는 않았다. 일 년 후 기차를 타고 시르케지 역(驛)으로 혼자 돌아온 와스프는 여전히 귀머거리이고 벙어리였다, '물론'.(갈립은 오랫동안 그 비밀과 이유를 알 수 없었지만, 할레 고모는 이 주제가 나올 때마다 이 단어를 강한 어조로 말하곤 했다.) 와스프는 오십 년 후에도 그 손자들과 여전히 친구일 것이며, 처음에는 그 앞을 떠나지 않았고, 어떤 때는 흥분하여 숨이 막힐 듯이 어떤 때는 슬퍼서 눈물을 흘리며 바라볼 금붕어로 가득 찬 수족관을 품에 꼭 안고 있었다. 제랄과 그의 어머니가 나중에 한 아르메니아인에게 팔았던 3층에 살던 때였다. 하지만 멜리흐 백부가 파리의 거리에서 사업 사전 조사를 계속할 수 있도록 돈을 보내야 했기 때문에, 한때 작은 광으로 사용하다가 나중에는 집처럼 사용한 작고 쑥 들어간 꼭대기 층으로 이사했고, 살던 아파트는 세를 놓았다. 멜리흐 백부가 파리에서 보낸 사탕과 케이크 만드는 법, 비누와 화장수 만드는 공식, 이러한 것들을 먹고 사용하는 예술가와 발레리나의 사진으로 가득한 편지와, 박하향 치약, 밤 사탕, 브랜디가 들어 있는 초콜릿 샘플, 장난감 소방차, 선원 모자가 든 소포가 오는 횟수가 줄어들기 시작했을 때, 제랄의 어머니는 제랄을 데리고 친정으로 돌아갈 계획을 세우고 있었다. 제랄과 함께 아파트에서 나가 한 재단에서 관직을 맡고 있던 친정 부모가 사는 악사라이의 목조 건물로 돌아가기로 결정한 것은, 2차 세계대전의 발발 이후, 멜리흐 백부가 빈가지[12]에서 이상한 사원 첨탑과 비행기가 있는 그림엽서를 보낸 이후였다. 뒷면에 고향으로 돌아가는 길이 지뢰로 파괴되었다고 쓰여 있는 이 밤색과 흰색의 그림엽서 이외에, 멜리흐 백부는 전쟁이 끝나고 많은 세월이 흐른 후에 갔던 모로코에서 검고 하얀 다른 그림엽서들을 보내왔다. 이렇게 해서 할아버지와 할머니는 멜리흐 백부가 마라케시[13]에서 만난 터키 여자와 결혼을 했고 그 며느리가 마호메트의 후손, 즉 세이데이며 아주 아름답다는 것을, 나중에 무기상들과 스파이들이 술집 여자를 보고 한눈에 반하는 미국 영화가 촬영된 식민지 시대풍의 호텔이 손으로 색칠돼 있는 엽서를 통해 알게 되었다.(갈립은 많은 세월이 흐른 후, 호텔 2층 발코니에서 펄럭이는 국기들의 나라 이름을 알게 된 때보다 더 후에 이 엽서를 한

---

12) 리비아의 남쪽에 위치한 도시.
13) 모로코의 서쪽에 위치한 도시.

번 더 보았을 때, 제랄이 「베이올루14)의 도둑들」 이야기에서 사용했던 문체가 갑자기 생각나면서, 뤼야의 '첫 씨가 뿌려진' 장소가 이 크림 케이크 색 호텔의 방 중 하나였다는 결론을 내렸다.) 가족들은 이 그림엽서가 도착한 지 육 개월이 지난 후 이즈미르에서 엽서를 받고는 멜리흐 백부가 보냈다고 도저히 믿지 못했다. 왜냐하면 그가 다시는 터키에 돌아오지 않을 거라고들 생각했기 때문이었다. 그가 새 부인과 함께 기독교인이 되었고, 케냐로 가는 선교사들과 동참하여 그곳, 사자가 뿔이 셋 달린 사슴을 사냥하는 어떤 계곡에서 초승달과 십자가를 합친 어떤 종파의 교회를 세웠다는 식의 뜬소문들이 있었다. 이즈미르에 있는 새 며느리의 친척을 아는 어떤 호기심 많은 사람이 가져온 소식에 따르면, 멜리흐 백부가 전쟁 중에 북아프리카에서 벌였던 불법 사업(무기 거래, 왕에게 뇌물을 준 일 등) 덕분에 백만장자의 길로 접어들었다느니, 뭇 사람들의 입에 오르내릴 만큼 아름다운 부인의 투정에 견디다 못해 그녀를 유명하게 만들어 주기 위해 함께 할리우드로 갈 거라느니, 새 며느리의 사진이 벌써부터 아랍과 프랑스 잡지에 나온다느니 하는. 하지만 멜리흐 백부는, 몇 주일 동안이나 아파트에서 이 사람 저 사람, 이 층 저 층으로 돌아다니고, 진짜인지 위조인지 의심되는 돈처럼 여기저기 손톱 끝으로 긁혀 훼손된 엽서에다가 향수병을 견디지 못해 드러누웠고 그래서 터키로 돌아오기로 결정을 내렸다고 썼다. '현재'는 모두들 잘 있으며, 이즈미르에서

---

14) 유럽에 면한 이스탄불의 번화가.

무화과와 담배 사업을 하는 장인의 일을 새롭고 현대적인 회계 방식으로 맡고 있다고 했다. 얼마 지나지 않아 이해할 수 없이 아주 복잡하게 써 보낸 엽서에서는, 어쩌면 장차 모든 가족을 고요한 전쟁으로 이끌고 갈지도 모를 배당 문제 때문에 각 층에 사는 사람들은 이 언급을 각기 다르게 해석했지만, 나중에 갈립도 읽어 보았듯이 그리 빙빙 돌리지 않은 말로 곧 이스탄불로 돌아오고 싶다고 했다. 그리고 딸을 낳았으며, 아직 어떤 이름을 지을지 결정하지 않았다는 것도.

갈립은 할머니가 리큐어[15] 세트를 숨겨 두던 장식장 거울 가장자리에 살짝 끼워 놓은 그림엽서에서 뤼야의 이름을 처음 읽었다. 거대한 거울을 마치 두 번째 프레임처럼 에워싸 때로 할아버지가 화를 내기도 했던 교회, 다리, 바다, 탑, 배, 이슬람 사원, 사막, 피라미드, 호텔, 공원, 동물 사진 사이에 이즈미르에서 찍은 뤼야의 아기 때와 어린 시절 사진이 끼워져 있었다. 당시 갈립은 자신과 나이가 같다는 백부의 딸(새로운 단어로 사촌) 뤼야보다는, 사람을 환상으로 이끄는 두려움과 졸음이 가득한 모기장 동굴, 그 하얗고 검은 동굴을 손으로 벌려 안에 누워 있는 딸 뤼야를 가리키며 슬픈 얼굴로 카메라를 바라보는 세이데 수잔 백모에게 관심이 있었다. 뤼야의 사진이 손에서 손으로 돌아다닐 때, 아파트에 사는 남자들만큼이나 여자들이 순간 넋을 잃고 고요 속에 파묻히는 이유가 그녀의 아름다움 때문이라는 것은 나중에야 이해하게 되었다.

---

15) 식물성 향료와 단맛 등을 첨가한 강한 알코올 음료.

당시에는 멜리흐 백부 가족이 언제 이스탄불에 올지, 아파트 몇 층에 살게 될지 이야기하곤 했다. 왜냐하면 변호사와 재혼했던 어머니가 의사마다 다르게 말하는 병으로 젊은 나이에 죽자 제랄은 거미줄로 덮인 악사라이의 집에서 지낼 수 없게 되었고, 할머니의 강요로 다시 아파트로 돌아와 꼭대기 층에 살고 있었기 때문이다. 나중에 제랄이 처음으로 신문에 가명으로 칼럼을 쓰기 위해 축구 경기를 관람하며 경기 조작의 냄새를 맡으려 하고, 베이올루의 뒷골목에 있는 바와 클럽과 홍등가 건달들의 비밀스럽고 가히 예술적이라 할 수 있는 살인들을 찬미하며 설명하고, 검은색 네모가 흰색 네모보다 항상 많은 퍼즐을 고안해 낸 바로 그곳이었다. 그는 필요할 경우에는 아편이 들어간 와인 때문에 제정신이 들지 않아 연재를 빠뜨린 작가 대신 레슬링 선수에 관한 연재물을 썼으며, 가끔은 「손금을 보고 성격을 읽을 수 있습니다」, 「꿈 해석」, 「관상과 성격」, 「오늘의 별자리」(친척과 지인에 의하면 자신의 연인들에게 보내는 특별한 안부를 이 별자리 지면에서 처음으로 썼다고 한다.), 「믿거나 말거나」 칼럼도 썼다. 남은 시간에는 공짜로 들어간 극장에서 본 최근 미국 영화들을 비평했다. 꼭대기 층에서 계속 혼자 산다면 이렇게 부지런히 기자 일을 해서 번 돈으로 결혼도 할 수 있을 거라고들 했다. 전찻길의 오래되고 네모반듯한 돌들이 의미 없는 아스팔트로 덮인 것을 본 어느 날 아침, 갈립은 할아버지가 한때 불운이라고 했던 것이 어쩌면 아파트의 이상한 혼잡함과 공간 부족, 혹은 이와 비슷한 모호하고 두려운 어떤 것과 관련이 있다는 생각을 했다. 멜리흐 백부는 자신이 보낸 엽서를 진지하게 받아들이지 않는 것에 화가 났다는 것을 보여 주기 위해 아름다운 아내와 아름다운 딸, 여행 가방과 궤짝과 함께 어느 날 저녁 이스탄불로 돌아와 아파트로 들이닥쳤고, 당연히 제랄이 살고 있는 꼭대기 층에 정착했다.

학교에 지각했던 그 봄날 아침, 갈립은 학교에 지각하는 꿈을 꾸었다. 누구인지 알 수 없는 푸른색 머리칼의 아름다운 소녀와 나란히 버스에 앉아 있었고 알파벳 책의 마지막 페이지를 읽을 학교에서는 점점 멀어져 갔다. 잠에서 깨어났을 때는, 자신만 학교에 지각한 게 아니라 아버지도 일터에 지각했음을 알게 되었다. 하루 한 시간 햇빛이 비쳐 들고 푸른색과 흰색의 서양 장기판을 떠올리게 하는 식탁보가 깔린 식탁에서 갈립의 어머니와 아버지는 아파트 통풍구를 점령한 쥐에 대해 말하는 것처럼, 혹은 일하는 아주머니 에스마 부인이 귀신과 정령에 대해 말하는 것처럼, 어젯밤 꼭대기 층에 정착한 사람들에 대해 이야기하고 있었다. 갈립은 자신이 왜 학교에 지각했는지, 지각해서 학교에 가는 것이 창피한지 생각하고 싶지 않은 것처럼 꼭대기 층에 있는 사람들이 누구인지 생각하고 싶지 않았다. 모든 것이 항상 반복되는 할머니와 할아버지가 사는 층으로 올라갔다. 이발사는 별로 행복해 보이지 않는 할아버지에게 꼭대기 층에 있는 사람들에 대해 물었다. 장식장 거울에 끼워 놓은 엽서들은 흩어져 있었고, 생소하고 이상한 물건들이 여기저기 놓여 있었다. 나중에 항상 사용하게 될 새 향수도 거기에 있었다. 갑자기 마음속에서 어떤 좌절

감, 두려움, 그리움이 일었다. 엽서에서 보았던 절반만 컬러였던 나라들은 어떠했나? 사진에서 보았던 아름다운 백모는 어떠했나? 그는 빨리 성장하여 남자가 되고 싶었다! 그가 머리를 자르겠다고 하자 할머니는 꽤 기뻐했다. 하지만 이발사는 수다쟁이들이 대개 그렇듯이 배려심이 없는 사람이었다. 그는 할아버지의 의자가 아니라, 식탁 위에 올려놓은 등받이 없는 의자에 갈립을 앉혔다. 게다가 할아버지 목에서 풀어 그의 목에 묶은 푸른 보자기는 너무 컸다. 보자기는 목을 조르듯 묶은 것으로 충분하지 않았던지, 소녀들의 치마처럼 무릎 아래까지 내려왔다.

아주 오랜 시간이 흘러, 서로를 처음 본 이날부터, 갈립의 계산에 따르면, 십구 년 십구 개월 십구 일 후에 결혼을 하고도 아주 많은 시간이 흘러, 갈립은 곁에서 자고 있는 아내의, 베개에 파묻은 머리를 볼 때면, 그녀가 덮고 있는 이불의 푸른빛과 이발사가 할아버지 목에서 풀어 그의 목에 묶었던 보자기의 푸른빛이 똑같이 불안감을 안겨 준다는 생각이 들었다. 하지만 아내에게는 이 문제에 대해 아무 말도 하지 않았다. 어쩌면 뤼야가 이런 모호한 이유로는 이불보를 바꾸지 않으리라는 것을 알기 때문이었을 것이다.

갈립은 신문이 문 밑으로 들어와 있을 거라고 생각하며 익숙하게, 깃털처럼 가볍게 움직여 침대에서 일어났다. 하지만 그의 발은 문이 아니라 화장실로, 그다음에는 부엌으로 향했다. 찻주전자는 부엌에 없었다. 거실에서는 차를 우려내는 작은 주전자만 발견했을 뿐이다. 구리로 된 재떨이에 담배꽁초가 수북이 쌓여 있는 것으로 봐서 뤼야는 새 추리소설을 읽으며, 혹은 읽지 않으며 아침까지 앉아 있었다. 찻주전자는 화장실에서 발견했다. 수압이 세지 않아 쓸 수 없는 쇼흐펜[16]이라는 그 끔찍한 기구 대신 다른 것을 사지 않고 그들은 찻주전자로 물을 데웠다. 사랑을 나누기 전에, 어떤 때는 할머니와 할아버지처럼, 아버지와 어머니처럼, 점잖게 그러나 인내심 없이 물을 데웠다.

하지만 '담배 좀 그만 끊지그래'로 시작되는 싸움을 하다 뻔뻔스럽다고 비난을 받은 할머니는 할아버지에게, 여태껏 한 번도 자신이 할아버지보다 아침에 침대에서 늦게 나온 적이 없다고 했다. 와스프는 그저 보고만 있었다. 갈립은 이 말을 들으면서 할머니가 무슨 말을 하고 싶어 하는지 생각해 보았다. 이후에 제랄은 이 문제에 대해 무언가를 썼지만 그건 할머니가 하고 싶어 하는 이야기가 아니었다. 그는 "아직 해가 뜨기 전에 일어나는 것, 밖이 어두울 때 침대에서 나오는 것, 여자들이 남자들보다 먼저 침대에서 나오는 것은 촌사람들의 습관이다."라고 썼다. 할머니와 할아버지가 아침에 침대에서 일어나는 데 관련된 습관들을(침대 위에 있는 담뱃재, 칫솔과 같은 컵에 들어 있는 틀니, 신문의 부고란을 급히 훑어보는 데 익숙한 눈길) 별로 바꾸지 않고 독자들에게 알려 버린 이 글의 마지막 부분을 읽은 할머니는 이렇게 말했다.

"그러니까 우리가 촌사람이라는 거군요!"

---

16) 더운물을 나오게 하는 기구.

이에 할아버지는 이렇게 대꾸했다.

"그애에게 촌사람이 되는 것이 무슨 뜻인지 이해시키려면 아침마다 렌즈콩 수프를 먹게 해야겠군!"

찻잔을 헹굴 때, 깨끗한 포크와 나이프와 접시를 찾을 때, 파스트르마[17] 냄새가 나는 냉장고에서 플라스틱 음식처럼 생긴 흰 치즈와 올리브를 꺼낼 때, 찻주전자에 데운 물로 면도를 할 때, 갈립은 언제나처럼 뤼야를 깨울 소리를 내려고 했지만 결국 내지 않았다. 식탁에 앉아 우러나지 않은 홍차를 마시며, 신선하지 않은 빵 조각과 타임초[18]를 뿌린 올리브를 먹으며, 문 밑에서 집어 들어 접시 옆에 놓아둔 잉크 냄새 나는 신문의 졸린 단어들을 읽으며 다른 생각을 했다. 오늘 저녁에 그녀와 함께 제랄의 집이나 코낙 극장에 갈 수도 있을 것이다. 제랄의 칼럼에 눈길을 주었다가 저녁에 극장에서 돌아온 후 읽기로 했다. 하지만 눈이 기어이 칼럼을 읽으려 해서, 한 문장을 읽은 후 신문을 탁자 위에 펼쳐 놓고 일어났다. 외투를 입었다. 나가려다 다시 안으로 들어갔다. 담배 가루, 잔돈, 이미 사용한 표로 가득 찬 외투 주머니에 손을 넣고는 한동안 아내를 주의 깊게, 존경을 다하여 조용히 바라본 후 등을 돌려 문을 가볍게 당겨 닫고 집에서 나왔다.

새로 대걸레질을 한 계단에서는 먼지와 오물 냄새가 났다. 니샨타쉬의 굴뚝들이 내뿜는 석탄과 연료 연기로 밖은 어둡

---

17) 소고기나 양고기를 소금에 절인 뒤 양념하여 햇볕에 말린 터키 전통 음식.

18) 백리향. 향신료로 사용된다.

고 추웠으며, 땅은 질퍽거렸다. 추위 속에서 입김을 불며, 바닥에 흩어져 있는 쓰레기 사이를 지나 돌무쉬 정거장으로 걸어갔다. 줄지어 서 있는 사람들 뒤에 섰다.

반대편 인도에서는 재킷의 칼라를 세워 외투 대신 입은 노인이 치즈가 들어간 빵 과자를 고르고 있었다. 갈립은 갑자기 줄에서 뛰쳐나가 모퉁이를 돌았다. 문 안에 물건을 진열해 놓은 매점의 신문 판매원에게 돈을 건네주고는《밀리예트》를 접어 겨드랑이 사이에 끼웠다. 한번은 제랄이 야유 섞인 목소리로 나이 든 여성 독자를 흉내 낸 적이 있었다.

"어머 제랄 씨, 우리는 당신의 칼럼을 아주 좋아해서, 나와 무하렘은 안달을 하며 하루에《밀리예트》를 두 부나 산답니다!"

그가 이렇게 흉내를 내고 나면 갈립과 뤼야는 제랄과 함께 웃곤 했다. 한참을 기다려, 후드득 떨어지기 시작하는 더러운 비에 몸이 젖은 채 밀치고 당기며 돌무쉬에 탔다. 젖은 천과 담배 냄새가 나는 돌무쉬에서 대화가 오가지 않으리라는 것을 깨닫자, 갈립은 진짜 중독자처럼, 2면에 있는 칼럼만 보이는 크기가 될 때까지 정성을 다해 기분 좋게 신문을 접었다. 그는 한순간 멍하니 창밖을 본 후 제랄의 오늘자 칼럼을 읽기 시작했다.

2장
보스포루스의 물이 빠져나갈 때

그 무엇도 인생만큼 경이롭지 않다,
글쓰기를 제외하고는.
— 이븐 제르하니가 아랍어로 옮긴 『모호한 책』

보스포루스의 물이 빠져나가고 있다는 것을 아는가? 모를 것이다. 축제에 놀러 나온 아이같이 즐겁게 흥분하여 서로가 서로를 죽이는 요즈음에, 우리 중 누가 무엇인가를 읽고 세상에서 일어나는 일을 알겠는가? 우리는 칼럼조차 복잡한 페리 선착장에서 팔꿈치로 서로 밀쳐 대면서, 만원 버스 안에서, 글자가 덜덜 떨리는 돌무쉬 의자에서 대강 읽는다. 나는 이 이야기를 프랑스 지질학 잡지에서 읽었다.

흑해는 온도가 올라가고 지중해는 차가워진다고 한다. 이러한 이유로 바다 바닥에 입을 벌리고 있는 거대한 동굴에 바닷물이 들어가고, 지각 변동의 결과로 지브롤터, 다르다넬스, 보스포루스 해협의 바닥이 올라가기 시작한다고 한다. 보스포루스에 남아 있는 어부들은, 과거에는 정박을 하기 위해 사원 첨탑 길이의 사슬을 던져야 했지만 지금은 배가 바다 바닥에 닿는다며 이렇게 물었다.

"우리 수상께서는 이 문제에 전혀 관심이 없나요?"

나는 모르겠다. 내가 아는 것은 갈수록 가속화되는 이 진행 과정이 가까운 미래에 가져올 결과이다. 확실한 건 얼마 지나지 않아 한때 우리가 '보스포루스 해협'이라고 했던 천국처럼 멋진 이곳이 번쩍이는 이빨을 유령처럼 드러낸 진흙투성이 난파선이 드문드문 번들거리는 시커먼 늪으로 변할 거라는 사실이다. 무더운 여름의 끝이면 이 늪은 작은 마을에 물을 대주는 보잘것없는 시내처럼 여기저기 물이 말라 진흙탕이 될 것이고, 게다가 파이프 수천 개에서 폭포처럼 콸콸 쏟아지는 하수구가 물을 대는 비탈에는 풀과 들국화의 싹이 틀 거라는 건 추측하기 어렵지 않다. 보스포루스 해협에 있는 크즈 쿨레시[19]가 언덕 위에 진짜 탑처럼 끔찍하게 치솟을 이 깊고 황량한 계곡에 새로운 삶이 시작될 것이다.

지금 벌금 통지서를 들고 이리저리 뛰어다니는 시청 공무원들의 시선 사이에서, 나는 한때 보스포루스라고 불리던 아무것도 없는 진흙탕에 세워질 새로운 마을에 대해 말하고 있다. 무허가촌, 노점, 바, 클럽, 유흥업소, 회전목마가 있는 놀이동산, 도박장, 사원, 수도원, 마르크스주의자 파벌의 소굴, 오래 못 가는 플라스틱 작업장과 나일론 스타킹 제조 공장…….

---

19) 보스포루스 해협에 세워진 탑. '소녀 탑'이라는 뜻이며, '레안드로스 탑'이라고도 불린다.

재앙에 가까운 이 혼란 속에서 옛날 자선 회사의 잔재인 옆으로 누워 있는 배의 시체와 사이다 병뚜껑과 해파리 밭이 보일 것이다. 물이 모두 빠져나가는 마지막 날에는, 좌초된 미국 대서양 횡단 정기선과 이끼 낀 이오니아 기둥 사이에 미지의 신에게 애원하는, 선사시대의 유산인 입 벌린 켈트인과 리키아인 해골이 보일 것이다. 조개로 덮여 있는 비잔틴 보물, 은과 양철로 된 포크와 나이프, 천 년 된 포도주 통, 사이다 병, 선미가 날카로운 전함의 시체 사이에서 솟아오를 이 문명은 오래된 난로와 램프를 피울 연료를 늪에 처박힌 오래된 루마니아 유조선에서 끌어올 거라는 상상도 할 수 있다. 하지만 우리가 정말로 예비해야 할 것은, 이스탄불의 진한 녹색 하수구가 물을 대는 이 저주받은 웅덩이에서, 선사시대부터 지하에서 부글부글 끓어오른 독가스, 마른 늪, 돌고래와 가자미와 황새치 시체, 새로운 천국을 발견한 쥐의 군대들 속에서 발생할 새로운 유행성 질병이다. 나는 알고 있다. 그리고 경고한다. 그날 철조망으로 격리될 이 질병 지역에서 일어날 재앙은 우리 모두에게 영향을 미칠 것이다.

한때는 보스포루스의 비단결 같은 물을 은빛으로 비추는 달을 바라보았던 발코니에 앉아, 땅에 묻을 수 없기 때문에 서둘러 불태워 버리는 시체에서 나는 푸르스름한 연기와 불빛을 바라볼 것이다. 한때는 박태기나무와 인동덩굴의 향기 속에서 라크[20]를 마셨던 해안의 탁자에 앉아서는 썩은 시체

---

20) 터키에서 '국민 음료'라 불리는 증류주로, 주로 물에 희석해 마신다.

와 곰팡이에서 나는 코를 찌르는 냄새를 맡을 것이다. 부두에서는 보스포루스 해협의 파도 소리와 평온한 봄 새의 노래와 줄지어 서 있는 어부들의 소리가 아니라, 죽음이 두려웠던 조상들이 천 년이나 계속된 수색을 피하려고 바다에 던져 버렸던 다양한 검, 총, 녹슨 언월도를 가지고 서로 싸우는 남자들의 고뇌에 찬 비명이 들릴 것이다. 한때 해안가에서 살던 이스탄불 사람들은 저녁에 피곤에 지쳐 집으로 돌아갈 때도 해초 냄새를 맡기 위해 버스 창문을 서둘러 열지 않을 것이다. 오히려 불이 밝혀진 그 끔찍한 어둠을 내려다보며 썩은 시체와 진흙 냄새가 새어 들어오지 말라고 시내버스 창틈에 신문이나 천 조각을 끼워 넣을 것이다. 풍선 장수와 뺑튀기 장수가 우리 주위를 돌아다니던 해안가 커피 집에서는, 전함 축제가 아니라 호기심 많은 아이들이 만졌다가 함께 터져 버린 지뢰의 핏빛 광명을 볼 것이다. 폭풍이 휩쓸어 왔다가 백사장에 버리고 간 비잔틴 동전과 빈 통조림통을 모아 돈을 벌던 사람들은, 홍수가 해안 마을에 있는 목조 가옥에서 쓸어 와 보스포루스 해협 깊은 곳에 쌓아 놓은 커피 분쇄기, 이끼 낀 뻐꾸기 시계, 조개가 갑옷처럼 뒤덮인 검은 피아노를 주워 생계를 유지할 것이다. 이러한 날들 중 어느 날 나는, 새로운 지옥 안에서 검은색 캐딜락을 찾기 위해 한밤중 철조망 밖으로 조용히 빠져나갈 것이다.

검은색 캐딜락은 지금으로부터 삼십 년 전, 내가 풋내기 기자였을 때 행적을 쫓았던 베이올루의 도둑이('갱'이라는 말은 차마 할 수 없다.) 타던 전시용 자가용이었다. 나는 그가 주인이었던 어떤 소굴 입구에 걸린 이스탄불 그림 두 점에 흠뻑 빠져 있었다. 이스탄불에는 당시 철도 부자였던 다으델렌 씨와 연초 왕이었던 마루프 씨에게 똑같은 차가 있었다. 우리 신문 기자들이 그의 최후를 일주일간 연재해 전설로 만들어 준 그 도둑은 한밤중 경찰에 포위되었는데, 어떤 주장에 따르면 마약에 취해서, 어떤 주장에 따르면 말을 벼랑으로 모는 산적처럼 일부러, 애인과 함께 캐딜락을 타고 아큰트 곶에서 보스포루스 해협의 어두운 물속으로 뛰어들었다. 잠수부들이 바다 바닥을 며칠 동안 수색해도 찾지 못했고 신문과 독자도 얼마 지나지 않아 잊어버린 캐딜락을 어디서 찾을 수 있는지 나는 어림할 수 있다.

그것은 그곳에, 과거 '보스포루스'라고 불렸던 계곡의 심연에, 게들의 보금자리인 칠백 년 된 신발, 부츠 한 짝, 낙타 뼈, 미지의 애인에게 쓴 연애편지로 꽉 찬 병들이 가리키는 진흙 벼랑 밑에, 홍합과 해면의 숲이 다이아몬드, 귀걸이, 병뚜껑, 금팔찌로 반짝이는 비탈 뒤 어느 곳에, 썩은 유람선의 시체 안에 급히 설치한 마약 실험실과, 불법 소시지 장수들이 말과 당나귀를 죽인 후 양동이 한가득 피를 뿌리던 굴과 모래톱 조금 앞에 있을 것이다.

한때 '해안길'이라고 불렸지만 지금은 산길 같은 도로 위를 달리는 자동차 경적 소리를 들으며 밑으로 내려가서 시체 냄새 나는 고요 속에서 캐딜락을 찾고 있을 때, 물에 던져진 그대로 자루 속에 몸을 오그리고 있는 오래전의 궁정 음모자, 발목에는 아직도 대포알이 묶인 채 십자가와 지휘봉을 껴안고 있는 정교회 신부의 오래된 해골을 우연히 발견할 것이다. 처음에는 굴뚝처럼 보이지만 사실은 톱하네 부두에서 갈리폴리로 병사를 싣고 가던 궐제말 배(결국에는 프로펠러가 어부의 그물에 걸린 다음 이끼 긴 바위에 들이박아 바다로 가라앉아 버린)에 어뢰 공격을 하려 했던 잠수함의 잠망경에서 피어오르는 푸르스름한 연기를 볼 것이다. 우리 시민들은 새로운 집에서 (아주 오래전에 리버풀 조선소에서 만든) 산소 부족으로 입을 벌리고 있는 영국 해골들이 앉았던 장교용 벨벳 의자에 앉아 중국산 자기 찻잔으로 차를 마실 것이다. 그 뒤로 어둠 속에는 한때 빌헬름 황제의 것이었던 전함의 녹슨 닻이 있을 것이고, 거기서 자개로 뒤덮인 텔레비전 화면이 내게 윙크할 것이다. 약탈한 제노바 보물의 잔재, 입구에 진흙이 들러붙어 있는 총신이 짧은 대포, 조개로 뒤덮인, 사라지고 잊힌 민족의 그림과 우상, 뒤집어진 놋쇠 샹들리에의 깨진 전구를 볼 것이다. 밑으로 내려가 진흙과 바위 사이를 조심조심 걸을 때는 노에 사슬로 묶인 채 영원히 인내하며 별을 쳐다보는 갤리선의 노예 해골을 볼 것이다. 어쩌면 해초에 매달려 있는 목걸이와 안경과 우산은 주의 깊게 보지 않을 테지만 고집스레 서 있는 멋진 말 해골 위에 완전 무장을 하고 앉아 있는 십자군 기사들은 공포에 사로잡혀 주의 깊게 바라볼 것이다. 그때에야 조개로 뒤덮인 표장(標章)과 무기를 든 십자군 해골들이 바로 옆에 있는 검은 캐딜락을 기다려 왔음을 두려움 속에서 깨달을 것이다.

어디서 스며 들어왔는지 알 수 없는 인광으로 가끔 희미하게 밝아지는 검은 캐딜락 쪽으로 나는 천천히, 두려워하며, 옆에 있는 십자군 기사들에게 허락을 받듯이 엄숙하게 다가갈 것이다. 캐딜락의 문손잡이를 잡고 억지로 열어 보려 하겠지만, 온통 조개와 성게로 뒤덮인 차는 나를 안으로 들이지 않을 것이며, 꽉 닫힌 초록빛 창문은 꿈쩍도 하지 않을 것이다. 그러면 나는 주머니에서 볼펜을 꺼내 손잡이와 창문을 덮고 있는 초록빛 이끼를 천천히 긁어 낼 것이다.

한밤중, 끔찍하고 마법 같은 어둠 속에서 성냥을 켜면 십자군의 갑옷처럼 여전히 반짝이는 멋진 운전대, 니켈 눈금계, 바늘, 시계가 보일 것이고, 가녀린 팔목에 팔찌를 차고 손가락에 반지를 낀 애인과 도둑의 해골이 앞 좌석에 앉아 껴안은 채 입을 맞추고 있는 것이 보일 것이다. 맞물려 있는 턱뼈뿐만 아니라 두개골도 불멸의 키스로 서로 밀착되어 있을 것이다.

그런 다음 성냥을 다시 켜지 않고 돌아서서 도시의 불빛을 응시하며 내가 본 것에 대해 곰곰이 생각할 것이다. 대재앙의 순간에 이보다 행복하게 죽음을 맞이할 길은 없을 것이다. 그러니 나는 고뇌에 빠져 먼 연인에게 외칠 것이다. 내 사랑아, 나의 아름다운 여인아, 나의 운명아, 재앙이 닥쳐오고 있어. 내게로 와. 지금 내게로 와, 지금 이 순간 어디에 있든지, 담배 연기 가득한 사무실이든, 흐트러진 푸른 침실이든, 빨래가 말라 가는 집의 양파 냄새 나는 부엌이든, 때가 되었으니, 내게로 와, 우리에게 밀려드는 재앙을 잊기 위해서는 커튼이 쳐진 반쯤 어두운 방의 정적 속에서, 어둠에 덮이면, 서로를 힘껏 껴안고 죽음의 시간을 기다려야 해.

3장
뤼야에게 안부를 전해 주렴

> 할아버지는 이 공동체에 가족이라는 이름을 부여했다.
> ― 릴케, 『말테의 수기』

아내가 떠나던 날 아침, 갈립은 조금 전에 읽은 신문을 겨드랑이 밑에 끼고 바브알리[21] 비탈길에 있는 사무실로 향하는 상가 계단을 오르면서, 오래전 자신과 뤼야가 이하선염에 걸려서 어머니들이 그들을 데리고 뱃놀이를 할 때 보스포루스 해협에 떨어뜨렸던 초록색 볼펜을 생각했다. 그날 밤, 뤼야가 자신을 떠나며 남긴 편지를 검토하면서, 갈립은 편지를 쓴 초록색 볼펜이 이십사 년 전에 바다에 떨어뜨린 볼펜과 똑같다는 것을 기억할 것이었다. 바다에 떨어진 볼펜은 그것을 아주 마음에 들어 하는 갈립에게 제랄이 일주일간 빌려주었던 것이다. 볼펜을 잃어버렸다고 하자 제랄은 나룻배에서 바다로

---

21) 관청과 언론 및 출판계가 모여 있는 이스탄불의 한 지역.

떨어진 장소를 물었고, 대답을 듣더니 "보스포루스 어디에 떨어졌는지 안다면 잃어버렸다고 할 수 없어!"라고 했다. 갈립은 사무실에 앉아서 '재앙의 날'에 대해 다시 읽고는, 제랄이 검은 캐딜락의 창문에 붙어 있는 초록색 이끼를 긁어 내기 위해 주머니에서 꺼낼 볼펜이 다른 볼펜이라는 데에 놀라고 말았다. 왜냐하면 수십, 수백 년 된 물건들과 자신의 과거를 뒤섞는 것은, 미래의 진흙탕 보스포루스 계곡에서 올렘프리 비잔틴 화폐와 올림포스 사이다 뚜껑이 만나는 것처럼, 제랄이 즐겨 사용하던 수법이기 때문이었다. 물론 마지막으로 만났던 날 제랄이 주장했던 것처럼 기억력이 감퇴하지 않았다면 말이다. 그 마지막 날 밤 제랄은 이렇게 말했다.

"기억의 정원이 마르기 시작하면 마지막으로 남은 나무와 장미에 온 정성을 다 쏟아붓지. 말라 죽지 말라고 아침부터 밤까지 물을 주며 어루만지지. 나는 기억해, 잊지 않기 위해 기억해!"

멜리흐 백부가 파리로 가고, 와스프가 수족관을 품에 안고 돌아온 지 일 년이 지나서야 아버지와 할아버지는 바브알리에 있는 멜리흐 백부의 변호사 사무실로 가서 물건과 서류를 마차에 실어 아파트 꼭대기 층에 가져다 놓았다고 한다. 제랄에게 들은 이야기다. 그 후 멜리흐 백부는 아름다운 새 부인과 뤼야를 데리고 마그레브에서 돌아와 이즈미르에서 장인과 함께 말린 무화과 사업을 했지만 망해 버렸고, 가족 사업인 사탕 판매와 약국 일에도 뛰어들지 못해 다시 변호사 일을 하기로 하면서 고객들에게 좋은 인상을 주기 위해 이 물건들을 새 사무실로 운반해 갔다. 몇 년이 흘러, 어느 날 밤 제랄이 조롱과 분노를 섞어 과거를 회고하며 갈립과 뤼야에게 말한 바에 의하면, 냉장고와 피아노 운반처럼 주의를 요하는 일을 전문으로 하는 짐꾼 중 하나는 이십이 년 전 그 물건을 꼭대기 층으로 옮긴 장본인이기도 했다. 세월은 단지 그를 대머리로 만들었을 뿐이었다.

와스프가 물을 한 잔 주면서 주의 깊게 그 짐꾼을 관찰한 지 이십일 년이 지난 후 멜리흐 백부는, 갈립의 아버지에 의하면 백부가 의뢰인의 적이 아니라 의뢰인 본인과 싸우는 것을 더 좋아했기 때문에, 갈립의 어머니에 의하면 나이가 들어 법전이나 재판 기록이나 판례 책을 식당 리스트나 페리 시간표와 혼동했기 때문에, 뤼야에 의하면 사랑하는 아버지가 딸과 조카 사이에 일어날 일을 그때부터 예견하고는, 당시 아직 사위도 아니고 단지 조카였던 갈립에게 변호사 사무실을 넘겨주었다. 이렇게 해서 갈립에게 변호사 사무실과 낡은 물건들이 함께 넘어왔다. 왜 유명했는지도 잊어버리고 이름도 잊어버린 대머리 서양 법조인들의 초상화부터 페즈[22]를 쓴 법학교(백부가 반세기 전에 다녔던) 교수 사진, 이미 오래전에 죽어 버린 피고와 원고와 판사의 재판 서류, 저녁마다 제랄이 공부를 하고 아침에는 제랄의 어머니가 옷본을 떴으며 이제는 사무실 한 구석에 놓여 통신 기구라기보다는 무겁고 꼴사나우며 불운한 전쟁 기구 같은 커다란 검은 전화를 올려놓은 책상까지.

---

22) 검은 술이 달린 챙 없는 빨간색 터키식 모자.

전화는 가끔씩 저절로 울렸고, 전화벨은 귀가 찢어질 듯 시끄러웠으며, 검은 수화기는 작은 아령처럼 무거웠다. 번호를 돌리면 카라쾨이-카드쾨이 페리 선착장의 오래된 회전문처럼 멜로디와 함께 삐걱거리는 소리가 났다. 때로는 전화를 거는 사람이 아니라 전화기 자신이 원하는 곳으로 연결되기도 했다.

집 전화번호를 돌리자마자 뤼야가 곧바로 전화를 받아 갈립은 놀랐다.

"일어났어?"

뤼야가 자신의 문 닫힌 기억의 정원이 아니라 모두가 아는 세계에서 거닐고 있어서 갈립은 기분이 좋았다. 그는 전화기가 놓인 탁자, 어지러운 방, 뤼야의 모습을 눈앞에 떠올렸다.

"탁자 위에 올려놓은 신문 읽었어? 제랄이 재미있는 것을 썼던걸."

"안 읽었어. 몇 시야?"

"어젯밤 늦게 잤지?"

"혼자 아침 챙겨 먹고 갔구나."

"너를 깨우고 싶지 않아서. 무슨 꿈 꿨어?"

"밤늦은 시간에 복도에서 바퀴벌레를 봤어."

그러고는 흑해 어디에 지뢰가 있는지를 선원들에게 공지하는 라디오 목소리처럼 다급하게 덧붙였다.

"부엌문과 복도 사이에서…… 새벽 2시에…… 아주 컸어……"

잠시 정적이 흘렀다.

"지금 택시 잡아타고 갈까?"

"커튼이 쳐져 있으면 집 안이 아주 끔찍해."

"저녁에 극장 갈까? 코낙 극장에. 돌아오는 길에 제랄에게 도 들르자."

뤼야는 하품을 했다.

"졸려."

"그럼 더 자."

둘 다 아무 말도 하지 않았다. 갈립은 전화를 끊기 전에 뤼야가 다시 한 번 희미하게 하품하는 소리를 들었다.

나중에, 이 전화 통화를 몇 번이고 다시 떠올렸을 때, 갈립은 이 희미한 하품 소리를 정말 들었던가, 그들이 나누었던 말을 정말 들었던가 생각했다. 뤼야가 한 말을 자신이 자꾸 바꾸고 의심하게 되었기 때문에 '내가 통화한 사람은 뤼야가 아니라 다른 사람이었어.'라고 생각했고, 다른 사람이 자신을 속였다고 상상했다. 그다음에는 자신이 들었다고 생각한 대로 뤼야가 말했지만 그 통화 이후 변한 사람은 뤼야가 아니라 자신이라고 생각하게 되었다. 이 새로운 남자는 잘못 들었거나 잘못 기억하는 것을 거듭 다시 생각했다. 갈립은 이제 자신의 목소리를 다른 사람의 목소리로 들었고, 두 사람이 전화로 대화를 할 때는 아주 쉽게 다른 사람으로 가장할 수 있다는 것을 잘 이해하게 되었다. 처음에는 모든 것이 그 낡은 전화기 때문이라고 아주 단순히 추측했다. 그 꼴사나운 전화기는 하루 종일 울려 댔고 하루 종일 사용되었기 때문이었다.

뤼야와 통화한 이후 갈립에게 전화한 사람은 집주인과 소송이 붙은 세입자였다. 다음에는 잘못 걸려 온 전화. 친구 이스켄데르가 전화할 때까지 두 번 더 '잘못 걸려 온 전화'가 있었다. 그가 제랄의 친척이라는 것을 아는 사람이 전화를 걸어 제랄의 전화번호를 물었다. 그런 후에는 정치에 연루된 아들을 교도소에서 꺼내려는 철물상이 전화해서는 왜 재판 결정이 나기 전에 판사에게 뇌물을 주어야 하는지 물었다. 다음으로 이스켄데르가 전화해서는 제랄과 접촉하고 싶어 했다.

이스켄데르는 갈립의 고등학교 친구이지만 그때 이후로 거의 만난 적이 없기 때문에, 먼저 지난 십오 년 동안 무얼 하고 지냈는지 간단히 이야기했다. 그는 뤼야와의 결혼을 축하하면서, 대부분의 사람들처럼 결국 둘이 그렇게 될 줄 알았다고 했다. 그는 현재 광고 회사의 제작자였다. 터키에 대한 프로그램을 만드는 BBC 텔레비전 방송국에서 인터뷰를 하고 싶다며 제랄을 찾는다고 했다.

"그들은 제랄처럼 모든 일을 겪고 삼십 년 동안 글을 써 온 칼럼 작가와 카메라 앞에서 터키 상황에 대해 인터뷰를 하고 싶어 해!"

이스켄데르는 그들이 정치가, 사업가, 노동조합원과 인터뷰를 했지만, 제랄이 가장 흥미로운 인물이기 때문에 그를 꼭 만나고 싶어 한다고 불필요한 세부 사항까지 덧붙여 가며 설명했다.

"걱정 마. 내가 곧 찾아 줄게."

갈립은 제랄에게 전화할 핑계가 생겨 기분이 좋았다.

"신문사 사람들이 이틀 전부터 날 따돌리는 것 같아. 그래서 네게 전화한 거야. 제랄은 요 이틀 동안 신문사에 없던걸. 무슨 일이 있는 것 같아."

제랄은 가끔 사나흘 정도 주소도 알려지지 않고 전화번호도 등록되지 않은, 이스탄불의 어딘가에 틀어박히곤 했다. 하지만 갈립은 그를 찾을 수 있으리라는 것을 추호도 의심하지 않았다. 그래서 다시 한 번 말했다.

"걱정 마. 내가 곧바로 찾아 줄게!"

갈립은 하루 종일 제랄의 집과 신문사에 전화를 걸었지만 저녁때까지 찾지 못했다. 전화를 걸 때마다 다른 사람인 척하면서, 뤼야와 제랄과 함께 저녁때 모여 앉아 그들이 좋아했던 라디오 드라마의 성우들을 따라 하던 것처럼 목소리를 바꾸었다. 만약 제랄이 받으면, 잘난 체하는 독자로 가장하여 "오늘 칼럼 읽어 봤는데, 친구, 내가 감춰진 의미를 파악했잖소!"라고 할 작정이었다. 하지만 신문사에 전화를 할 때마다 같은 비서가 같은 대답을 했다.

"제랄 씨는 아직 오지 않았습니다."

갈립은 하루 종일 전화와 씨름하면서 오로지 단 한 번, 자신의 목소리로 상대방을 속일 수 있다는 걸 알았다.

제랄이 어디 있는지 알 것 같아서 저녁 늦게 할레 고모에게 전화를 걸자 고모는 그를 저녁 식사에 초대했다.

"갈립하고 뤼야도 올 거야!"

갈립은 고모가 또 목소리를 혼동하여 자신을 제랄로 여겼음을 알게 되었다. 그녀는 착각했다는 걸 깨닫고는 이렇게 말했다.

"그게 무슨 상관이니? 전부 다 똑같아. 똑같이 정이 없어. 똑같아. 어쨌든 네게도 전화하려고 했다."

그녀는 날카로운 발톱으로 소파를 긁어 놓는다고 검은 고양이 쾨뮈르를 야단치던 목소리로 안부 전화도 하지 않는다고 야단친 후에, 저녁 먹으러 올 때 알라딘의 가게에 들러 와스프의 금붕어에게 줄 먹이를 사오라고 했다. 유럽산 먹이 외에는 먹지 않으며, 알라딘도 아는 사람에게만 그 먹이를 판다고 했다.

"오늘 칼럼 읽으셨어요?"

갈립이 물었다.

"누구 칼럼?"

고모는 여느 때처럼 고집스럽게 물었다.

"알라딘에 관한 글 말이냐? 아니. 우린 네 백부가 퍼즐을 풀고, 와스프가 가위로 자르며 시간을 보내라고 《밀리예트》를 산단다. 제랄의 글을 읽고 우리 자식이 어떤 꼴이 되었는지를 보며 걱정을 하기 위해서가 아니야."

"그렇다면, 저녁 먹으러 오라고 뤼야에게 전화해 주세요. 저는 시간이 없을 것 같아요."

할레 고모는 갈립에게 부탁한 것과 저녁 식사 시간을 다시 한 번 상기시켰다.

"잊지 마라."

그러고는 이 친척 모임에서 늘 먹는 똑같은 음식과 참석자 목록을, 마치 며칠 동안 숨죽이며 기다려 온 유명한 축구 경기의 참가 선수 목록을 청취자들을 흥분시키기 위해 천천히 읽어 내려가는 라디오 진행자처럼 열거했다.

"네 엄마, 네 수잔 백모, 네 멜리흐 백부, 어디 있는지 찾는다면 제랄, 당연히 네 아버지, 거기다 쾨뮈르와 와스프, 네 할레 고모."

팀원들 이름을 다 열거한 후 할레 고모는 기침 섞인 폭소를 터뜨리는 대신 이렇게 덧붙였다.

"너 주려고 뵈렉23)을 만들 거다."

그러고는 전화를 끊었다.

갈립은 끊기자마자 다시 울리는 전화기를 무심히 바라보다가, 막판에 수포로 돌아가 버린 할레 고모의 결혼 계획을 상기했다. 하지만 어쩐 일인지 조금 전에는 떠올랐던 신랑 후보의 이름이 기억나지 않았다. 자신의 머리가 게을러지는 데 익숙해지지 못하도록 '입안에서 맴도는 그 이름이 기억날 때까지 전화를 받지 않을 거야.'라고 생각했다. 전화벨은 일곱 번 울린 후 멈췄다. 잠시 후 다시 울리기 시작했을 때, 갈립은 뤼야의 가족이 이스탄불에 오기 일 년 전에 이름이 이상한 신랑 후보가 자신의 삼촌과 형과 함께 할레 고모에게 청혼하러 왔던 날을 기억해 냈다. 전화벨은 다시 그쳤다. 전화가 또다시 울렸을 때는 날이 꽤 어두워져 사무실에 있는 물건의 형체를 분간할 수 없었다. 갈립은 그 사람 이름을 기억할 수 없었지만

---

23) 얇게 민 밀가루 반죽 안에 치즈, 잘게 간 고기, 시금치 등속을 넣고 요리한 음식.

그가 그날 신었던 이상한 신발을 끔찍해하며 떠올렸다. 남자의 얼굴에는 종기가 나 있었다. 할아버지가 물었다.

"저 사람들 아랍인들이냐? 할레, 너 정말 저 아랍인과 결혼하고 싶으냐? 널 어떻게 알고 있다니?"

우연히!

갈럽은 저녁 7시경에 모두들 가고 없는 건물에서 나가기 전에, 개명을 하고 싶어 하는 의뢰인의 서류를 창으로 비쳐 드는 가로등 불빛 아래서 비춰 보다가 그 이상한 이름을 생각해 냈다. 니샨타쉬로 가는 돌무쉬 정거장으로 걸어가면서 세상은 한 사람의 머릿속에 다 채워지기에는 너무 넓다는 생각을 했다. 그리고 한 시간 후 니샨타쉬에서 아파트를 향해 걸어가면서, 인간이 세상에서 무엇을 찾아냈든 간에 우연히 발견했을 거라고 결론지었다.

한 집에는 할레 고모와 와스프와 에스마 부인이, 또 다른 집에는 멜리흐 백부와 수잔 백모가(옛날에는 뤼야와 함께) 사는 아파트는 니샨타쉬 뒷골목에 있었다. 어쩌면 사람들은 이 아파트가 경찰서, 알라딘의 가게, 큰길에서 세 골목 밑에, 걸어서 오 분도 안 걸리는 곳에 있기 때문에 '뒷골목'에 있다고 하지 않을 것이다. 하지만 아래위층에 사는 이 두 집 사람들이 처음 이사 왔을 때는 군데군데 채소밭이 있는 진흙 벌판이었기 때문에, 그들은 그렇게 생각했다. 주변은 진흙탕 논과 웅덩이가 있는 밭에서 돌길로, 나중에는 돌이 깔린 길로, 더 나중에는 네모난 돌이 깔린 인도로 변했지만 그저 멀리서 관심 없이 지켜보았던 이 골목이나 이보다 흥미롭지 않았던 다른 골목들은 절대 니샨타쉬의 중심이 될 수 없었다. 할레 고모가 "니샨타쉬 위로 우뚝 솟아 있다."라고 했던 쉐흐리칼프 아파트에서 큰길을 내려다보면, 그들은 마치 자신이 실제 세계뿐 아니라 우주의 중심인 듯 느꼈고, 그들이 겪게 된 재앙을 과장하고 거기에 책임을 질 가족을 비난할 기회를 포기할 수 없었기 때문에, 아파트를 하나씩하나씩 팔고 멀고 초라한 거리로 이사해야 했을 때도, 허름한 셋집으로 들어가야 했을 때도, 그 거리를 뒷골목이라 불렀다. 메흐메트 사비트 씨는(할아버지) 죽기 삼 년 전, 쉐흐리칼프 아파트에서 뒷골목에 있는 아파트로 이사 간 날, 옛날 아파트에서처럼 창가로 향하지는 않았지만 여전히 라디오를 향해, 여전히 무거운 탁자 앞에 놓아 둔 흔들거리는 안락의자에 앉아 아마도 그날 이삿짐 마차를 끌던 뼈와 가죽만 남은 말을 보고 받은 영감으로 이렇게 말했다.

"말에서 내려서 당나귀를 탄 셈이군. 잘돼야 할 텐데……."

십팔 년 전이었다. 저녁 8시, 꽃가게, 견과류와 말린 과일을 파는 구멍가게, 알라딘의 가게를 빼고는 모든 가게가 덧문을 내렸다. 자동차 매연과 증기난방의 그을음, 유황과 갈탄 냄새, 먼지 섞인 더러운 공기 사이로 진눈깨비가 내릴 때, 갈립은 아파트 불빛을 보며 여느 때처럼 이 건물, 그 각 층과 관련된 기억이 단지 십팔 년 묵은 것은 아니라는 느낌에 휩싸였다. 중요한 것은 거리 너비나 아파트 이름이나(지나치게 o와 u가 많아서 발음하려 하지 않았다.) 위치가 아니었다. 그들은 시간 밖의 어떤 과거부터 죽 아파트의 아래위층에 살아 온 것 같았다. 갈립은 항상 같은 냄새가 나는 아파트(제랄이 어떤 글에서 분석한 바에 따르면 이 냄새는 아파트의 젖은 돌, 곰팡이, 튀긴 기름, 양파 냄새가 섞인 것이다. 이 글을 읽고 가족들은 분노했다.) 계단을 올라가서 잠시 후 집 안에서 볼 장면을, 몇 번이나 반복해서 읽은 책의 책장을 습관적으로 성급히 넘기는 것처럼 알고 있었다.

8시가 되었으니 멜리흐 백부는 위층에서 가지고 온 신문을 조금 전에 위층에서 읽지 않고 온 것처럼, 혹은 어쩌면 '같은 기사가 아래층에서는 위층에서 읽은 것과는 다른 의미가 될 수 있지.'라는 생각으로, 혹은 '와스프가 이 기사들을 가위로 오려 조각내기 전에 마지막으로 한 번 더 훑어봐야지.'라는 생각으로 할아버지의 오래된 안락의자에 앉아 다시 읽을 것이다. 그러나 그의 발은 가만있지 않을 것이다. 멜리흐 백부의 발끝에서 온종일 떨며 흔들렸던 불운한 슬리퍼는, 내가 어린 시절에 그러했던 것처럼 절대 멈추지 않을 초조감과 조급함으로 '지루해, 무엇인가를 해야 할 텐데, 지루해, 무엇인가를 해야 할 텐데.'라며 고통스러워할 것이다. 할레 고모가 아무에게도 간섭받지 않고 마음 편히 뵈렉을 튀기기 위해 부엌에서 쫓아낸 에스마 부인은, 과거의 예니 하르만 담배를 대신할 수 없는 필터 없는 바프라 담배를 입에 물고 식탁을 차리면서, 마치 자신은 모르지만 다른 사람들은 안다는 듯이 "오늘 저녁 모두 몇 명이지요?"라고 주위 사람들에게 물을 것이다. 수잔 백모와 멜리흐 백부는 할머니와 할아버지처럼 라디오를 사이에 두고 나의 어머니와 아버지 맞은편에 나란히 앉아 한동안 대답을 하지 않을 것이다. 그러다가 수잔 백모가 에스마 부인에게 "제랄은 오늘 밤 오지 않나요, 에스마 부인?"이라고 물을 것이며, 멜리흐 백부는 여느 때처럼 "걔는 정신을 차리지 못할 거야, 정신을 차리지 못할 거야."라고 말할 것이며, 나의 아버지가 멜리흐 백부에 맞서 조카를 보호하고, 자신이 형보다 더 책임감 있고 균형 잡힌 동생이라는 것이 기분이 좋아 제랄이 최근에 쓴 칼럼 중 한 편을 재미나게 읽었다고 자랑스럽게 떠벌릴 것이다. 그러고는 형에 대항해 조카를 두둔하는 희열에다 내 앞에서 아는 척하는 희열을 더하기 위해, 자신이 읽은 국내 문제 혹은 삶의 문제에 관한 제랄의 글에 대해, 만약 제랄이 들었다면 누구보다도 먼저 조롱했을 칭찬이나 적절한 '건설적인 비평'을 할 것이며, 나의 어머니도("어머니, 제발 어머니만이라도 좀 가만 계세요!") 머리를 끄덕이며(어머니도 멜리흐 백부의 분노에 맞서 '사실은 좋은 애인데……'라며 제랄을 비호하는 것을 의무로 여긴다.) 아버지의 말에 동의할 것이다. 그러면 제랄의 칼럼을 흥미롭게 읽은 나도 자신을 억제하지 못하고, 내가 파악한 의미를 그들이 절대 파악하지 못했으며 앞으로도 파악하지 못하리라는 것을 알면서도 "오늘 제랄의 칼럼 읽었어요?"라고 쓸데없이 물을 것이다. 그러면 멜리흐 백부는 제랄의 칼럼이 실려 있는 면을 펴 들고 있으면서도 "오늘이 무슨 요일인데?" 혹은 "이제는 개한테 매일 쓰라고 한다니? 읽지 않았다!"라고 할 것이고, 아버지는 "아무리 그래도 수상에 대해 그런 거친 단어를 사용하는 것이 옳다고 생각하지 않는다."라고 할 것이다. 어머니는 "그의 견해를 존중하지 않더라도 작가의 개성은 존중해야지."라며 수상이나 아버지 혹은 제랄 중 누구를 지지하는지 확실치 않게, 모호하게 말할 것이다. 그러면 어머니의 모호한 말에 용기를 얻은 수잔 백모는 "그가 영생과 무종교와 연초 문제에 대해 이야기하는 것이 프랑스인들을 연상시켜요!"라며 다시 담배 문제를 거론할 것이다. 이렇게 해서 에스마 부인은 여전히 몇 인용 식탁을 준비해야 할지 알지 못한 채, 마치 크고 깨끗한 시트를 침대에 펼치는 것처럼, 먼저 식탁보 한쪽 끝을 잡고 다른 끝은 허공으로 던지고는 그 끝이, 아, 얼마나 아름다운가, 천천히 떨어지는 모습을 입에 담배를 물고 바라보았다. 그러면 멜리흐 백부는 "이 연기 좀 봐, 당신 때문에 천식이 악화된다니까!"라고 말할 것이고, 에스마 부인은 "당신 천식이 악화된다면 그건 당신이 피워 대는 담배 때문이에요!"라고 대꾸할 것이다. 나는 이후에 어떤 일이 일어날지 알기에 거실에서 나와 버릴 것이다. 부엌에서, 밀가루 반죽과 녹인 흰 치즈, 끓는 식용유 냄새가 나는 연기 속에서 혼자 묘약을 만들기 위해 솥을 젓는 마법사처럼(머리카락에 기름기가 끼지 않도록 수건을 쓴 채) 뵈렉을 튀기는 할레 고모는 내게서 특별한 관심과 사랑, 어쩌면 입맞춤을 대가로 받기 위해 뇌물을 주듯이 "아무에게도 말하지 마!"라며 내 입에 팔팔 끓는 뵈렉 한 개를 재빨리 집어넣으며 "뜨겁니?"라고 물을 것이며, 나는 눈물이 날 지경인데도 "뜨거워요!"라고 말하지 못할 것이다. 그러고 나서 나는 할아버지와 할머니가 푸른색 누비이불을 덮은 채 불면의 밤을 보냈던 방에 들어갈 것이다. 나와 뤼야가 할머니에게 그림, 산수, 읽기를 배웠고, 그들이 돌아가신 후에는 와스프가 금붕어와 함께 살게 된 그 방에 들어가면 뤼야와 와스프가 있을 것이다. 그들은 금붕어나, 와스프가 신문과 잡지에서 오려 수집한 것들을 보고 있을 것이다. 그러면 나도 여느 때처럼 그들 사이에 낄 것이고 와스프가 귀머거리거나 벙어리라는 것이 드러나지 않도록 뤼야와 나는 한동안 아무 말도 하지 않을 것이다. 그 후에는 우리가 어린 시절에 그랬던 것처럼, 우리끼리 배워 발전시킨 수화로 와스프에게 최근 텔레비전에서 보았던 옛날 영화에 나오는 장면을 재연해 보일 것이다. 어쩌면 우리 둘 다 최근에는 이렇게 재연할 장면을 보지 못했기 때문에, 항상 와스프를 흥분시켰던 「오페라의 유령」에 나오는 장면을 마치 얼마 전에 보았던 것처럼 세세하게 연기할 것이다. 잠시 후 우리 중 가장 이해심이 많은 와스프가 우리를 외면하고 사랑하는 금붕어들에게 다가가면 나와 뤼야는 서로를 바라볼 것이고, 그러면 그때에야 아침 이후로 보지 못했고 어젯밤 이후로 얼굴을 보고 이야기를 나누지 못한 너에게 나는 "잘 지냈어?"라고 물을 것이다. 그러면 너도 여느 때처럼 "별일 없었어, 괜찮아!"라고 말할 것이고, 나는 한순간 이 말의 의미를(의도되었든 의도되지 않았든 간에) 주의 깊게 생각할 것이다. 그러고는 내 생각의 공허함을 감추기 위해, 네가 언젠가는 할 거라고 했던 추리소설 번역을 여전히 시작하지 않았고, 나는 도저히 한 권도 읽을 수 없었던 옛날 추리소설의 책장을 넘기며 할 일 없이 시간을 보냈다는 것을 모르는 체하며 "뤼야, 오늘 뭐 했어?"라고 물을 것이다.

제랍은 다른 칼럼에서, 뒷골목에 있는 아파트 계단에서는 대부분 잠, 마늘, 곰팡이, 석회석, 석탄, 식용유 끓인 냄새가 난다고 쓰면서, 또 다른 재료가 있다고 주장했다. 갈립은 현관 초인종을 누르기 전에 '오늘 사무실로 세 번 전화했는지 뤼야에게 물어봐야지.'라고 생각했다.

할레 고모가 문을 열어 주며 물었다.

"뤼야는 어디 있어?"

"안 왔어요? 고모가 뤼야에게 전화 안 했어요?"

"했지. 하지만 아무도 받지 않던걸. 그래서 나는 네가 연락했겠지 생각했다."

"어쩌면 위층 아버님 댁에 있나 봐요."

"네 백부하고 백모는 진작 아래층으로 내려왔어."

그들은 잠시 아무 말도 하지 않았다.

"집에 있겠지요. 빨리 집에 가서 데려올게요."

"전화를 받지 않던걸……."

하지만 갈립은 계단을 내려가 왔던 길로 되돌아갔다.

"빨리 오너라, 에스마 부인이 뵈렉을 튀기고 있으니까……."

진눈깨비를 흩날리는 차가운 바람이 구 년 된 외투(제랍이 칼럼 소재로 썼다.) 자락을 부풀렸다. 그는 걸음을 재촉했다. 대로로 나가지 않고 어두운 뒷골목을 따라, 문 닫은 구멍가게, 여전히 일을 하고 있는 안경 낀 재단사의 상점, 아파트 관리인의 집, 희미하게 빛나는 코카콜라와 스타킹 광고 앞으로 지나간다면 백부와 고모가 사는 아파트에서 자신의 아파트까지 십이 분 만에 도착할 것이었다. 오래전에 계산해 두었는데 그렇게 틀리지 않았다. 같은 골목과 같은 인도를(재단사는 무릎에 여전히 같은 천을 놓아 두고, 바늘에 새 실을 꿰고 있었다.) 걸어서 돌아올 때까지 이십육 분이 걸렸던 것이다. 갈립은 현관문을 열어 준 수잔 백모에게, 또 모두 함께 식탁에 앉았을 때는 다른 사람들에게 뤼야가 감기에 걸렸는데 항생제를 너무 많이 먹어서("서랍에서 찾은 온갖 약을 삼켰어요!") 정신이 혼미해져 잠에 떨어지고 말았으며, 전화벨 소리를 들었지만 피곤해서 자리에서 일어나지 못했고, 졸리고 입맛도 없어 침대에 누운 채 모두에게 안부를 전했다고 말했다.

갈립은 이렇게 말하면 너무 많은 관심을 보일 거라는 걸 알았지만("불쌍한 뤼야, 병에 걸려 누워 있다니.") 곧바로 약을 안전하게 복용하는 것에 대한 토론으로 넘어가리라는 것도 알았는데, 정말로 그랬다. 그들은 약국에서 파는 항생제, 페니실린, 감기 시럽, 알약, 혈관을 팽창시키거나 감기에 좋은 진통제, 이 약들과 함께 복용해야 하는(카다이프[24]를 먹을 때 그 위에 올려진 생크림도 함께 먹어야 하듯이) 비타민 이름을, 모음을 많이 끼워 넣어 터키어처럼 들리는 발음으로 복용법과 함께 줄줄이 나열했다. 다른 때였더라면 이 창조적인 발음과 아마추어 의학 축제에서 멋진 시에서 느끼는 것과 같은 재미를 음미할 수 있었을 것이다. 하지만 그의 머릿속에는 병석에 누워 있는 뤼야의 모습이 자리 잡고 있었다. 나중에는 그 이미지가 너무나 순수해서, 어디까지가 만들어 낸 것인지 결론을 내릴 수 없었

---

24) 밀가루로 만든 터키 고유의 후식. 단맛이 난다.

다. 누비이불 밖으로 뤼야의 발이 나와 있는 모습이나 머리핀은 실제 삶의 이미지였지만, 예를 들어 베개 위에 흩어진 머리카락이나 물컵, 주전자, 약 상자, 책이 지저분하게 놓여 있는 침실 탁자 같은 광경은 분명히 다른 데서 가져온 것이었다. 뤼야가 좋아하던 영화에서, 그녀가 알라딘의 가게에서 산 피스타치오처럼 집어삼키듯 읽었던 조악한 추리소설에서 모방한 거라 생각했다. 갈립은 가족들의 동정 어린 물음에 짧게 대답하면서도, 뤼야의 이 순수한 모습과 그녀가 배워 몸에 익힌 모습을 구분하기 위해, 나중에 자신이 모방하려 하는 추리소설에 나오는 탐정처럼 세심한 주의를 기울였다.

그렇다, 그들이 모두 함께 식탁에 앉아 있는 지금 뤼야는 자고 있을 것이다. 아니요, 그녀는 지금 배고프지 않아요. 수잔 백모가 애써 수프를 준비할 필요는 없어요. 뤼야는 입에서 마늘 냄새와 가죽 공장 냄새가 나는 그 의사를 좋아하지 않아요. 아니요, 그녀는 이번 달에도 치과에 가지 않았어요. 아니요, 뤼야는 최근에 밖에 거의 나가지 않고, 벽으로 둘러싸인 집 안에만 있어요. 아니요, 오늘 한 번도 밖에 나가지 않았어요. 길에서 봤다고요? 밖에 나갔지만 갈립에게 말하지 않았나 보네. 아니야, 갈립에게 말했어. 뤼야를 어디서 보았나요? 그녀는 포목상점에 갔어요, 보라색 단추를 사려고 이 추위에 사원 앞을 지나, 물론 뤼야가 말했어요. 그래서 감기에 걸렸을 거다. 기침도 하고 담배도 피우던걸. 네, 한 갑 정도. 얼굴도 창백하던데. 아, 아니다, 갈립은 자신의 얼굴이 얼마나 창백한지도, 뤼야와 그가 이 건강하지 못한 삶을 언제 그만둘지도 몰랐다.

외투, 단추, 찻주전자. 이후 가족들의 이 심문이 끝난 후 갈립은 자신의 머리에 왜 이 세 가지 단어가 떠올랐는지 별로 고심하지 않았다. 제랄은 어떤 칼럼에서 잠재의식, 즉 마음 깊은 곳에 숨어 있는 '어두운 지점'은 최소한 터키에는 존재하지 않으며, 터키인들은 도저히 모방할 수 없고 이해할 수 없는 서양 세계의 장엄한 소설과 영화 주인공에게서 빌려 온 것이라고 분노하며 쓴 적이 있다.(당시 제랄은 엘리자베스 테일러가 몽고메리 클리프트의 어두운 지점에 결국 도달하지 못했던 영화 「지난여름 갑자기」를 보았다.) 갈립은 몰랐지만, 당시에 제랄은 긴 논문을 썼는데(심리학 책을 요약된 번역본으로 몇 권 읽고는 영향을 받고, 또 외설적인 세부 사항이 많은 데 충격을 받은 것이 분명했다.), 우리의 가련한 삶을 포함하여 모든 것을 이 이해할 수 없고 끔찍한 어두운 지점들로 설명했다. 그가 자기 인생의 특별한 박물관과 도서관을 만들었다는 것을 알았을 때 갈립은 비로소 이 부분을 이해하게 되었다.

갈립은 화제를 바꾸기 위해 "오늘 제랄의 칼럼에서……"라고 말을 시작하려 했다가 자신의 습관이 두려워 갑자기 머리에 떠오른 다른 말을 해 버렸다.

"할레 고모, 알라딘의 가게에 들르는 것을 깜빡했어요!"

에스마 부인이 오렌지색 아기가 누워 있는 요람을 들고 오듯 조심스레 가지고 온 호박 후식 위에 가족들은 과거에 사탕 가게를 할 때 썼던 절구로 빻은 호두 속살을 뿌렸다. 십오 년 전 갈립과 뤼야는 수저의 가는 손잡이로 이 절구의 주둥이를 치면 절구가 종처럼 울리는 것을 발견했다. 땡 땡!

"그만두지 못하겠니? 머릿속이 종처럼 댕댕 울리는구나!"

아, 침을 삼키기가 어렵다. 빻은 호두 속살은 '모두에게 다 돌아갈 정도로 충분하지' 않아서, 할레 고모는 보라색 그릇을 돌릴 때 마지막 순서가 자신에게 오도록 했다.("별로 먹고 싶지 않아.") 하지만 그러면서도 빈 그릇의 바닥에 눈길을 한 번 던졌다. 그러다가 갑자기 단지 이 부족함뿐만 아니라 모든 빈곤에 책임이 있다고 여기던 예전 사업상의 적에게 저주를 퍼붓기 시작했다. 경찰서에 그를 신고하겠다고도 했다. 하지만 그들은 모두 군청색 유령을 두려워하듯이 경찰서를 두려워했다. 제랄이 어떤 칼럼에 우리의 무의식에 있는 어두운 지점이 경찰서라고 쓴 후에, 경찰이 소환장을 가지고 와서 진술을 하기 위해 검찰로 출두한 적이 있었다. 전화가 울렸다. 갈립의 아버지가 가장 근엄한 태도로 수화기를 들었다. 갈립은 경찰서에서 걸려 온 전화라고 생각했다. 아버지가 통화를 하고 있을 때 갈립은 물건들과(벽지가 쉐흐리칼프 아파트와 같다는 점이 위안이 되었다. 담쟁이 덩굴 사이로 떨어지는 초록색 단추 무늬.) 식탁에 앉아 있는 사람들을(멜리흐 백부가 연속해서 기침을 했고, 귀머거리 와스프는 전화 통화에 귀를 기울이는 것 같았고, 갈립의 어머니는 머리 염색을 하도 해서 결국 수잔 백모의 머리와 같은 색이 되어 버렸다.) 공허한 시선으로 바라보면서, 모두가 그렇듯 들려오는 통화의 절반에 귀를 기울이면서 누가 전화를 했는지 들리지 않는 절반에 대해 추측해 보았다.

갈립의 아버지는 이렇게 말했다.

"여기 없습니다. 오지 않았습니다. 그런데 당신은 누굽니까?

고맙습니다……. 나는 숙부 되는 사람입니다. 오늘 저녁에는 우리와 함께 있지 않습니다."

'뮈야를 찾는 사람일 거야.'

갈립은 이렇게 생각했다.

아버지는 전화를 끊으며 말했다. 기분 좋은 표정이었다.

"제랄을 찾는 사람이야. 제랄의 팬이라는 나이 든 부인인데 칼럼이 아주 마음에 들었다는군. 제랄과 이야기하고 싶다며 그의 주소와 전화번호를 물었어."

"어떤 칼럼이요?"

갈립이 물었다.

"그런데 할레 누님, 이상한 건 말야, 그 부인 목소리가 누님 목소리와 아주 비슷했어요!"

갈립의 아버지는 이렇게 말했다.

"내 목소리가 나이 든 여자 목소리와 닮은 건 당연한 거 아니냐!"

폐처럼 검붉은 할레 고모의 목이 갑자기 거위 목처럼 늘어났다.

"하지만 그 여자 목소리는 내 목소리와 전혀 달라!"

"전혀 다르다니요?"

"그 부인은 아침에도 전화했어. 그녀의 목소리는 교양 있는 부인의 목소리라기보다는 교양 있는 부인의 목소리를 내려고 애쓰는 노파의 목소리였어. 아니 그것보다는 늙은 여자 목소리를 흉내 내려고 하는 남자 목소리 같기도 했어."

이에 갈립의 아버지가 물었다.

"그렇다면 그 노파가 전화번호를 어떻게 알았는지 물어봤어요?"

"아니. 그럴 필요가 없지. 제랄이 오일 레슬링[25] 선수에 관해 연재물을 쓰는 작가처럼 우리 가족의 수치를 온 세상에 드러낸 날부터는 걔가 무엇을 해도 놀랍지 않기 때문에, 어쩌면 우리를 조롱하는 글을 쓰다가 독자들을 더욱 즐겁게 하려고 끝에다 우리 집 전화번호를 덧붙여 놓았을 수도 있다고 생각했어. 돌아가신 아버지와 어머니가 제랄 때문에 얼마나 상심하셨을지 이제는 이해가 된다. 그 애가 나를 놀라게 할 것이 있다면 그건 우리 전화번호를 장난으로 독자들에게 알려 준 것이 아니라, 그렇게 오랜 세월 동안 그토록 우리를 혐오한 이유일 거야."

"자신이 공산주의자이기 때문에 혐오하지."

멜리흐 백부는 기침이 멈춘 후 승리의 담뱃불을 붙이며 말했다.

"노동자와 국민을 속일 수 없다는 것을 깨닫자, 공산주의자들은 군인들을 속여 볼셰비키 혁명을 예니체리[26] 식 반란으로 보여 주고자 했어. 그는 피와 증오의 냄새가 나는 칼럼으로 이 환상의 도구가 되었지."

"아냐. 그 정도는 아냐."

할레 고모가 말했다.

---

25) 터키 전통 스포츠로, 가죽 바지만 입은 채 몸에 올리브오일을 바르고 하는 레슬링.
26) 오스만 제국 술탄의 상비군. 1826년까지 정예 부대로 활약했다.

"뤼야가 말해 줘서 알고 있어요, 난."

멜리흐 백부는 이렇게 말하며 큰 소리로 웃었지만 기침은 하지 않았다.

"군사혁명 이후에 세워질 프랑스식 볼셰비키 예니체리 체제에서 내무부 장관이나 프랑스 대사 자리를 줄 거라는 말에 속아 집에서 혼자 프랑스어를 공부했다더군. 절대 실현될 수 없는 이 혁명에 대한 바람이, 젊은 시절에 저질스러운 놈들과 어울려 지내느라 외국어 한 가지도 배우지 못한 내 아들이 최소한 프랑스어를 배우는 데 도움이 될 거라는 생각에 처음에는 기쁘기도 했지. 하지만 정도가 지나쳐서 뤼야를 그 아이와 만나지 못하게 했어."

그러자 수잔 백모가 말했다.

"멜리흐, 절대 그렇지는 않았어요! 뤼야와 제랄은 항상 서로 연락하고 만났어요. 의붓형제가 아니라 친형제처럼 서로를 좋아했다고요."

"아니야, 그랬다니까. 하지만 내가 손을 늦게 썼지. 제랄은 터키 국민과 군대를 현혹하지 못하자 여동생을 현혹했어. 뤼야는 그렇게 해서 아나키스트가 된 거야. 갈립이 뤼야를 그 패거리와 시궁창에서 꺼내지 않았더라면 지금 집의 침대가 아니라 어디에 있을지 누가 알겠어?"

일순 모두 함께 침대에 아파 누워 있는 가여운 뤼야를 떠올리고 있다는 생각이 들자 갈립은 자신의 손톱을 내려다보았다. 그러면서 멜리흐 백부가 두세 달 만에 한 번씩 열거하곤 하는 리스트에 새로운 것을 첨가할지에 대해서도 생각했다.

"어쩌면 뤼야는 교도소에 갔을지도 몰라. 왜냐하면 제랄만큼 그런 일에 익숙하지 못했으니까."

멜리흐 백부는 자신의 리스트에 흥분하여 가족들이 "신이여 그런 일이 없기를."이라고 하는 데 개의치 않고 계속 그 리스트를 늘어놓았다.

"그러면, 뤼야는 어쩌면 제랄과 함께 그 도둑놈들 사이에 섞였을 거야. 가련한 뤼야는 베이올루의 도둑, 헤로인 제조자, 술집 건달, 코카인에 중독된 러시아인, 인터뷰하겠다는 핑계로 잠입한 그 흉한(兇漢) 사이에 섞여 들었을 거야. 그러면 추한 희열을 쫓아 이스탄불로 온 영국인, 레슬링 연재물과 레슬링 선수에게 관심 있는 동성애자, 목욕탕 유흥에 빠진 미국 아녀자, 사기꾼, 유럽에서는 연예인은 고사하고 창녀 짓조차 할 수 없을 영화배우, 명령 위반과 빚 때문에 군대에서 쫓겨난 장교, 매독 때문에 남자같이 목소리가 갈라진 가수, 상류사회 출신이라고 속인 빈민가 출신 미녀 사이에서 우리 딸을 찾아야 했을 거야. 뤼야에게 이스테로피라미신을 복용하라고 해라."

"뭐라고요?"

갈립이 말했다.

"감기에 가장 잘 듣는 항생제다. 베코짐 포르테와 함께 복용하라고 해. 여섯 시간마다 한 번씩. 몇 시니? 지금 깼을까?"

수잔 백모는 아마 뤼야가 지금도 잘 거라고 했다. 갈립은 모두들 함께 생각하는, 침대에서 자고 있는 뤼야를 생각했다.

"아니야. 난 이 집에서 제랄에 대해 안 좋은 말을 못 하게 할 거야. 제랄은 이제 중요한 사람이 되었어."

에스마 부인은 이렇게 말하면서, 할아버지에게서 배운 나쁜 습관 때문에 식탁보로 쓰일 뿐만 아니라 식사 후에 입을 닦는 냅킨으로도 사용하는 운 나쁜 식탁보를 조심스레 거뒀다.

멜리흐 백부에 의하면, 쉰다섯 먹은 자기 아들도 바로 같은 생각을 하고 있기 때문에 일흔다섯 먹은 아버지에게 연락도 하지 않고, 이스탄불 내 어느 아파트에 사는지를 아무에게도 말하지 않으며, 아버지뿐만 아니라 가족들 중 그 누구도(항상 그를 맨 처음 용서하는 할레 고모조차) 자신에게 연락을 못 하게 하려고 모두에게 번호를 숨겼던 전화 코드마저 뽑아 버렸다고 했다. 갈립은 멜리흐 백부가 슬픔 때문이 아니라 습관 때문일 지라도, 거짓 눈물을 보일 거라고 생각하자 두려워졌다. 하지 만 두려워했던 또 다른 일이 일어났다. 멜리흐 백부가 다시 오 랜 습관으로, 제랄과 갈립 사이의 스물두 살이나 나는 나이 차이를 무시하면서 제랄이 아니라 갈립 같은 아들이 있었으 면 하고 항상 바랐다는 말을 반복한 것이다. 갈립처럼 신중하 고, 성숙하고, 침착한……

이십이 년 전 갈립은(그러니까 제랄은 당시 지금 그와 같은 나이 였다.) 키가 부끄러울 정도로 커지고 손과 팔은 더 부끄러울 정 도로 실수를 저질렀던 시절에 이 말을 처음 듣고는, 식탁을 직 각으로 둘러싼 벽 너머에 있는 끝없는 지점을 바라보기만 하던 그 활력 없고 맛없는 부모님과의 식사에서(어머니: 점심때 먹었던 올리브유로 만든 음식이 남았는데 줄까? 갈립: 아니, 싫어요. 어머니: 당신은? 아버지: 나, 뭐?) 해방되어 매일 저녁 수잔 백모, 멜리흐 백부, 뤼야와 함께 식탁에 앉을 수 있을 거라고 상상했다. 시간이 지난 후에 머리에 떠올라 정신을 어지럽히는 것들이 또 있었다. 매주 일요일 아침 뤼야와 놀기 위해('비밀 통로' 놀이, '난 못 봤어' 놀이) 위층으로 올라갔을 때, 가끔이긴 하지만, 푸른색 잠옷을 입은 아름다운 수잔 백모는 그의 어머니가 되었고 (어머니가 된 것이 좋았다.) 변호사 일과 아프리카 이야기를 좋아했던 멜리흐 백부는 아버지가 되었으며(아버지가 된 것이 좋았다.) 같은 나이니까 뤼야와 그는 쌍둥이 남매가 되었다.(이 끔찍한 결과에 대해서는 곰곰이 생각하며 결정을 내리지 못했다.)

식탁이 다 치워졌을 때 갈립은 BBC 텔레비전 방송국에서 제랄을 만나고 싶어 하지만 그를 찾지 못했다고 했다. 하지만 그가 기대했던 것처럼, 제랄이 주소와 전화번호를 모두에게 숨긴다는 것, 집이 몇 군데나 되는지 모른다는 소문, 이스탄불 사방에 있는 아파트를 어떻게 찾을지에 관한 불만이 다시 터져 나오지는 않았다. 대신 누군가 눈이 온다고 말했다. 이렇게 해서 그들은 식탁에서 일어나 여느 때처럼 안락의자에 파묻히기 전에, 손등으로 커튼을 젖혀 추운 밤, 눈이 쌓이고 있는 뒷골목을 내다보았다. 정적, 순결한 눈.(제랄이 독자들과 그리움을 공유하기보다는 조롱하곤 했던 장면, 라마단 저녁!) 갈립은 방으로 들어가는 와스프를 따라갔다.

와스프가 커다란 침대의 가장자리에 앉았다. 갈립은 그 맞은편에 있었다. 와스프는 손으로 자신의 흰머리를 쓸다가 어깨로 늘어뜨렸다. 뤼야? 갈립은 가슴을 주먹으로 치고는 질식하듯 기침하는 시늉을 했다. 기침하는 환자! 그런 후 두 손을 모아 베개처럼 한 후 거기에 머리를 비스듬히 기댔다. 뤼야는 누워 있어. 와스프는 침대 밑에서 커다란 종이 상자를 꺼냈다. 오십 년 동안 신문과 잡지에서 잘라 모은 것 중 가장 특별하고 어쩌면 가장 좋은 것이 들어 있었다. 갈립은 그 곁에 앉았다. 마치 와스프의 다른 한쪽에 뤼야가 앉아서 그가 꺼내 주는 것을 함께 보고 웃는 듯이, 상자에서 무작위로 집어 든 사진을 바라보았다. 이십 년 전에는 얼굴에 거품을 묻힌 채 면도 크림 광고에 등장했으며 결국 나중에는 코너에서 날아온 공을 머리로 받은 후 뇌출혈로 죽은 유명한 축구 선수의 미소, 군사혁명 후 피 묻은 군복을 입은 채 쉬고 있는 이라크 지도자 카슴의 시체, 그 유명한 쉬쉬리 광장 살인 사건의 재연.("부인이 바람을 피운 사실을 이십 년 후 은퇴한 다음에야 알게 된 질투심 많은 중령이 며칠 동안 추적하여, 자동차에 있던 바람둥이 신문 기자와 자신의 젊은 부인을 권총으로 쏠 거야."라고 뤼야는 라디오 극장에 나오는 과장된 목소리로 말하곤 했다.) 충성스러운 지지자가 희생물로 바친 낙타를 멘데레스 수상이 살려 주는 사진에서 기자인 제랄은 낙타와 함께 다른 곳을 응시하고 있다. 갈립이 집으로 돌아가기 위해 막 일어나는데, 와스프가 상자에서 무심코 집어 든 제랄의 옛날 칼럼 두 편이 눈에 들어왔다. 「알라딘의 가게」, 「사형집행인과 우는 얼굴」. 불면으로 보낼 밤을 위한 독서 준비! 와스프에게 그 칼럼들을 빌리기 위해 그리 애쓸 필요도 없었다. 가족들은 에스마 부인이 가져온 커피를 마시지 않는 갈립을 이해해 주었다. 그러니까 그의 얼굴에 '아내가 아파 집에 누워 있어요.'라는 표정이 자리 잡고 있었던 것이다. 갈립은 열린 현관문의 문턱에 서 있었다. 멜리흐 백부도 "그래, 가도록 놔둬."라고 했다.

할레 고모는 길거리에서 돌아온 고양이 쾨뮈르를 향해 몸을 숙였다. 집 안에서 목소리가 들려왔다.

"뤼야에게 안부를 전해 주렴. 빨리 나으라고 말이야. 뤼야에게 안부를 전해 주렴!"

갈립은 돌아가는 길에 가게 셔터를 내리는 안경 쓴 재단사를 만났다. 작은 고드름이 달린 가로등 불빛 아래서 인사를 나누고 함께 걸어갔다.

"늦었답니다. 아내가 집에서 기다리고 있지요."

재단사는 극도로 고요한 눈의 정적을 깨기 위해서인지 이렇게 말했다.

"춥군요."

갈립은 이렇게 응수했다.

그들은 발밑에서 눈이 부서지는 소리를 들으며, 길모퉁이에 있는 아파트와 아파트 맨 위층 가장자리에 있는 침실의 희미한 스탠드 빛이 보일 때까지 함께 걸었다. 어둠 속에서 눈이 내리고 있었다.

갈립이 집에서 나갈 때처럼 거실 불은 꺼져 있었고 복도 불은 켜져 있었다. 갈립은 집 안으로 들어가자마자 차를 마시기 위해 물을 올려놓았다. 외투와 재킷을 벗어 걸었다. 침실로 들어가 희미한 스탠드 불빛 아래서 젖은 양말을 갈아 신었다. 그런 후 식탁에 앉아 뤼야가 자신을 떠날 때 남긴 편지를 한 번 더 읽었다. 초록색 볼펜으로 쓴 편지는 기억한 것보다 짧았다. 열아홉 단어.

4장
알라딘의 가게

내게 결점이 있다면, 주제 밖으로 벗어나는 것이다.
— 비론 파샤,[27] 『장난과 조롱』

나는 '회화적(繪畫的)인' 작가다. 사전을 들춰 봤지만 '회화적'이라는 단어의 뜻을 그렇게 잘 이해하지는 못했다. 나는 단지 이 단어의 분위기를 좋아할 뿐이다. 나는 항상 다른 것들을 이야기하기를 꿈꾸었다. 그러니까 말 탄 기사들을, 안개 낀 새벽 어두운 초원의 양끝에서 서로를 공격하기 위해 준비하는 삼백 년 전의 군대들을, 겨울밤 선술집에서 서로에게 사랑 이야기를 해 주는 불행한 사람들을, 어두운 도시 안에서 어떤 비밀을 뒤쫓다 사라진 연인들을……. 영원히 끝나지 않을 이야기이다. 하지만 신이 내게 허락한 것은 오직 다른 종류의 이야기를 해야만 하는 이 지면과 독자 여러분뿐이다. 우린 그럭

___
27) 고위 관리에게 주어지던 경칭.

저럭 잘해 나가고 있는 것 같다.

내 기억의 정원이 메마르기 시작하지 않았다면 어쩌면 이 상황에 대해 전혀 불만이 없을 것이다. 하지만 손에 펜을 들 때마다 눈앞에는 내게 무엇인가를 기대하는 독자 여러분의 얼굴과 황폐한 정원에서 하나하나 도망쳐 버리는 내 기억의 흔적이 되살아나곤 한다. 기억 대신에 오로지 그 흔적과 만나는 것은 당신을 떠나 다시는 돌아오지 않을 애인이 안락의자에 남겨 놓은 흔적을 눈물을 흘리며 바라보는 것과 같다.

그래서 나는 알라딘과 이야기를 나누기로 했다. 신문 칼럼에 그에 관해 쓸 것이며 그전에 먼저 그와 면담을 하고 싶다고 하자 그는 눈동자가 새까만 눈을 크게 뜨며 이렇게 말했다.

"하지만 제랄 씨, 혹시 나한테 안 좋은 일이 될까요?"

나는 그렇지 않을 거라고 했다. 나는 니샨타쉬에 있는 그의 가게가 우리 삶에서 차지하는 부분에 대해 이야기해 주었다. 그의 작은 가게에서 파는 수천수만 가지의 다양한 물건이 얼마나 향기롭고 생생하게 형형색색으로 우리 모두의 기억에 남아 있는지를 말해 주었다. 아파서 침대에 누워 있는 아이들이 알라딘의 가게에 선물이나 장난감이나(총을 든 군인) 책이나(『빨간 머리 아이』) 모험 만화를(키노와가 부활한 17권) 사러 간 엄마가 돌아오기만을 초초하게 기다렸다고 말해 주었다. 또한 가게 주위에 있는 학교에서 수업이 끝나는 벨이 울리기를 기다리던 학생들은, 상상 속에서는 진작 울린 그 벨소리가 실제로 들리면 가게에 들어가 축구 선수나(갈라타사라이 팀의 메틴) 레슬링 선수나(하미트 카플란) 영화배우(제리 루이스) 사진이 나오는 크런치 초콜릿을 샀다고 설명해 주었다. 야간 예술학교에 가기 전에 빛바랜 매니큐어를 지우기 위해 작은 병에 든 아세톤을 샀던 여자 아이들은, 세월이 흐른 후 무미건조한 결혼 생활을 이어 가는 무미건조한 부엌에서, 아이들과 손자손녀들 사이에서 불행하게 젊은 시절의 첫사랑을 기억해 냈을 때, 알라딘의 가게를 먼 동화처럼 상상했다고 말해 주었다.

우리는 이미 집으로 와서 마주 앉았다. 나는 알라딘에게 몇 년 전 그의 가게에서 샀던 초록색 볼펜과 엉터리로 번역된 추리소설에 대해 이야기했다. 두 번째 이야기는 내가 너무나 사랑한 주인공이 다른 것은 하지 않고 죽을 때까지 오직 내가 선물한 그 추리소설만 읽는 것으로 끝났다. 우리의 역사와 모든 동양의 역사를 바꿀 모의를 하고 반정부 폭동을 계획하던 애국 장교와 신문기자가 역사적인 첫 모임을 갖기 전에, 알라딘의 가게에서 어떻게 만났는지도 설명해 주었다. 이 역사적인 모임이 실현되던 날 저녁, 책과 상자가 금시라도 천장에 닿을 듯이 쌓여 있는 계산대 뒤에서 알라딘은 아무것도 모른 채 다음 날 아침에 반납할 신문과 잡지를 손가락에 침을 묻혀 가며 세고 있었다고 이야기해 주었다. 진열장과 문 앞에 있는 밤나무에 진열했던 잡지에서 포즈를 취하고 있는 벌거벗은 터키 여자들과 외국 여자들은, 넋을 잃고 인도(人道)를 지나갔던 외로운 남자들의 그날 밤 꿈속에서, 마치 『천일야화』에 나오는 탐욕스러운 여자 노예와 술탄의 부인처럼 요염을 떨었다고 말해 주었다. 『천일야화』 이야기가 나왔으니 말이지만, 이런 제목의 이야기는 사실 천하루 밤 중 한 번도 언급되지 않았으나 앙투안 갈랑이 이백오십 년 전에 서양에서 처음 그 이야기를 출간했을 때 끼워 넣었다고도 이야기했다. 실제로 갈랑에게 이야기를 해 준 사람은 세헤라자데가 아니라 한나라는 기독교도라고 말해 주었다. 하지만 실제로 한나는 요한나 다얍이라는 알레포 출신의 학자이고, 이야기 속에 나오는 커피에 관한 세부 서술에서 터키, 구체적으로는 이스탄불이 배경임을 알 수 있다고 말해 주었다. 그러나 실제로 사람들은 이제 어느 것이 진짜 이야기이고 인생의 진위가 어떤 것인지 절대 이해할 수 없을 거라고 말해 주었다. 나는 모든 것을 잊었다고, 모든 것을 잊었다고, 모든 것을 잊었다고 말해 주었다. 나는 나이도 먹고, 불행하고, 까다롭고, 외롭고, 죽고 싶다고 말해 주었다. 니샨타쉬 광장에서는 저녁의 시끄러운 교통 소음이 들려오고, 라디오에서는 슬프게 하고 눈물을 흘리게 하는 음악이 흘러나왔다. 나도 평생 이야기를 한 후 죽기 전에, 내가 망각한 모든 것, 가게에 있는 콜론 화장수 병, 우표, 성냥갑 위에 있는 그림, 스타킹, 그림엽서, 연예인 사진, 성(性) 과학 연감, 머리핀, 기도 책 이야기를 알라딘에게 하나하나 듣고 싶다고 말했다.

상상의 이야기 속으로 떨어진 현실의 모든 사람들처럼, 알라딘에게도 세상의 경계를 억지로 허물려 하는 비현실적인 부분과 그 규칙에 대항하는 꾸밈없는 이성이 있었다. 알라딘은 언론이 자기 가게에 관심을 가져 주어 기쁘다고 했다. 그는 삼십 년 동안, 하루 열네 시간을 모퉁이에 있는 장사가 잘되는 가게에서 일하고, 모두들 라디오에서 중계되는 축구 경기를 든는 일요일 오후 2시 반에서 4시 반 사이에는 집에서 낮잠을 잤다고 했다. 자신의 진짜 이름은 따로 있지만 손님들은 모른다고 했다. 자신은 오로지 《휴리예트》 신문만 읽는다고 말했다. 자기 가게에서 정치적 모임은 있을 수 없는데, 그 이유는 가게 바로 맞은편에 테쉬비키예 경찰서가 있고 자신은 정치에 관심이 없기 때문이라고 설명했다. 게다가 자신이 손가락에 침을 묻혀 가며 잡지를 세는 것도 사실이 아니며, 가게는 전설이나 동화의 장소도 아니라고 했다. 그는 이런 착각에 대해 불만이 많았다. 가난한 노인들은 진열장에 있는 플라스틱 시계를 진짜 시계라고 여기고는 싼 가격에 놀라 흥분하며 가게 안으로 들어오기도 했다. 경마 게임에 지거나 자기 손으로 고른 복권이 당첨되지 않아 화가 난 손님들은 그 게임을 알라딘이 만들었다고 생각해 소란을 피우기도 했다. 스타킹 올이 나간 여자도, 터키산 초콜릿을 먹고는 피부가 허물처럼 벗겨진 아이의 어머니도, 자신이 읽은 신문의 정치적 입장이 마음에 들지 않는 독자도, 제조자가 아니라 판매인에 지나지 않는 알라딘을 비방했다. 상자 안에서 커피가 아니라 커피색 구두약이 나온 것도 알라딘의 책임이 아니었다. 목소리가 요염한 가수 에멜 사인의 첫 번째 노래가 끝났을 때 자꾸 흔들리는 바람에 줄줄 흘러내려서는 트랜지스터 라디오를 까만 액체 범벅으로 만들어 버린 국산 건전지도 알라딘의 책임이 아니었다. 어디에 가든지 항상 북쪽을 가리켜야 하는 나침반이 대신 언제나 테쉬비키예 경찰서를 가리키는 것도 알라딘의 책임이 아니었다. 바프라 담뱃갑 속에서 연애와 결혼에 대한 환상을 꿈꾸는 노동자 처녀의 편지가 나온 것도 알라딘의 책임이 아니었다. 하지만 담뱃갑을 열어 본 페인트공 청년은 기뻐 날뛰며 알라딘에게 달려와 그의 손등에 입을 맞추었고, 알라딘에게 결혼의 증인이 되어 달라며 처녀의 이름과 주소를 물었다.

알라딘의 가게는 한때 이스탄불에서 가장 좋은 동네였던 곳에 있었다. 하지만 손님들은 항상, 정말 항상 그를 놀라게 했다. 여전히 줄이라고는 서지 않는 넥타이 맨 신사들이 그를 놀라게 했다. 배운 대로 줄을 서지 않는 사람들에게 소리를 질러야 할 때도 있었다. 모퉁이에서 버스가 보이기 시작하면 네다섯 사람이 동시에 마치 흥분한 몽골 병사들처럼 "버스표, 버스표, 빨리 버스표 줘요!"라며 가게로 뛰어들었고, 그들 때문에 주위가 어수선해져서 결국 버스표를 팔지 않게 되었다. 복권을 고르면서 싸우는 결혼한 지 사십 년 된 부부, 비누 한 장을 사기 위해 서른 가지 비누의 냄새를 맡아 보는 화장한 여자, 호루라기를 사기 전에 상자를 모두 열고 일일이 다 불어 보는 은퇴한 장교도 있었다. 하지만 그는 이제 이 모든 일에 익숙해졌기 때문에 신경 쓰지 않았다. 이미 십일 년 전에 마지막 호가 나온 사진을 곁들인 소설의 지난 호 한 권이 없다고 불평하는 주부에게, 우표를 사기 전에 뒷면을 핥으며 풀을 맛보는 뚱뚱한 남자에게, 크레이프 종이로 만든 카네이션에서 향기가 나지 않는다며 다음 날 가지고 와서 화를 내는 푸주한의 부인에게, 이제는 신경 쓰지 않았다.

그는 피땀 흘려 이 가게를 마련했다. 오랜 세월 동안 텍사스와 톰믹스 만화를 직접 손으로 제본했고, 매일 아침 아직 모든 도시가 잠들어 있을 때 가게 문을 열어 쓸고 닦았으며, 신문과 잡지를 문과 밤나무에 집게로 매달았고, 진열장에 신제품을 진열했다. 손님들이 원할지도 모른다는 생각에 가장 이상한 물건들(자석이 달린 거울을 갖다 대면 돌아가는 장난감 발레리나, 세 가지 색 신발 끈, 눈에 푸른색 전구가 켜지는 작은 아타튀르크[28] 석고상, 네덜란드 풍차 모양 연필깎이, '세놓습니다' 혹은 '신의 이름으로'라고 시작하는 기도문이 쓰여 있는 액자, 1에서 100까지 번호가 매겨진 새(鳥) 그림이 나오는 소나무 향 껌, 카팔르 차르시[29]에서만 팔리는 분홍색 서양 주사위, 타잔과 바르바로사[30] 판박이, 각 축구팀을 상징하는 색색 두건들(알라딘 자신도 푸른색 두건을 십 년 동안 썼다.), 한쪽은 구둣주걱이고 다른 한쪽은 병따개인 쇠로 된 연장)을 제공하기 위해 수년 동안 이스탄불 전체를, 모든 가게를 샅샅이 뒤졌다. 어느 누구의 머리에도 떠오르지 않을 엉뚱한 요구에도("당신 가게에 장미꽃 향기가 나는 푸른색 잉크 있어요?", "혹시 노래하는 반지 있어요?") "없어요."라고 말하지 않았다. 누군가 물어보는 것으로 봐서는 어디엔가 있을 거라

---

28) Atatürk(1881~1938). 본명은 무스타파 케말. 국부라는 뜻의 '아타튀르크'는 1934년에 국회가 그에게 부여한 성이다. '터키의 아버지'라 불리는 그는 터키 국민의 정신적 지주로 1923년 터키 공화국을 선포하면서 초대 대통령이 되었고, 종래의 이슬람 전통을 크게 탈피한 서구식 근대화 개혁 작업을 급진적으로 추진했다.

29) 이스탄불에 있는 큰 시장으로 '그랜드 바자르'라고도 한다.

30) Barbarossa(1470~1547). 오스만 제국의 해군 사령관. 원래 서부 지중해의 해적 두목이었으나, 1518년 오스만 제국 해군에 소속된 후 중서부 지중해에서 많은 해전을 승리로 이끌었다.

고 생각했기 때문에 "내일 가져다 놓겠습니다!"라고 말한 후 공책에 적었다. 다음 날이면 도시 속에서 신비를 찾으려고 나선 여행객처럼 모든 가게를 돌아다니다 결국은 찾아냈다. 믿을 수 없을 만큼 많이 팔리는 사진이 들어간 소설, 그림이 들어간 카우보이 이야기, 백치미를 풍기는 국내 연예인 사진으로 돈을 많이 벌었던 시기도 있었다. 커피와 담배가 암시장으로 넘어가서, 줄을 서지 않으면 아무것도 살 수 없던 춥고 불안한 시기도 있었다.

지나는 사람들을 가게 안에서 내다볼 때는 그들이 이런 사람인지 저런 사람인지 절대 추측할 수 없지만, 일단 손님으로 들어오면 그들이 사실은 그 패거리, 그가 도저히 이해할 수 없는 욕망에 이끌리는 그치들이라는 것을 알 수 있었다. 모습과 분위기는 전혀 다른 그 사람들이 모두 다 음악이 나오는 담뱃갑에 호기심을 보였고, 그러다가는 일본에서 온 새끼손가락만 한 볼펜을 우르르 사기 시작했으며, 다음 달에는 그 모든 것을 잊고 권총 모양의 라이터를 사 대기 시작하는 바람에 알라딘은 물건이 달려서 팔지 못할 지경이었다. 그 후에는 플라스틱으로 된 담배 파이프가 유행했다. 모두들 자신들이 피운 역겨운 담배 타르를 변태 같은 학자의 호기심으로 바라보며 여섯 달 동안 투명한 플라스틱 파이프를 사용했다. 그러다 또 그만두고 좌익이나 우익, 신자나 무신자를 막론하고 크기와 색이 다양한 묵주를 사서는 어느 곳에서나 손가락으로 한 알 한 알 돌리기 시작했다. 이 폭풍이 지나가고 알라딘이 가게에 남은 물건들을 채 반품도 하기 전에 이번에는 꿈이 유행하기 시작했다. 모두들 꿈을 해석하는 소책자를 사려고 가게 앞에 줄을 섰다. 미국 영화가 들어오면 젊은이들은 모두 검은색 안경을 샀다. 신문 기사를 보고는 여자들이 모두 립크림을 샀으며, 남자들은 모두 이맘[31])에게나 어울릴 모자를 원했다. 하지만 그들의 욕구는 대부분 전혀 이해할 수 없는 형태로 전염병처럼 퍼지곤 했다. 왜 수천수만 명의 사람이 동시에 라디오와 라디에이터 위에, 자동차 뒤창 앞에, 방에, 사무실 책상에, 진열장에 나무로 만든 돛단배를 놓아두기 시작했을까? 어머니와 아이, 남녀노소 하나같이 똑같은 그림, 그러니까 눈에서 커다란 눈물방울이 흘러내리는 슬퍼 보이는 유럽 아이 그림을 도무지 알 수 없는 욕구로 사다가 벽과 문에 걸어 두었던 것을 어떻게 이해해야 할까? 이 민족은……. 이 사람들은……. 그가 찾으려 했던 단어는 '이상하다'나 '이해할 수 없다', 심지어 '끔찍하다'였지만, 말을 다루는 사람은 알라딘이 아니라 나였기 때문에 이 문장은 내가 완성했다. 한동안 우리는 아무 말도 하지 않았다.

잠시 후, 몇 년 동안 계속 팔려 나간 머리가 흔들리는 작은 셀룰로이드 거위에 대해 이야기할 때, 안에 버찌 리큐어와 버찌가 들어 있는 그 옛날 병 모양 초콜릿에 대해 이야기할 때, 연을 만들 때 필요한 싸고 좋으며 반듯하고 긴 나무를 이스탄불 어디에서 찾을 수 있는지에 대해 이야기할 때, 알라딘과 손님들 사이에는 그 자신도 찾을 수 없는 단어로만 설명될 어떤

---

31) 이슬람 남성 성직자, 예배 인도자.

연결 끈이 있음을 알게 되었다. 그는 할머니와 함께 가게로 와서 탬버린을 샀던 작은 소녀도, 프랑스 잡지를 집어 들고 가게 한구석에 처박혀 책 속에 있는 나체의 여성과 눈 깜짝할 사이에 사랑을 시도하는 여드름 난 젊은이도 좋아했다. 할리우드 배우들의 믿을 수 없는 인생을 이야기하는 소설을 사다가 밤새 집에서 읽고는 다음 날 아침 "이 책 나한테 있던 거예요!"라며 반품해 달라고 하는 안경 낀 은행 여직원도 좋아했다. 코란을 읽는 여자 아이의 포스터를 그림 없는 신문으로 싸 달라고 특별히 부탁하는 노인도. 하지만 그래도 이 사람들의 애정은 그나마 분별이 있었다. 패션 잡지에 나온 옷본을 지도처럼 펼쳐 놓고 가게 안에서 옷감을 자르려 하는 모녀, 가게에서 나가기도 전에 장난감 탱크로 전쟁을 하며 서로 다투다가 그것을 부수어 버린 아이들까지도 약간은 이해할 수 있었다. 하지만 연필 모양 손전등이나 해골 모양 열쇠고리가 있느냐고 묻는 사람들에 대해서는, 다른 세계의 알 수 없는 어떤 힘이 그에게 신호를 보내는 것이 아닌가 하고 의아할 뿐이었다. 눈이 오는 어느 겨울날 가게에 찾아와서는 학생들 숙제 때문에 필요하다며 '겨울 풍경'이 아니라 '여름 풍경'을 고집스레 원했던 이상한 남자는 어떤 비밀의 징후를 감지하고 있었던 것일까? 가게 문을 막 닫으려던 밤에 안으로 들어온 비밀스러운 두 남자는, 기성복을 입힌 다양한 크기의, 팔이 아래위로 움직이는 인형을 진짜 아기를 안는 의사처럼 조심스럽고 다정하고 익숙하게 안아 올려서는, 그 분홍빛 인형들이 눈을 떴다 감았다 하는 것을 마치 마법에 걸린 듯 바라보았다. 그러고는 라크

한 병과 인형 하나를 포장해 달라고 한 후 알라딘을 소름 끼치게 했던 어둠 속으로 다시 사라졌다. 이와 비슷한 수많은 사건들을 겪고 나자, 알라딘은 꿈속에서 상자와 비닐 봉지 속에 넣어 파는 인형을 보곤 했고, 밤마다 가게를 닫은 후에는 천천히 눈을 뜨고 감는 인형과 머리카락이 자라는 인형을 상상하곤 했다. 그는 이게 도대체 어떤 신호인지를 내게 물어보려 했을 것이다. 하지만 그러기 전에 그는, 말을 너무 많이 하거나 자신의 고민을 너무 오랫동안 세상에 떠넘겼다고 느낄 때 우리 동포들에게 밀려들곤 하는 무력하고 침울한 정적에 빠져 버렸다. 이번에는 그 침묵이 오랫동안 깨지지 않을 것임을 알고는 우리 둘 다 말을 하지 않았다.

시간이 아주 많이 흐른 후, 알라딘은 마치 실례를 범했다는 듯 집에서 나가면서, 이제는 당신이 더 잘 알 것이고, 이제는 당신이 원하는 대로 쓰라고 말했다. 사랑하는 독자 여러분, 어쩌면 나는 언젠가 그 인형들과 우리의 꿈에 관해 멋진 글을 쓸 수 있을 겁니다.

5장
그건 어린애 같은 행동이다

떠날 때는 그 이유를 말해야 한다.
상대에게 대답할 권리를 주어야 하는 것이다.
그렇게 뜬금없이 갈 수는 없는 것이다.
그건 어린애 같은 행동이다.
— 마르셀 프루스트, 『사라진 알베르틴』

열아홉 단어로 된 뤼야의 작별 편지는 갈립이 항상 전화기 옆에 놓아 두었던 초록색 볼펜으로 쓰여 있었다. 그런데 볼펜은 보이지 않았고 나중에 집을 뒤져도 찾을 수 없었기 때문에, 갈립은 뤼야가 현관문을 나가기 직전에 편지를 썼다고 결론을 내리게 되었다. 뤼야는 편지를 쓴 후 어쩌면 볼펜이 필요할지도 모른다는 생각이 들어 핸드백에 넣었을 것이다. 왜냐하면 어쩌다 한번씩 누군가에게 정성 들여 편지를 쓰려고 할 때(뤼야는 한 번도 그런 편지를 다 쓴 적이 없고, 다 썼다 하더라도 봉투에 넣지 않았으며, 봉투에 넣었다 하더라도 부치지 않았다.) 그녀가 즐겨 사용하던 굵은 만년필이 여느 때처럼 그 자리에, 침실에 있는 서랍 안에 그대로 있었기 때문이다. 편지를 썼던 종이를 어느 공책에서 뜯어 냈는지를 알아내기 위해 갈립은 꽤 오랜 시간을 들였다. (제랄의 조언에 따라) 뤼야가 자신의 작은 박물관으로 사용했던 서랍 속을 밤새도록 뒤져, 나오는 공책 하나하나의 속지를 그녀가 편지지로 사용한 종이와 비교했다. 계란 한 꾸러미를 6쿠루시로 계산했던 초등학교 산수 공책, 지루해서 뒤 페이지에 만(卍) 자 십자상과 사시(斜視)였던 선생님의 캐리커처를 그려 놓은, 종교 시간에 의무적으로 작성하던 기도 공책, 가장자리에 치마 모델을 그려 놓고 국제적인 영화배우와 잘생긴 국내 스포츠 선수와 가수의 이름을 써 놓은 문학 공책.("『휘순과 아슥』[32]이 시험에 나올지도 몰라.") 매번 똑같이 실망감을 안겨 주는 모든 서랍을 다 뒤졌고, 찾을 수 있는 모든 상자 바닥을 소득도 없이 파헤쳤으며, 침대 아래를 확인했고, 그다음에는 마지막으로 한 번, 뤼야가 두고 간 모든 옷가지의 모든 주머니를 일일이 확인했다. 옷 하나하나마다 여전히 그녀의 향기가 났고, 하나하나마다 아무것도 변하지 않았고 아무것도 변하지 않을 거라는 헛된 약속을 하고 있었다. 사원의 아침 기도 소리가 들린 직후 눈길이 다시 오래된 서랍에 머물자 갈립은 무심코 손을 뻗쳤고, 거기서 편지지를 뜯어낸 공책을 발견했다. 속에 있는 그림이나 글에는("우리 군대가 5월 27일 혁명을 일으킨 것은 정권이 산림을 파괴했기 때문이다.", "히드라의 단면은 할머니의 장식장에 있는 푸른색 꽃병처럼 생겼

---

32) 18세기 터키 신비주의 시인 쉐흐 갈립의 작품. 남녀 간의 사랑 이야기로, 여자 주인공 이름은 휘순(美)이며, 남자 주인공의 이름은 아슥(愛)이다. 휘순을 찾아 헤매던 아슥이 결국 그녀를 자신의 마음속에서 찾는다는 내용.

다.") 별로 신경 쓰지 않고 한 번 뒤적거리기만 했던 공책이었는데, 중간쯤이 가차 없이 거칠게 찢겨 나가 있었다. 좀 더 자세히 공책을 들여다보자, 수많은 사소한 기억들, 밤새워 찾아낸 수많은 사소한 발견들이 뒤얽히기 시작했다.

연상: 오래전 중학교에 다니던 시절, 뤼야와 같은 반에서 같은 줄에 앉아, 끌어모을 수 있는 모든 인내심과 의지로 견뎌 냈던 추한 역사 선생은 아무 예고도 없이 "종이와 연필 꺼내!"라고 소리쳤다. 그는 시험에 대한 두려움으로 휩싸인 고요한 교실에 울려 퍼지는, 공책에서 성급하게 종이를 찢어 내는 소리를 못 견뎌 했다. "공책 찢지 마라! 낱장으로 된 백지를 꺼내라. 우리 민족의 공책을 찢는 사람, 재산을 파괴하는 사람은 터키인이 아니다. 미천한 사람이다! 그런 사람에게는 빵점을 주겠다."며 새된 목소리로 고함을 질렀다. 정말로 빵점을 주기도 했다.

작은 발견: 가늠할 수 없는 간격으로 작동하는 냉장고 모터 소리가 무참하게 깨 버린 한밤중의 고요 속에서, 몇 번인지도 알 수 없을 정도로 뒤져 봤던 옷장 바닥에서, 뤼야가 떠날 때 가져가지 않은 짙은 초록색 하이힐 사이에서 번역된 추리 소설을 발견했다. 집 안에 그런 책이 수백 권이나 있었기 때문에 별 관심은 없었지만, 하룻밤 사이에 옷장과 서랍에서 발견한 것을 뒤지는 데 익숙해진 손은 자동으로 눈이 커다랗고 음흉해 보이는 작은 올빼미 사진이 실려 있는 검은 책의 책장을 넘겼는데, 그 안에는 잡지에서 오려 낸 번들거리는 사진이 끼워져 있었다. 잘생긴 나체의 남자. 갈립은 본능적으로 남자의

흐물흐물한 남근과 자신의 것을 비교하면서 '알라딘의 가게에서 산 외국 잡지에서 자른 걸 거야!'라고 생각했다.

연상: 뤼야는 갈립이 추리소설을 싫어하기 때문에 그가 손도 대지 않는다는 것을 잘 알았다. 그 세계, 그러니까 전형적인 영국인, 엄청나게 뚱뚱한 사람, 살인자, 희생자까지, 모든 주체와 대상이 전부 실마리인 듯하거나, 작가가 억지로 실마리인 척 꾸미는 세계에서, 지금 이곳과 닮지 않은 이 인공 세계에서 그는 도무지 시간을 보낼 수 없었다.(뤼야는 추리소설을 손에 든 채 알라딘의 가게에서 사 온 콩을 먹으며 "뭐 그냥 시간 보내는 거야!" 하고 말하곤 했다.) 한번은 그가 작가도 살인자가 누구인지 알지 못하는 추리소설이 있다면 읽을 수 있을 거라고 뤼야에게 말한 적이 있다. 그러면 대상과 인물이, 모든 것을 알고 있는 작가의 억지 실마리와 가짜 실마리의 형상으로 변하기 전에, 최소한 작가의 상상이 아니라 삶에 있는 것들을 모방하면서 책 속에 존재할 수 있을 것이다. 갈립보다 더 충실한 독자인 뤼야는, 그런 소설에서 세부 사항을 어떻게 처리할 거냐고 물었다. 추리소설에서 세부 사항은 항상 어떤 목적을 가리키고 있다면서 말이다.

세부 사항: 뤼야는 집에서 나가기 전에, 곁에 커다란 애수시렁이 한 마리와 작은 바퀴벌레 세 마리를 그려 놓아 소비자를 두렵게 했던 살충제를 화장실과 부엌과 복도에 마구 뿌려 놓았다.(여전히 약 냄새가 났다.) 물을 데우기 위해 '전기 보일러'라고 하는 것을 켜 놓았다.(무심코 켜 놓은 것 같았다. 왜냐하면 목요일은 아파트에서 온수가 나오는 날이기 때문이다.)《밀리예트》

를 약간 읽었고(구겨져 있었다.), 나중에 가지고 간 연필로 퍼즐도 조금 풀어 놓았다. 무덤, 사이, 달, 어려운, 분할, 신실(信實), 비밀, 듣다. 아침은 먹었고(차, 흰 치즈, 빵), 설거지는 하지 않았다. 침실에서 두 개비, 거실에서 네 개비의 담배를 피웠다. 겨울 옷 조금, 피부를 안 좋게 만든다던 화장품 약간, 슬리퍼, 최근에 읽었던 소설, 행운을 가져올 거라고 믿으며 서랍 손잡이에 달아 두었던 빈 열쇠고리, 유일한 장신구였던 진주 목걸이, 뒤에 거울이 달린 빗을 가져갔으며, 머리카락과 같은 색의 외투를 입었다. 그녀는 이 모든 물건을, 한 번도 간 적이 없는 여행에 필요할지도 모른다며 아버지에게서 가져온 중간 크기의 여행용 가방에(멜리흐 백부가 마그레브에서 가지고 온) 넣은 것 같았다. 옷장 문은 대부분 닫혀 있었고(발로 차서), 서랍은 손으로 밀어서 닫은 것 같았으며, 주변에 널려 있던 자질구레한 것들은 제자리에 놓여 있었고, 작별 편지는 전혀 주저하지도 않고 한 번에 썼다. 쓰레기통과 재떨이에는 찢어서 버린 연습 종이가 없었다.

어쩌면 이것을 작별 편지라고 하지 않을 수도 있다. 뤼야는 돌아올 거라는 말을 하지 않은 것처럼, 돌아오지 않을 거라는 말도 하지 않았다. 그녀는 갈립이 아니라 그 집을 떠난 것 같았다. 뤼야는 세 낱말로 된 문장으로 갈립을 공범(共犯)으로 만들었다. "가족들에게 잘 말해!" 그녀가 집을 떠나는 이유를 분명한 형태로 자신에게 떠넘기지 않아서 고마웠고 공모자로 만들어 주어서 기뻤다. 그것이 무엇이든 간에, 어쨌든 공모는 공모였다. 이 공모의 대가로 뤼야가 갈립에게 한 약속도 세

낱말이었다. "네게 곧 연락할게." 그는 밤새 기다렸지만 연락은 오지 않았다.

물과 라디에이터는 밤새 여러 가지 신음 소리, 부글거리는 소리, 한숨 소리를 냈다. 간간이 눈이 내렸다. 보자[33] 장수가 한 번 지나갔고, 다시 오지 않았다. 뤼야의 초록색 서명과 갈립은 몇 시간이고 서로를 마주 보고 있었다. 집 안에 있는 물건과 그림자는 새로운 정체로 가장했고, 집은 다른 집이 되었다. 갈립은 속으로 "그러니까 삼 년 동안 천장에 매달려 있던 전구가 거미를 닮았군."이라고 중얼거렸다. 자고 싶었다. 어쩌면 좋은 꿈을 꿀 수 있을 거라는 생각이 들어서. 하지만 잘 수가 없었다. 이미 충분히 했던 모든 조사를 없던 것으로 하고 (서랍 뒤에 있는 상자를 살펴봤던가. 그럼, 당연히 봤지, 봤을 거야, 안 봤을지도 몰라, 아니야, 당연히 안 봤어, 잊어버리고 안 봤어, 전부 다시 한 번씩 뒤져야겠다.) 새로 조사를 시작했다. 이렇게 절망적으로 조사를 하다가, 뤼야에 대한 오래된 기억이 가득한 벨트나 헤어핀, 혹은 색안경은 이미 오래전에 사라져 버리고 없는 빈 통을 들었다가, 갑자기 지금 하고 있는 일이 절망적이고 목적도 없다는 것을 깨닫고는(책에 나오는 그 탐정은 얼마나 대단했던가, 그 탐정의 귀에 실마리를 속삭여 주는 작가는 얼마나 긍정적이었던가!) 그 순간 손에 무엇이 들려 있든 간에, 목록을 만드는 주의 깊은 박물관 연구원처럼, 처음 집었던 그 자리에

---

33) 기장으로 만든 터키의 민속 음료. 보자 장수는 밤중에 "보자!"라고 외치고 다닌다.

조심스레 다시 내려놓았다. 다리가 그를 이끌어 몽유병 환자의 꿈결 같은 발걸음으로 부엌으로 갔다. 냉장고를 열어 아무것도 꺼내지는 않고 뒤적거리기만 하다가, 잠시 후 다시 조사를 시작할 요량으로 평소 그가 좋아하는 거실에 있는 안락의자에 가서 앉았다.

삼 년간의 결혼 생활 동안 그것은 뤼야의 의자였다. 그는 그 맞은편에 앉아, 추리소설에 열중하고 있는 그녀를, 한 페이지에서 다음 페이지로 맹렬하게 옮겨 가면서 조바심이 커져만 가자 열망 섞인 한숨을 내쉬고 머리를 잡아당기고 다리를 흔드는 그녀를 바라보았다. 그녀가 떠난 밤에 그 의자에 앉아 있으려니, 갈립의 머릿속에는 내내 같은 광경이 떠올랐다. 그러나 그것이 그들의 고등학교 시절 단지 갈립보다 먼저 담배를 피우기 시작하고 먼저 입술 위에 털이 나기 시작했기 때문에 그보다 성숙해 보이는 여드름투성이 소년들 패거리에 둘러싸인 채 바퀴벌레들이 탁자 위로 겁 없이 돌아다니는 무할레비[34] 가게나 빵집으로 들어가는 뤼야를 보았던 때나, 삼 년 후 그녀의 아파트로 올라가("혹시 푸른색 라벨 있는지 알아보러 왔어요!") 그녀의 어머니가 낡아 빠진 화장대에서 화장을 하는 동안 지루해하는 기색이 역력하게 시계를 흘긋거리고 다리를 흔드는 뤼야를 보았던 때나, 다시 삼 년쯤 지나 주변 사람들이 모두 용기 있고 대의를 위해 희생하는 사람으로 여겼으며 실명으로 《노동의 새벽》에 정치 평론을 쓰는 젊은 정치가

---

34) 우유와 쌀가루로 만든 단 푸딩.

와 창백하고 지쳐 보이는 뤼야가 전혀 정치적이지 않은 결혼을 했다는 것을 알았을 때를 회상하게 만들지는 않았다. 그는 자기 비하, 외로운 패배감 속으로 자신을 몰고 가는 상실감을 헤아려 보아야 했다.("나의 얼굴은 비대칭이고, 손은 실수를 거듭하고, 지나치게 평범하고, 목소리는 거의 나오지 않았다!") 뤼야가 떠난 그 밤, 그의 눈앞에는 단지 삶의 일부, 어떤 기회나 놀이를 놓쳐 버렸음을 깨닫게 하는 이미지가 어른거렸다. 눈이 내릴 때 알라딘의 가게 앞 하얀 인도에 반사되는 빛.

뤼야의 가족이 꼭대기 층으로 이사하고 일 년 반이 지난, 그러니까 초등학교 3학년 때의 어느 금요일 밤이었다. 날이 어두워지고 니샨타쉬 광장에서 자동차와 전차가 내는 소음이 들려올 때, 뤼야와 갈립은 그즈음 함께 발견하여 규칙을 정했던, '고요한 통로'와 '난 못 봤어'를 섞어서 새로운 놀이 '난 사라졌어!'를 만들어 놀기 시작했다. 둘 중 하나가 백부나 할머니의 집에 가서 숨어 '사라지는' 것이었다. 남은 사람은 숨은 사람을 찾을 때까지 샅샅이 뒤졌다. 단순한 놀이였다. 어두운 방에 불을 켜는 것을 금지한 데다 정해 놓은 시간도 없었기 때문에 상대의 인내와 상상력에 맡기는 수밖에 없었다. 사라질 순서가 되었을 때, 갈립은 이틀 전 떠올랐던 기발한 생각을 기억해 내고는 할머니 침실에 있는 옷장 위로(먼저 안락의자의 팔걸이를, 그다음에는 조심스럽게 등받이를 밟고) 올라가 숨었다. 뤼야가 자신을 절대 찾지 못하리라 확신하며 어둠 속에서 그녀를 상상했다. 그 속에서 자신을 찾는 뤼야를 자신이 대신했다. 부재의 고통을 뤼야가 어떻게 느끼는지를 더 잘 이해하기 위해. 뤼야는 울먹일 것이다! 뤼야는 혼자서 지루해할 것이다! 뤼야는 아래층 어두운 뒷방에서 눈물을 흘리며 갈립에게 나오라고 애원할 것이다. 한참 시간이 흐른 후에, 그 시절에는 영원만큼이나 길게 느껴졌던 기다림 이후에, 갈립은 초조했지만 자신이 초조함에 굴복했다는 생각은 하지 않고, 옷장 위에서 내려와 희미한 전등 빛에 눈이 익숙해진 다음에, 이번에는 자신이 뤼야를 찾기 시작했다. 아파트 모든 층을 오르내린 후, 이상한 패배감을 느끼며 할머니에게 물어보니 "아니, 온몸에 먼지를 뒤집어썼구나! 어디 있었니? 모두들 널 찾았는데!"라고 했다. 할아버지도 "제랄이 왔단다. 뤼야와 제랄은 알라딘의 가게에 갔다."라고 했다. 갈립은 즉시 창가로 뛰어갔다. 차갑고 어두운 군청색 창문으로. 밖에는 눈이 내리고 있었다. 사람을 밖으로 불러내는 무겁고 슬픈 눈. 멀리 바라다보이는 알라딘의 가게에서 장난감, 잡지, 공, 요요, 색색의 병, 탱크 사이로 뤼야의 피부색과 같은 빛이 밖으로 새어 나와 인도에 쌓인 하얀 눈 위로 희미하게 반사되었다.

　밤새 이십사 년 된 이 광경들을 기억해 낼 때마다, 갈립은 이십사 년 전에 휩싸였던 초조감을(냄비에서 갑자기 끓어 넘친 맛없는 우유 같은) 느꼈다. 그가 놓쳐 버린 삶의 작은 조각은 어디에 있는가? 결혼 초기에, 그들이 공유한 어린 시절의 전설과 추억을 더 생생하게 유지하기 위해 할레 고모의 집에서 가져와 행복한 새 집에 걸어 두었던(흥분하여 열성적으로) 괘종벽시계가, 오랜 세월 동안 할머니와 할아버지 집의 복도에서 끊임없이 똑딱거렸던 그 소리가, 지금은 그를 조롱하는 듯했다. 그러나 그들이 함께한 삼 년 동안의 결혼 생활 내내, 어디에 있는지 모르는 세계의 삶의 즐거움과 유희를 놓치는 데에 불만스러워하는 듯한 사람은 갈립이 아니라 항상 뤼야였다.

갈립은 매일 아침 일하러 나갔고, 매일 저녁 누구의 것인지도 모르는 얼굴과 다리와 팔꿈치의 끝없는 흐름 속을 헤치며 필사적으로 버스를 타고 내리고, 또 돌무쉬를 갈아타고 집으로 돌아왔다. 매번 뤼야가 하찮게 생각하는 핑계를 찾아 사무실에서 집으로 하루에 한두 번 전화를 했다. 저녁 무렵 가정의 따스함 속으로 돌아오면, 재떨이에 있는 담배 개비의 수와 종류, 물건들의 모습, 집 안에 들어온 새로운 것들, 뤼야의 얼굴을 보고 그녀가 그날 무엇을 했는지 별로 틀리지 않고 알아내곤 했다. 극도로 행복한 순간(거의 없었지만) 혹은 극도로 의심했던 순간에, 어젯밤 하려 했던 것처럼, 서양 영화에 나오는 남편처럼 부인에게 그날 무엇을 했는지 대놓고 묻는다면, 우리 둘 다 서양 혹은 동양 그 어느 영화에서도 확실히 설명되어 있지 않은 불확실하며 불안정한 어떤 지역으로 들어가는 듯한 불안을 느꼈을 것이다. 통계와 관청의 분류에서 '가정주부'라고 명명되는 익명의 사람들(갈립이 뤼야에게는 한 번도 일치시키지 못했던, 아이 딸린, 세제를 묻힌 여자)의 삶에 이렇게 비밀스럽고 신비롭고 불안정한 지역이 있다는 것을 갈립은 결혼을 한 후에야 알게 되었다.

뤼야의 기억 깊은 곳에 있는 이해할 수 없는 지역들처럼, 파악할 수 없는 이 비밀스러운 지역의 신비한 식물과 두려운 꽃으로 뒤덮인 정원이 자신에게는 완전히 닫혀 있다는 것을 갈립은 알고 있었다. 이 금지된 지역은 비누와 세제 광고, 사진이 들어가 있는 소설, 외국 잡지에서 번역한 최신 뉴스, 대부분의 라디오 프로그램과 신문의 총천연색 부록이 공통적으로 주제이자 목표로 삼았지만, 그것과는 동떨어지고, 그것보다 더 신비로우며 비밀스럽기도 했다. 종이 가위가 어떻게, 왜 복도 라디에이터 위에 구리 그릇과 나란히 놓여 있는지 혼자 생각해 볼 때나, 뤼야는 여전히 자주 만나지만 자신은 오랫동안 보지 못했던 어떤 여자를 그들의 일요일 산책길에 우연히 만났을 때, 갈립은 이 부드럽고 불안정하며 비밀스러운 영역으로 가는 어떤 징후, 어떤 실마리를 만난 듯 멈춰 서곤 했다. 한때 지하로 밀려날 수밖에 없었지만 지금은 너무나 강력해져 더 이상 숨을 필요가 없어진 비밀스러운 종파와 대면한 듯한 느낌이었다. 그것이 얼마나 전염성이 높은지, 이 세상의 알 수 없는 주부들이 얼마나 많이 거기에 연관되어 있는지에 소스라쳐 놀랐지만, 더욱 놀라운 것은 그들에게는 아무 숨길 것도, 비밀스러운 의식이나 공동의 비밀, 역사, 환희도 없으며, 모든 것을 자신의 의지대로 한다는 점이었다. 그것은 거세한 환관들이 꼭꼭 숨기는 그 비밀처럼 매력적인 동시에 거부감을 불러일으켰다. 어쩌면 모두가 그 존재를 알고 있기 때문에 악몽처럼 공포스럽지 않을 수도 있다. 하지만 이 신비는 절대 설명되거나 명명될 수 없기 때문에 불가사의하며, 수백 년 동안 세대에서 세대로 전이되었음에도 불구하고 절대로 자부심이나 믿음이나 승리의 원천이 될 수 없기 때문에 슬픈 것이었다. 가끔 갈립은 그 세계가 한 가족의 모든 구성원들을 수백 년 동안이나 따라다니는 어떤 불운이라고 생각하기도 했다. 하지만 결혼을 하여 아이를 갖거나 이해할 수 없는 이유로 갑자기 일을 그만두고 자신의 의지로 이 불가사의한 저주로 되돌아온 여성들을 많이 목격했기 때문에, 이 종파의 비밀에 어떤 끄는 힘이 있다는 것도 납득했다. 이 저주에서 벗어나 다른 사람이 되려 결심하고, 갖은 노력을 하여 직장을 찾아 일을 하기 시작한 여성들에게서, 그녀들이 두고 온 그 비밀스러운 의식으로, 마법적인 순간으로, 그가 절대 이해할 수 없는 부드럽거나 어두운 지역으로 돌아가고자 하는 바람의 조짐을 보았다고 생각했다. 자신의 얼토당토않은 농담이나 말장난에 뤼야가 놀랄 정도로 웃어 댈 때, 잡지에서 배운 모든 규칙을 잊어버리는 환희의 순간, 그의 서툰 손이 그녀의 실크 같은 검은 머리칼 사이를 지나고 그녀의 입술이 편안하게 미소 지을 때, 갈립은 문득 그녀의 비밀스러운 삶에 대해 묻고 싶어졌다. 빨래, 설거지, 추리소설, 가게에 다녀오는 것 말고(의사는 그녀가 아이를 가질 수 없다고 했지만 그녀는 일을 하는 데도 관심이 없었다.) 그녀가 오늘 뭘 했는지, 특정한 순간에 뭘 했는지 묻고 싶었지만, 그런 질문 후에 생겨날 그들 사이의 심연이 두려웠다. 그것은 너무나 거대할 것이며, 그가 알고자 하는 것은 그들 공통의 언어로는 설명할 수 없어서, 결국 그는 아무 말도 하지 못했다. 단지 뤼야의 팔을 잡고는 한순간 멍하게, 아주 공허하게 그녀를 바라볼 뿐이었다. 그러면 뤼야는 "또 공허하게 바라보는구나!"라고 말하곤 했다. 그러고는 갈립의 어머니가 어린 시절 갈립에게 했던 "얼굴이 백지장처럼 창백한걸."이라는 말을 즐겹게 반복하곤 했다.

　사원에서 흘러나오던 아침 예배 시간을 알리는 소리가 멈춘 후, 갈립은 거실에 있는 안락의자에서 잠시 졸았다. 꿈속에서, 초록색 볼펜과 같은 색깔의 액체가 가득한 수족관 속에서 금붕어들이 헤엄치고, 뤼야와 갈립과 와스프는 어떤 잘못에 대해 이야기했다. 알고 보니 귀머거리이며 벙어리인 사람은 와스프가 아니라 갈립이었다. 하지만 그들은 별로 슬퍼하지 않았다. 어쨌든 곧 모두 잘될 것이기 때문이었다.

　잠에서 깨어난 갈립은 탁자에 앉았다. 그런 다음 대략 십구, 이십 시간 전에 아마도 뤼야가 그랬을 것처럼 탁자 위에서 빈 종이를 찾았다. 그곳에서 (마치 뤼야처럼) 종이를 찾지 못하자, 뤼야가 쓴 작별 편지 뒷면에 밤새 생각했던 사람들과 장소들 목록을 써 내려가기 시작했다. 목록은 쓸수록 길어졌고 길어질수록 더 쓰게 되었으며, 갈립은 추리소설 주인공들을 모방한다는 느낌이 들어 신경이 곤두섰다. 뤼야의 옛 애인들, '익살스러운' 고등학교 여자 친구들, 가끔 이름을 거론하는 친구들, '정치적인' 옛날 동지들, 뤼야를 찾을 때까지 아무것도 알리지 않을 공통의 친구들의 이름……. 이름을 써 내려갈수록 모음과 자음의 곡선과 획은 갈수록 의미심장해지고 두 가지 의미로 보였으며, 서툰 수사관 갈립에게 유쾌하게 손을 흔들고 음험하게 윙크를 하며 가짜 실마리를 보냈다. 트럭 가장자리를 쳐 가며 커다란 드럼통을 치우는 청소부들이 지나간 후, 갈립은 더 이상 길어지지 않도록 목록을 초록색 볼펜과 함께 오늘 입을 재킷 속주머니에 쑤셔 넣었다.

주위가 눈(雪)의 푸른빛으로 밝아지자, 집에 있는 전등을 모두 껐다. 호기심 많은 관리인이 의심하지 않도록 마지막으로 한 번 더 쓰레기통 속을 점검한 후에 문 밖으로 내놓았다. 차를 우려내고, 면도기에 새 면도날을 끼워 면도를 했다. 깨끗하지만 다리미질은 하지 않은 속옷과 셔츠를 입었다. 밤새 뒤져서 엉망이 되어 버린 집을 정리했다. 그가 옷을 입는 동안 관리인이 문 밑에 던져 둔《밀리예트》를 차를 마시며 읽었는데, 제랄은 수년 전에 어두운 빈민 지역의 마을에서 한밤중 만났던 '눈(目)'에 대해 언급하고 있었다. 갈립은 몇 년 전에 이 글을 한 번 읽은 적이 있었다. 하지만 또다시 '눈'의 공포를 느꼈다. 그 순간 전화벨이 울리기 시작했다.

'뤼야!' 갈립은 이렇게 생각하며 전화기를 향해 걸어갔고, 저녁때 뤼야와 함께 갈 극장도 떠올렸다. 코낙 극장. 수화기에서 흘러나오는 희망을 무너뜨리는 수잔 백모의 목소리에 전혀 주저하지 않고 대답했다. 그렇다, 뤼야는 열이 내렸다, 그렇다, 밤새 잠도 아주 잘 잤다, 아침에는 갈립에게 꿈 이야기도 했다, 당연히 자신의 어머니와 통화하고 싶어 했다. 잠깐만요. "뤼야!" 갈립은 복도를 향해 소리쳤다. "뤼야, 당신 어머니야, 전화 받아!" 뤼야가 하품을 하며 침대에서 일어나고, 천천히 게으르게 옷을 입으며 슬리퍼를 찾는 모습을 그려 보았다. 다시 급히 머릿속 극장에 다른 필름을 꽂았다. 세심한 남편 갈립은 아내를 부르기 위해 복도를 지나 침실로 들어가서 다시 잠들어 버린 그녀를 본다. 이 두 번째 영화를 더 생생하게 재현하고, 수잔 백모에게 신빙성 있는 분위기를 주기 위해 복도에서 왔다 갔다 하는 '음향효과'도 냈다. 그러고는 다시 전화기로 돌아왔다.

"잠들었어요, 수잔 백모. 열이 나서 눈에 눈곱이 많이 끼었거든요. 얼굴을 씻었는데 다시 침대에 들어가 잠들어 버린 모양이에요."

"오렌지 주스 많이 마시라고 해라."

그러고는 니샨타쉬에서 가장 좋고 가장 싼 주스용 오렌지를 어디서 파는지를 자세히 설명하기 시작했다.

"우린 저녁에 어쩌면 코낙 극장에 갈 거예요."

갈립이 말했다.

"다시 감기 걸리면 안 되는데."

수잔 백모는 어쩌면 자신이 너무 간섭한다고 생각했던지 아주 다른 곳으로 화제를 돌렸다.

"그런데 알고 있니? 네 전화 목소리는 제랄의 목소리와 정말 비슷해. 아니면 혹시 너도 감기 걸린 거니? 뤼야에게 감기 옮지 않도록 조심해라."

그들은 뤼야를 깨우지 않기 위해서뿐 아니라, 수화기가 망가지지 않도록 조심하면서 살며시 전화를 끊었다.

전화를 끊자마자 그는 제랄이 과거에 쓴 그 글을 다시 읽기 시작했고, 조금 전 자신이 연기했던 남편, 글에 나온 '눈'의 시선, 생각들은 연기에 싸여 있다가 마침내 섬광처럼 이런 결론이 나왔다.

"뤼야는 당연히 전남편에게 돌아갔을 거야!"

밤새 다른 상상을 하느라 멍해져서 아주 명백한 이 사실을 보지 못했다는 사실이 놀라웠다. 그는 단호하게 전화기 쪽으로 달려가 제랄에게 전화했다. 이 모든 혼란스러움과 결론을 그에게 설명하며 이렇게 말하기 위해.

"난 지금 그들을 찾으러 나가요. 전남편과 함께 있는 뤼야를 찾으면 — 별로 시간이 걸리지 않을 거예요. — 집으로 돌아오라고 그녀를 설득하지 못할 거라는 생각이 들어 두려워요. 뤼야를 잘 구슬리는 법은 형이 제일 잘 알잖아요. 그녀가 집으로 돌아오게 하기 위해('집으로'가 아니라 '나에게'라고 말하고 싶었지만 이 단어가 나오지 않았다.) 뭐라고 말해야 할까요?"

그러면 제랄은 이렇게 대답할 것이다.

"먼저 침착해! 뤼야가 언제 집을 나갔지? 침착하라고! 잠시 함께 생각해 보자. 지금, 내가 있는 신문사로 와."

하지만 제랄은 집에도 신문사에도 없었다.

갈립은 집을 나설 때 전화기를 내려놓을까 생각했다. 하지만 그렇게 하지 않았다.

"전화가 계속 통화 중이더구나!"

수잔 백모가 말한다면 이렇게 대꾸했을 것이다.

"뤼야가 수화기를 제대로 놓지 않았나 봐요. 아시잖아요, 그녀가 정신이 없다는 거, 다 잊어버리고 말잖아요."

6장
장인 베디의 자식들

시간 밖의 공기를 떨리게 하는 한숨들.
— 단테, 「신곡」, 지옥 편

칼럼에 모든 계층, 모든 계급, 모든 종류의 사람들의 문제를 과감하게 다룬 후로 독자들에게서 흥미로운 편지가 쏟아져 들어오고 있다. 드디어 자신들의 이야기가 글로 표현될 수 있다는 것을 알게 된 독자들은 자신들의 이야기를 종이에 적어 둘 인내심조차 없이 우리 인쇄소로 뛰어 들어와서 숨이 넘어갈 기세로 풀어놓기도 한다. 자신이 이야기한 믿기 어려운 사건과 끔찍한 세부 사항에 대해 우리가 의심을 보이면, 그 이야기와 자신의 삶을 증명하기 위해 우리를 책상에서 끌어내, 지금까지 서술된 적이 없고 관심도 가진 적이 없는 우리 사회의 비밀스러운 진흙투성이 어둠으로 이끈다. 이렇게 하여 우리는 터키에서 마네킹 제작업이 지하로 밀려난 끔찍한 역사에 대해 알게 되었다.

우리 사회는 허수아비같이 거름과 시골 냄새가 나는 '민속적인' 형태 이외에 '마네킹 제작업'이라는 예술에 대해 수백 년 동안 알지도 못했다. 최초로 이 일을 시작한 장인(匠人)이자 터키 마네킹 제작업의 수호성인은 술탄 압둘하미트[35]의 명령과 당시 왕자였던 오스만 제랄레딘 에펜디의 관심 덕에 문을 연 해군 박물관에 필요한 마네킹들을 제작한 베디였다. 이 나라 마네킹 제작 비법의 역사를 만든 사람도 장인 베디였다. 이 최초의 박물관에 전시된 황실 나룻배와 전함 사이에 위풍당당하게 서 있는, 삼백 년 전 지중해에서 이탈리아와 스페인 전함을 참패시킨 콧수염 기른 우리의 장수들과 용사들을 본 첫 방문자들은, 목격자들이 설명한 바에 의하면, 경악을 금치 못했다고 한다. 장인 베디는 이 경이로운 작품들을 만드는 데에 나무, 석고, 밀랍, 영양 가죽, 낙타 가죽, 양 가죽, 사람의 머리카락과 수염을 사용했다. 대단한 예술적 기교로 만들어 낸 이 기적적인 창조물을 본 당시의 근시안적인 대율법사는 분노에 휩싸였다. 그는 신의 창조물을 이렇게나 완벽하게 모방하는 것은 신과 경쟁을 하는 것과 다를 바 없다고 여겼기 때문에 마네킹을 박물관에서 치우게 하고 전함들 사이에는 허수아비를 놓아두었다.

우리의 끝나지 않은 서구화 역사에서 수천 번 그 실례를 보게 되는 이 금령(禁令)이 장인 베디의 마음속에 타오르고 있

---

35) 오스만 제국의 34대 술탄인 압둘하미트 2세(재위 1876년~1908년)를 의미한다.

는 '장인 정신의 열정'을 끄지는 못했다. 집에서 새로 마네킹을 제작하는 한편, 그가 '내 자식들'이라고 부르던 작품들을 다시 박물관에 들이거나 다른 곳에 전시하기 위해 관계자들의 지원을 받으려고 애를 썼다. 그러나 결국 실패로 돌아가자 그는 자신의 새로운 예술이 아니라 관리와 당국을 싫어하게 되었다. 집 지하실에 작은 제작소를 만들고 거기서 계속 마네킹을 제작했다. 이후 '마법, 미친 짓, 불신앙'이라고 비난하는 마을 사람들을 피해, 또한 갈수록 숫자가 많아지는 자식들과 함께 살기에는 그 누추한 집이 좁았기 때문에, 구(舊) 이스탄불에서 이스탄불의 유럽에 면한 지역인 갈라타로 이사했다.

신문사로 찾아왔던 그 사람이 데려갔던 쿨레디비에 있는 그 이상한 집에서, 베디는 신념과 열정을 가지고 섬세한 작업을 계속하는 동시에 자신이 혼자 터득했던 일을 아들에게 가르쳤다. 이십 년 동안 계속 작업을 해 나간 후에, 우리 공화국 초창기의 그 흥분된 서구화 물결 속에서 신사들이 페즈를 벗고 파나마 모자를 쓰고 여성들이 히잡을 벗고 하이힐을 신을 때, 그는 베이올루 거리에 있는 그 유명한 옷가게 쇼윈도에 놓인 마네킹을 보았다. 장인 베디는 외국에서 가져온 그 마네킹을 보자 오랜 세월 동안 기다리던 승리의 날이 왔다고 생각하며, 지하의 작업실에서 거리로 뛰쳐나갔다. 하지만 베이올루라는 그 휘황찬란한 쇼핑과 유희의 거리에서 그는 죽을 때까지 자신을 다시 지하 세계의 어둠으로 떠밀 새로운 절망과 마주치고 말았다.

그가 가지고 간 샘플을 본 사람들, 그의 작업실과 지하를 방문한 봉마르셰[36] 주인들, 정장, 치마, 의상, 양말, 외투, 모자를 파는 기성복 상점 주인과 진열장 주인은 모두 퇴짜를 놓았다. 그가 만든 마네킹이 서양 모델이 아니라 우리 나라 사람을 닮았다는 이유였다. 가게 주인 중 하나는 이렇게 말했다.

"손님들은 거리에서 매일 수천 번 보는 우리 국민들이(콧수염 나고, 다리는 휘어지고, 피부는 검은) 입고 있는 외투가 아니라, 머나먼 미지의 세계에서 온 새롭고 '아름다운' 사람이 입은 외투를 입고 싶어 합니다. 그 외투를 입으면 자신도 변해서 다른 사람이 될 거라고 믿고 싶기 때문이지요." 이 직종에서 잔뼈가 굵은 디스플레이 전문가는 장인 베디의 작품을 보고 경탄해 마지않았다. 하지만 생계를 위한 자신의 진열장에 이 '진짜 터키인, 진짜 국민'을 놓을 수는 없다고 했다. 왜냐하면 터키인들은 이제 '터키인'이 아닌 다른 것이 되고 싶어 하기 때문이라고 했다. 이러한 이유로 '의복 혁명'이 있었으며, 수염을 자르고 언어와 글자도 바꾸었다고 했다. 한 가게 주인은 더 간단명료하게, 손님들이 옷이 아니라 실은 환상을 사고 싶어 한다고 말했다. 그들이 진짜 사고 싶어 하는 것은 그 옷을 입은 '다른 사람들'처럼 되고자 하는 환상이라는 것이다.

장인 베디는 그 새로운 환상에 걸맞은 마네킹을 만들려는 시도조차 하지 않았다. 새하얀 이빨을 드러내며 이상한 포즈로 서 있는, 웃는 모습도 각양각색인 유럽산 마네킹들과 경쟁이 되지 않는다는 것을 알았기 때문이다. 이렇게 해서 그는 작

---

36) 온갖 종류의 옷, 장식품, 장난감 등을 파는 큰 상점.

업실의 어둠 속에 두고 왔던 자신만의 환상으로 돌아갔다. 그는 죽을 때까지 십오 년 동안, 환상이 살과 뼈로 변형된 무시무시한 국산품, 하나하나가 모두 예술 작품인 마네킹을 150개가 넘게 만들었다. 우리 신문사에 와서 나를 아버지의 지하 제작실로 데리고 간 아들은 마네킹들을 하나하나 다 보여 주면서, 우리를 '우리'이게 한 '본질'은 이 이상하고 먼지 쌓인 작품 속에 묻혔다고 말했다.

우리는 쿨레디비의 진흙탕 길과 삐뚤삐뚤한 계단으로 된 비탈길을 지나 춥고 어두운 집에 도착해 그 지하로 내려갔다. 그곳은 활기차게 움직이려 하는, 마치 무엇인가를 해서 살아 나기를 원하는 마네킹들의 박제된 삶으로 꽉 차 있었다. 반쯤 어두운 지하와 그림자들 속에는 서로를, 우리를 바라보는 수백 개의 의미 있는 눈과 얼굴이 있었다. 어떤 마네킹은 앉아 있었고, 어떤 마네킹은 무엇인가를 말하고 있었으며, 어떤 마네킹은 음식을 먹고, 웃고, 기도하고 있었다. 어떤 마네킹은 그 순간 도저히 견딜 수 없었던 존재감을 지닌 채 바깥 세상에 도전장을 던지고 있었다. 모든 것이 확연했다. 이들 마네킹에는 베이올루나 마흐무트 파샤뿐만 아니라 갈라타 다리의 혼잡 속에서도 느낄 수 없던 생동감이 있었다. 이 생동감 있고 숨을 헐떡이는 마네킹의 피부에서 빛처럼 생명이 뿜어져 나왔다. 나는 매료되고 말았다. 열정과 두려움을 동시에 느끼며 내 옆에 있는 마네킹 하나에 다가갔고, 그 마네킹의 생기에서 무엇인가를 얻기 위해, 이 진실의, 이 세계의 비밀을 손에 넣기 위해 몸을 내밀어 그 사물에(늙은 마네킹 아저씨는 고민에 빠져 있었다.) 도달하고 싶어 그를 만졌던 기억이 난다. 딱딱한 피부는 그 방처럼 끔찍이도 차가웠다.

"아버지는 우리를 우리이게 만드는 제스처에 무엇보다도 먼저 관심을 가져야 한다고 했습니다."

마네킹 제작자의 아들은 자랑스럽게 말했다. 아버지와 함께 길고 힘든 작업을 끝내면 쿨레디비의 어둠 속에서 지상으로 나와 탁심에 있는 포주들 찻집의 전망 좋은 자리에 앉아 차를 주문하고는 광장에 있는 사람들의 제스처를 관찰하곤 했다. 당시 그의 아버지는 한 민족의 생활 방식, 역사, 기술, 문화, 예술, 문학은 바꿀 수 있지만 제스처는 절대로 바꿀 수 없다고 생각했다. 아들은 이러한 이야기를 하면서 담배를 피우는 운전사의 자세를 세세하게 묘사해 주었다. 베이올루의 도둑들이 팔을 어떻게, 왜 옆으로 벌리고 게처럼 걷는지 설명해 주었고, 우리 모두와 마찬가지로 입을 커다랗게 벌리고 웃는 이집트 콩 가게 조수의 턱에 대해 이야기해 주었다. 시장바구니를 들고 혼자 거리를 걷는 여성이 앞을 바라보는 눈길에 나타나는 공포의 의미도 말해 주었다. 우리 국민이 도시에서 걸을 때는 왜 항상 땅을 보고, 시골에서 걸을 때는 왜 항상 하늘을 보는지에 대해서도. 자신들을 움직이게 해 줄 영원의 시간을 기다리는 마네킹들의 제스처, 모습, 그 모습에 나타나는 '우리들 중' 한 명이라는 증거를 몇 번이나 거듭 지적해 주었다. 게다가 그 놀랄 만한 창조물들이 멋진 옷을 입고 아름다운 모델이 될 수 있다고도 알려 주었다.

하지만 그럼에도 불구하고 이 마네킹, 이 가련한 창조물에는 사람을 바깥의 밝은 세계로 밀어내는 무엇인가가 있었다. 그걸 어떻게 말해야 할까? 그건 공포나 두려움, 슬픔이나 어둠 같은 것이었다!

"나중에는 더 이상 사람들의 일상적인 행동도 관찰하지 않게 되었답니다."

아들이 이렇게 말했을 때 그 끔찍한 것이 무엇인지 내가 이미 짐작하고 있다는 생각이 들었다. 부자(父子)는 내가 제스처라고 설명하려 했던 행동, 코를 닦는 것에서 시작하여 폭소를 터뜨리는 모습, 곁눈질하는 것에서 걷는 모습, 악수를 하는 것에서 병을 따는 모습까지, 일상적인 행동도 모두 바뀌었다는 것, 순수함을 잃었다는 것을 서서히 인지하기 시작했던 것이다. 그들은 찻집에 앉아 자기 자신과 우리 서로 이외에는 따라 할 사람이 없는 사람들을 바라보면서, 이들이 누구를 따라 하고 누구를 변화의 모델로 삼는지를 처음으로 알아낼 수 없었다고 한다. 그들 부자가 '터키 사람들의 가장 중요한 보고(寶庫)'라고 했던 제스처, 일상생활에서의 작은 몸동작들은 비밀스러운, 어떤 보이지 않는 대장의 명령으로 천천히, 동시에 변하며 사라져 갔다. 무엇을 모델로 삼았는지 알 수 없는 새로운 행동이 그 자리를 차지했다. 이후 그들은 아이들 마네킹을 만들면서 그 모든 비밀을 알게 되었다.

"그 빌어먹을 영화 때문이지요!"

아들은 이렇게 소리 질렀다.

서양에서 여러 통에 나누어 담아 온 필름이 극장에서 몇 시간 동안 상영되었고, 그 빌어먹을 영화 때문에 길거리에서 보는 터키 사람들의 제스처는 순수함을 잃기 시작했다. 확연히 감지할 수는 없는 속도로, 터키 사람들은 자신의 행동을 제쳐 두고 다른 사람의 행동을 받아들여 모방하기 시작했다. 새롭고 인위적인 행동과 이해할 수 없는 제스처에 대해 그의 아버지가 느꼈던 분노를 정당화하기 위해 아들이 이야기한 것을 하나하나 열거하여 말을 길게 늘어뜨리고 싶지 않다. 영화를 보고 배운 커다란 웃음소리, 창문을 열고, 문을 꽝 닫고, 찻잔을 잡고, 재킷을 입는 방식, 고개를 끄덕이고, 윙크를 하고, 분노하고, 주먹을 흔드는 후천적으로 습득한 정체불명의 제스처, 전과 다른 방식으로 눈알을 이리저리 움직이고 눈썹을 이상하게 꿈틀거리는 모습이 좀 더 거칠어 보이거나 좀 더 우아해 보인다고 생각하겠지만, 아이 같은 투박함은 사라져 버린다고 그는 말했던 것이다. 그의 아버지는 순수함을 잃어버린 이 잡종의 동작들을 더 이상 보고 싶어 하지도 않았다. 결국 이 새로운, 그러나 진짜가 아닌 행동에 영향을 받아 '자식들'의 순수함을 훼손할까 두려워 그는 아예 제작실에서 나가지 않기로 결정을 내렸다. 자신의 집 지하실에 틀어박혀, '알아야 할 의미와 불가사의의 본질'은 이미 오래전부터 알고 있었다고 선언하면서.

장인 베디가 죽기 전 십오 년 동안 만든 작품을 보면서 그 모호한 본질이 어떤 의미인지를, 자신의 진정한 정체를 세월이 많이 흐른 후에야 알게 된 난폭한 아이가 느끼는 두려움 속에서 감지하게 되었다. 나를 바라보고, 나의 삶을 향해 다가오며, 나를 대변하는 이 아저씨, 아주머니, 친구, 친척, 친지, 구멍가게 주인, 노동자 마네킹 사이에 나와 비슷한 사람이 있었다. 그뿐만 아니라 나 자신도 그 패배와 절망의 어둠 속에 있었다. 대부분 회색 먼지로 뒤덮인 이 보통 사람(베이올루의 도둑, 바느질하는 처녀, 유명한 갑부 제브데트 씨, 백과사전 학자 셀라하딘 씨, 소방수, 한 번도 본 적 없는 난쟁이, 늙은 거지, 임신한 여자)의 마네킹에는 희미한 전등이 과장한 끔찍한 그림자가 드리워져 있었고, 그들을 보자 순수함을 잃어버리고 고통스러워하는 신, 다른 사람이 될 수 없기 때문에 자학하는 고행자, 사랑하면서도 동침을 못했기 때문에 서로를 죽였던 불행한 사람이 떠올랐다. 그들도 나처럼, 우리처럼, 마음속에 우연히 들어온 모호한 실존의 의미를 천국에 있는 것만큼이나 먼 과거의 어느 날 발견한 듯했지만, 이후에 이 마법적인 의미를 잃어버리고 말았다. 바로 이 잃어버린 기억 때문에 괴로워하고 또 황폐해졌지만, 그래도 우리는 여전히 자기 자신이기 위해 몸부림치고 있다. 우리의 제스처는, 코를 훔치고, 얼굴을 긁고, 발을 툭툭 치는 모습, 절망과 패배를 얼굴에 드러내는 모습은, 우리를 우리이게 했으며, 본질적으로는 진정한 우리 자신으로 남아 있기 위해 몸부림쳤던 것에 대한 벌이기도 했다. 장인 베디에 대해 설명하던 아들은 이렇게 말했다.

"아버지는 언젠가는 진열장에 자신의 마네킹이 놓일 거라고 확신했어요! 우리 나라 사람들이 언젠가는 다른 사람을 모방하지 않을 만큼 행복해질 수 있을 거라는 희망 역시 한 번도 버린 적이 없어요!"

이 마네킹 무리도 밀폐되고 곰팡내 나는 이 지하실에서 나와 함께 지상으로 나가, 햇빛 아래서 다른 사람을 보면서, 다른 사람을 모방하면서, 다른 사람이 되기 위해 노력하면서 우리처럼 행복하게 살기를 열망한다는 생각이 들었다.

나중에 알게 되었지만 이 바람이 전혀 실현되지 않은 것은 아니었다! 이상한 것으로 주위의 시선을 사로잡는 데에 관심이 많았던 어떤 가게 주인이, 더 싼 값에 살 수 있을지도 모른다고 생각했던지 제작소에서 마네킹 한두 개를 사 갔다. 하지만 마네킹의 자세와 제스처가 진열장 앞에 선 손님들, 인도를 흘러 지나가는 인파와 어찌나 닮았던지, 그가 사서 진열한 마네킹이 어찌나 평범하고, 어찌나 진짜 같고, 어찌나 '우리 중 한 명' 같았던지, 아무도 그 마네킹에게 관심을 보이지 않았다. 결국 그 구두쇠 가게 주인은 톱으로 마네킹을 조각조각 잘라 버렸다. 제스처에 의미를 부여해 주는 총체가 사라지고 팔과 다리와 발은 작은 가게의 작은 진열장에서, 베이올루의 인파에게 우산, 장갑, 부츠, 신발을 진열해 보여 주는 데 오랫동안 사용되었다.

7장
카프산의 글자들

이름에 의미가 있어야 할까?
— 루이스 캐럴, 『거울 나라의 앨리스』

불면의 밤을 보낸 후 거리로 나갔을 때, 갈립은 눈이 생각보다 더 많이 내렸다는 것을 니샨타쉬의 단조로운 회색빛을 덮어 버린 백색의 생경한 밝음 때문에 알게 되었다. 거리를 지나는 사람들은 아파트 처마에 매달려 있는 반투명한 날카로운 고드름을 알아채지 못하는 것 같았다. 갈립은 니샨타쉬 광장에 있는 근로(İş) 은행에(뤼야는 광장에 있는 먼지와 자동차 매연, 굴뚝에서 뿜어져 나오는 더러운 푸른빛 연기를 떠올릴 때마다 '그을름(İs) 은행'이라고 말하곤 했다.) 들어가서 뤼야가 최근 열흘 동안 은행의 공동 계좌에서 돈을 별로 인출하지 않았다는 것, 은행 건물에 난방이 들어오지 않는다는 것, 얼굴에 끔찍하게 화장을 한 은행 여직원 중 하나가 소액의 복권에 당첨되어 모두들 즐거워하고 있다는 것을 알게 되었다. 서리가 낀 꽃집 앞, 차를 나르는 소년들이 들어가는 상가 앞, 뤼야와 함께 다녔던 쉬쉬리 테라키 고등학교 앞, 가지에 고드름이 매달려 있는 환영 같은 밤나무 아래를 걸어 알라딘의 가게로 들어갔다. 알라딘은 구 년 전에 제랄이 칼럼에서 언급했던 푸른색 두건을 쓴 채 코를 훔치고 있었다.

"알라딘, 몸이 안 좋아요?"

"감기에 걸렸어."

갈립은 뤼야의 전남편이 글을 썼던, 자신이 지지하기도 하고 반대하기도 했던 좌익 성향의 잡지들 이름을 하나하나 주의 깊게 발음하면서 한 권씩 달라고 했다. 알라딘은 얼굴에 어린아이 같은, 두려운 듯하지만 결단코 한 번도 적의는 담지 않은 표정으로, 그런 잡지는 대학생만 읽는다고 했다.

"그걸로 자네가 뭘 할 건가?"

"퍼즐을 풀 거예요!"

알라딘은 농담이라는 것을 안다는 듯 웃음을 터뜨린 후 퍼즐 중독자가 지을 법한 슬픈 표정으로 이렇게 말했다.

"그런 잡지에는 퍼즐이 없는걸! 이 두 잡지는 새로 나왔는데, 줄까?"

"그러죠 뭐."

갈립은 여자 나체가 나오는 잡지를 사는 노인처럼 속삭였다.

"전부 신문으로 싸 주세요!"

에미뇌뉘행 버스에 앉자, 가슴에 안고 있는 꾸러미가 이상하게도 무거워진 듯한 느낌이 들었다. 그러고는 똑같이 이상한 느낌, 그러니까 어떤 눈이 자신을 주시하고 있다는 느낌에 휩싸였다. 하지만 그건 버스 안에 있는 승객의 눈은 아니었다. 왜냐하면 파도가 치는 바다 위의 작은 배처럼 이리저리 흔들리는 버스 안에서, 승객들은 눈 덮인 거리와 인파를 무심히 바라보고 있기 때문이었다. 알라딘이 정치 잡지들을 날짜가 지난 《밀리예트》로 싸 주었고, 접힌 신문의 가장자리에 있던 사진 중 제랄의 얼굴이 자신을 보고 있다는 것을 그제야 알아챘다. 몇 년 동안 매일 아침 보았던 사진 속의 제랄이 오늘은 아주 색다른 시선으로 자신을 보고 있다는 것이 놀라웠다. 제랄은 마치 '나는 널 알아, 항상 주시하고 있어!'라는 듯이 바라보았다. 갈립은 자신의 영혼을 읽는 이 눈 위에 손가락을 올려놓았다. 오랫동안 버스를 타고 가는 내내 손가락 밑에서 줄곧 그 존재가 느껴지는 것 같았다.

사무실에 도착하자마자 제랄에게 전화를 했지만 그는 자리에 없었다. 꾸러미를 조심스레 구석에 내려놓고는 좌익 성향의 잡지를 하나 꺼내 주의 깊게 읽기 시작했다. 잡지를 훑어보기만 해도, 긴장되지만 격렬했던 시절, 해방과 승리가(그 심판의 날!) 바로 눈앞에 있는 듯했던 때로 돌아가는 것 같았다. 그는 정확히 언제 신념을 잃어버렸을까? 더 이상 기억도 나지 않았다. 이따금 뤼야의 작별 편지 뒤편에 써 둔 목록을 보고 그녀의 옛 친구들에게 전화를 걸었고, 그럴 때마다 더 많은 기억이 몰려왔으나, 마치 어린 시절 사원과 찻집 사이 벽에서 상영했던 영화처럼 모두 아름답지만 믿기는 어려웠다. 예쉴참[37]

---

37) 영화사들이 많이 모여 있는 이스탄불의 한 지역.

스튜디오에서 만든 그 오래된 흑백영화는 하나같이 구성이 빈약하고 이해가 되지 않아 갈립은 자기가 뭔가 핵심을 놓쳤나 생각하기도 했는데, 그러다 영화의 핵심이 바로 무(無)에서 새로운 세계를, 아버지는 부유하지만 잔인하고, 가난뱅이와 요리사, 하인, 거지는 고귀한 마음씨를 지녔으며, 지느러미 달린 차가(지적하기 좋아하는 뤼야는 영화 속 데소토에 달린 번호판이 지난주에 본 다른 영화에 나온 것과 똑같다고 했다.) 지나다니는 네버랜드를 창조하는 것이라는 생각이 들었다. 그 믿을 수 없는 세계에 못마땅해하다가, 옆 자리에 앉아 눈물을 흘리는 사람들을 보며 놀라면서, 그래그래, 바로 그 순간에 — 지금 주의를 집중하시길. — 갑자기, 그가 전혀 이해할 수 없는 마술이 일어나, 스크린 속에 등장하는 슬프고 창백한 착한 사람들, 고통을 당하지만 단호하고 헌신적인 주인공의 운명에 함께 눈물을 흘리는 자신을 발견하곤 했다.

갈립은 한때 뤼야가 전남편과 함께했던 작은 좌익 파벌의 동화 같은 흑백의 정치 세계에 대해 조금 더 알아보기 위해, 정치 잡지를 모으는 옛 친구에게 전화를 걸었다.

"여전히 잡지 모으고 있지, 그렇지?"

갈립은 확신에 차 물었다.

"곤경에 처한 의뢰인이 있는데, 자네의 문서 보관소를 열람하면 그를 변호하는 데 도움이 될 거야."

"그럼 환영이지."

사임은 여느 때와 같이 성격 좋게 대답했으며, 자신의 문서 보관소 때문에 전화를 걸었다는 데에 기뻐했다. 그는 저녁

8시 반쯤에 오라고 말했다.

갈립은 날이 어두워질 때까지 사무실에서 일을 했다. 몇 번 제랄에게 전화를 걸었지만 통화는 못 했다. 제랄 씨가 '아직' 오지 않았거나 '방금' 나갔다고 비서가 말할 때마다, 멜리흐 백부 때부터 사용했던 선반에 놓아둔 신문에서 제랄의 '눈'이 자신을 주시하고 있다는 느낌에 휩싸였다. 비대한 모자(母子)가 서로 말을 가로막으며 들려주는 카팔르 차르시에 있는 작은 가게의 주인들 사이에 일어난 싸움에 대한 이야기를 들으면서도(어머니의 가방은 약으로 가득했다.), 은퇴 연도를 잘못 계산한 정부를 소송하려는 검은 안경을 낀 교통경찰에게 현행법에 의하면 그가 정신병원에서 보낸 이 년은 근무 기간으로 치지 않는다고 설명할 때도, 사무실 안에서 제랄의 존재를 느꼈다.

그는 뤼야의 친구들에게 하나하나 전화를 걸어 보았다. 전화를 할 때마다 다른 새로운 핑계를 찾아냈다. 고등학교 친구인 마지데에게는 재판 때문이라며 귈[38]의 전화번호를 물었다. 마지데가 별로 좋아하지 않는, 장미 향이 나는 듯한 귈의 아름다운 집으로 전화하자, 귈은 귈바흐체[39] 병원에서 어제 셋째와 넷째를 출산했으며, 3시에서 5시 사이에 병원으로 가면 휘순[美]과 아슥[愛]이라고 이름 지어 준 사랑스러운 쌍둥이를 신생아실 창문을 통해 볼 수 있을 거라고 하녀가 공손하게

---

38) 터키어로 '장미꽃'이라는 뜻.
39) 터키어로 '장미 정원'이라는 뜻.

알려 주었다. 피젠은 뤼야에게 빌린 『어떻게 해야 하는가』와 (체르니셰프스키의 책) 레이먼드 챈들러의 책을 곧 돌려줄 것이며, 뤼야가 빨리 낫기를 바란다고 말했다. 베히예는 아니라고, 경찰청 마약과에 근무하는 삼촌이 없다고 했는데, 그 목소리로 봐서는 뤼야가 어디 있는지 알지 못하는 것 같았다. 세미는 지하에 있는 섬유 제조 공장을 갈립이 어떻게 아느냐며 놀랐는데, 실제로 그녀는 그곳에서 기술자와 숙련자 몇 명과 터키산 지퍼를 최초로 생산하는 일에 열정적으로 착수했던 것이다. 하지만 최근 신문에 나온 보빈 밀매업에 대해서는 알지 못했기 때문에 갈립의 사건에 도움을 줄 입장은 아니었고, 단지 뤼야에게 진심 어린(갈립은 이를 믿었다.) 안부만을 전했다.

아무리 목소리를 바꾸고 아무리 다른 사람인(교장, 극장 지배인, 건물 관리인) 체하며 전화를 걸어도 뤼야의 종적은 알 수가 없었다. 사십 년 된 영국 백과사전을 집집마다 돌아다니며 파는 쉴레이만은 중학교 교장이라는 갈립에게, 뭔가 오류가 있다며, 중학교에 다니는 뤼야라는 딸은 고사하고 아이도 없다고 진심으로 말했다. 아버지의 화물선으로 흑해에서 석탄을 실어 오는 일야스 역시 마찬가지로 꿈이 적힌 노트를 뤼야 극장에 놓고 온 적이 없다고 말했다. 왜냐하면 몇 달 동안 극장은 근처에도 가지 않았을뿐더러, 자기에게는 그런 노트도 없다는 것이다. 엘리베이터 수입자 아슴도 뤼야 아파트의 엘리베이터 고장은 자신의 책임이 아니라고 말했다. 왜냐하면 그런 이름의 거리나 아파트는 처음 들었기 때문이다. 뤼야라는 단어를 말할 때나 꿈에 대해 물었을 때 그들의 목소리에서 당혹감이나 죄책감은 느끼지 못했다. 갈립은 그들이 진심으로 이야기하고 있으며 말 그대로 순진하다고 결론을 내렸다. 낮에는 의붓아버지의 화학 실험실에서 쥐약을 만들고 밤에는 죽음의 연금술에 대한 시를 쓰는 타특은 법과 대학생들이 시에 등장하는 꿈과 꿈의 비밀이라는 주제에 대해 강연해 달라고 요청하자 기뻐하며 오늘 밤 탁심에 있는 포주들 찻집 앞에서 기다리겠다고 했다. 케말과 뷜렌트는 아나톨리아 여행 중이었다. 둘 중 한 사람은 싱어 표 재봉틀이 발행하는 연보 때문에, 오십 년 전 신문 기자들과 환호에 둘러싸여 아타튀르크와 왈츠를 춘 후 그 즉시 페달이 있는 싱어 재봉틀에 앉아 서양 스타일의 바지를 단숨에 재봉했던 이즈미르 출신의 여자 재봉사에게 회고를 들으러 갔다. 다른 한 사람은 유럽인이 산타클로스라고 부르는 천 살 된 아저씨의 대퇴골로 만든 마법 주사위를 팔기 위해 당나귀를 타고 동쪽 아나톨리아의 마을과 찻집을 돌아다니고 있었다.

갈립은 목록에 있는 모두와 통화를 하지는 못했지만(잘못된 전화번호도 있었고, 눈이나 비가 올 때 자주 그렇듯이 전화 상태가 좋지 않아서), 정치 잡지들은 계속 읽어 나가면서, 파벌을 바꾼 사람, 자백을 한 사람, 고문과 죽임을 당한 사람, 수감된 사람, 난투에서 죽어 장례가 치러진 사람, 편집자가 편지에 답장을 보냈거나, 편지가 반송되었거나 게재된 사람, 캐리커처를 그리거나 시를 쓰는 사람, 집필자로 일하는 사람의 이름과 가명 사이에서 뤼야의 전남편의 이름이나 가명을 보지 못했다.

날이 어두워져 갈 무렵, 갈립은 슬픔에 잠겨 미동도 없이 안락의자에 앉아 있었다. 창문 밖에서는 호기심 많은 까마귀 한 마리가 곁눈질로 그를 바라보았다. 금요일 저녁에 거리로 나온 사람들이 내는 소음이 들려왔다. 갈립은 행복하고 매력적인 잠 속으로 서서히 빠져들었다. 한참 후 깨어났을 때 사무실은 어두웠다. 하지만 창문 밖에 있는 까마귀의 눈과 제랄의 눈이 여전히 느껴졌다. 어둠 속에서 천천히 서랍을 닫았다. 손을 더듬거려 외투를 찾아 입고 사무실에서 나왔다. 복도의 불은 모두 꺼져 있었다. 찻집의 소년 아이는 소변기를 닦고 있었다.

눈 덮인 갈라타 다리를 지나면서 추위를 느꼈다. 보스포루스 해협 쪽에서 세찬 바람이 불어왔다. 카라쾨이에 있는 무할레비 가게에 들어가 거울 사이에 놓인 대리석 탁자에 앉아서 가는 국수가 들어간 닭 수프와 달걀 프라이를 먹었다. 가게에서 유일하게 거울이 없는 벽에는 범(汎) 아메리카 달력과 그림 엽서에서 영감을 받은 산 풍경이 그려져 있었다. 거울 같은 호수 뒤쪽에 소나무 사이로 솟아오른, 꼭대기가 눈으로 덮인 산은 영감을 주었던 그림엽서 속 알프스산보다는 갈립과 뤼야가 어린 시절에 자주 찾았던 마법의 카프산과 비슷했다.

튀넬[40]에서 베이올루로 나가는 객차 안에서 갈립은 처음 보는 노인과 이십 년 전에 발생한 그 유명한 튀넬 사고에 대해 논쟁을 벌였다. 객차들이 선로에서 튕겨져 나와 벽과 유리 프레임을 깨고, 전속력으로 달리는 행복한 말처럼 유쾌하게 카

---

40) 이스탄불 이스틱탈 거리에 있는 지역.

라콰이 광장으로 진입한 것은 연결 체인이 끊어져서인가, 아니면 기관사가 술에 취했기 때문인가? 술에 취한 기관사는 트라브존 출신인 노인과 동향 사람이라고 했다. 지한기르 거리에는 인적이 없었다. 반갑게 얼른 문을 열어 준 사임과 그의 아내는 운전사와 아파트 관리인이 지하 찻집에 모여 보곤 하는 텔레비전 프로그램을 보고 있었다.

「우리 과거의 잔재를 찾아서」라는 이 프로그램에서는 오스만 제국이 발칸 지역에 건설했지만, 지금은 유고슬라비아인, 알바니아인, 그리스인의 수중에 들어간 오래된 사원과 분수, 대상의 숙소에 대해 울먹이며 이야기하고 있었다. 갈립이 축구를 보러 온 이웃 아이처럼, 이미 스프링이 맛이 간 가짜 로코코풍 안락의자에 앉아 텔레비전에 나오는 가슴 아픈 사원을 바라보고 있자니, 사임과 그의 아내는 이미 그의 존재를 잊어버린 것 같았다. 사임은, 올림픽에서 메달을 땄고 아직도 청과물 가게에 사진이 걸려 있지만 이미 사망한 레슬링 선수와 닮았고, 그의 아내는 통통하고 귀여운 쥐를 닮았다. 방에는 오래된 연갈색 탁자와 같은 색 램프가 있었다. 벽에는 도금 액자 안에 넣은, 사임보다는 그의 아내를(갈립은 피곤하고 지친 상태에서 그녀의 이름이 렘지예였던가 생각했다.) 닮은 노인의 사진이 걸려 있었다. 보험회사 달력, 은행 이름이 새겨진 재떨이, 리큐어 세트, 화병, 은으로 된 설탕 통과 커피 잔이 진열되어 있는 장식장과, 갈립이 이 집에 온 이유인, 벽 두 면을 꽉 채운 먼지와 종이와 잡지로 가득한 '도서관─문서 보관소'.

빈정거리기 좋아하는 대학 친구들이 이미 십 년 전에 '우리

혁명의 문서 보관소'라고 불렸던 이 도서관은, 그 자신도 예상하지 못한 고백의 순간에 말했던 것처럼, '결단력 부족' 때문에 만들었다. 당시의 표현으로 '두 계급 사이'가 아니라 정치 파벌 사이에서 선택을 해야 하는 데에 두려움을 느끼는 사람의 결단력 부족이었다.

그 시절 사임은 모든 정치 모임과 포럼에 참석했고, 대학과 구내 매점 사이를 뛰어다녔고, 모든 사람의 의견을 들었으며, '모든 관점, 모든 정치 견해'를 추적했다. 많은 질문을 하는 것을 꺼렸기 때문에, 복사한 성명서, 정치 선전 팸플릿, 광고지 등 모든 종류의 좌익 출판물을 어떻게 해서든지 구해서("죄송합니다만, 혹시 어제 공과대학에서 불순분자 색출자들이 배포했던 전단지 있습니까?") 미친 듯이 읽었다. 그러나 모든 것을 읽기에는 시간이 부족했고 '정치 노선' 문제에 대해서는 여전히 결론을 내리지 못했던 시기에, 읽지 못한 것들을 하나하나 모으기 시작했을 것이다. 시간이 흐를수록 읽거나 결론에 도달하는 것은 중요성을 잃어 갔고, 갈수록 많아지는 '자료'의 홍수를 헛되이 흘려보내기 전에 어딘가에 모을 댐을 건설하는 것이(건축공학도인 사임이 한 말이었다.) 유일한 목표가 되었다. 그리하여 사임은 남은 인생을 이 목표를 위해 흔쾌히 바쳤다.

프로그램이 끝난 후 텔레비전을 끄고 서로 안부를 물은 다음 정적이 흐르자, 부부가 궁금하다는 듯이 바라보았기 때문에 갈립은 바로 이야기를 시작했다. 그는 저지르지도 않은 정치적 살인으로 고발된 어떤 대학생을 변호하고 있다. 죽은 사람이 없다는 말은 아니다. 어설픈 젊은이 세 명이 어설프게 은행 강도 사건을 저질렀고, 자신들을 기다리던 훔친 택시로 허둥대며 뛰어가다가 그중 한 명이 길을 가던 쇼핑 인파 중 아주 왜소한 노파와 부딪혔다. 이렇게 해서 넘어진 노파는 머리가 인도에 부딪히자마자 그 자리에서 죽고 말았다.(사임의 아내가 "어머, 세상에!"라고 했다.) 사건 당시 '좋은 가문' 출신인 조용한 아이만이 권총을 소지한 채 체포되었다. 그는 자신이 선망하고 존경하는 다른 두 친구의 이름을 당연히 숨기고 싶어 했다. 더욱 놀라운 것은 고문을 당하면서도 이들의 이름을 말하지 않았다는 사실이다. 하지만 갈립이 조사를 해 보니 자신의 책임이 아닌 노파의 죽음에 대해서도 묵비권을 행사했기 때문에 그 혐의마저 짊어질 상황에 처하고 말았다. 노파와 부딪혀서 그녀를 죽게 만든 메흐메트 일마즈라는 고고학 전공 대학생은 사건이 일어난 지 삼 주 후에 움라니예 뒤의 빈민가에서 공장 벽에 암호가 들어 있는 글을 쓰다가 신원불명의 사람들이 가한 일제 사격으로 사망했다. 이런 상황에서 좋은 가문 출신의 아이는 진짜 범인의 이름을 대야만 했다. 하지만 경찰은 죽은 메흐메트 일마즈가 진짜 메흐메트 일마즈라는 것을 믿지 않았을뿐더러, 강도짓을 벌인 조직의 지도자들까지 메흐메트 일마즈가 살아 있으며, 게다가 자신들이 발행하는 잡지에 과거처럼 확고한 의지로 글을 쓰고 있다는 예상 밖의 주장을 했다. '지금' 감방에 있는 아이를 위해 부유하고 선한 아버지가 부탁한 소송을 맡은 갈립은 1)새 메흐메트 일마즈가 과거의 메흐메트 일마즈와 다른 사람임을 증명하기 위해, 그가 썼다는 글을 보고 싶었다. 2)죽은 메흐메트 일마즈 대신 누가 그의 이름으로 글을 쓰는지 가명을 보면서 알아내고 싶었다. 3)사임과 그의 아내도 추측했듯이, 이상한 이 상황은 뤼야의 전남편이 한때 간부로 있던 조직에 의해 계획되었기 때문에, 이 정치 파벌의 최근 육 개월 동안의 역사를 훑어보고 싶었다. 4)죽은 사람의 이름으로 글을 쓰는 유령 작가, 가명, 실종된 사람의 비밀 속으로 온전히 들어가고 싶었다.

사임 역시 흥분하며 돕겠다고 해서, 그들은 즉시 조사에 착수했다. 처음 두 시간 동안은, 갈립이 마침내 이름을 기억해 낸(루키예) 아내가 가져온 차를 마시고 케이크를 먹으며, 사설 작가의 이름과 필명만을 훑어보았다. 다음에는 자백한 사람, 사망한 사람, 잡지에서 일하는 사람의 가명으로 그 범위를 넓혔다. 부고, 협박, 자백, 폭탄, 교열 오류, 시와 구호로 된, 살아 있는 동안 이미 잊히기 시작한, 절반은 비밀인 세계의 마법으로 현기증이 났다.

가명이라는 것을 숨기지 않는 가명을 찾아냈고, 이 가명에서 파생된 다른 이름, 이 다른 이름이 분할되어 생겨난 다른 이름을 발견했다. 이합체(離合體) 시,[41] 어느 정도가 의도이고 어느 정도가 우연인지 알 수 없는 완벽하지 않은 철자 게임, 거의 뻔한 암호를 풀었다. 루키예는 사임과 갈립이 앉아 있는 탁자의 한쪽 끝에 앉아 있었다. 방은 부당하게 살인 누명을 쓴 젊은이를 구하기 위해 혹은 실종된 여성의 자취를 찾기 위

---

41) 각 행의 처음(과 끝)의 글자를 맞추면 어구(語句)가 됨. 이를 이용한 글자 퀴즈.

해 조사를 하기보다는, 망년회 날 라디오를 들으며 빙고 게임이나 '실내 종이 경마'를 하는 듯한, 약간은 조급하며 약간은 지루한 분위기였다. 열린 커튼 사이로 조금씩 흩날리기 시작하는 눈송이가 보였다.

마치 총명한 학생을 발견하고는, 그 학생이 훌륭하게 성장해 가는 모습을 끈기 있게 지켜보는 선생처럼 흥분을 느끼며, 가명들의 모험, 잡지에 나오는 그들의 지그재그, 상승과 하강을 추적하다가, 그중 한 명이 체포되어 고문당하고, 형을 선고받고, 실종되었다는 기사나, 신원불명의 사람들의 총에 맞아 죽었다는 소식과 함께 사진이 실렸을 때는 조사를 하면서 느낀 흥분은 가라앉고 슬픔에 잠겨 한동안 말을 하지 않았다. 그러나 곧 새로운 단어 게임, 새로운 우연 혹은 이상한 것과 맞닥뜨리고, 다시 글 속의 삶으로 돌아갔다.

사임에 의하면, 그들이 잡지에서 읽은 이름과 그 주인공은 대부분 상상물이며, 이 이름들이 거행한 시위, 모임, 집회, 비밀회의, 지하 당 회의, 은행 강도 행각은 전혀 일어나지 않았다. 극단적 실례로, 동 아나톨리아의 에르진잔과 케마흐 사이에 있는 퀴췩 체루흐라는 마을에서 이십 년 전에 일어난 작은 민중 반란을 들었다. 한 잡지에는 구체적인 날짜도 나와 있는 이 반란 도중에 과도 정부가 세워졌고, 비둘기 그림이 그려진 분홍색 우표도 발행되었으며, 군수는 머리에 화병이 떨어져 죽었고, 처음부터 끝까지 시(詩)만 싣는 일간 신문도 나왔으며, 안과와 약국에서는 사시인 사람들에게 공짜로 안경을 배포했고, 초등학교에서는 난로를 땔 장작을 모았다. 그러나 마을을 문명 세계와 이어 줄 다리를 막 연결하던 차에 아타튀르크의 정부군이 들이닥쳐, 소들이 마을 사원의 흙바닥에 덮힌 발 냄새나는 킬림[42]을 먹어 치우기도 전에 사건을 통제하고 반란자들을 마을 광장에 있는 플라타너스 나무에 매달았다. 하지만 사임이 문자와 지도 안에 있는 비밀을 지적하며 보여 주었듯이, 체루흐라는 마을은 전혀 존재하지 않았고, 이 마을의 역사에서 전설의 새처럼 떠오른 반란의 계승자라 주장하는 이름도 가짜였다. 가명으로 쓰인 후렴구와 각운이 있는 시 속에 파묻혀 있던 중에, 메흐메트 일마즈와 관련 있는 실마리를 찾아냈지만(갈립의 사건과 같은 시기에 움라니예에서 저질러진 정치적 살인에 관하여 언급하고 있었다.) 중간중간 끊긴 옛날 국내 영화를 보는 것처럼, 이후에 발간된 잡지의 다른 호(號)에서는 사건의 결과를 전혀 발견하지 못했다.

그 사이 갈립은 자리에서 일어나 집에, 뤼야에게 전화를 했다. 어쩌면 밤늦은 시간까지 사임의 집에서 작업을 할 수도 있으니 기다리지 말고 먼저 자라고 다정하게 말했다. 전화는 방의 다른 쪽에 있었다. 사임과 그의 부인은 뤼야에게 안부를 전했고, 당연히 뤼야도 그들에게 응답했다.

가명을 찾고, 암호를 풀고, 문자에서 새로운 것을 창조하는 놀이에 완전히 몰입하고 있던 때에, 사임의 아내는 종이, 신문, 잡지, 성명문으로 뒤덮인 방에 두 남자를 남겨 놓고 자러 갔다. 시간은 자정을 훨씬 지나 버렸다. 이스탄불은 마법 같은

---

42) 장식용 혹은 기도용 양탄자.

눈의 정적에 싸여 있었다. 하나같이 흐리게 나오는 등사판으로 복사해서 담배 연기 냄새가 나는, 대학 구내매점, 비 오는 날의 파업 천막, 한적한 기차역에 뿌린 선전물의(사임은 여느 때와 같이 점잖게 "아주 부족해, 아주 불충분해!"라고 말했다.) 조판과 철자 오류를 즐기고 있을 때, 사임은 자랑스러워하는 수집가처럼 "아주 희귀한 걸세."라며 소책자를 방에서 가지고 와서 보여 주었다. 『이븐 제르하니 반대론, 땅을 밟는 신비주의 여행가의 발』.

갈립은 타자로 친 것을 장정한 책장을 조심스레 넘겼다.

"중간 크기의 터키 지도에는 나오지 않는 카이세리의 한 마을 출신의 친구지!"

사임은 이렇게 말했다.

"작은 테케[43]의 교주인 아버지가 어렸을 때부터 종교와 신비주의를 가르쳤대. 세월이 흐른 후, 레닌이 헤겔을 읽을 때 했던 행동을 모방하며, 13세기 아랍 신비주의자 이븐 제르하니의 『사라진 신비의 영적인 의미』라는 책을 읽다가, 페이지 가장자리에 '물질주의자' 메모를 적어 나갔어. 그는 이 메모에 길고 별로 필요도 없는 삽입 글을 보충하여 다시 베껴 썼지. 그러고는 마치 비밀을 알 수 없는, 의미를 이해할 수 없는 다른 사람의 생각인 양 자신의 메모에 장황한 해설, 일종의 해석을 썼다네. 다시 이 모든 글을 모아 또 다른 사람의 글인 양 자신이 쓴 '발행자의 머리말'을 첨가해 책으로 만든 거야. 서

---

43) 어떤 종단에 속한 사람들이 기도와 의식을 행하며 기거하는 장소.

두에는 종교와 혁명가로서의 자신의 인생 이야기도 삼십 쪽 가량 첨가했다네. 저녁 무렵 마을 묘지를 거닐다가, 서양인들이 '범신론'이라고 하는 신비주의 철학과, 교주인 아버지에 반발하여 제시한 일종의 '철학적 물질주의' 간의 깊은 연관성을 작가가 어떻게 발견했는지를 설명한 부분이야. 수년 전, 양이 풀을 뜯고 유령이 조는 묘지에서 보았던 까마귀를, 이십 년 후에 ― 터키 까마귀들은 이백 년 넘게 산다는 거 알고 있지. ― 이번에는 더 큰 사이프러스 나무 사이에서 보자 그는 '고매한 사고'라고 하는 이 비상하는, 날개 달린, 오만한 동물의 머리나 다리, 몸통과 날개는 항상, 항상 같다는 것을 이해하게 되었다네. 장정 표지에 있는 까마귀도 그가 그렸다네. 이 책은 영생을 원하는 모든 터키인이 존슨이 되고 보즈웰이 되고 괴테가 되고 에커만[44]이 되어야 한다는 것을 증명하고 있지. 다 합해 여섯 부를 타자로 쳤다네. 장담하건대 정보국 기록 보관소에는 한 부도 없을 걸세."

방 안에, 두 남자를 표지에 까마귀 그림이 있는 책의 작가

---

44) 보즈웰(James Boswell, 1740~1795)은 영국의 전기 작가로, 타고난 기록벽과 세심한 관찰력을 바탕으로 쓴 『존슨의 생애(The Life of Samuel Johnson)』는 전기 문학의 걸작으로 평가받는다. 『존슨의 생애』의 주인공인 새뮤얼 존슨(1709~1784)은 영국의 시인이자 평론가이다. 그 역시 17세기 이후의 영국 시인 52명의 전기와 작품론을 정리해 『영국 시인의 생애(Lives of the English Poets)』(전10권)를 남겼다. 독일의 문필가인 에커만(Johann Peter Eckermann, 1792~1854)은 괴테가 사망하기 전 구 년 동안 비서로 지냈으며, 그가 쓴 『괴테와의 대화』는 만년의 괴테의 풍모를 엿볼 수 있는 괴테 연구의 중요한 문헌이다.

에게로, 시골 마을의 집과 아버지의 유산인 철물상 사이에서 보낸 삶으로, 이 슬프고 시시하고 고요한 삶의 상상력으로 연결하는 세 번째 인물의 환영이 있는 것 같았다.

갈립은 속으로 이렇게 말하고 싶었다.

"모든 문자, 모든 단어, 모든 구원의 상상, 고문과 불명예의 기억, 이 상상의 기쁨과 슬픔을 집필한 모든 글이 단 하나의 이야기를 설명하고 있어!"

사임은 이 이야기를, 오랜 세월 동안 바다에 그물을 던져 온 어부와 같은 인내심으로 모아 둔 종이, 신문, 잡지 속 어떤 곳에서 포획한 것 같았다. 자신이 포획했다는 것도 알고 있었다. 하지만 분류하고 정돈한 자료 안에서 그것을 적나라하게 파악하지도 못했고, 이야기의 열쇠가 되는 단어도 잃어버렸다.

사 년 전 잡지에서 메흐메트 일마즈의 이름을 발견했을 때, 갈립은 우연이라고 하며 집으로 돌아가려고 했다. 하지만 사임은 잡지에서(그는 이제 '나의' 잡지라고 말했다.) 우연이란 있을 수 없다며 그를 붙잡았다. 이후 두 시간 동안 초인적인 노력을 기울여 이 잡지 저 잡지를 뒤적거리고 눈을 영사기처럼 굴려, 메흐메트 일마즈가 먼저 아흐메트 일마즈로 개명한 것을 발견해 냈다. 표지에 우물이 있고, 닭과 시골 사람들 이야기로 꽉 찬 잡지에서 아흐메트 일마즈는 메테 착마즈로 변해 있었다. 사임은 메틴 착마즈와 페리트 착마즈가 동일인이라는 것도 어렵지 않게 도출해 냈다. 한편 우리의 친구는 이론적인 글을 포기하고 예식장 피로연에서 사즈[45]에 맞춰 담배 연기 속에서 부르는 민요를 쓰고 있었다. 하지만 거기서 끝나지 않았다. 자기 이외의 모든 사람이 경찰 밀고자임을 증명하는 글을 쓰기 시작했고, 그 후에는 영국 학자들의 곡해를 바로잡는 열정적이고 신경질적인 수학 경제학자로 바뀌었다. 하지만 그는 이 어둡고 부적절하고 판에 박힌 일을 더 이상 인내할 수 있는 사람이 아니었다. 사임은 발끝으로 살금살금 걸어 침실로 들어가 다른 잡지 수집품을 가져오더니 삼 년 이 개월 전 잡지에서, 마치 자신이 그 호에 집어넣었던 듯이, 즉시 주인공을 찾아냈다. 그의 이름은 이번에는 알리 하리카월케[46]가 되어 있었다. 다가올 멋진 미래에는 왕이나 왕비가 필요 없기 때문에 체스의 규칙도 바뀔 것이며, 잘 양육된 알리라는 이름의 아이들이 터키식으로 책상다리를 하고 벽에 기대앉아 달걀 퍼즐 놀이를 할 거라고 했다. 이후 그들은 잡지의 다른 호에서 알리 하리카월케가 이 글의 번역자임을 알게 되었다. 원저자는 알바니아인 수학 교수였다. 하지만 갈립이 정말로 놀란 것은 알바니아인 교수의 생애 밑에, 그 어떤 필명 뒤에도 숨지 않고 뤼야의 전남편 이름이 버젓이 쓰여 있는 것을 목격했을 때였다. 이 충격과 정적의 순간에 사임은 자랑스레 이렇게 말했다.

"그 어떤 것도 인생만큼 경이롭지 않아, 글쓰기를 제외하고는."

---

45) 터키 전통 현악기.
46) '경이로운 나라의 알리', 즉 '이상한 나라의 앨리스'를 암시한다.

그는 다시 발끝으로 침실로 걸어 들어가, 잡지가 가득 든 상자를 두 개 가지고 왔다.

"알바니아와 관련 있는 당파의 잡지들이야. 내가 오랜 세월을 들여 풀었던 비밀이 자네가 찾는 것과 어떤 관련이 있는지 설명해 주겠네."

그는 차를 다시 우려내고, 이야기를 하기 위해 필요한 잡지를 몇 권 상자에서 꺼내고 책꽂이에서 빼내 탁자 위에 올려놓았다. 그런 다음 설명하기 시작했다.

"육 년 전이었지. 어느 토요일 오후에 알바니아 노동당과 당 지도자 엔베르 호자를 추종하는 사람들이 발행하는 잡지였던 (당시 서로 지독하게 적대적이었던 세 잡지 중 하나) 《민중과 노동》 마지막 호에 뭐 흥미로운 것이 있나 하고 들춰 보고 있는데 어떤 사진 한 장과 글이 눈에 띄었지. 최근 조직에 가입한 신입 회원을 위해 거행한 의식에 관한 글이었어. 물론 공산주의 활동이 모두 금지된 우리 나라에서 마르크스주의자 단체를 위해 시를 읊고, 사즈를 연주하며, 참석자에 관해 언급한다 해서 시선이 간 건 아니었다네. 살아남기 위해서는 자신들이 강력해졌다는 것을 알려야만 하는 작은 좌익 단체의 잡지는 위험을 감수하며 매 호마다 이런 비슷한 글을 싣곤 했으니까. 그 흑백사진에는 엔베르 호자와 마오쩌둥의 포스터가 마구 걸려 있는 어떤 홀이 담겨 있었어. 누군가가 시를 낭독했고, 그 주위로는 마치 성스러운 일을 하는 듯이 열정적으로 담배를 피우는 사람들이 빽빽이 둘러싸고 있었지. 하지만 내 주의를 끌었던 것은 홀에 있는 '열두 개의 기둥'을 언급하고 있는 사진 아래의 캡션이었어. 더 이상한 것은, 탐방 기사에서 쓴 것처럼, 조직에 참가한 사람들이 항상 하산, 휴세인, 알리 같은 알레비 파의 이름과 (이후 내가 발견한 것이지만) 벡타쉬[47] 교주의 이름을 가명으로 선택했다는 점이었어. 벡타쉬 교단이 한때 알바니아에서 얼마나 강성했는지 몰랐다면 어쩌면 이 가공할 신비를 내 영혼조차 느낄 수 없었을 거야. 하지만 난 사건과 글을 추적했지. 사 년 동안 나는 부단히 벡타쉬 교단, 예니체리 군대, 후루피주의[48], 알바니아 공산주의에 대한 책을 읽었고, 백오십 년 된 역사적 음모가 무엇인지 풀었어."

사임은 "자네도 물론 알고 있겠지!"라며, 하즈 벡타쉬 벨리에서부터 시작하여 칠백 년 된 벡타쉬 교단의 역사를 설명하기 시작했다. 그는 그 서열의 뿌리가 신비주의와 알레비 파, 샤머니즘 전통에 있으며, 오스만 제국의 건립과 부흥에도 일정한 역할을 하여, 예니체리 군대를(벡타쉬 파의 거점) 그토록 유명하게 만든 혁명과 반란이라는 오랜 전통을 키웠다고 했다. 예니체리 군인이 모두 벡타쉬 파였다는 것을 생각한다면, 교단이 항상 비밀로 부친 신비가 이스탄불 역사에 어떤 흔적을 남겼는지 바로 이해할 수 있다. 벡타쉬 파가 이스탄불에서 처음 추방된 것도 예니체리 때문이었다. 서양의 신식 군대 통치 방법을 받아들이지 못했던 반란군의 막사는, 마흐무트 2세의 명령으로 1826년에 대포 사격을 당했고, 예니체리의 정신적

---

47) 오스만 제국 시의 비주류 신비주의 교단.
48) 존재의 원천을 우리의 얼굴에 쓰여 있는 글자에서 찾을 수 있다고 믿은, 14세기에 존재했던 종파. '후루프'는 아랍어로 '글자'라는 뜻.

일체감을 도모했던 테케도 폐쇄되었다. 벡타쉬 교주들은 이스탄불에서 추방되었다.

첫 번째로 지하로 들어간 지 이십 년 후, 벡타쉬 파는 이번에는 낙쉬벤디⁴⁹⁾ 교단으로 가장하여 이스탄불로 돌아왔다. 아타튀르크가 공화국 설립 후 모든 교단 활동을 금지할 때까지 팔십 년 동안 벡타쉬 파는 외부 세계에 자신들을 낙쉬벤디 파로 알렸다. 하지만 자신들 사이에서는 비밀을 더욱더 깊은 곳에 묻으며 벡타쉬 파로 살았다.

탁자 위에는 한 영국 여행가의 책에 실린, 사실보다는 화가의 상상을 반영하여 표현한 판화가 놓여 있었다. 갈립은 기둥을 하나씩 세어 보았다. 모두 열두 개였다.

사임이 말했다.

"벡타쉬 파의 세 번째 도래는 공화국 수립 오십 년 후였어. 이번에는 낙쉬벤디 교단이 아니라 마르크스-레닌주의자의 외양이었지."

그는 잠시 침묵했다. 그러나 곧 잡지, 팸플릿, 책, 오려 놓은 글, 사진, 판화를 예로 들면서 흥분하여 이야기를 이어 갔다. 이 마르크스-레닌주의자들이 했던 모든 것은 벡타쉬 파와 속속들이 일치했으며, 집필한 글 역시 마찬가지였을 뿐 아니라, 삶 자체를 정확히 같은 방식으로 살아갔다. 입문식은 마지막 세부 사항까지 일치했다. 벡타쉬 지망자들이 가장 고통스러운 시험을 통한 자기 부정으로 참을성과 자격을 증명해

---

49) 신비주의 종파의 하나.

야 했던 것처럼, 이 마르크스-레닌주의자들도 그랬다. 둘 다 순교자와 성인과 모든 앞선 사람들을 숭배했으며, 같은 방식으로 경의를 표했고, '길'이라는 단어에는 똑같이 영적인 의미를 부여했으며, 통일된 분위기를 연출하기 위해 암송과 재연을 했고, 기도 방식도 같았다. 그들보다 앞선 벡타쉬 파처럼 이 마르크스-레닌주의자들도 콧수염과 턱수염 심지어는 눈만 보고도 여행하는 동지들을 알아낼 수 있었다. 의식에는 똑같이 사즈 음악을 연주했는데, 정확히 같은 박자와 리듬으로 시를 읊었다.

"가장 중요한 것은, 이 모든 것이 우연이 아니고, 이 모든 것이 전능하신 신께서 적어 보내신 잔인한 농담이 아니라고 했을 때, 오늘 우리가 좌파의 간행물에서 찾은 문자와 단어 게임은 벡타쉬가 후루피에게 빌려 온 게임을 단지 새롭게 실행한 것일 뿐이라는 것을 내가 알아채지 못한다면 나를 눈이 멀었다고 해도 좋다는 거야."

먼 마을에서 야경꾼이 부는 호루라기 소리만 이따금 들려오는 정적 속에서, 사임은 자신이 발견한 단어 게임을, 두 가지 의미를 서로 비교하며 기도문을 낭송하듯 천천히 갈립에게 읽어 주었다.

한참 후, 갈립이 반수 상태로 뤼야의 환상과 과거 행복했던 시절의 추억 사이에서 떠다니던 새벽에, 사임은 스스로 "문제의 가장 특이하고 놀라운 양상!"이라 부르는 것에 몰두하기 시작했다. 사임의 말에 의하면, 이 정치 조직에 들어간 젊은이들이 벡타쉬 파라는 것은 알 수 없었다. 모든 일은 당의 중간

지도자와 알바니아에 있는 벡타쉬 교주 사이의 비밀 합의로 조작되었기 때문에 대부분은, 어쩌면 네다섯 명 이외에 다른 그 누구도 알지 못했다. 조직에 들어가 일상 습관과 삶을 송두리째 바꾼 선의를 가진 헌신적인 젊은이들은 행사와 종교 의식, 함께하는 식사, 행진 도중 찍은 사진들을 알바니아에 있는 벡타쉬 교주들이 보고 종단의 연장으로 평가한다는 것은 생각조차 하지 못했다. 사임은 이렇게 말했다.

"처음에는 순진하게도 이것이 끔찍한 음모이고, 가공할 비밀이며, 젊은이들이 아주 비열하게 현혹되었다고 생각했지. 단지 이러한 흥분만으로, 십오 년 만에 처음으로 나의 이 발견을 세부적인 것도 모두 증명하는 글로 발표하려 했어. 하지만 곧 이 결정을 취소했어."

내리는 눈 속에서, 보스포루스 해협을 지나가는 검은 유조선이 내는 신음이 도시의 모든 창문을 가볍게 흔드는 소리를 들으며 사임은 덧붙였다.

"왜냐하면 우리가 사는 삶이 다른 누군가의 꿈이라는 것을 증명한다 해도 아무것도 바뀌지 않을 거라는 사실을 알기 때문이야."

사임은 새 한 마리 날지 않고 인적이 끊겨 버린 동 아나톨리아의 산에 정착하여 이백 년 동안 카프산으로의 여행을 준비해 온 제리반 부족의 이야기를 계속해서 들려주었다. 삼백이십 년 된 꿈 해설서에서 얻은 여행에 대한 신념은 여전히 꿈으로 남아 있지만, 그 꿈이 살아 있게 할 뿐 아니라 어떤 비밀처럼 세대에서 세대로 전해지게 하는 교주들이 실은 이미 오래전에 그 여행이 결코 실현되지 않도록 오스만 제국과 약정했다고 알려 주는 것이 좋은 일이겠는가? 일요일 오후면 아나톨리아의 작은 마을에 있는 극장을 꽉 메우는 군인들에게, 그들이 보고 있는 역사 영화에서 용감한 터키 전사에게 독이 든 포도주를 마시게 하려고 음모를 꾸미는 성직자들이 실제로는 이슬람교도이자 소박한 배우라고 설명한다면, 이 군인들의 유일한 유희인 분노하는 기쁨을 앗아가는 것 외에 무슨 소득이 있단 말인가?

아침 무렵 갈립이 긴 소파에 앉아 졸고 있을 때, 사임은 알바니아에 있는 세기 초의 유산인 하얀 식민지 풍 호텔의 텅 빈 홀에서 정당 수뇌부들과 만나는 늙은 벡타쉬 교주들은 터키 젊은이들의 사진을 보고 눈물을 글썽이지만, 행사 의식에서 종단의 비밀이 아니라 마르크스-레닌주의 분석이 활발하게 언급되는 것은 모른다고 했다. 왜냐하면 수백 년 동안 찾아온 황금으로의 변성이 절대 성공할 수 없음을 연금술사들이 모르는 것은 불행이 아니라 존재의 이유이기 때문이다. 현대판 마술사는, 자신이 구경꾼에게 보여 준 것이 속임수라고들 해도 흥분하며 구경하는 관객들이 한순간만이라도 그것을 속임수가 아니라 마술로 받아들인다고 생각하기에 행복하다. 대부분의 젊은이들은 인생의 어느 시기에 들었던 말 한마디나 이야기, 함께 읽었던 책의 영향으로 사랑에 빠지고, 그 사랑의 흥분으로 연인과 결혼을 하고, 남은 인생을 사랑의 배후에 있는 이 착각을 결코 알지 못한 채 행복하게 살아간다. 그의 아내가 아침을 차리기 위해 식탁 위에 있는 잡지를 치울 때, 사임은 현관문 밑으로 들어온 그날의 신문을 읽으며, 쓰여 있는 모든 것은 현실이 아니라 단어로 꾸며 놓은 꿈에 관한 것이라는 사실을 안다고 해도 변하는 건 아무것도 없다고 마지막으로 이야기했다.

8장
논객 삼총사

나는 그의 적에 대해 물었다. 그는 세고, 세고, 또 세었다.
— 세르메트 사미 우이살, 『야흐야 케말과의 대담』

　그의 장례식은 그가 이십 년 전에 걱정하고, 삼십이 년 전
에 쓴 그대로 되었다. 위스퀴다르에 있는 작은 사립 구빈원의
잡역부, 감방 친구, 그가 칼럼 작가로 명성이 자자할 때 그를
보호해 주었지만 지금은 은퇴한 신문기자, 고인의 삶이나 직업
에 대해서는 아무것도 모르는 사팔뜨기 친척 둘, 술탄의 머리
장식과 비슷한 장식핀이 붙은 망사 달린 모자를 써서 이상해
보이는 지나치게 치장한 여자, 우리의 고결한 이맘, 나와 관 속
에 있는 시체까지 모두 아홉 명이었다. 어제 눈보라가 몰아치
는 와중에 관을 무덤 속으로 내려야 했기 때문에, 이맘은 빨
리 기도를 끝냈고 우리는 서둘러 관 위에 흙을 뿌렸다. 그런
후, 어찌 된 영문인지 모르겠지만 우리는 한순간 흩어졌다. 크
슥르 역에서 전차를 기다리는 사람은 나 외에 아무도 없었다.

나는 발동기선을 타고 보스포루스 해협을 건너 유럽 쪽 연안
으로 와서 곧장 에드워드 G. 로빈슨이 출연한 영화 「주홍의
거리」가 상영되고 있는 베이올루의 엘함라 극장으로 향했다.
나는 앉자마자 넋을 놓고 빠져들었다. 장래 없는 회사원에다
재능 없는 아마추어 화가인 주인공은 사랑하는 여인을 감동
시키기 위해 백만장자로 가장한다. 하지만 애인인 조앤 베넷
은 바람을 피운다. 우리 관객들도 배반당한 듯 슬퍼하고, 비탄
에 빠지고, 절망한 그를 지켜보았다.

　고인과 처음 만났을 때(이 두 번째 단락도 첫 번째 단락처럼,
그의 글에서 자주 반복되는 이 단어들로 시작하겠다.), 그는 칠십
대였고 나는 삼십 대였다. 친구를 만나러 바크르쾨이에 가는
길이었다. 시르케지 기차역에서 교외선을 막 타려 하는 찰나
내가 무엇을 보았겠는가? 그 위대한 칼럼 작가가 플랫폼 끝에
있는 식당 테이블에 내가 어린 시절과 청소년 시절에 읽고 동
경해 마지않던 두 명의 칼럼 작가와 함께 라크 잔을 앞에 두
고 앉아 있었던 것이다. 내가 놀란 것은, 내 문학적 상상력의
카프산에 살고 있는 일흔 살가량의 이 세 노인을 시르케지 기
차역의 아수라장 속에서 우연히 보았기 때문이 아니라, 작가
로 활동했던 내내 서로를 끊임없이 공격하고 모욕했던 이 세
논객이, 이십 년 후에 다시 아버지 뒤마의 술집에 모여 술을
마시는 삼총사처럼 같은 테이블에 앉아 라크를 마시고 있었
기 때문이었다. 술탄 세 명, 칼리프 한 명, 대통령 세 명이 들
고 나던 반세기 동안 이 세 명의 호전적인 논객은, 때로 근거
를 들어 비난하기도 했지만 대체로 꼬투리를 잡아 서로를 무

신론자, 청년투르크당원, 친프랑스주의자, 민족주의자, 프리메이슨주의자, 케말주의자, 공화주의자, 매국노, 왕당주의자, 서구주의자, 종파주의자, 동성애자, 변절자, 종교법주의자, 공산주의자, 친미주의자, 마지막으로는 최근 유행이었던 실존주의자라고 비방했다.(당시 그들 중 한 명이 '가장 위대한 실존주의자'는 이븐 아라비이며, 서양 실존주의자들은 칠백 년이 지난 후에 그를 모방했을 뿐이라고 썼다.) 한동안 주의 깊게 논객 삼총사를 주시하다가, 마음속에서 끓어오르는 충동에 이끌려 그들의 테이블로 가서 나를 소개하고 그들을 똑같이 존경한다고 말했다.

독자들이 날 이해해 주었으면 한다. 당시 나는 침착하지 못하고 열정적이었으며, 혈기 왕성하고 창조적이었으며, 장래가 촉망되는 똑똑한 젊은이였다. 나 자신을 좋아했으며 믿었고, 지나치게 낙관적인 데다 약삭빠르기도 했던 성향 사이에서 갈팡질팡했다. 신예 칼럼 작가라는 흥분으로 살아가고 있었지만, 내 글이 그들의 글보다 더 많이 읽히고, 독자들로부터 편지를 더 많이 받으며(물론 내가 더 글을 잘 썼기 때문에), 이 두 가지 사실을 그들도 못마땅하지만 알고 있다는 확신이 없었더라면, 내 분야에서 최고인 이 세 명의 대가에게 다가갈 엄두조차 내지 못했을 것이다.

이러한 이유로, 그들이 나를 무시했을 때 나는 그것을 승리의 신호로 기쁘게 받아들였다. 내가 젊고 촉망받는 칼럼 작가가 아니라, 선망의 말만 늘어놓는 평범한 독자였더라면, 물론 그들은 나를 더 대우해 주었을 것이다. 그들은 처음에는 합석을 권하지도 않았다. 나중에 나를 자리에 앉히고서도 웨이터 취급을 하면서 주방으로 보냈다. 나는 그들이 보고 싶다는 주간 잡지를 가판대에 가서 사 왔다. 한 사람에게 오렌지 껍질을 까 주었고, 다른 한 사람이 바닥에 떨어뜨린 냅킨을 그보다 먼저 집어 주었으며, 그들이 묻는 질문에, 그들이 기대하던 대로 몸 둘 바를 모르며, 나는 프랑스어를 모르지만 밤마다 사전을 들고 『악의 꽃』을 해독하려 노력한다고 말했다. 나의 무지에 그들은 나의 성공을 더욱 참을 수 없어했지만, 내가 지나치게 몸 둘 바를 몰라했기 때문에 나의 죄는 가벼워졌다.

그들은 내게 관심이 없는 듯 내게서 등을 돌리고 셋이서만 이야기를 했지만(세월이 흐른 후, 젊은 칼럼 작가들 앞에서 나도 그렇게 했다.) 그럴수록 그 세 명의 대가가 실은 내게 영향을 미치고 싶어 한다는 것만 더 확실해졌다. 나는 조용히, 존경하는 태도로 그들의 말을 들었다. 당시 신문의 톱뉴스였던 독일 원자 과학자는 어떤 사실에 의거하여 이슬람교를 받아들일 수밖에 없었나? 터키 칼럼계의 아버지인 아흐메트 미타트 에펜디가 칼럼을 통한 논쟁에서 자신을 이긴 라스틱 사이트 씨를 어느 날 밤 골목에서 가로막고 구타했을 때, 그에게서 논쟁을 그만두겠다는 약속을 받아 냈던가? 베르그송은 신비주의자인가 물질주의자인가? 세상 안에 비밀리에 숨어 있는 '두 번째 세계'가 있다는 증거는 무엇인가? 코란 26장 슈아라의 마지막 절에서 믿지도 않고 행하지도 않은 것을 믿음을 가지고 행한 척 말했기 때문에 질책을 당한 시인들은 누구인가? 같은 맥락에서, 앙드레 지드는 정말로 동성애자였던가, 아니면

이 문제가 관심을 끌 거라는 것을 알았기 때문에, 마치 아랍 시인 에부 노와즈처럼 여자들을 좋아하면서도 자신을 다르게 보여 주었던가? 쥘 베른은 소설 『완고한 케라반』의 첫 문단에서 톱하네 광장과 마흐무트 1세 분수를 묘사할 때, 멜링의 판화를 보고 썼기 때문에 실수를 한 것인가, 아니면 라마르틴의 『동방 여행』을 그대로 표절했기 때문에 실수를 한 것인가? 루미[50]는 『메스네비』 5권에 나오는 당나귀와 성교하다 죽은 여자 이야기를 이야기 자체를 위해서 넣은 것인가, 아니면 교훈을 주려고 넣은 것인가?

그들은 이 문제에 대해 신사답고 주의 깊게 토론하면서 내게도 눈길을 주고, 하얀 눈썹을 치켜뜨며 내 의견도 묻는 신호를 보냈기 때문에 나는 내 생각을 말했다. 루미는 그 이야기를, 다른 모든 이야기들처럼 이야기 자체를 위해 넣었고 교훈은 베일로 가리고 싶어 했다고. 어제 내가 참석했던 장례식의 주인공이 물었다.

"이보게, 자네는 도덕을 위해서 글을 쓰나, 아니면 재미 때문에?"

나는 모든 문제에 대해 확고한 생각이 있다는 것을 증명하기 위해 처음 머리에 떠오르는 대답을 했다.

"재미 때문입니다."

---

50) Mevlânâ Celâleddin Mehmed Rumi(1207~1273). 이슬람 신비주의의 대가. 『메스네비』는 서술식 서정시 형태의 영적인 가르침과 수피들의 민담을 엮은 여섯 권으로 된 루미의 작품이며, '메스네비'는 2행으로 된 대구 운율시 형식이다.

그들은 내 대답을 못마땅해했다.

"자넨 아직 젊고, 이제 직업에 첫발을 내디뎠네. 자네에게 충고를 좀 해 주지!"

나는 흥분하며 자리에서 벌떡 일어났다.

"어르신, 그 충고를 적어 두고 싶습니다!"

그러고는 단숨에 계산대로 가서 주인에게서 종이를 한 뭉치 받아 왔다. 이 긴 일요일 칼럼에서, 그들에게 빌린 칠보 만년필의 초록색 잉크로 식당 이름이 적혀 있는 종이의 뒷면에 메모했던, 칼럼 작가 일에 관한 그들의 충고를 독자 여러분과 나누고자 한다.

오늘날 이미 잊힌 이 세 대가들의 이름이 궁금해 안달하는 독자가 있다는 것을 알고 있다. 그 독자들은 지금까지 감추어 온 그들의 이름을 최소한 귀에라도 속삭여 주기를 기다릴 것이다. 하지만 나는 그러지 않겠다. 그 셋이 무덤에서 편히 잠들기를 바라서가 아니라, 이 정보를 마땅히 얻을 자격이 있는 사람과 그렇지 않은 사람을 구별하기 위해서이다. 그래서 고인이 된 이 칼럼 작가들을 각각 오스만 제국 술탄들이 시를 쓸 때 사용했던 필명으로 거론할 것이다. 그 필명이 어떤 술탄의 것인지 알아낸 독자들은 이 시인 술탄들의 이름과 칼럼 작가의 이름 사이에 있는 유사성을 생각해 보면, 이 전혀 중요하지 않은 미궁을 어쩌면 풀 수도 있을 것이다.

하지만 진짜 수수께끼는 그 대가들이 나와 벌인 자존심 체스 게임에서 충고라는 미명하에 이루어진 공격 속에 감추어져 있다. 하지만 나는 이 비밀의 아름다움을 여전히 이해하지 못하기 때문에, 마치 우리가 이해할 수 없는 체스 달인들의 공격을 잡지의 체스란에 실어 해독하는 가련하고 재능 없는 사람들처럼, 나도 대가들의 충고 사이사이에 나의 보잘것없고 하잘것없는 해석과 생각을 괄호 안에 써넣었다.

A: 아들리. 그 겨울날 그는 영국 옷감(우리 나라에서 값비싼 옷감을 말할 때 영국 옷감이라고 하기 때문에 나도 이렇게 쓴다.)으로 만든 크림색 양복에 짙은 색 넥타이를 맸다. 키가 크고, 잘 정돈된 하얀 콧수염을 기른 사람이다. 지팡이도 있다. 돈 없는 영국 신사 같은 모습이다. 그런데 돈 없이 신사가 될 수 있는지는 나도 잘 모르겠다.

B: 바흐티. 느슨하게 맨 넥타이는 그의 얼굴처럼 비뚤어져 있다. 얼룩지고 구겨진 재킷을 입었다. 그 재킷 안에 조끼를 입었고, 조끼 주머니에 들어 있는 주머니 시계의 체인이 보인다. 뚱뚱하고 지저분한 행색이다. 열정적으로 "나의 유일한 친구!"라고 했지만, 이 일방적인 우정을 배반하고 그를 심장마비로 죽일 담배가 항상 손에 들려 있다.

C: 제말리. 키가 작고 신경질적이다. 말끔하고 정돈된 이미지를 주려 했지만 은퇴한 교사의 의상이라는 것을 감추지 못했다. 우체부 같은 빛바랜 재킷과 바지에다 밑창이 두꺼운 슈메르방크 표 신발을 신었다. 고도 근시로 도수 높은 두꺼운 안경을 썼으며, '공격적'이라고 할 만큼 추했다.

그 대가들의 충고와 나의 보잘것없는 해석은 이러하다.

1. C: 단지 읽는 재미를 위해 글을 쓰는 것은 칼럼 작가를

망망대해에 나침반 없이 내버려 두는 것과 같다.

2. B: 하지만 칼럼 작가는 이솝도 루미도 아니다. 교훈은 항상 이야기에서 나온다. 이야기가 교훈에서 나오는 것이 아니라.

3. C: 독자의 지능에 의거하지 말고 자신의 지능에 의거하여 쓰라.

4. A: 나침반은 이야기이다.(분명히 C의 1에 대한 언급이다.)

5. C: 우리 역사와 묘지의 비밀을 파고들지 않고는, 우리에 관해 언급하는 것도 동양에 대해 언급하는 것도 불가능하다.

6. B: 동서양 문제에 관한 열쇠는 사칼르 아리프의 이 말에 숨겨져 있다. "동쪽으로 가는 고요한 배 안에서 서쪽을 보는, 아, 불운한 사람들!"(사칼르 아리프는 실재하는 인물을 본떠 B가 창조한 칼럼의 주인공이다.)

7. A-B-C: 즐겨 쓰는 속담, 관용구, 격언, 일화, 농담, 시행, 금언을 모아 두라.

8. C: 주제를 택한 다음 글에 왕관을 씌울 적당한 금언을 찾지 말고, 금언을 택한 다음에 이 왕관에 걸맞은 적당한 주제를 찾으라.

9. A: 첫 문장을 어떻게 쓸지 결정하기 전에는 책상에 앉지 말라.

10. C: 진실한 신념을 하나 갖도록 하라.

11. A: 자신에게 진실한 신념이 없다 하더라도, 독자들은 진실한 신념이 있다는 믿음을 가지라.

12. B: 독자는 축제의 장에 들어가고 싶어 하는 어린아이

이다.

13. C: 독자는 마호메트를 함부로 들먹이는 작가를 용서하지 않고, 신도 그의 몸을 마비시킬 것이다.(11이 자신을 향한 야유라는 것을 눈치챈 C가, 마호메트의 결혼과 직업에 관련된 어떤 칼럼을 쓴 후 희미하게 마비가 온 A의 입가를 빗대어 말하고 있다.)

14. A: 난쟁이를 사랑하라, 독자들도 그러하니.(13을 이야기한 C에게 그의 작은 키를 빗대어 하는 말.)

15. B: 일례로 위스퀴다르에 있는 난쟁이 집은 좋은 주제이다.

16. C: 레슬링도 좋은 주제이다. 단, 스포츠를 위해 쓰였을 경우.(15가 자신을 겨냥한 야유라고 여긴 C가 B의 레슬링에 대한 관심과 연재물을 들어 B가 남색가라는 소문을 암시한다.)

17. A: 독자는 생활고에 시달리고, 지능 나이가 열두 살이며, 기혼이고, 네 명의 자녀가 있는 가장이다.

18. C: 독자는 고양이처럼 배은망덕하다.

19. B: 영리한 동물인 고양이는 배은망덕하지 않다. 단지 개를 좋아하는 작가들을 믿지 말아야 한다는 것을 알 뿐이다.

20. A: 고양이와 개가 아니라 국가 문제에 관심을 가지라.

21. B: 대사관 주소를 알아 두라.(2차 세계대전 당시 C는 독일, A는 영국 대사관에서 돈을 받았다는 소문을 의미한다.)

22. B: 논쟁에 들어가라. 단, 상대방을 다치게 할 수 있다는 것을 알 때만.

23. A: 논쟁에 들어가라. 단, 고용주가 널 지지해 줄 때만.

24. C: 논쟁에 들어가라. 단, 외투를 가져갈 수 있을 때만.(B

가 독립전쟁에 참전하지 않고 점령된 이스탄불에 남아 있었던 이유를 설명한 "나는 앙카라의 추위를 견딜 수 없어!"라는 유명한 말에 대한 언급.)

25. B: 독자의 편지에 답신을 하라. 네게 편지를 쓰는 독자가 없으면, 스스로에게 편지를 쓰고 답신을 하라.

26. C: 우리의 스승과 대가는 세헤라자데이다. 잊지 말라. 너도 그처럼, '인생'이라는 사건 사이에 단지 5~10쪽가량의 이야기를 끼워 넣고 있는 것이다.

27. B: 독서를 조금만 하라, 하지만 기꺼이 좋아하며 읽으라. 그러면 독서량은 많지만 지겨워하며 읽는 사람보다 더 많이 읽은 것처럼 보인다.

28. B: 적극적인 사람이 되라. 유명 인사와 알고 지내라. 그가 죽으면 그에 대한 추억을 쓸 수 있도록.

29. A: 죽음에 대한 글을 '지금은 고인(故人)이 되신'으로 시작하여, 고인을 비방하는 말로 끝맺지 말라.

30. A-B-C: 아래와 같은 문장은 가급적 피하라. (a)어제만 해도 고인은 살아 있었다. (b)우리 직업은 배은망덕하다. 오늘 쓴 글은 다음 날 잊힌다. (c)어젯밤 라디오에서 모 프로그램을 들었는가? (d)세월은 얼마나 빨리 흐르는가! (e)고인이 살아 있었더라면 이 수치스러운 꼴을 보고 뭐라 했을까? (f)유럽에서는 이렇게 하지 않는다. (g)빵 따위는 수년 전에 가격이 얼마였는데. (h)그리고 이 사건은 내게 이러한 것도 떠올리게 했다.

31. C: '그다음에는'이라는 단어는 예술을 모르는 서툰 작

가들이나 쓰는 것이다.

32. B: 어떤 칼럼에 예술적인 것이 있다면 그건 칼럼이 아니다. 칼럼 안에 무엇이 있든지 간에 그것은 예술이 아니다.

33. C: 시를 능욕하는 것으로 예술에 대한 열정을 잠재우는 사람의 지성에 대해 과찬하지 말라.(B의 시인 기질에 가하는 일침.)

34. B: 쉽게 쓰라, 그러면 쉽게 읽힐 것이다.

35. C: 어렵게 쓰라, 그러면 쉽게 읽힐 것이다.

36. B: 어렵게 쓰면 위궤양에 걸릴 것이다.

37. A: 위궤양에 걸리면 예술가가 될 것이다.(이 시점에서 누군가가 다른 누군가에게 이 달콤한 말을 한 후, 그들은 다함께 즐겁게 웃었다.)

38. B: 되도록 빨리 늙으라.

39. C: 빨리 늙으면 멋진 가을의 글을 쓸 수 있을 테니!(그들은 다시 애정이 담긴 눈빛으로 서로를 바라보며 미소 지었다.)

40. A: 세 가지 중요한 주제는 당연히 죽음, 사랑, 음악이다.

41. C: 하지만 사랑이 무엇인지에 대해 이미 결론을 내렸어야 한다.

42. B: 사랑을 찾으라.(그들이 이 모든 충고를 하는 사이사이에 긴 정적, 침체된 분위기, 침묵이 흘렀다는 것을 기억해야 한다.)

43. C: 사랑을 숨기라. 왜냐하면 넌 작가니까.

44. B: 사랑은 찾는 것이다.

45. C: 너 자신을 감추면, 네게 비밀이 있다고 추측할 것이다.

46. A: 네게 비밀이 있다고 느끼게 만들면, 여자들은 너를

사랑할 것이다.

47. C: 모든 여자는 하나의 거울이다.(이 시점에서 새로 라크병을 땄기 때문에 내게도 한 잔 따라 주었다.)

48. B: 우리들을 잘 기억해 두라.(나는 "당연히 기억할 겁니다, 어르신들."이라고 대답했다. 주의 깊은 독자들은 알아챘겠지만 나는 많은 글을 그들과 그들의 이야기를 떠올리며 썼다.)

49. A: 거리에 나가 인간 군상의 얼굴을 바라보라, 그것도 하나의 주제이니.

50. C: 네가 역사적 비밀을 안다는 것을 독자들이 감지하도록 만들라. 하지만 안타깝게도 그걸 쓸 수는 없다.(이 시점에서 C는 이야기를 하나 해 주었다. 내가 다른 칼럼에서 쓸, 애인에게 "나는 너의 것이야."라고 했다는 사랑 이야기이다. 이 순간 나는 처음으로 반세기 동안 서로 비방을 일삼던 이 세 명의 작가를 애정으로 한자리에 앉게 한 비밀의 존재를 느꼈다.)

51. A: 온 세상이 우리 적이라는 것도 잊지 말라.

52. B: 이 민족은 파샤를, 어린이를, 어머니를 아주 사랑한다, 너도 사랑하라.

53. A: 제사(題詞)를 사용하지 말라, 그건 글 속의 신비를 죽이는 것이니까.

54. B: 이렇게 죽을 거라면, 너도 신비를 죽이라, 신비를 판 거짓말쟁이 예언자를 죽이라!

55. C: 제사를 사용해야 한다면, 작가나 주인공이 우리와 닮은 서양 소설에서 인용하지 말고, 네가 읽지 않은 책에서도 절대로 인용하지 말라. 왜냐하면 심판의 날에 닷잘[51]이 내려

와 쓰는 속임수이기 때문이다.

56. A: 너도 천사이자 악마이며 닷잘이자 '그'라는 것을 잊지 말라. 왜냐하면 독자들은 전적으로 악하고 전적으로 선한 존재는 지루해하기 때문이다.

57. B: 하지만 독자가 닷잘이 '그'처럼 보인다는 것을 알았을 때, 구원자라 생각한 것이 닷잘이라는 것을, 자신이 속았다는 것을 경악하며 알아챘을 때는, 너를 어두운 골목에서 진짜 총으로 쏴 버릴 것이다!

58. A: 그렇다, 그러니 신비를 숨기라. 절대 천사의 비밀을 팔지 말라.

59. C: 너의 비밀은 사랑이다, 잊지 말라. 키워드는 사랑이다.

60. B: 아니다. 키워드는 우리 얼굴에 쓰여 있다. 보고 들으라.

61. A: 사랑이다, 사랑이다, 사랑이다, 사랑!

62. B: 표절을 두려워하지 말라. 우리가 겨우 연명하는 독서와 글의 모든 비밀, 모든 비밀은 우리의 신비주의 거울에 숨겨져 있다. 루미의 「화가들의 경쟁」이라는 이야기를 아느냐? 그도 그 이야기를 다른 사람에게서 인용했다. 하지만 그 자신은…….(나는 "압니다, 어르신."이라고 말했다.)

63. C: 어느 날엔가 나이가 들어 '사람은 자기 자신이 될 수 있을까'라고 물을 때, 이 신비를 이해했는지 여부에 대해서도

---

51) 이슬람의 종말론에 나오는 거짓 예언자 중 하나. 최후의 심판 전에는 삼만여 명의 거짓 예언자가 등장하면서 환란기를 맞이하는데, 그중 최후에 오는 거짓 예언자가 바로 닷잘이다.

자신에게 물으라, 잊지 말라.(나는 잊지 않았다.)

64. B: 낡은 버스, 서둘러 집필한 책, 인내하는 사람, 이해하는 사람만큼이나 이해하지 못하는 사람도 잊지 말라!

역 어딘가에서, 어쩌면 식당 안에서 사랑, 고통, 삶의 허무함을 늘어놓는 노래가 들려왔다. 이 지점에서 그들은 나를 잊고, 자신들이 늙어 가는 콧수염 달린 세헤라자데라는 것을 상기하며, 우정과 형제애, 슬픔으로 가득 차 서로에게 이야기를 해 주기 시작했다. 이런 이야기들이다.

마호메트가 하늘에서 했던 여행에 관해 쓰는 것이 삶의 유일한 열정이었다가, 세월이 흐른 후, 단테가 이와 비슷한 글을 썼음을 알고는 슬픔에 빠진 불행한 칼럼 작가의 우습고도 슬픈 이야기. 어린 시절 여동생과 채소밭에서 까마귀를 쫓았던 변태적이며 광적인 술탄 이야기. 아내가 도망치자 꿈을 잃어버린 작가 이야기. 자신을 알베르틴이자 프루스트라고 생각하기 시작한 독자 이야기, 정복자 술탄 메흐메트로 변장한 칼럼 작가 이야기, 등등.

9장
누군가 나를 추적하고 있다

때로 눈이 왔고, 때로 어두웠다.
— 쉐흐 갈립, 『휘순과 아슥』

아침이 되어서야 문서 보관인 사임의 집에서 나왔다. 지한기르의 오래된 거리를 지나, 좁은 인도를 따라가다가 카라쾨이로 향하는 가파른 계단에서 낡은 안락의자를 어렴풋이 본 듯했는데, 그 이미지는 재수 없는 악몽 중 기억에 남은 유일한 세부 사항처럼 온종일 반복하여 떠올랐다. 아편과 마약 거래를 추적하며 이스탄불을 뒤지고 다니던 시절에 제랄이 알게 된 톱하네 뒤의 가파른 비탈길에 있는 벽지 가게, 장판 가게, 석고 플라스터 가게, 목재상 중 한 곳의 닫힌 셔터 앞에 방치된 안락의자. 팔걸이와 다리의 니스 칠이 벗겨지고, 앉는 자리의 가죽이 상처처럼 찢어지고, 배가 갈라진 기병의 말에서 쏟아져 나온 내장처럼 녹슨 스프링이 가죽 밖으로 절망적으로 튀어나와 있었다.

갈립이 카라쾨이에 도착했을 때는 이미 8시가 넘었지만 거리는 안락의자를 보았던 비탈길만큼이나 한적해서, 뭔가 잘못된 것이 아닌지, 모든 사람들이 신호를 읽은 재앙이 마침내 온 게 아닌가 싶었다. 다가오는 이 재앙 때문에 출발해야 하는 배도 서로 묶여 있고, 부두는 한적하며, 갈라타 다리 위에 있는 노점상, 즉석 사진 기사, 얼굴이 그을린 거지도 마지막 날을 휴식을 취하며 보내려 결정한 듯이. 갈립은 다리 난간에 기댄 채 혼탁한 물을 바라보면서, 언젠가 이 다리에 모였던 아이들이, 기독교인 관광객들이 할리치 만에 던진 동전을 꺼내려고 바닷속으로 뛰어들던 것을 떠올렸다. 보스포루스의 물이 빠져나가는 날에 대한 칼럼에서, 세월이 많이 흐른 후 숨겨진 다른 것들을 의미할 이 돈에 대해 제랄이 왜 언급하지 않았는지 궁금했다.

사무실로 올라가 책상에 앉자마자 제랄의 새 칼럼을 읽기 시작했다. 제랄의 칼럼은 사실 새로 쓴 것이 아니었다. 몇 년 전에 한 번 게재되었던 것이다. 이는 제랄이 오랫동안 신문사에 새 글을 보내지 않았다는 명백한 신호인 동시에, 다른 무언가의 숨겨진 신호도 될 수 있었다. 칼럼 중간에 나오는 '당신 자신이 되는 것이 어렵습니까?'라는 질문도, 이렇게 질문하는 글 속의 이발사도, 어쩌면 글 안에서 의도된 의미가 아니라 글 밖의 세계에 있는 다른 숨겨진 의미를 지적하는 듯했다.

갈립은 이 문제에 대해 제랄이 자신에게 무엇인가를 설명했던 기억이 났다. 제랄은 이렇게 말했다.

"사람들은 대부분 대상이 바로 코앞에 있기 때문에 그 대상의 본질적 특징을 알아채지 못하고, 가장자리나 구석에 있고, 그래서 주의를 끄는 부차적인 특징을 보고 알게 되지. 이 때문에 나는 그들에게 보여 주고 싶은 것은 확연히 드러나게 하지 않고 칼럼 한구석에 쑤셔 넣곤 해. 물론 아주 꼭꼭 숨겨진 구석은 아니야. 아이들을 속여 넘기는 것 같은 숨바꼭질이지. 하지만 사람들은 그곳에서 찾은 것을 아이들처럼 곧장 믿어 버리기 때문에 그렇게 하는 거야. 게다가 최악의 것은, 글의 나머지 대부분에 내포되어 있는, 바로 코앞에 보이는 그 확연한 의미와, 약간의 인내와 지능만을 요하는 숨겨진 우연적 의미도 인지되지 못한 채 신문이 내던져진다는 사실이지."

갈립은 신문을 한구석에 던지고는, 마음속에서 이는 충동에 따라 제랄을 만나기 위해 《밀리예트》 신문사로 갔다. 제랄은 오히려 한산한 주말에 더 자주 신문사에 간다는 것을 알았기 때문에, 그가 혼자 사무실에 있을 거라고 추측했다. 비탈길을 오르면서, 뤼야가 약간 아프다고 해야겠다는 계획을 세웠다. 그러고는 아내가 떠났기 때문에 속수무책이 되어 버린 의뢰인 이야기를 할 생각이었다. 이런 이야기를 들으면 제랄은 어떤 반응을 보일까? 모든 일을 순조롭게 이끌어 가고, 정직하며, 부지런하고, 이성적이고, 상식 있고, 선량한 우리 서민이 아주 사랑하는 아내가 우리의 모든 역사와 전통을 어기고는 갑자기 남편을 떠나 버린 것이다. 이것은 무엇을 의미하는가? 어떤 숨겨진 의미의 표시인가? 어떤 재앙의 징후인가? 갈립이 들려주는 이야기의 세부적인 내용을 주의 깊게 들은 후 제랄은 설명할 것이다. 제랄이 설명하면 세상은 의미 있어지고, 바로 우리 코앞에 있는 '숨겨진' 사실은 이전에 우리가 알고 있던, 하지만 알고 있다는 것을 모르던 풍부한 이야기의 놀라운 일부분으로 변하고, 이렇게 해서 삶도 더 견딜 만한 상태로 되어 간다. 이란 대사관의 정원에 있는 젖은 채 반짝이는 나뭇가지들을 보며 갈립은 자신의 세계가 아니라 제랄이 설명하는 세계에서 살고 싶다고 생각했다.

제랄은 사무실에 없었다. 책상 위는 말끔히 정리되어 있었다. 재떨이는 비워져 있었고, 찻잔도 없었다. 갈립은 이 방에 들어올 때마다 앉았던 보라색 안락의자에 앉아 기다렸다. 잠시 후 많은 방 중 한 곳에서 제랄의 웃음소리가 들려왔다는 확신이 마음속에서 일어났다.

이 확신이 사라지자 기억이 몰려왔다. 나중에 뤼야를 사랑하게 될 반 친구와 함께 라디오 생방송 퀴즈 프로그램의 초대장을 받기 위해 집안사람들 몰래 신문사에 처음 왔던 기억.(갈립은 신문사에서 나오면서 반 친구에게 "우리에게 인쇄소를 구경시켜 주려고 했는데 시간이 없었나 봐."라고 부끄러워하며 말했다. 반 친구는 "그의 책상 위에 있는 여자들 사진 봤어?"라고 했다.) 뤼야와 함께 신문사에 처음 왔을 때는 제랄이 그들을 데리고 인쇄소를 구경시켜 주었다.(나이 든 인쇄공은 뤼야에게 "너도 신문기자가 되고 싶은 게냐, 작은 아씨?"라고 물었고, 뤼야는 돌아오는 길에 갈립에게 같은 질문을 했다.) 오래전에 이 방을 이야기로 반짝이고 종이로 된 꿈으로 가득한 『천일야화』의 방으로 상상했던 것이 기억났다…….

새로운 이야기를 찾기 위해, 잊기 위해, 잊기 위해 제랄의 책상을 뒤적였고, 갈립은 이런 것들을 찾아냈다. 열어 보지 않은 독자 편지, 연필, 신문 스크랩(질투심 많은 남편이 몇 년이 흐른 후 저지른 살인 사건을 초록색 볼펜으로 표시해 놓았다.), 외국 잡지에서 오린 얼굴 사진, 초상화, 종잇조각 위에 쓴 메모들(잊지 말 것, 왕자 이야기), 빈 잉크통, 성냥, 볼품없는 넥타이, 샤머니즘과 후루피주의와 기억력을 향상시키는 방법에 관한 단순한 대중 서적, 수면제 한 병, 혈관 확장 약, 단추, 멈춰 버린 손목시계, 가위, 열어 본 독자 편지에서 나온 사진(그중 한 장에선 제랄과 머리카락이 빠진 어떤 장교가 한 시골 찻집에서 오일 레슬링 선수 두 명과 사랑스러운 캉갈 개[52]와 함께 카메라를 보고 있었다.), 색연필, 빗, 담배꽁초, 형형색색의 볼펜…….

각각 '사용한 것', '예비분'이라고 써 놓은 서류철 두 개를 책상 위에 놓여 있는 가죽 받침 밑에서 찾았다. '사용한 것' 서류철에는 최근 엿새 동안 신문에 게재된 타이프로 친 칼럼과 게재되지 않은 일요일 칼럼이 들어 있었다. 일요일 칼럼은 내일자 신문에 게재될 것이기 때문에 이미 조판이 끝나서, 그림이 서류철에 함께 들어 있었다.

'예비분' 서류철에는 두 편의 칼럼만이 있었다. 두 편 모두 이미 수년 전에 신문에 실렸던 것들이었다. 월요일에 실릴 네 번째 칼럼이 지금 아래층의 조판대에 있으리라고 추정하면 서류철에 있는 예비분은 수요일 신문까지 충당될 것이다. 이것이 제랄이 누구에게도 말하지 않고 여행 혹은 휴가를 떠났다

---

52) 양치기 개.

는 의미가 될 수 있을까? 하지만 제랄은 한 번도 이스탄불 밖
으로 나간 적이 없었다.

갈립은 제랄의 행방을 묻기 위해 넓은 편집실로 들어갔다.
발길이 나이 든 두 남자가 이야기를 나누는 책상으로 향했다.
그중 한 명은 수년 전 제랄과 격한 논쟁을 벌였던 인물로, '네
샤티'라는 필명으로 알려진 분노에 찬 노인이었다. 지금은 제
랄과 같은 신문사에서, 제랄의 글보다 중요하지 않고 독자도
더 적은 칼럼에다 분노에 찬 도덕주의 성향의 회고 글을 썼다.

"제랄 씨는 며칠 동안 보이지 않았소!"

그는 마치 칼럼에 실린 자신의 사진처럼 얼굴을 불도그같
이 잔뜩 찌푸리며 말했다.

"제랄 씨와 어떤 관계요?"

두 번째 기자가 왜 제랄 씨를 찾느냐고 물었을 때, 갈립은
기억의 복잡한 서류철 안에서 그가 누구인지를 곧 발견했다.
그는 다름 아니라 연예면에 글을 쓰는, 절대 속아 넘어가지 않
는 검은 안경을 쓴 셜록 홈스였다. 그는 오스만 제국 시절의
귀부인처럼 내숭을 떠는 여배우들이 실은 몇 년 전 뒷골목 나
이트클럽에서 일했다는 것을 알고 있으며, 프랑스의 시골 마
을에서 곡예를 했다며 이스탄불에서는 아르헨티나 백작 부인
행세를 하는 비범한 여가수가 실은 알제리 출신의 무슬림이
라는 것도 알고 있었다. 연예 담당 기자가 말했다.

"그러니까 친척이군요. 난 제랄 씨가 돌아가신 어머니 이외
에 달리 친척이 없다고 알고 있었는데."

이에 논쟁을 좋아하는 늙은 작가가 말을 받았다.

"흥, 그 친척들이 없었더라면 제랄 씨가 지금의 위치에 있을 수도 없지! 일례로 그를 거들어 주던 매형이 있었어. 제랄에게 글 쓰는 것을 가르쳤지만, 나중에 제랄에게 배신당한 그는 신실한 종교인이었지. 그 매형은 지금도 쿰카프 지역에 있는 버려진 비누 공장에서 비밀 의식을 행하는 낙쉬벤디 종파의 일원이었어. 쇠사슬, 올리브 압착기, 양초, 비누 만드는 주형을 사용하는 의식이 끝나면, 그는 정보국에다 이 종파 일원들의 활동에 대해 매주 보고서를 써 보냈지. 그는 그들이 군부에 해가 되는 행동을 하지 않는다는 것을 증명하고 싶었던 거야. 읽고, 배우고, 문학적 재미를 느끼라며 글에 관심 있는 처남 제랄에게 고발 보고서들을 보여 주었지. 나중에 정치의 바람이 왼쪽으로 불자 제랄은 자신의 의견을 그 새로운 분위기에 맞게 바꾸었고, 아타르[53], 에부 호라사니, 이븐 아라비, 보트폴리오의 번역본에서 그대로 이용한 은유와 직유로 가득 채워, 이 보고서의 스타일을 심할 정도로 따라 했어. 물론 전통과 근대를 연결하는 다리 역할을 하는 직유는 제랄이 만들기도 했지만(전부 진부한 것들이었지만), 이런 모방품들이 사실은 다른 사람들의 합작품이라는 걸 누가 어떻게 알았겠나? 제랄이 그 존재를 잊어버리려던 매형은 재주가 많은 사람이어서, 이발사가 일을 수월하게 하라고 거울 달린 가위를 만들었고, 아이들의 미래를 어둡게 하는 중대한 실수를 막을 수 있는 할

---

53) Farīd od-Dīn Attar(1136?~1230). 페르시아의 신비주의자로, 『새들의 회의』를 남겼다.

례 기구를 개발했으며, 기름 먹인 끈 대신 사슬, 의자 대신 미
끄러운 바닥을 사용해서 고통을 못 느끼게 해 주는 교수대를
발명했어. 사랑하는 누나와 매형의 정이 필요했던 시절에는
이 발명들을 자신의 「믿거나 말거나」 칼럼에 흥분하며 소개하
기도 했지."

이에 대해 연예 담당 기자는 반대를 하고 나섰다.

"미안하지만 그 정반대일세. 「믿거나 말거나」 칼럼을 쓰던
시절에 제랄은 완전히 외톨이였어. 다른 사람에게서 들은 것
이 아니라 바로 내가 목격했던 장면 하나를 자네에게 들려주
겠네."

가난에서 벗어나려고 기를 쓰는, 성공이 예정된 두 젊은이
가 주인공으로 나오는 옛날 예술참 영화에 등장할 법한 장면
이었다. 어느 새해 무렵 가난한 마을에 있는 가난한 집에서,
신예 신문기자인 청년 제랄은 니샨타쉬에 사는 부유한 친척
집의 새해 축하 파티에 초대되었다고 어머니에게 말한다. 그
곳에서 삼촌과 고모, 그들의 명랑한 딸과 거친 아들과 어울
려 시끄럽고 즐거운 밤을 보낼 것이며, 그 후에는 아마 도시의
다른 데로 놀러 갈 것이었다. 아들의 행복을 상상하는 것만으
로 행복해진 재봉사 어머니는 그에게 희소식을 전해 준다. 돌
아가신 아버지가 입었던 오래된 재킷을 오늘 밤을 위해 몰래
줄여 수선해 두었던 것이다. 제랄이 몸에 딱 맞는 재킷을 입
어 볼 때(어머니의 눈에 눈물이 고이는 장면, "넌 아버지를 쏙 빼닮
았구나!"), 행복한 어머니는 아들의 신문기자 친구도 이 파티
에 초대되었다는 이야기를 듣고 마음이 편해진다. 이 이야기

의 목격자인 신문기자 친구는 제랄과 함께 목조 건물의 차갑고 어두운 복도를 지나 질퍽한 거리로 나서던 저녁 무렵, 부유한 친척이나 다른 그 누구도 가난한 제랄을 새해 파티에 초대하지 않았음을 알게 된다. 게다가 제랄은 촛불 아래에서 재봉일을 하도 해서 장님이 되어 가는 어머니의 수술비를 마련하기 위해 신문사에서 당직 근무를 해야 했다.

이야기가 끝나자 정적이 흘렀다. 갈립은 세부 사항들이 제랄의 삶과 맞지 않다고 말했지만 그들은 별로 관심을 보이지 않았다. 물론 그에게 더 가까운 친척들이 있을 수 있고 날짜도 잘못 알았을 수 있다. 제랄의 아버지가 정말 살아 있다면("그게 확실합니까?") 아버지와 할아버지가, 누나와 고모가 서로 헷갈렸을 수도 있다. 하지만 그들은 이러한 오류를 그리 중요히 여기지 않는 게 분명했다. 그들은 갈립에게 합석을 권하고, 담배를 한 대 건네주고, 질문을 하고 대답은 듣지도 않았으며("당신이 제랄 씨와 정확히 무슨 관계라고 했지요?"), 상상의 체스판에 놓아두었던 돌을 기억의 자루에서 하나하나 꺼내기 시작했다.

제랄의 가족 사랑은 정말 대단해서, 시 당국의 고민 사항 외에는 쓸 수 없었던 그 절망적인 시기에도, 자신이 어린 시절을 보낸, 어떤 창문에서든지 서로 다른 보리수나무가 보였던 그 커다란 저택을 회상하는 글을 써서 독자들이나 검열관들을 어리둥절하게 했다.

아니다, 제랄은 신문에 관련된 일 이외의 사람들과의 관계를 아주 두려워해서 사람들이 많이 오는 모임에 부득이하게 참석해야 할 때는 제스처에서 시작하여 말, 복장, 음식까지 모든 것을 따라 할 수 있는 믿을 만한 친구가 항상 곁에 있기를 원했다.

전혀 그렇지 않다. 그가 낱말 맞히기와 여성란의 「인생 상담」 칼럼을 쓰다가 삼 년 만에, 터키 국내뿐만 아니라 발칸 반도와 중동에서도 가장 많이 읽히는 칼럼을 꿰차고 마음 편히 여기저기 비방하기 시작한 것을, 그에게는 부당할 정도로 과분한 사랑으로 그를 보호했던 지위 높은 친척의 지지가 아니고서야 달리 어떻게 설명하겠는가?

서양 문명의 초석 중 하나인 '생일' 의식, 이 인간적인 관습이 우리 나라에도 정착되기를 바라는 마음에, 진보적인 정부 인사가 자신의 여덟 살 먹은 아들의 생일에 크림과 딸기가 들어 있는 케이크에 여덟 개의 양초를 꽂고 아이의 친구들, 피아노를 두들기는 수다스러운 레반트인 여자, 신문기자들을 초대해 열었던 좋은 의도의 '생일 파티'를, 제랄이 칼럼에서 가혹하고 속 좁게 비아냥거리며 비판한 것은 예상처럼 이념적, 정치적, 혹은 미학적 이유가 아니라, 제랄이 평생 한 번도 이러한 부성애뿐만 아니라 그 어떤 사랑도 받지 못했다는 것을 고통스레 인지했기 때문이다.

그가 지금 그 어느 곳에도 없는 것은, 그가 남긴 주소와 전화번호가 틀리거나 꾸며 낸 것이라는 점은, 그들이 베푼 사랑에 응할 수 없었던 가깝거나 먼 친척에게 ― 모든 사람들에게 ― 느끼는 이상하고 이해할 수 없는 어떤 혐오감 때문이다.(갈립은 그들에게 제랄을 어디서 찾을 수 있을지 물어보았다.)

아니다, 그가 연락이 닿지 않는 도시 어딘가에 숨어 자신을 모든 인간으로부터 유배시킨 이유는, 물론 아주 다른 데 있다. 태어날 때부터 머리 주위를 마치 불운의 후광처럼 감싼 그 지독한 고독감에서, 사람들에게 다가가지 못하는 병에서 벗어날 수 없다는 것을 깨닫게 되었기 때문이다. 병에 자신을 내맡겨 버린 자포자기한 환자처럼, 도망칠 수 없는 절망적인 외로움의 품에 자신의 운명을 내던지고 골방에 틀어박혔을 것이다.

갈립이, 제랄이 숨어 있는 곳에서 나오기를 바라는 '유럽' 방송국 이야기를 하던 차에, 논객 네샤티가 말허리를 잘랐다.

"어차피 제랄 씨는 곧 해고당할 거요! 열흘 동안 신문사에 새 글을 보내지 않았으니까. 여분이라며 새로 타이핑해 둔 칼럼도 이십 년 전에 쓴 글이라는 것을 모두들 알고 있어!"

이때 갈립이 기대하고 바라던 대로 연예면 작가가 이 말에 반대하고 나섰다.

"그 칼럼들은 여느 때보다 훨씬 더 커다란 관심을 끌며 읽히고 있고, 전화통에는 불이 나고, 제랄 씨에게 매일 최소한 스무 통의 편지가 오고 있어."

"그렇지, 창녀, 포주, 테러리스트, 쾌락주의자, 마약 상인, 그가 찬미했던 과거의 도둑들이 보낸 제안의 편지겠지."

이에 연예면 작가가 물었다.

"그 편지들을 몰래 뜯어서 읽은 건가?"

"자네도 그렇게 하지 않나!"

둘 다 만족스러운 첫 수를 놓은 체스 선수처럼 의자에 앉은 채 허리를 펴며 몸을 뒤로 젖혔다. 논객은 재킷의 깊은 주머니에서 작은 상자를 꺼냈다. 잠시 후에 사라지게 할 물건을 관객에게 보여 주는 마술사처럼 조심스레 갈립에게 상자를 보여 주었다.

"당신이 친척이라고 한 제랄 씨와 우리의 유일한 공통점은 지금 보고 있는 이 위장약뿐이야. 이 약은 위산 분비를 즉시 차단하지. 한 알 먹겠나?"

갈립은 어디서 시작하여 어디로 뻗어 나가는지 이해할 수 없었지만 이 게임에 동참하기 위해 하얀 알약 한 개를 집어삼켰다.

"우리 게임이 마음에 들었나?"

늙은 칼럼 작가가 미소를 지으며 물었다.

"게임의 규칙을 이해하려고 노력하고 있습니다."

갈립은 의심스러워하며 대답했다.

"내 글을 읽으시나?"

"읽습니다."

"신문을 손에 들면 먼저 내 글을 읽나, 아니면 제랄의 글을 읽나?"

"제랄 씨는 내 친척입니다."

"단지 그 이유로 제랄의 칼럼을 먼저 읽는다? 친척 관계라는 것이 멋진 글보다 더 강력한 결속인가?"

"제랄의 칼럼도 멋진걸요."

"그가 쓴 칼럼은 누구든지 쓸 수 있는 글이야, 이해 못 하겠나? 게다가 그의 글은 대부분 칼럼이라고 할 수 없을 정도로 길지. 가짜 이야기. 예술적 장식. 쓸데없는 말들. 자신이 가지고 있는 것을 잘 이용하는 몇 가지 속임수가 있을 뿐이야. 추억에 대해 항상 꿀보다 달콤하게 언급하지. 자주 패러독스에 사로잡히고. 디완 시인들이 '능청'이라고 말했던 반어법을 시도하지. 없던 것을 있던 것처럼, 있던 것을 없던 것처럼 설명하고. 이 모든 것이 통하지 않으면 글의 공허함을 팬들이 미(美)라고 생각하는 과장된 문장으로 감추고 말이야. 그만큼이나 다른 모든 사람에게도 삶, 추억, 과거가 있어. 다른 모든 사람도 그처럼 게임을 할 수 있지. 자네도 말이야. 내게 이야기 하나 해 주게나!"

"어떤 이야기 말입니까?"

"머리에 떠오르는 이야기. 그저 이야기 말이야."

"아주 사랑했던 아름다운 아내가 어느 날 갑자기 그를 떠났습니다. 그는 그녀를 찾기 시작했지요. 도시의 어디를 가든지 그녀의 흔적과 만납니다. 그녀 자신이 아니라요……."

"그래서?"

"그게 끝입니다."

"아니지, 아니지, 이야기가 더 있을 법한데! 그 남자는 도시에서 찾은 흔적을 통해 무얼 읽지? 아내가 정말 아름다운가? 누구한테로 도망쳤단 말인가?"

"그는 도시에서 찾은 흔적에서 자신의 과거를 읽는다고 합니다. 아름다운 아내와 자신의 과거의 흔적을 말입니다. 누구에게 도망쳤는지는 모른다고 합니다. 혹은 알고 싶어 하지도 않는다고 합니다. 왜냐하면 가는 곳마다 아내와 자신의 흔적을 만나고 그럴수록 아내가 그를 두고 도망친 남자 혹은 장소가, 자신의 과거 중 한 곳에 있을 거라고 생각하기 때문이지요."

"주제는 좋군. 에드거 앨런 포가 말했던 것처럼 죽거나 사라진 아름다운 아내를 고수하라! 하지만 이야기꾼은 더 단호해야 해. 왜냐하면 독자는 단호한 모습을 보여 주지 않는 작가를 신임하지 않기 때문이야. 제랄의 속임수를 가지고 우리이 이야기를 마쳐 보자고……. 추억: 도시는 남자의 달콤한 기억으로 넘쳐난다. 스타일: 장식적인 단어 속에 파묻힌 이 기억 속의 실마리는 공허를 시사한다. 능청: 남자는 아내가 자기를 두고 함께 도망친 남자를 모르는 척하도록 한다. 패러독스: 이렇게 해서 아내와 도망친 남자는 바로 남자 자신이었다. 어떤가? 보다시피 자네도 글을 쓸 수 있지 않은가? 모든 사람이 쓸 수 있어."

갈립이 말했다.

"하지만 오로지 제랄 씨만 쓰고 있지요."

늙은 작가는 이 주제에 대해서는 말을 맺듯이 대꾸했다.

"그건 맞네! 이제부터 자네도 쓰면 되지!"

연예면 작가가 말했다.

"그를 찾고 있다면 그의 칼럼을 보게나. 그는 칼럼 속 어느 곳엔가 있을 거야. 그는 칼럼을 통해 사람들에게 메시지를 보내지. 작고 특별한 소식들 말이야. 알겠나?"

갈립은 어렸을 때, 제랄이 자신의 칼럼에서 각 단락의 첫 단어와 마지막 단어를 연결해 문장을 만드는 것을 보여 주었다고 대답했다. 또한 검열과 언론 검찰의 단속을 피하기 위해 구상한 철자 게임, 문장의 첫 번째 음절과 마지막 음절로 만든 고리, 모든 대문자로 만든 문장, '우리 고모'를 화나게 하기 위해 개발한 단어 게임도 보여 주었다고 말했다.

"고모는 노처녀인가?"

연예면 기자가 물었다.

"한 번도 결혼한 적이 없어요."

제랄 씨가 아파트 때문에 아버지와 말다툼을 한 뒤로 서로 말을 안 하고 지냈다는 게 사실인가?

갈립은 그것은 '아주 오래전 일'이라고 말했다.

변호사인 백부가 재판 기록이나 문서나 법전을 식당 메뉴나 페리 운행 시간표와 혼동했다는 것이 사실인가?

갈립은 다른 모든 것들처럼 이것도 상관없는 이야기일 거라고 말했다.

늙은 작가가 불쾌한 목소리로 말했다.

"젊은이, 이제 이해하겠어? 이 모든 것은 제랄에게 직접 들은 것이 아니야. 뒤를 캐고, 후루피주의자들의 수법을 써서, 마치 바늘로 우물을 파듯이 숨겨진 글자를 찾아 제랄의 칼럼을 하나하나 꺼내 본 결과 알아낸 거야."

연예면 작가는 어쩌면 이 단어 게임에 어떤 의미가 있고, 미지로부터 소리를 가져오며, 미지와 깊은 관계가 있어서 제랄을 다른 작가들보다 더 높이 평가하게 되었을지 모른다고 말했다. 하지만 더불어 다음과 같은 사실도 제랄에게 상기시켰어야 했다고 했다.

"거만한 기자의 장례식은 기부금이나 시 당국에 의해 치러질 것이다."

"어쩌면 그는, 신의 가호가 있기를, 죽었을지도 모르지. 우리 게임이 마음에 들지 않는가?"

늙은 신문기자가 말했다.

"그가 기억을 잃어버렸다는 게 사실이요, 허구요?"

연예면 작가가 물었다.

"사실이기도 하고 허구이기도 합니다!"

갈립이 대답했다.

"주소를 밝히지 않은 도시 안에 있는 그 집들은?"

"그것들도 그렇습니다."

"어쩌면 그 집 중 한 곳에서 혼자 불안에 떨며 죽어 가고 있는지도 모르지. 이게 다 그가 좋아했던 추측 게임인가?"

늙은 칼럼 작가가 말했다.

"그랬더라면 자신이 가깝게 느끼는 누군가를 불렀겠지."

연예면 작가가 대꾸했다.

"그런 사람이 없을걸. 그는 그 누구에게도 친근감을 느끼지 못했으니까."

늙은 칼럼 작가가 말했다.

"여기 이 젊은이는 어쩌면 그렇게 생각하지 않을 수도 있지. 그런데 우리에게 아직 이름도 알려 주지 않았군."

연예면 작가가 말했다.

갈립은 자신의 이름을 말해 주었다.

"그렇다면, 갈립 씨, 말해 주게. 제랄 씨가 어떤 불안감에 빠져 두문불출하고 있다면, 누군가 그의 곁에 있겠지? 문학적 비밀, 소원, 유언을 말할 정도로 가깝게 느끼는 누군가 말이야. 왜냐하면 그렇게까지 외톨이는 아니었거든."

갈립은 잠깐 생각을 한 후 걱정하는 마음으로 이렇게 말했다.

"그렇게 외톨이는 아니었어요."

"그렇다면 누구를 불렀을까? 자네를?"

연예면 작가가 물었다. 갈립은 생각조차 하지 않고 대답했다.

"여동생요. 자신보다 스무 살 어린 의붓여동생이 있거든요. 그녀를 불렀을 겁니다."

이렇게 말한 후 갈립은 잠시 생각에 잠겼다. 배가 갈라져 녹슨 스프링이 밖으로 튀어나온 안락의자가 떠올랐다. 계속 생각에 빠졌다. 이사이 늙은 칼럼 작가가 말을 이었다.

"어쩌면 이제는 우리 게임의 논리를 이해하기 시작한 것 같군. 이제 결과를 도출해 내고 맛도 음미하고 말이야. 그러니 주저 않고 말하겠어. 모든 후루피주의자들의 종말은 나쁘지. 후루피주의의 설립자인 에스테라바드 출신의 파즐랄라흐는 개처럼 살해당했고 그의 시체는 발에 줄이 묶여 시장 바닥에서 끌려 다녔어. 육백 년 전에 그도 제랄 씨처럼 해몽으로 시작했다는 걸 아나? 신문사가 아니라 도시 밖에 있는 동굴에서 일을 했지만."

연예면 작가가 말했다.

"이러한 비유로 사람을 얼마만큼 이해하고, 삶의 비밀을 얼마만큼 파악할 수 있을까? 우리가 '스타'라고 부르고, 미국인을 모방하는 그 가련한 터키 배우들의 남부끄러운 비밀 속으로 나는 삼십 년 동안이나 들어가려고 했어. 이제는 알지. 인간이 한 쌍으로 창조되었다고 말하는 사람들은 착각하고 있어. 그 누구도 다른 그 어떤 누구와 비슷하지 않아. 우리의 가련한 소녀들은 나름의 가련함이 있지. 우리의 모든 스타들은 하늘에 하나밖에 없는 외롭고 유일무이하며 곤궁한 스타인 거야."

늙은 칼럼 작가가 말했다.

"할리우드에 있는 진짜는 제외해야지. 제랄 씨가 자신이 모방한 진짜에 대해 자네에게 언급한 적이 있는가? 조금 전에 내가 열거한 것 외에도 단테, 도스토옙스키, 루미, 쉐흐 갈립에게서 많은 것을 표절했지."

연예면 작가가 말했다.

"모든 삶은 유일무이해! 모든 이야기는 똑같은 것이 없을 때만 이야기야. 모든 작가는 외롭고 가난해."

늙은 칼럼 작가가 말했다.

"난 동의하지 않네! 많은 사람들이 걸작이라고 하는 「보스포루스의 물이 빠져나갈 때」를 예로 들어 보세. 그 종말의 징조들은, 메시아가 도착하기 전의 폐허의 날들을 설명하는 수천 년 된 책들, 코란의 종말에 대한 구절, 이븐 할둔[54], 에부 호라사니에게서 표절한 것 아닌가? 그 위에 평범한 도둑 이야기를 더한 것뿐이야. 예술적 가치라고는 전혀 없어. 소수의 계

---

54) Ibn Khaldun(1332~1406). 이슬람의 역사가. 역사 편찬의 아버지로 불린다. 대표작 『서문』은 자신의 작품 『아랍인과 베르베르인의 역사의 본보기와 기원집』에 대한 서론이었다.

층이 열렬히 반응을 보이고, 히스테릭한 여자들이 전화를 수백 통이나 한 이유는 물론 그 칼럼에서 설명하는 엉뚱한 것들 때문이 아니야. 글자들 속에는 당신이나 우리가 아니라, 암호를 풀 수 있는 공식들을 가진 종도들만이 이해했던 비밀 메시지들이 있지. 이 나라의 사방에 흩어져 있는 절반은 창녀, 절반은 남색꾼인 이 종도들이 그 메시지를 신성한 암호라고 여기고 아침저녁으로 신문사에 전화를 하니, 우리가 그 엉뚱한 것을 쓴 그들의 교주 제랄 씨를 문 앞에 내세우지 않을 수 있겠나! 어차피 신문사 앞에는 그를 기다리는 사람이 항상 한두 명 있었어. 갈립 씨 당신도 그들 중 한 명이 아니라는 걸 우리가 어떻게 알지?"

연예면 기자가 말했다.

"우린 갈립 씨가 마음에 들었소! 우리는 그에게서 우리 젊은 시절의 무엇인가를 보았어. 그 모든 비밀을 알려 줄 정도로 좋아하게 된 거야. 그렇게 된 거지. 한때 유명했던 배우 사미예 사밈이 사망하기 전 요양원에서 내게 이렇게 말하더군. '질투라는 질병…….' 아니, 젊은이 그만 일어나려고?"

늙은 칼럼 작가가 말했다.

"갈립 씨, 가기 전에 내 질문에 대답해 보게. BBC 텔레비전 방송국이 왜 내가 아니라 제랄과 인터뷰를 하고 싶어 하나?"

"당신보다 더 잘 쓰기 때문이지요."

갈립은 이렇게 말하고는 책상에서 일어나 계단으로 통하는 조용한 복도로 나갔다. 늙은 칼럼 작가가 여전히 유쾌한 기분을 잃지 않고 힘차게 외치는 소리가 들렸다.

"자네가 삼킨 약이 위장약이라고 진짜 믿었나?"

갈립은 거리로 나서서 유심히 주위를 살폈다. 신학 고등학교 학생들이 종교를 모독했다며 제랄의 글과 신문을 태운 적이 있는 맞은편 인도 모퉁이에 오렌지 장수와 대머리 남자가 할 일 없이 서 있었다. 제랄을 기다리는 사람은 없는 듯했다. 그는 맞은편으로 건너가서 오렌지를 샀다. 오렌지 껍질을 벗길 때 누군가 자신을 따라오고 있다는 느낌이 들기 시작했다. 자알오울루 광장에 있는 사무실로 돌아가는 길이었다. 그 순간 왜 그런 느낌에 휩싸였는지 도무지 이해할 수 없었다. 내리막길을 천천히 내려올 때, 서점의 진열장을 바라볼 때, 왜 그렇게 확신이 드는지 알 수 없었다. 목덜미 뒤에 어렴풋하게 느껴지는 어떤 '눈〔目〕'이 있는 것 같았다. 그 정도였다.

지나갈 때마다 항상 걸음을 늦추곤 했던 창문 앞에서 또 다른 눈 한 쌍과 마주치자, 친한 친구를 우연히 만나 그를 얼마나 사랑하는지 처음으로 깨달은 양 행복해졌다. 이곳은 뤼야가 집어삼킬 듯이 읽었던 추리소설을 대부분 출판했던 곳이었다. 책 표지에서 자주 보았던 음험한 올빼미가 작은 진열장 앞을 지나가는 토요일의 인파와 갈립을 인내하며 바라보았다. 갈립은 가게 안으로 들어가 뤼야가 읽지 않았을 듯한 책 세 권과 이번 주에 나왔다고 광고 중인 『여자, 사랑, 위스키』를 샀다. 선반에 걸어 놓은 커다란 마분지에는 이렇게 쓰여 있었다. "터키에서 처음으로 126번까지 나온 시리즈. 우리 출판사의 추리소설 번호는 그 질을 보장한다."『영원한 애정소설』,『올빼미 풍자 소설 시리즈』말고 다른 책도 보였기 때문에 후루피주의에 관한 책이 있는지 물어보았다. 계산대 뒤에 있는 얼굴이 창백한 청년뿐만 아니라 질퍽거리는 인도를 지나가는 인파도 바라볼 수 있도록 문 앞에 놓인 안락의자에 앉아 있는 야비해 보이는 노인은 갈립이 예상했던 대답을 했다.

"여기에는 없소. 하시스 이스마일의 서점에 가서 물어보시오!"

그런 후 다음과 같이 덧붙였다.

"자신도 후루피주의자였던 왕자 오스만 제랄레딘 에펜디가 프랑스 추리소설을 번역한 걸 아시오? 그 초고가 한때 내 손에 들어왔지. 그가 어떻게 살해당했는지 압니까?"

갈립은 밖으로 나간 후 인도 양쪽을 조심스럽게 살펴보았다. 하지만 주의를 끌 만한 그 어떤 것도 보이지 않았다. 헐렁한 외투를 입은 아이와 함께 샌드위치 가게의 진열장을 들여다보고 있는 머리에 스카프를 쓴 여자, 똑같이 초록색 스타킹을 신은 여학생 두 명, 반대편으로 건너가기 위해 기다리고 있는 커피색 외투를 입은 노인. 하지만 사무실을 향해 걸음을 옮기자마자 목덜미에서 자신을 응시하는 듯한 눈이 느껴졌다.

갈립은 전에 한 번도 추적당하거나, 추적당하는 느낌을 받아 본 적이 없기 때문에, 이 문제에 대해 아는 것은 영화나 뤼야가 읽던 추리소설의 장면뿐이었다. 그는 추리소설을 별로 읽지도 않고서 이 장르에 대해 마구 혹평을 해 대곤 했다. 그러면서 자기가 언젠가 쓸 이야기는 첫 장과 마지막 장이 완전히 똑같거나 결말이 없는 듯한 소설이(왜냐하면 진정한 결말은 소설 안에 숨겨져 있기 때문에) 될 거라고 말했으며, 모든 등장 인물이 장님인 소설을 쓸 수도 있다고 했다. 뤼야가 콧방귀도 뀌지 않았던 이러한 구상을 하면서 갈립은 어쩌면 어느 날 자신이 다른 사람이 될 수 있을 거라 상상하곤 했다.

건물 출입구 바로 옆 한구석에 다리가 잘린 거지가 앉아 있었는데 이제는 두 눈도 먼 듯 보여, 갈립은 자신을 뒤덮은 악몽이 뤼야의 실종뿐 아니라 불면과도 관련이 있다고 확신했다. 사무실로 들어가 책상에는 앉지 않고 창문을 연 채 아래를 바라보았다. 잠시 거리의 모든 움직임을 관찰하고 책상에 앉았을 때, 그의 손은 전화 옆에 놓인 용지 함으로 향했다. 백지를 꺼냈다. 망설임 없이 글을 써 나갔다.

뤼야를 발견할 만한 곳들. 전남편의 집. 백부와 고모의 집. 바누의 집. 은신처. 망명자들이 은신처로 사용하는 집. 오직 시(詩)에 대해서만 이야기하는 집. 세상 모든 것을 이야기하는 집. 니샨타쉬에 있는 다른 집. 다른 모든 집.

쓰면서는 생각을 잘 할 수가 없자 펜을 내려놓았다. 다시 펜을 잡았을 때는 '전남편의 집'을 빼고 전부 지워 버리고 이렇게 썼다.

뤼야와 제랄을 발견할 만한 곳들. 뤼야와 제랄, 제랄의 어떤 집. 뤼야와 제랄, 호텔 방. 뤼야와 제랄, 극장에 간다. 뤼야와 제랄? 뤼야와 제랄?

종이에 글을 써 나갈수록, 자신이 상상했던 추리소설의 주인공이 된 듯했고, 뤼야를 생각나게 하는 새로운 세계, 다른 누군가가 될 수 있는 세계로 가는 어떤 문턱에 서 있는 듯했다. 추적당하면서도 평온하게 느껴지는 세계. 자신이 추적당한다고 믿는다면, 책상에 앉아 사라진 사람을 찾는 데 유용한 실마리를 줄줄이 쓸 수 있는 사람이 될 수 있다는 확신도 있어야 한다. 갈립은 자신이 추리소설 주인공과는 닮은 데가 전혀 없다는 것을 알았지만 그런 척하는 것이 그를 위로해 주었다. 그런 사람이 '될 수 있다'고 믿으니, 어질러진 사무실에 앉아 있는 것이 좀 더 쉽게 느껴졌다. 시간이 많이 흐른 후, 놀랄 만큼 정확하게 머리칼을 가운데에서 갈라 빗질을 한 웨이터가 주문한 음식을 가지고 왔을 때는, 빈 종이에 채워 놓은 실마리들이 그를 '다른 누군가'로 만들어서, 더러운 접시 위에 담아 놓은 밥이 들어간 되네르[55]와 당근 샐러드는 그가 항상 먹던 것이 아니라, 처음으로 그 앞에 놓인 완전히 다른 음식으로 보였다.

식사를 하는 중에 전화벨이 울리자, 마치 기다리던 전화를 받듯이 재빠르게 수화기를 집어 들었다. 잘못 걸려 온 전화였다. 식사를 마치고 빈 그릇을 치운 후 전처럼 기계적으로 니샨타쉬의 집에 전화를 걸었다. 전화벨이 오랫동안 울리도록 놓아 둔 채, 피곤에 지쳐 집으로 돌아와 침대에 누워 있다가 일

---

55) 회전이라는 뜻으로, 쇠고기나 양고기 등 커다란 고깃덩이를 빙빙 돌리며 구워서 바깥쪽부터 얇게 잘라 먹는 대표적인 터키 음식.

어나는 뤼야를 상상했다. 하지만 아무도 전화를 받지 않아도 놀라지 않았다. 할레 고모의 집으로 전화를 했다.

고모가 질문을 퍼부어 댈 것을 알았기에(뤼야는 아직도 아프니? 왜 전화를 안 받고 찾아가도 문을 안 열까? 우리가 얼마나 걱정하는지 모른다니?) 모든 것을 한 번에 말해 버려야 한다는 것도 알았다. 전화기가 고장 나서 전화 못 했어요, 뤼야의 열은 이제 가라앉았어요, 이제는 돌아다닐 수도 있어서 아팠는지 모를 정도로 건강해 보여요, 지금은 보라색 외투를 입고 56년식 시보레 택시 안에 편히 앉아 나를 기다리고 있어요, 둘이 함께 중병에 걸린 옛 친구를 만나러 이즈미르에 가요, 배가 곧 출발할 텐데 이 전화를 걸기 위해 길가에 있는 구멍가게에 들렀어요, 구멍가게 주인 덕분에 이 복잡한 곳에서 전화를 사용할 수 있었고 이제 가야 해요. 하지만 할레 고모는 그래도 물었다. 나올 때 문은 잘 닫았니? 뤼야는 초록색 양모 스웨터 챙겨 갔니?

사임이 전화를 했을 때, 갈립은 발을 디뎌 본 적이 없는 도시의 지도를 보면서 자신을 얼마나 바꿀 수 있는지 자문해 보고 있었다. 사임은 아침에 갈립이 돌아간 후에도 자신의 문서 보관소에서 조사를 계속하다가, 유용할 수도 있는 실마리들을 찾아냈다며 전화를 한 것이다. 노파의 사망에 책임이 있는 메흐메트 일마즈는, 그렇다, 아직 생존해 있을 수도 있다. 하지만 그들이 생각한 것처럼 아흐메트 카차르 혹은 할둔 카라라는 이름이 아니라, 가명의 냄새가 나지 않는 무암메르 에르게네르라는 이름으로 유령처럼 도시를 돌아다니고 있다. 전적으로 ‘정반대 관점’을 주장하는 한 잡지에서 우연히 이 이름을 보고도 사임은 놀라지 않았다. 그가 놀랐던 것은 같은 잡지에 살리흐 필바쉬라는 이름으로 발표된 글 때문이었는데, 같은 문체에 같은 철자 오류를 범하면서 제랄의 칼럼 두 편을 혹독하게 비판하고 있었다. 살리흐 필바쉬라는 이름은 뤼야의 전 남편 이름과 운(韻)이 같으며, 같은 자음으로 만들어졌다는 것을 알아냈고, 《노동의 시간》이라는 교육 잡지의 지난 호를 훑어보다가 이번에는 그 이름이 편집장으로 올라 있는 것을 발견하고 더욱 놀랐다. 사임은 도시 외곽, 귄테페 지구에 있는 잡지 편집부 주소를 갈립에게 알려 주었다. 바크르쾨이 구(區) 시난파샤 동(洞) 레페트베이 가(街) 13번지.

전화를 끊은 후 귄테페 지구의 지도를 도시 안내 책자에서 찾았다. 갈립은 경악했지만 그가 원했던 만큼 그를 완전히 바꾸어 놓을 정도는 아니었다. 그곳은 십이 년 전 뤼야와 전남편이 결혼하자마자 이사했던 빈민촌이었고, 그녀의 남편은 거기서 이웃의 노동자들에 대한 연구를 했다. 지금은 언덕 전체를 차지해 버린 새 지구에 빈민촌은 자리를 내주었고, 지도에 의하면 거리에는 독립전쟁 영웅의 이름이 붙어 있었다. 지도 한쪽 끝에는 공원으로 보이는, 첨탑과 아타튀르크 동상이 있는 작은 녹색 사각형이 있었다. 갈립이 평생 새로운 나라를 창조한다 해도 결코 생각해 낼 수 없는 나라였다.

다시 신문사에 전화를 해서 제랄 씨가 ‘아직’ 오지 않았다는 것을 확인한 후, 갈립은 이스켄데르에게 전화를 했다. 제랄을 찾았으며, BBC 텔레비전 방송국이 그와 인터뷰를 하고 싶어 한다는 말을 전해 주었고, 제랄도 이 제의에 별로 반대하지 않았지만 지금은 그가 바쁘다고 설명할 때, 별로 떨어지지 않은 곳에서 여자 아이가 우는 소리가 전해져 왔다. 이스켄데르는 영국인들이 이스탄불에 최소한 엿새 정도 더 머물 거라고 말했다. 제랄에 관해 많은 찬사를 들었으므로 분명히 그를 기다릴 거라고도 했다. 제랄이 원한다면 페라 팔라스 호텔에 머물고 있는 그들에게 연락을 취해도 좋다고 덧붙였다.

갈립은 음식 접시를 문 앞에 내놓고 건물 밖으로 나가 비탈길을 내려가면서 하늘 색이 지금까지 전혀 본 적이 없는 창백한 기운을 띠고 있다고 생각했다. 잿빛 눈이 내리는 상상을 해 보았는데, 아마 토요일의 인파는 알아채지도 못할 것 같았다. 어쩌면 그들도 두려워서 질퍽거리는 인도만 보고 걸을지 모른다. 겨드랑이에 낀 추리소설이 평안을 주는 듯했다. 이런 유의 소설들은 머나먼 매혹적인 나라에서 쓰였음에도 불구하고, 도시의 외국어 고등학교에서 시작했던 공부를 끝마치지 못한 것을 자책하는 불행한 주부들이 '우리 모국어'로 번역했음에도 불구하고, 여전히 우리에게 위안을 준다는 생각이 들었다. 이 도시가 언제나처럼 돌아가는 것뿐 아니라, 사무용 빌딩 밖에서 빛바랜 양복을 입은 채 액상 라이터를 파는 사람들도, 빛바랜 낡은 옷을 연상케 하는 꼽추들도, 돌무쉬 정거장에 말없이 서 있는 승객들도 모두 그 책 덕분에 숨을 쉴 수 있는 듯했다.

에미뇌뉘에서 버스를 타고 하르비예에서 내리자 코낙 극장 앞에 많은 인파가 보였다. 토요일 오후 2시 45분 영화를 보려는 사람들이었다. 십오 년 전에 갈립도 뤼야와 다른 학교 친구 몇 명과 함께 이 상영시간에 똑같은 레인코트를 입고 여드름이 난 학생들 속에서 지금처럼 조급해하면서 계단을 내려갔고, 작은 전구가 비추는 '다음 주' 상영 프로그램을 보았으며, 뤼야가 누구와 이야기하는지를 말없이 끈기 있게 관찰하곤 했다. 그때는 바로 전회 상영이 도무지 끝나지 않았다. 상영관 문도 열리지 않았고, 뤼야와 나란히 앉을, 불빛이 꺼질 순간도 도무지 오지 않았다. 2시 45분 표가 남아 있다는 것을 알자 자유가 엄습하는 느낌이었다. 극장 안은 조금 전에 빠져나온 관객들의 숨결로 더웠고 공기는 탁했다. 불빛이 꺼지고 광고가 시작되자 갈립은 자신이 잠에 빠져들 것임을 알 수 있었다.

잠에서 깨어나자마자 의자에서 자세를 고쳐 앉았다. 스크린에는 아름다운, 너무나 아름다운 여자가 있었다. 아름다운 만큼이나 고민도 많았다. 잠시 후 넓고 잔잔한 강이 보였다. 그리고 농가. 녹지대 속의 미국 농가. 고뇌에 찬 아름다운 처녀는 갈립이 이전에 그 어떤 영화에서도 보지 못한 중년 남자와 이야기를 하기 시작했다. 갈립은 그들의 대화만큼이나 신중하고 절제된 행동과 얼굴을 통해 그들의 삶이 고뇌로 가득 차 있다는 것을 이해했다. 이해하는 차원을 넘어서 알 수 있었다. 그들의 삶은 고뇌로, 고통으로 가득 차 있었다. 하나가 끝나면 다른 것이 시작되고, 이 다른 것에 익숙해지면 또 다른 것이 엄습해 오며, 그 고통은 우리의 얼굴을 서로 닮게 만드는 깊은 주름을 남긴다. 우리는 이 고통이 갑자기 닥치더라도 그것이 이미 오래전부터 거기에 있었다는 것을 알고 있다. 그것에 우리 자신을 준비시켰다. 하지만 그래도 고통이 악몽처럼 드리우면 우리는 외로움에 휩싸인다. 다른 사람들과 나누고 있다고 생각하면 행복해질 수 있는 절망적이며 중독적인 외로움. 갈립은 문득 자신의 고통과 스크린 속 여자의 슬픔이 같다는 느낌이 들었다. 슬픔은 공유하지 않더라도 공통의 세계가 있는 것 같았다. 많은 것을 기대하지 않는, 하지만 절대 외면당하지 않는, 의미와 무의미가 제한되어 있는, 사람을 겸손함으로 초대하는 정돈된 어떤 세계. 사건이 진행될수록, 여자가 우물에서 물을 기를 때, 낡은 소형 포드 트럭을 타고 갈 때, 말을 하며 품에 안은 아이를 침대에 누일 때, 갈립은 자기 자신을 바라보는 것처럼 친근하게 그녀를 느꼈다. 그녀를 안고 싶은 마음이 드는 것은 그녀의 아름다움이나 자연스러움 혹은 그녀 자체 때문이 아니라, 자신이 그녀와 같은 세계에서 살고 있다고 느끼는 데에서 기인한 깊은 믿음 때문이었다. 그가 그녀를 껴안을 수 있다면 가냘픈 갈색 머리 여인도 이 믿음을 공유할 것이다. 혼자서만 그 영화를 보고, 자신이 보고 있는 것을 자신 이외에 그 누구도 보고 있지 않은 것처럼 느껴졌다. 잠시 후 가운데에 넓은 아스팔트 길이 펼쳐져 있는 무더운 도시에서 싸움이 일어나, 활동적이고, 날쌔며, 강하고, 남성적인 남자가 사건을 통제하기 시작하자, 갈립은 그녀와 나누었던 공감이 끝났음을 느꼈다. 자막이 단어로만 따로따로 눈에 들어왔다. 극장을 꽉 채운 관객들의 움직임도 느껴졌다. 그는 자리에서 일어났다. 일찍 내린 어둠 속에서 천천히 내리는 눈을 맞으며 집으로 돌아갔다.

　한참 후 푸른색 체크무늬 이불 위에서 잠을 잘 때, 반수 상태에서, 뤼야를 위해 샀던 추리소설을 극장에 놓고 온 것을 깨달았다.

10장
눈

그가 왕성하게 활동했던 시기에 쓴 글의 분량은
하루에 다섯 장 이하로 떨어지지 않았다.
— 압두르라흐만 쉐레프, 『이스탄불 백과사전』
아흐메트 미트하트 에펜디 편

지금 설명하고자 하는 사건은 어느 겨울밤 내게 일어났다. 우울한 시기를 보낼 때였다. 신문기자로서 처음이자 가장 어려운 시기를 넘겼지만 시련과 고통은 흉터를 남겼고 기자로 입문했을 때의 그 불꽃은 사라져 버렸다. 추운 겨울밤에 "드디어 혼자 설 수 있게 되었어!"라고 나 자신에게 말은 했지만, 내 마음에 열정이 없다는 것을 알고 있었다. 그 겨울, 평생을 따라다닐 불면증이 생겼기 때문에, 주중 어떤 날 밤은 비서와 함께 늦은 시간까지 신문사에 남아 아침에는 일상의 혼돈과 복잡함 속에서 쓸 수 없던 글을 준비하곤 했다. 당시 유럽 신문과 잡지에서도 꽤 유행했던 「믿거나 말거나」 칼럼은 이러한 밤 시간에 쓰기에 안성맞춤이었다. 이미 여기저기 오려져서 구멍이 숭숭 뚫린 유럽 신문 하나를 펼쳐 「믿거나 말거나」 칼럼에 있는 그림을 한동안 주의 깊게 관찰하고는(나는 외국어를 배우는 것은 불필요하며, 특히 나의 상상력에 악영향을 미친다고 항상 생각했다.) 그림이 주는 일종의 예술적 흥분으로 곧장 글을 써 내려가곤 했다.

그 겨울날 밤, 프랑스 잡지 《릴뤼스트라시옹》에 실린 얼굴이 기이한 괴물(눈 하나는 위에 있고, 다른 하나는 아래에 있었다.) 그림을 슬쩍 본 후, 키클롭스56)에 관한 짤막한 글을 쓰기 시작했다. 『데데코르쿠트의 서』57)에서 처녀들을 공포에 떨게 한 괴물에서부터 호머의 서사시에 나오는 흉악한 녀석, 알 부하리의 『예언자들의 생애』에 나오는 닷잘, 『천일야화』에서 대신(大臣)들의 하렘에 쳐들어간 마귀들, 단테가 그의(그리고 나의) 연인 베아트리체를 찾기 전에 만났던 보라색 옷을 입은 유령, 루미의 『메스네비』에서 대상의 길을 가로막았으며 내가 꽤 좋아하는 윌리엄 벡퍼드58)의 소설 『바테크』에 흑인 여자로 변장한 거리낌 없는 괴물까지, 시대별로 그들이 지나간 궤적을 추적했다. 눈이 이마 한가운데에 어두운 우물처럼 파여 있는 이 기이한 외눈박이가 어떻게 생겼고, 왜 우리를 깜짝 놀라게 만들며, 왜 우리가 그를 두려워해야 하고 경계해야 하는지

---

56) 그리스 신화에 나오는 거인족. 이마 한가운데에 눈이 있는데, 사람을 먹고 양을 기르며 대장일에 능하다.
57) 아제르바이잔과 중앙아시아의 옥수스투르크족 사이에서 탄생된 역사시(歷史詩) 중 하나로 터키 문학 가운데서도 걸작으로 꼽힌다.
58) William Beckford(1759~1844). 영국의 작가. 그를 유명하게 만든 『바테크』는 아라비아의 이슬람교국 칼리프인 바테크가 악마와 벌이는 환상적인 모험담을 그린 고딕 소설의 고전이다.

를 썼다. 그러고는 흥분의 파도에 휩쓸려 내 연필이 가는 대로 작은 이야기 두 가지를 나의 짧은 '연구 논문'에 첨가하고 말 았다. 할리치 만 연안에 있는 가난한 마을에 살며, 밤마다 진흙과 원유투성이인 그 혼탁한 물에 들어가면서 자신이 어디에 가는지를 말하는 외눈박이 혹은 외눈박이를 만났거나 그가 외눈박이와 닮았다고 하는 사람들에 대해 썼다. 계속해서 이 외눈박이에게는 귀족의 피가 흐르는데(그를 백작이라 부르기도 했다.) 이 신사적인 외눈박이는 고급 창녀 취미도 있어서, 자정이 지나 털모자를 벗으면 그를 에워싼 여자들이 공포로 자지러진다고 썼다.

나는 이러한 유의 주제를 엄청 좋아하는 화가에게 짧은 메모와("콧수염은 안 돼, 제발!") 함께 글을 남긴 후, 자정이 조금 넘어 신문사에서 나왔다. 춥고 텅 빈 집으로 곧장 돌아가고 싶지 않아 구(舊) 이스탄불 거리를 거닐기로 했다. 여느 때처럼 나 자신은 부족한 듯 느껴졌지만 내 글과 이야기는 만족스러웠다. 긴 산책을 하며 이 작은 글에 대한 승리감을 음미한다면 절대 회복되지 않을 병처럼 내게 드리워져 있는 불행의 감정에서 약간은 벗어날 수 있을지도 모른다고 생각했다.

내가 들어선 뒷골목은 자연의 법칙은 무시한 듯 멋대로 구부러지고 교차되었으며, 갈수록 좁아지고 어두워졌다. 휘어진 발코니들이 서로 맞닿아 무너질 듯한 어두운 집의 칠흑 같은 창문들 사이로 내딛는 내 발소리만 들려왔다. 개 떼, 졸린 야경꾼, 마약 중독자, 유령도 내딛기 주저하는 그 잊힌 거리를 묵묵히 걸었다.

어느 곳에선가 눈〔目〕 하나가 나를 응시하고 있다는 느낌에 휩싸였을 때, 처음에는 별로 허둥대지 않았다. 조금 전에 썼던 글과 관련된 착각이려니 생각했다. 왜냐하면 좁은 골목 쪽으로 늘어져 휘어진 발코니 옆의 창문에도, 텅 빈 공터의 어둠 속에도 나를 주시하는 눈은 없었던 것이다. 나를 주시하고 있다는 느낌은 모호한 환상이었으므로, 거기에 중요성을 부여하고 싶지 않았다. 하지만 야경꾼의 호루라기 소리와 먼 마을에서 울부짖으며 서로 공격하는 개들 소리만이 들려오는 긴 긴 고요 속에서, 감시당하는 느낌은 갈수록 커지고 강렬해져서, 무시하는 것만으로는 이 숨 막히는 압박에서 벗어날 수 없다는 것을 얼마 지나지 않아 알게 되었다.

모든 것을 보고, 모든 것을 아는 듯한 이 눈은, 이제는 자신을 숨기지도 않고 나를 관찰하고 있다! 아니다, 이건 내가 지어냈던 이야기의 주인공들과는 전혀 관련이 없다. 그것은 내 이야기 속 주인공들처럼 두려움을 주거나, 추하거나, 우습지 않았다. 생소하거나 차갑지도 않았다. 게다가, 그렇다, 그건 내가 익히 아는 그 어떤 것이었다. 그 눈은 나를 알고 있었고, 나도 그것을 알고 있었다. 우리는 오랫동안 서로를 알고 있었지만, 이렇게 공공연하게 서로를 인지하기 위해서는 그 자정에 내가 느꼈던 특별한 느낌, 내가 걷고 있던 그 특별한 골목, 그 골목 광경의 강렬함이 필요했던 것이다.

이스탄불을 잘 모르는 독자들에게는 아무 의미가 없을 것이기 때문에 할리치 만 언덕에 있는 이 골목의 이름은 밝히지 않겠다. 내가 경험한 이 형이상학적인 실험 이후 대부분이 아직 그대로 남아 있는 어둠, 목조 건물, 발코니의 그림자, 비뚤어진 나뭇가지들이 빛을 자르는 희미한 가로등, 네모반듯한 돌이 깔린 골목을 생각하면 충분하다! 인도는 더럽고 좁았다. 작은 마을 사원의 벽은 끝나지 않을 것 같은 어둠 속으로 뻗어 있었다. 골목과 벽이 — 그리고 시야가 — 사라지는 어두운 지점에 이 엉뚱한(달리 뭐라 말할 수 있겠는가?) 눈도 나를 기다리고 있었다. 이제 명료해진 것 같다. 눈은, 그렇게 나쁜 의도가 아니라, 그러니까 겁을 주고, 목을 조르고, 칼로 찌르고, 죽이기 위해서가 아니라, 나중에 깨달은 것처럼, 무엇보다도 어떤 꿈을 연상시키는 이 '형이상학적 실험'에 내가 가급적 빨리 접근할 수 있도록 나를 도와주기 위해 기다리고 있던 것이다.

사방은 쥐 죽은 듯이 고요했다. 이 모든 실험이 기자라는 일이 내게서 앗아 간 것들과 마음속의 공허와 관련되어 있음을 즉각적으로 감지했다. 가장 진짜 같은 악몽은 피곤할 때 꾸지 않는가! 하지만 그건 악몽이 아니었다. 더 확실하고, 명료하며, 거의 수학 공식 같은 감정이었다. '내 마음이 텅 비어 있다는 걸 나는 알고 있어.' 나는 이렇게 생각했다. 사원 벽에 기대선 채 이렇게 생각했다. '저 눈도 알고 있지.' 그것은 내가 무슨 생각을 하는지, 내가 무엇을 했는지 알고 있으며, 이제는 너무도 분명한 사실을 가리키고 있었다. 내가 그것을 창조했듯이 그것도 나를 창조했다! 이 생각은, 연필 끝으로 무심코 썼던 엉뚱한 단어처럼, 내 이성 끝에서 한순간 떠올랐다 사라질 거라 여겼다. 하지만 그곳에 그렇게 남아 있었다. 이렇게 해서 나는 사고가 열어 준 문을 통해, 토끼를 쫓아 울타리에 있는 구멍으로 들어간 그 영국 소녀처럼 새로운 세계로 들어갔다.

처음에는 내가 이 눈을 창조했다. 물론 나를 보고 나를 관찰하라는 의도였다. 그 시선에서 벗어나고 싶은 생각은 없었다. 나는 나 자신을 이 시선 아래에서, 이 시선으로 창조했고, 이 시선을 좋아했다. 매 순간 감시당하고 있었기 때문에 내가 존재한다는 것을 알 수 있었다. 이 눈이 나를 보지 않는다면 나도 존재하지 않을 것 같았다. 그것이 너무나 명확해 보여서, 처음에 내가 그 눈을 창조했다는 것도 잊은 채 나를 존재케 해 주는 이 눈에게 감사하기 시작했다. 그것의 명령에 복종하고 싶었다! 그렇게만 한다면 더 멋진, 다른 존재가 기다리고 있을 것 같았지만, 쉽지 않았다. 그러나 고통스럽지는 않았다. 삶의 형태였고, 자연스럽게 받아들여야 하는 것이었다. 그렇기 때문에 사원 벽에 기대선 채 빠져든 세계는 악몽이 아니라, 내가 「믿거나 말거나」 칼럼에서 썼던 괴상한 것들처럼, 존재하지 않는 화가들이 그렸던 그림들처럼, 추억과 익숙한 이미지로 짜여진 일종의 행복이었다.

이 행복의 정원 한가운데에서 나 자신을 보았다. 나는 한밤중 사원 벽에 기대어 나의 생각을 구경하고 있었다.

나의 생각 혹은 상상과 착각의 세계(그것이 무엇이든지) 가운데에서 보았던 것은 나와 닮은 사람이 아니라 나 자신이라는 것을 즉시 알 수 있었다. 조금 전에 보았던 그 눈의 시선은 나의 시선이라는 느낌이 들었다. 그러니까 지금 나는 조금 전의 '눈'이 되었고, 나 자신을 밖에서 바라보고 있다. 하지만 이상하고 생소한 느낌이 아니었다. 끔찍한 것은 더더욱 아니었다. 나 자신을 밖에서 바라보자마자 기억해 내고 알게 되었다, 나 자신을 밖에서 바라보는 것을 습관화하고 있었다는 것을. 오랜 세월 동안 나 자신을 밖에서 바라보면서 나를 정돈하고 있었던 것이다. 나 자신을 밖에서 바라보며 "그래, 모든 것이 제자리에 있어."라고 말했다. 나 자신을 밖에서 바라보며 "충분히 좋아 보이지 않아." 혹은 "내가 닮고 싶은 사람처럼 보이지 않아."라고 말했다. 아니면 "대충 비슷해, 하지만 더 노력해야 해."라고 말했다. 오랜 세월 동안 나 자신을 밖에서 바라본 끝에 "그래, 드디어 내가 닮고 싶은 사람과 닮게 되었어!"라고 행복하게 말했다. "그래, 성공했어, 나는 '그'가 되었어!"

하지만 '그'는 누구인가? 이상한 나라 여행의 이 시점에서, 내가 닮고자 했던 그가 왜 내게 나타났는지 알게 되었다. 밤의 긴 산책 도중에 그와 닮기를 원하지 않았고, 그 어떤 것을 모방하지 않았기 때문이다. 날 잘못 이해하지 않았으면 한다. 모방을 하지 않고, 다른 사람이 되고자 하지 않고 사람이 살 수 있다고는 생각하지 않는다. 하지만 그날 밤 나는 피곤했고 마음이 공허했기 때문에 내 욕구가 너무나 저하되어 오랜 세월 동안 명령에 복종했던 그와 처음으로 평등해진 것이다. 여러분은 내가 그를 두려워하지 않는다는 것을, 그가 불러낸 상상의 세계에 주저하지 않고 들어간 것만 보아도 이 상대적 평등을 이해할 것이다. 그의 시선 아래 있었지만, 그 아름다운 겨울밤, 나는 자유롭기도 했다. 나의 의지와 승리로서가 아니라 피곤과 패배로 얻은 감정일지라도, 이 자유와 평등은 그와 나 사이에 격의 없는 친근감의 문을 열어 주었던 것이다.(이는 나의 문체로도 느낄 수 있을 것이다.) 이렇게 해서 그 오랜 세월 동안 처음으로 그는 나에게 비밀을 드러냈고, 나도 그를 이해했다. 그렇다, 나는 물론 혼잣말을 하고 있다. 하지만 이러한 모든 대화들은 우리 마음속에 파묻어 두었던 제2, 제3의 인물과 속삭이며 우정을 나누는 것이 아니고 무엇이겠는가?

주의 깊은 독자들은 단어들의 위치가 달라진 것을 보고 벌써 이해했을 것이다. 하지만 그래도 써 보겠다. '그'는 물론 '눈'이다. 눈은 내가 되고자 하는 사람이다. 나는 눈이 아니라 그를, 내가 되고 싶은 사람을 먼저 창조했다. 내가 되고 싶었던 그도 자신에게서 내게로 뻗어 나가는 그 끔찍하고 숨 막히는 시선을 내 위로 풀어놓았다. 나의 자유를 제한하는 눈은, 나의 모든 것을 보고 판단하는 그 태평스러운 시선은, 나를 항상 따라다니는 빌어먹을 태양처럼 내 위에 걸려 있었다. 내 말을 있는 그대로 받아들여 내가 불평을 한다고는 절대 생각하지 말기를. 나는 눈이 내게 선사한 찬란하게 빛나는 광경이 아주 마음에 든다.

풍경의 기하학적인 투명함을 만끽하면서(바로 이것이 마음에 든다.) 나 자신을 밖에서 바라볼 때, 그를 내가 창조했다는 것을 분명히 알 수 있었다. 하지만 그것을 어떻게 창조했는지는 아주 희미하게만 감지할 뿐이다. 그를 삶에서, 기억에서 꺼냈다는 실마리는 있었다. 내가 모방하고 싶었던 그에게, 어린 시절 읽었던 만화책 속 주인공들, 외국 잡지에서 사진을 보았던 우수에 젖은 작가들, 심오하고 의미 있는 사상을 발전시켰던 서재나 교단 같은 성스러운 장소 앞에서 포즈를 취한 자만에 가득 찬 그들이 영향을 미쳤다. 물론 나는 그들처럼 되고 싶었다. 하지만 어느 정도일까? 이 형이상학적인 지형에서 그를 내 과거의 어떤 세부적인 것으로 만들었다는 실망스러운 실마리도 보였다. 어머니가 부럽다고 노래를 불렀던 부지런하고 부유한 이웃, 나라를 구하려고 서구화에 헌신한 어느 파샤의 그림자, 처음부터 끝까지 다섯 번을 읽은 책에 나오는 주인공의 환상, 우리에게 침묵의 벌을 준 선생, 어머니와 아버지에게 경어를 쓰며 매일 깨끗한 양말로 갈아 신을 만큼 부유한 반 친구, 쉐흐자데바쉬 극장과 베이올루 극장에서 상영했던 외국 영화에 나오는 영리하고 지략이 풍부하며 기지 있는 주인공들, 그들이 술잔을 잡는 모습, 여성들, 아름다운 여성들 앞에서 너무나 편하고 너무나 유머 있고 필요할 경우 결단력 있는 모습, 유명한 작가들, 철학자들, 학자들, 발견가들과 발명가들, 책 서문에서 읽었던 그들의 인생 이야기, 군인들, 불면증 때문에 잠을 이루지 못하다 도시 전체를 홍수로부터 구한 소설의 주인공들…… 자정이 훨씬 넘어, 사원의 벽에 기댔을 때 들어갔던 이상한 세계에서, 여기저기에서 손짓을 하는 친숙한 지도 속 지역처럼 이 사람들이 내 앞에 하나하나 나타났다. 오랜 세월 동안 자신이 살아 온 골목과 마을을 난생처음 지도에서 보고 놀라는 것처럼, 나도 처음에는 어린아이같이 놀라고 흥분했다. 그다음에는 지도를 처음 보고 떠올리는 데 평생이 걸릴 건물들, 골목들, 공원들, 집들, 자신의 기억으로 가득 찬 그 장소들이 작은 선으로, 점으로 아무렇게나 표시되어 있을 뿐,

커다란 지도를 꽉 채운 다른 선과 표시에 비해서는 너무나 작고 하찮고 무의미하다는 데 실망하는 듯한 그러한 불쾌감을 맛보았다.

나는 그를 이 모든 기억과 기억이 된 사람들로 조작했다. 그가 내게 풀어놓았고, 지금은 나의 시선으로 변한 눈의 시선에는, 일일이 보면서 기억했던 모든 인파로 만든 콜라주, 괴물의 영혼이 있었다. 지금 이 시선 안에서, 나는 나 자신을, 나의 모든 삶을 보고 있다. 이 시선으로 주시당하는 것과 이 때문에 나 자신을 정돈하는 것에 만족한다. 나는 그를 모방하면서, 어느 날엔가 그가 된다는, 최소한 그처럼 될 수 있다는 믿음으로 살아간다. 아니다, 그런 희망으로 살아가는 것이 아니라, 언젠가는 내가 아닌 다른 사람, 그가 되는 희망으로 살아가고 있다. 독자들이 이 형이상학적 실험이 일종의 깨달음, '진실에 눈을 뜨는 것' 유의 교훈적인 사건이라고 생각하지 않길 바란다. 사원의 벽에 기댈 때 들어간 이상한 나라에서는 모든 것이 범죄와 죄악, 즐거움과 형벌에서 정화된 반짝이는 기하학으로 빛났다. 한번은, 같은 골목, 같은 전망이 펼쳐지고, 같은 군청색으로 덮인 하늘에 걸린 빛나는 보름달이 천천히 반짝이는 시계 지침반으로 변하는 꿈을 꾼 적이 있다. 내가 본 광경은 바로 그 꿈처럼 환하고, 밝고, 조화로웠다. 그 광경을 맘껏 바라보고, 선명하게 보이는 재미있는 각양각색의 것들을 일일이 가리키며 세고 싶은 마음이 들었다.

그렇게 하지 않은 것도 아니었다. 군청색 대리석 체스판 위에 놓여 있는 세 개의 돌의 배치에 대해 해석하는 것처럼 혼잣말을 했다. "사원 벽에 기대어 있는 나는 그가 되고 싶다.", "이 남자는 자신이 질투하는 그에게 도달하고 싶어 한다.", "그는 자신을 모방하는 내가 자신을 조작해 낸 존재라는 것을 모르는 척했다.", "이러한 이유로 눈의 시선에는 자신감이 스며 있다.", "그는 사원 벽에 기대어 있는 사람이 자신에게 도달할 수 있도록 눈을 창조했다는 것도 잊은 것 같다.", "하지만 벽에 기대어 있는 남자는 이 모호한 사실을 알고 있다.", "남자가 시도를 해 그에게 도달하여 그가 된다면, 눈은 곤경에 처하거나 공허 상태가 될 것이다.", "게다가……." 기타 등등.

나는 나 자신을 밖에서 바라보면서 이러한 것들을 생각했다. 이렇게 밖에서 바라보았던 '나'는 사원 벽을 따라, 벽이 끝나면 계속 반복되는 발코니 있는 목조 건물, 빈 공터, 샘, 덧문을 내린 가게, 묘지를 따라 그의 집, 그의 침대를 향해 걸어가기 시작했다.

걸어가는 사람들과 그들의 얼굴을 바라보며 붐비는 거리를 걸으면서 가게의 진열장이나 마네킹 뒤에 있는 커다란 거울에서 자신을 보고 놀랐으며, 다시 자신을 바라보며 계속 똑같이 경악했다. 하지만 마치 꿈속에서처럼 밖에서 바라보는 이 사람이 '나 자신'이라는 것이 그렇게 놀라울 것도 없다는 것을 알고 있었다. 놀라운 것은, 그 사람에게 느끼는 믿지 못할 정도로 부드럽고, 달콤하고, 사랑이 가득한 그 친근감이었다. 그가 얼마나 허약하고, 얼마나 비참하고, 얼마나 가련하고, 얼마나 속수무책이며, 얼마나 슬픈지 느껴졌다. 나는 그 사람이 보이는 그대로가 아니라는 것을 알고 있었다. 나는 이 애처로운 아이를, 이 종을, 이 가련하고 착한 피조물을 보호하고, 아버지가 되어 혹은 신이 되어 내 날개로 감싸 안고 싶었다. 그는 오랫동안 걸은 후(무엇을 생각하는지, 왜 슬픔에 가득 차 있는지, 왜 그렇게 지치고 피곤해 보이는지 모르겠다.) 큰길로 나갔다. 그는 가끔 전구 하나가 켜지지 않는 무할레비 가게와 구멍가게의 진열장을 무심히 바라보았다. 손은 주머니에 넣은 채였다. 잠시 후 고개를 숙였다. 쉐흐자데바쉬에서 운카파느까지 가끔 그의 옆을 지나가는 차나 빈 택시에 고개조차 돌리지 않고 걸었다. 어쩌면 돈도 없나 보다.

운카파느 다리를 지나면서 잠시 할리치 만을 바라보았다. 예인선이 다리 아래로 지나갔지만 가느다란 굴뚝에 동아줄을 당겨 묶는 선원은 어둠 속에서 겨우 그 형체만 분간할 수 있었다. 쉬쉬하네 비탈길을 오르며 지나가는 취객과 한두 마디를 나누었다. 이스틱랄 거리에서는 가게 한 곳만 그의 눈을 끌었다. 그는 은세공품 가게의 진열장을 오랫동안 바라보았다. 무엇을 생각하고 있을까? 나는 염려하는 마음과 사랑이 가득한 마음으로 바라보았다.

탁심에서는 노점에서 담배와 성냥을 샀다. 슬픈 우리네 서민에게서 흔히 보는 느릿한 행동으로 담뱃갑을 열고 담배에 불을 붙였다. 아, 그의 입에서 나오는 그 가늘고 슬픈 연기! 나는 모든 것을 알고 있었고, 모든 것을 이해했으며, 모든 것을 경험했다. 하지만 난생처음으로 어떤 삶과 어떤 사람을 만난 것처럼 두려움에 떨며 걱정했다. "이봐, 조심해!"라고 말하고 싶었다. 내가 따라가고 있는 이 사람이 골목을 지나갈 때마다,

발걸음을 내디딜 때마다, 그에게 나쁜 일이 일어나지 않음을 감사했다. 일어날 수 있는 재앙의 기미를 거리에서, 어두운 아파트 앞에서, 불 켜진 창문에서 보았다.

다행히 그는 아무 탈 없이 니샨타쉬에 있는 아파트(아파트 이름은 쉐흐리칼프였다.) 안으로 들어갔다! 꼭대기 층에 있는 자신의 아파트로 들어가면, 내가 이해하고 싶고 해결책을 찾고 싶었던 고민 속에서 그가 잠들 거라고 생각했다. 아니었다. 그는 안락의자에 앉아 담배를 피우며 한동안 신문을 뒤적거렸다. 그 후 오래된 물건, 허름한 책상, 빛바랜 커튼, 종이, 책 사이에서 서성거렸다. 그러다 갑자기 책상 앞에 앉았다. 삐걱거리는 의자 위에서 몸을 움직였다. 만년필을 집어 들고는 빈 종이 위에 무언가를 쓰려고 몸을 구부렸다.

나는 바로 그 옆에 서 있어서 마치 어질러진 그의 책상 위에 있는 것 같았다. 그를 아주 가까이서 바라보았다. 어린아이 같은 조심스러움으로, 좋아하는 영화를 볼 때처럼 편하고 즐거운 모습으로, 하지만 내면을 관찰하는 듯한 시선으로 써 내려갔다. 나는 아버지가, 사랑하는 아들이 자신에게 보낼 첫 편지를 쓰는 모습을 자랑스러워하며 바라보는 듯한 심경으로 그를 바라보았다. 문장을 마무리할 때마다 입가를 약간 오므리고, 눈도 단어들을 따라 종이 위로 떨어뜨리면서 계속 써 나갔다. 한 장을 다 채우는 것을 보고는 그가 쓴 것을 읽어 보았다. 깊은 고통을 느끼며 소스라치게 놀랐다.

내가 알고 싶어 안달을 했던 그 자신의 영혼의 말들이 아니라, 단지 지금 여러분이 읽고 있는 나의 이 문장이 쓰여 있었던 것이다. 이것은 그의 세계가 아니라 나의 세계였다. 그의 단어들이 아니라, 지금 여러분이 급히 읽고 지나치는(제발 천천히 읽어 주시길) 나의 단어들이었다. 자신의 단어들을 쓰라고 그에게 항의하고 싶었다. 하지만 마치 꿈속에서처럼 그를 바라보는 것 말고는 아무것도 할 수 없었다. 모든 문장과 단어가 내게 더욱 고통을 주면서 계속되었다.

그는 새로 시작할 문단 앞에서 잠시 멈췄다. 나를 쳐다보았다, 마치 나를 본 것 같았고, 서로 눈이 마주친 것 같았다. 그러니까 옛날 책에, 잡지에, 영감의 요정과 작가가 달콤하게 담소를 나누는 장면이 있지 않은가? 짓궂은 화가들은 글 밑에다 연필만 한 작은 영감의 요정과 멍한 작가가 서로 바라보며 미소 짓는 그림을 그리곤 한다. 우리는 이렇게 서로를 마주 보며 미소를 지었다. 이러한 이해심으로 가득 찬 시선을 주고받은 후 모든 것이 밝혀질 거라 기대하며 기다렸다. 나는 진실을 알게 될 것이고, 그는 내가 궁금해하는 자신의 세계에 대한 이야기를 쓸 것이고, 나도 즐겁게 그가 자신이 되는 증거들을 읽을 요량이었다.

아니다, 그런 일은 절대로 일어나지 않았다. 그는 한순간 나를 쳐다보며 다시 행복하게 미소를 지은 후, 마치 밝혀질 필요가 있는 것은 이미 밝혀졌다는 듯이, 마치 어떤 체스 문제를 푼 것처럼 흥분하여 잠시 멈췄다가 나의 세계에서 모든 것을 알 수 없는 칠흑 같은 어둠 속에 남겨 놓는 마지막 단어들을 썼다.

11장
우리는 극장에서 기억을 잃었다

영화는 아이의 시력뿐만 아니라 이성도 망가뜨린다.
— 울루나이, 《밀리예트》 1952년 6월 7일자

갈립은 잠에서 깨자마자, 또 눈이 내렸다는 것을 알았다. 어쩌면 잠을 자고 있을 때 알았는지도 모른다. 왜냐하면 도시의 소음을 덮어 버린 눈의 정적을, 잠에서 막 깨어났을 때 기억했지만 창밖을 내다보면서 잊어버리고 만 꿈에서도 들었기 때문이다. 이미 오래전에 날은 어두워져 있었다. 보일러가 도무지 데우지 못한 물로 세수를 한 후 옷을 입었다. 종이와 연필을 들고 책상 앞에 앉아, 실마리가 될 수 있는 것을 한동안 생각해 보았다. 면도를 하고 한참 후에, 뤼야가 어울린다고 했던, 제랄도 가지고 있는 체크무늬 재킷과 두꺼운 바지를 입고 거리로 나갔다.

눈은 그쳐 있었다. 주차된 차와 인도 위에 손가락 네 개 두께만큼 눈이 쌓여 있었다. 토요일 저녁, 쇼핑을 한 후 꾸러미를 들고 집으로 돌아가는 사람들이 이제 막 익숙해진 어떤 행성의 표면을 걷는 것처럼 조심스럽게 걸음을 옮기고 있었다.

니샨타쉬 광장에 가 보니 대로가 통제되지 않아 기분이 좋았다. 밤마다 구멍가게 입구에 설치되는 신문 판매대에서, 벌거벗은 여자와 가십 잡지 사이에서 내일자 《밀리예트》를 집어들었다. 맞은편 인도에 있는 식당으로 들어가서 지나가는 행인들에게는 보이지 않는 구석에 자리를 잡았다. 토마토 수프와 구운 미트볼을 주문했다. 음식을 기다리면서 신문을 식탁 위에 펼쳐 놓고 제랄의 일요일자 칼럼을 주의 깊게 읽었다.

수년 전에 이미 발표된 글이었고, 오늘 아침 다시 읽었기 때문에 문장들 하나하나가 모두 기억났다. 커피를 마시면서 글에 몇 군데 표시를 했다. 식당에서 나와서는 택시를 불러 세워 바크르쾨이로, 시난파샤로 가자고 했다.

오래 택시를 타고 가는 동안 창밖을 스치는 풍경이 이스탄불이 아니라 완전히 다른 도시인 듯한 느낌을 주었다. 귀뮈쉬수유 경사 길에서 돌마바흐체로 가는 진입로에서 버스 세 대가 충돌해 그 주위에 사람들이 많이 모여 있었다. 돌무쉬 정거장과 버스 정거장은 텅 비어 있었다. 눈은 도시 위에 어떤 중압감처럼 내려앉았고, 가로등은 더 희미했으며, 밤마다 도시를 도시답게 만드는 생동감은 사라졌고, 문들은 닫혀 있었으며, 인도는 텅 빈 중세의 밤으로 돌아가 있었다. 사원의 돔, 물류 창고, 무허가촌에 내린 눈은 하얗지 않고 푸른빛을 띠었다. 악사라이 거리를 천천히 지날 때 보라색 입술과 푸른색 얼굴을 한 창녀들을 보았고, 성벽 앞에서 나무 사다리로 썰매를 타는 젊은이들을 보았다. 버스가 터미널을 떠나자 승객들은 밖에 배치된 경찰차들의 푸른 불빛을 두려운 시선으로 바라보았다. 늙은 택시 운전사는 오래전 할리치 만이 얼었던 유별난 겨울에 일어났던 길고 기이한 이야기를 들려주었다. 갈립은 59년식 플리머 택시의 실내등 밑에서 제랄의 일요일 칼럼란을 숫자, 표시, 알파벳으로 꽉 채웠지만 그 어떤 소득도 얻지 못했다. 운전사가 더 이상 갈 수 없다고 했기 때문에 갈립은 시난파샤에서 내려 걸었다.

귄테페 지구는 기억했던 것보다 간선도로에 더 가까웠다. 커튼이 쳐진 집들과(무허가 집을 개조한 2층 콘크리트 건물들) 불이 꺼진 가게들 사이의 길을 걸어 약간 가파른 길을 지나자 작은 공터가 나왔는데, 그는 그곳이 아침에 도시 지도에서 본 작은 사각형임을 알아차렸다. 아타튀르크 흉상(동상이 아니라)이 가운데에 있었다. 지도에서 본 것들을 기억해 내 길을 찾을 수 있을 거라 확신하며, 예상보다 크고 벽에는 정치적 슬로건이 뒤덮여 있는 사원 옆 골목으로 들어섰다.

난로 연통은 창문 중간으로 나와 있고 발코니는 기울어진 이러한 집 안에 있는 뤼야를 생각조차 하기 싫었다. 하지만 십 년 전 한밤중에 이곳에 왔을 때, 생각조차 하기 싫었던 그 장면을 열린 창문으로 조용히 다가가서 보고는 즉시 되돌아온 적이 있었다. 무더운 8월 저녁, 뤼야는 소매 없는 면 드레스를 입은 채, 종이가 한가득 쌓여 있는 책상 앞에서 가끔 머리칼의 컬을 빙빙 돌리며 일하고 있었고, 갈립에게 등을 돌린 그녀의 남편은 차를 젓고 있었는데, 그의 머리 바로 위에 있는 갓

없는 전등 주위를 잠시 후에 죽을 불나방이 갈수록 불규칙적으로 변하는 마지막 원을 그리며 날고 있었다. 부부 사이에는 무화과 한 접시와 스프레이식 모기약이 놓여 있었다. 갈립은 수저가 찻잔에 부딪히는 달그락 소리와 관목 속에서 우는 귀뚜라미 소리가 아직도 들리는 듯했지만, 반은 눈으로 덮인 전신주에 걸려 있는 '레페트베이 골목' 표지판을 보자 그 집이 어디에 있었던지 도무지 떠오르지 않았다.

한쪽 끝에서 아이들이 눈싸움을 하고, 반대편 끝에는 가로등이 커다랗게 비추는 영화 광고판이(여자의 눈에 까맣게 낙서를 해서 장님을 만든) 있는 골목을 처음부터 끝까지 두 번이나 걸었다. 전부 똑같이 2층에다 그 어떤 집에도 번지수가 없었다. 처음에는 아무것도 알지 못하고 지나쳤지만 두 번째는, 십 년 전에는 만지는 것조차 싫었던 문손잡이, 회칠도 되어 있지 않은 투박한 벽, 창문을 마지못해 기억해 냈다. 집은 한 층이 더 올라가 있었다. 정원에도 벽을 둘러 놓았다. 바닥은 잔디 대신 콘크리트로 덮여 있었다. 아래층은 어두웠다. 따로 나 있는 2층으로 가는 입구에 드리워진 커튼 사이로 새어 나오는 푸르스름한 텔레비전 불빛과, 벽에서 거리로 총신처럼 뻗어 나온 난로 연통의 끝에서 나오는 유황 노란색의 갈탄 연기는 한밤중에 문을 두드리는 손님에게 여기에 따스한 음식과 따스한 난로, 멍하게 텔레비전을 바라보고 있는 따스한 사람들이 있을 거라는 희소식을 전해 주었다.

갈립이 눈 쌓인 계단을 조심스레 올라가는데, 옆집 마당에서 개가 힘없이 짖기 시작했다. "뤼야와 많은 이야기를 하지 않을 거야!"라고 자기 자신에게, 어쩌면 그의 상상 속을 활보하고 있는 전남편에게 말했다. 우선 그녀에게 작별 편지에서 설명하지 않은 것들을 설명하라고 할 것이며(왜 떠났는지), 즉시 집에 와서 그녀의 물건들을(책, 담배, 한 짝씩 있는 양말, 빈 약통, 실핀, 안경집, 반쯤 베어 먹은 초콜릿, 머리 장식핀, 어린 시절부터 가지고 놀던 나무 오리) 모두 가져가라고 말할 참이었다. "널 기억나게 하는 모든 것이 참을 수 없을 만큼 날 슬프게 해." 물론 이 말을 그 짐승 같은 놈 앞에서 할 수는 없기 때문에, 뤼야와 단둘이 이성적으로 이야기할 수 있는 장소로 가자고 해야 할 것이다. 일단 그곳으로 가면, 그래서 '이성적'으로 이야기를 하면 다른 부분들도 뤼야에게 제안할 수 있을 테지만, 이 마을에서 남성 전용 커피숍 이외에 갈 만한 장소를 어떻게 찾을 것인가? 그는 이미 초인종을 눌렀다.

먼저 한 아이의("엄마, 누가 왔나 봐!") 목소리, 그런 후 어떤 여자의 목소리, 자신의 아내와는 전혀 다른 목소리가 들려왔고 갈립은 그 순간, 이십오 년 세월의 애인이자 삼십 년 지기 친구 뤼야를 이곳에서 찾을 수 있을 거라고 생각한 자신이 얼마나 바보 같은지 깨달았다. 도망치고 싶은 마음이 드는 순간 문이 열렸다. 갈립은 전남편을 곧바로 알아봤지만 그는 갈립을 알아보지 못했다. 그는 중키의 중년 남자였다. 갈립이 상상했던 모습 그대로였으며, 동시에 다시는 상상하지 않을 사람 같기도 했다.

전남편이 위험한 바깥 세계의 어둠에 눈을 익숙하게 하고 그가 누구인지 기억해 내기를 기다리고 있을 때, 먼저 그의 새 아내가, 그다음에는 한 아이, 또 다른 아이가 호기심 어린 눈으로 그를 바라보았다. "아빠, 누구야?" 마침내 아버지는 그 질문에 대답을 하고, 다시 입을 다물었다. 갈립은 이것이 그 집에 들어가지 않고 이 자리에서 도망칠 수 있는 유일한 기회라고 생각하며 단숨에 설명했다.

한밤중에 결례를 범한 것을 사과하고, 아주 다급한 상황이라 다른 때라면 여유롭고 정답게(게다가 뤼야도 함께) 찾아올 이 집에, 오늘 밤엔 아주 급한 문제 때문에, 어떤 사람 혹은 어떤 이름에 관하여 묻고 싶은 것이 있어 왔다고 말했다. 자신이 변호할 어떤 대학생이 저지르지도 않은 살인으로 누명을 쓰고 있다, 죽은 사람이 없다는 말은 아니다, 가명으로 도시를 유령처럼 돌아다닌다는 진짜 살인자는 한때……

이야기를 끝냈을 때 그들은 갈립을 집 안으로 데려가 신발을 벗게 하고 대신 그의 발에는 좀 작은 슬리퍼를 내주었으며, 지금 홍차를 우려내는 중이라며 손에 커피 잔을 쥐어 주었다. 갈립이 자신이 말한 내용을 정리하기 위해 문제가 된 사람의 이름을(우연을 피하기 위해 완전히 다른 이름을) 다시 한 번 반복하자, 뤼야의 전남편이 말하기 시작했다. 그가 이야기를 할수록 갈립은 그 이야기에 취해 이 집에서 나가는 것이 점점 어려워질 거라는 느낌이 들었다. 최소한 뤼야와 관련된 이야기를 듣는 것만으로 약간의 실마리라도 얻을 수 있을 거라며 자신을 위로하려 했다고 나중에 기억할 것이다. 하지만 이는 중대한 수술을 하기 전에 마취에 빠져드는 환자가 스스로를 위로하는 것과 같았다. 마치 댐이 터지는 것같이 끝이 없는 이야기의 홍수가 지나고, 세 시간 후, 절대 열리지 않을 거라 생각했던 문밖으로 나갔을 때, 갈립은 이러한 것들을 알게 되었다.

우리는 많은 것을 안다고 생각하지만, 실은 아무것도 모른다.

예를 들면 우리는 서유럽과 미국에 사는 유대인은 대부분 천 년 전 카프카스산맥과 볼가강 사이를 지배했던 하자르의 유대 왕국 후손이라고 알고 있다. 하자르 사람들이 실은 터키인들이고 그들이 유대교로 개종했다는 것도 알고 있다. 하지만 우리가 모르는 것은, 유대인이 터키인인 것만큼 터키인도 유대인이라는 것이다. 형제인 이 두 민족이 20세기 내내 이주를 하면서 서로에게 가 닿지는 못하지만 항상 서로 스치고 지나가면서, 비밀스러운 음악의 리듬에 맞춰 춤을 추듯, 서로 떨어질 수 없는 절망적인 쌍둥이들처럼 영원히 연결된 채 영원히 서로를 비난하는 모습을 바라보는 것은 얼마나 흥미로운가!

그가 방 안으로 지도를 가지고 오자, 갈립은 마치 동화처럼 빠져들었던 멍한 상태에서 갑자기 깨어나 따스한 공기 때문에 풀렸던 몸을 움직였고, 책상 위에 펼쳐진 동화 나라의 지도 위에 초록색 볼펜으로 그려 놓은 화살표를 놀라며 바라보았다. 역사는 균형이라는 것이 논쟁의 여지 없는 사실이라는 것으로 미루어 보건대, 지금 우리는 우리의 행복만큼이나 오래 지속될 불행에 대비했어야 했다, 등등의 것을 갈립은 생각했다.

우선 보스포루스 해협과 다르다넬스 해협에 국가를 건립하려 했다. 조상들이 천 년 전에 그랬던 것처럼, 이 새로운 나라에 새로운 사람들을 정착시키는 대신 옛날에 살던 사람들을 자신들에게 봉사할 '새로운 사람'으로 만들려고 했다. 이븐 할둔을 읽을 필요조차 없다. 그들은 이러한 목적으로 우리의 기억을 해독하려 했고, 우리를 과거가 없고 역사가 없고 시간 밖에 존재하는 가련한 사람들로 만들려 했다. 베이올루 뒷골 목과 보스포루스 해협이 내려다보이는 언덕에 있던 어두운 선교 학교에서 터키 아이들에게 연한 자주색(남편의 말을 주의 깊게 듣던 아이들 엄마는 색깔을 기억해 두라고 말했다.) 액체를 마시게 했다는 것은 이미 알려져 있다. 이후 서양권의 '인도주의자 성분'들이 그 화학적 장애가 너무나 위험하다고 주장하자, 이 대담한 방법은 지속적인 결과를 보장하는 좀 더 절제된 해결책으로 바뀌었는데, 그 새로운 계획이란 바로 '영화 음악'으로 우리의 집단 기억을 서서히 손상시키는 것이었다.

성상만큼이나 아름다운 여성들, 경건한 음율을 힘차게 연주하는 교회 오르간들, 성가를 연상시키는 이미지의 반복, 이목을 사로잡는 이러한 장면들은 술, 무기, 비행기, 디자이너의 옷과 뒤섞여 광채를 띠었고, 이 영화적 방법으로 선교사들이 라틴아메리카와 아프리카에서 시도했던 방법보다 더 극단적이며 확실한 결과를 얻었다는 점은 의심의 여지가 없다.(전에 연습한 듯한 이 긴 문장을 다른 그 누가 들었을지 갈립은 궁금해졌다. 이웃들? 동업자들? 장모? 익명의 돌무쉬 승객들?) 이스탄불의 쉐흐자데바쉬와 베이올루의 극장에서 처음으로 영화가 상영되고 얼마 지나지 않아 수백 명의 사람들이 사실상 장님이 되었다. 극장이 자신들에게 저지른 끔찍한 일을 깨닫고 반란을 일으킨 사람들이 내지르는 절망적인 비명을 경찰과 미친 의사가 침묵시켰다. 오늘날 똑같은 반응을 보이는 아이들은(새로운 장면들로 장님이 된 그들) 눈에 공짜 안경을 씌워 진정시킬 수 있다. 하지만 항상 이렇게 쉽게 위로할 수 없는 사람들도 있다. 그는 여기서 얼마 떨어지지 않은 마을에서 열여섯 살 소년이 한밤중에 영화 포스터에 절망적으로 총격을 가하는 것을 보고 바로 이해했다. 손에 휘발유 통을 들고 있다 극장 입구에서 체포된 사람은 자신을 구타하는 사람들에게 눈을 돌려 달라고 했다고 한다. 그렇다, 과거의 장면을 볼 수 있는 눈을 말이다. 신문들은 말라트야 출신 양치기 아이가 일주일 만에 영화에 중독되었고, 집으로 돌아가는 길을, 그가 알고 있는 모든 것을, 모든 기억을 잃어버렸다고 썼다. 갈립은 이 기사를 읽은 적이 있는가? 스크린 위에서 본 거리, 옷, 여성을 선망했기 때문에 이제는 과거의 삶으로 돌아가지 못하고 더 가난하고 더 비참해진 사람들의 이야기를 하는 데는 몇 날 며칠도 모자란다. 영화에서 본 사람과 자신을 동일시하는 사람들이 셀 수 없이 많았기 때문에 그들에게 '환자' 혹은 '잘못'이라고 하지 못했고, 게다가 우리의 새 주인은 그들을 자신의 연예 사업의 동업자로 만들었다. 우리는 모두 장님이 되었다, 우리 모두, 우리 모두…….

뤼야의 전남편이자 집주인은 물었다. 왜 정부 관료 중 어느 누구도 영화 관람의 증가와 이스탄불의 쇠퇴가 비례한다는 것을 알지 못했나? 그는 또 물었다. 극장과 사창가가 항상 같은 거리에 있는 것은 우연인가? 극장은 왜 그렇게 어두워야만 하는가, 왜 항상 칠흑처럼 어두운가?

십 년 전, 그와 뤼야 부인은 이곳으로, 바로 이 집으로, 그들이 진심으로 믿었던 대의를 실천하기 위해 이사를 왔고, 가명과 가짜 신분으로 살려고 했다.(갈립은 손톱만 내려다보았다.) 그들은 이념을 전파하기 위해 삶을 희생했다. 즉, 한 번도 가본 적이 없는 머나먼 나라의 성명서들을 그 외국의 신념 그대로 터키어로 번역하고, 한 번도 본 적이 없는 사람들의 정치적 예언들을 그들이 한 번도 본 적이 없는 사람들을 위해 '새로운 언어'로 고쳐 쓰고 타이핑하고 복사하며 살았다. 물론 그들은 오로지 다른 사람이 되고 싶었다. 새로 알게 된 사람이 그들의 가명을 진지하게 받아들이면 얼마나 좋아했던가! 건전지 공장에서 오랫동안 일하다 피곤해지면 자신들이 써야 할 글과 봉투에 넣어야 할 성명서는 잊어버리고, 새 신분증을 손에 들고 한참이나 보고 또 보았다. 젊은 혈기로 "난 변했어!" "난 이제 아주 다른 사람이야!"라고 기쁘게 말했다. 그는 이렇게 말하는 것을 너무나 좋아했기 때문에, 서로에게 이 말을 해 줄 기회를 만들곤 했다. 새로운 신분 덕분에 지금까지 의심하지 않았던 세상의 의미들을 읽게 되었다. 세상은 처음부터 끝까지 읽어 주기를 기다리는 완전히 새로운 백과사전이었다. 읽을수록 백과사전도 변하고 그들도 변했다. 백과사전 세상을 처음부터 끝까지 읽은 다음 처음으로 돌아가 다시 읽기 시작했고, 페이지들 사이에서 몇 번째인지도 잊어버린 새 신분에 도취되어 황홀해하곤 했다.(집주인이 이 백과사전 페이지의 은유 속으로 사라졌을 때, 갈립은 어떤 신문이 연달아 배포했던 부록《지식의 보물》들이 선반에 쌓여 있는 것을 바라보았다.) 하지만 몇 년

이 흐른 지금, 이런 일들은 '그들'이 도모한 일종의 기분 전환임을 깨달았다. 새로운 사람이 되고, 다시 다른 사람, 또 다른 사람, 또 다른 사람이 될수록, 처음의 신분으로 돌아가서 행복을 되찾는다는 생각은 점점 더 쓸데없는 낙관이 되었다. 길 한가운데에서, 이제는 의미를 부여하지 못하는 신호, 편지, 성명서, 그림, 얼굴, 권총 사이에서 부부는 길을 잃었음을 인정할 수밖에 없었다. 당시 이 집은 불모의 언덕 위에 홀로 서 있었다. 어느 날 밤 뤼야는 작은 가방에 몇 가지 물건을 쑤셔 넣고 더 안전하다고 여겨지는 옛집으로, 가족의 곁으로 돌아갔다.

단어가 과격해질수록 그가 의자에서 뛰어올라 서성거리고, 과거 어린이 잡지에 나왔던 '벅스 바니'처럼 얼굴을 찌푸려서, 갈립은 그가 혼란스러운 마음을 진정시키기 위해 그런다고 생각했다. 집주인은 이제 '그들'의 놀이를 무효화하기 위해 모든 것의 처음으로, 그 시발점으로 돌아가야 한다는 결론을 내리게 되었다고 설명했다. 그의 집은 소부르주아 혹은 중산층 혹은 '전통적인 시민'의 집이었다. 꽃무늬 나염 천을 씌운 낡은 소파, 합성 섬유로 된 커튼, 가장자리에 나비 무늬가 있는 에나멜 접시, 명절 때 손님들이 오면 꺼내는 설탕통과 한 번도 사용하지 않은 리큐어 세트를 보관해 놓은 볼품없는 장식장, 잘라서 건조시킨 과일처럼 색이 바랜 카펫 같은 소도구가 배치되어 있었다. 그의 아내는 뤼야처럼 교육을 받거나 아찔할 정도로 멋진 여자가 아니었으며, 그녀 자신도 그 사실을 알고 있었다. 그의 어머니처럼 수수하고, 평범하고, 착해 보였으며 (그녀는 갈립이 알 수 없는 미소를 지었다.), 사실 그의 백부의 딸이기도 했다. 아이들도 그녀를 닮았다. 그의 아버지가 꾸릴 삶이었다, 살아 있다면, 변하지 않았다면. 그는 이 삶을 의도적으로 택하고, 의식적으로 살아 내면서 이천 년 전의 음모를 무효화하고, 다른 사람이 되기를 거부하고, 진정한 자신이 되어 다른 사람으로 살고자 했다.

갈립이 우연히 고개를 돌리다 보았던 모든 것이 이러한 하나의 목적에 의거해 꾸며져 있었다. 벽시계, 이러한 유의 집에는 이러한 똑딱거리는 벽시계가 필요했기 때문에 선택한 것이다. 텔레비전, 이러한 집에, 이러한 시간에 항상 켜져 있기 때문에 가로등처럼 계속 켜져 있었다. 그 위에는 손뜨개 레이스가, 이러한 가족의 텔레비전 위에는 이러한 유의 덮개가 있기 때문에 덮여 있었다. 탁자 위의 무질서, 쿠폰을 잘라 내고 버려 둔 신문들, 선물용 초콜릿 상자로 만든 바느질 함 주변에 떨어진 잼 방울, 아이들이 귀처럼 생긴 손잡이를 깨뜨린 찻잔, 무서운 난로 옆에서 말리고 있는 세탁물, 이 모든 것이 섬세하게 고려된 계획의 결과였다. 아내나 아이들과 이야기할 때, 의자에 깊숙이 앉아 마치 영화를 보듯 그 모습을 보고, 그들의 모든 말과 행동이 이런 유의 집에 사는 이런 유의 가족들의 모습을 완벽하게 유지하는 것을 보면서 얼마나 기뻐했는지! 사람이 의식적으로 원하는 삶을 사는 것이 행복이라면 그는 행복했다. 게다가 그는 이 행복을 통해 이천 년 전 역사의 음모를 무효화했기 때문에 더 행복해졌다.

갈립은 이 문장을 끝맺는 말로 받아들이려고, 그렇게 차와 커피를 많이 마셨음에도 불구하고 여전히 나른한 상태로, 눈이 다시 오기 시작했다고 말하며 일어나 문을 향해 휘청거리며 걸어갔다. 갈립이 외투를 내리려 하자 집주인은 다른 이야기를 시작했다.

그는 붕괴가 시작된 이스탄불로 갈립이 다시 돌아가는 것을 유감스러워했다. 이스탄불이 시금석이었다. 거기서 사는 것은 고사하고 그곳에 발을 내딛는 것조차 일종의 항복이며 패배였다. 끔찍한 도시는, 처음에는 어두운 극장에서만 보았던 그 썩은 장면들로 지금 들끓고 있다. 절망에 빠진 사람들, 낡은 차들, 천천히 물 밑으로 가라앉는 다리들, 깡통 더미, 찢겨 나간 의미 없는 현수막들, 물감이 흘러내린 벽의 낙서들, 병과 담배 그림, 기도 소리가 울려 퍼지지 않는 사원의 첨탑들, 돌더미, 먼지, 진흙, 기타 등등. 이런 붕괴에서 기대할 것은 아무것도 없다. 만약 어느 날 새로 부활이 실현된다면 ─ 집주인은 자신처럼 온 생을 바쳐 저항하는 사람이 또 있다고 확신했다. ─ 그것은 고유성을 여전히 보전하고 있는, '콘크리트 무허가촌'이라며 무시당하는 이 마을에서 시작될 거라 확신했다. 자신이 그런 마을의 건립자이자 길을 연 사람임을 자랑스러워하며, 갈립을 이곳으로, 이 삶으로 초대했다. 그것도 지금. 오늘 밤 이곳에 머물러도 되며, 최소한 이야기는 더 할 수 있을 거라고 말했다.

갈립은 외투를 입고 조용한 엄마와 졸린 아이들에게 작별 인사를 하고는 문을 열고 나가려 했다. 집주인은 밖에서 내리는 눈을 한동안 주의 깊게 바라본 후, 갈립조차 마음에 드는 말투로 말했다. "하 ─ 양." 그는 오로지 흰색만 입는 교주를 아는데 그를 만난 후 새하얀 꿈을 꾸었다고 했다. 새하얀 꿈에서, 새하얀 캐딜락 뒤 좌석에 마호메트와 함께 앉아 있었다. 앞 좌석에는 얼굴이 보이지 않는 운전사와 마호메트의 두 손자 하산과 휘세인이 앉아 있었다. 새하얀 캐딜락이 포스터, 광고, 극장, 사창가로 꽉 찬 베이올루를 지나자, 손자들은 뒷좌석에 앉은 할아버지를 돌아보며 얼굴을 찡그렸다.

갈립이 눈 덮인 계단을 내려가는데도 집주인은 말을 계속 이어 갔다. 그는 별로 꿈을 중요하게 여기는 것 같지 않았다. 단지 신성한 신호를 읽는 법을 배웠을 뿐이었다. 자신이 배운 것들을 갈립과 공유하고 갈립이 그것을 유용하다고 느끼기를 바랐다. 뭐야도. 다른 사람들은 이미 그렇게 하고 있으니까.

삼 년 전, 자신의 정치 활동 절정기에 가명으로 쓴 글에서 사용한 '세계 분석'이란 단어를 수상이 되풀이해 말하는 것에 그는 기뻐했다. 물론 '그들에게는' 이 나라에서 나오는 가장 사소한 잡지까지도 추적하며, 필요하면 상부에 전달하는 광범위한 정보기관이 있었다. 얼마 전 제랄 살리크의 칼럼이 눈길을 끌었는데, 제랄 역시 같은 채널을 통해 같은 자료를 얻은 듯 보였다. 하지만 그는 절망적인 케이스였다. 그는 이미 끝난 사건에 대한 잘못된 해결책을 자신의 영혼을 판 칼럼에서 헛되이 찾고 있었다.

이 두 사건에서 흥미로운 점은, 모든 사람들이 무시하고 잊어버린 어떤 신자의 생각이 무슨 경로를 거쳐 수상과 유명한 칼럼 작가에 의해 사용되었나 하는 것이었다. 한때는, 이 두 존경받는 사람들이 아무도 읽지 않는 그 분파의 잡지에 실린 자신의 글에서 표현이나 문장을 얼마나 있는 그대로 표절했는지 일일이 다 증거를 대고, 이 뻔뻔스러운 사상 도용을 언론에 발표하려 했다. 하지만 이러한 공격을 하기에는 상황이 아직 무르익지 않았다. 더 인내하며 기다려야 하지만, 어느 날엔가는 사람들이 자신의 문을 두드리리라는 것을 확신하고 있었다. 갈립이 전혀 믿기지도 않는 가명을 핑계로 눈 내리는 밤에 이 먼 곳까지 찾아온 것도 신호라고 했다. 자신이 이 신호들을 잘 읽었다는 것을 갈립이 알아주었으면 했다. 갈립이 마침내 눈 덮인 골목으로 내려갔을 때, 그는 조용히 마지막 질문을 던졌다.

갈립이 우리 역사를 이 새로운 관점으로 읽을 수 있을 것인가? 길을 잘못 들 위험이 있으니 집주인이 도로까지 동행해도 될는지? 갈립이 언제 다시 방문할 수 있을 것인가? 그렇다면, 뤼야에게 안부를 전해 줄 수 있는가?

12장
키스

신문, 잡지 정독도 이븐 뤼쉬드[59]의 반(反) 기억술
혹은 기억을 약화시키는 분류에 적절히 포함될 것이다.

— 콜리지, 『문학 평전』

　정확히 일주일 전, 한 남자가 너에게 안부 인사를 전해 달
라고 했다. 물론 나는 그러마 했지만 차에 탈 때쯤 이미 잊어
버리고 말았다. 그 인사가 아니라 그 남자를. 그런데 그리 미
안한 마음도 들지 않는다. 내 생각엔, 영리한 남편은 아내에게
안부를 전해 달라고 하는 모든 남자를 잊어야 한다. 왜냐하면
어찌 될지 모르니까. 특히 당신의 아내가 가정주부라면 더더
욱. 가정주부라는 불운한 사람들은 시장이나 가게에서 만나
는 상인이나 친척을 제외하고는, 그 지겨운 남편 말고는 다른

---

59) Ibn Rushd(1126~1198). 중세 이슬람의 철학자. 아리스토텔레스의 주석
서로 유명하다. 라틴명은 아베로에스(Averröes)로, 저서가 라틴어로 번역되
었기 때문에 아리스토텔레스 철학의 권위자가 되었으며, 유럽에서는 '라틴
아베로이즘'이라는 학파를 탄생시켰다.

남자를 평생 보지 못한다. 그러므로 남편이 굳이 안부를 전한다면, 시간도 많은 그녀는 그에 대해 생각하게 된다. 그 남자들은 정말로 사려가 깊으니까 말이다. 옛날에는 어디 이런 전통이 있기나 했단 말인가? 그 멋진 옛 시절에는, 신사들이 기껏해야 잘 알지 못하는 이름뿐인 하렘에 존경의 마음을 전했다. 물론 전차도 옛날 것이 더 좋았다.

내가 결혼하지 않았고, 결혼하지 않을 것이며, 신문기자이기 때문에 결혼할 수도 없으리라는 것을 잘 아는 독자들은 내가 혼란을 주기 위해 첫 문장에서부터 게임을 했다는 것을 알았을 것이다. 내가 이토록 친밀하게 '너'라고 부르는 이 여자는 누구인가? 수리수리 마수리! 여러분의 늙은 칼럼 작가는 서서히 잃어 가는 기억에 대해 이야기할 것이다. 여러분도 나와 함께 내 정원에서 시들어 가는 장미의 향기를 맡으러 오시길. 그러면 이해할 테니. 하지만 너무 가까이 오지는 마시길. 내게서 두 걸음 정도 떨어지길, 뭐 그리 대단치도 않은 우리의 글 속임수를, 술책을 쉽게 눈치채지 않도록.

지금으로부터 한 삼십 년 전, 내가 신출내기 기자였을 때였다. 나는 베이올루 지역을 맡아 취재하면서 가가호호 돌아다니며 기삿거리를 찾았다. 마약 상인이나 베이올루 도둑이 연루된 살인 사건이나 자살로 끝나는 사랑 이야기가 있나 하여 나이트클럽을 돌아다녔다. 이스탄불에 유명한 외국인이 왔는지 혹은 유명한 외국인이라며 독자들에게 소개할 흥미로운 서양인이 우리 도시에 들렀는지 알아보기 위해 한 달에 한 번 정도 호텔마다 돌아다니며 호텔 직원에게 2리라를 찔러주고는 숙박계를 받아 읽곤 했다. 그 당시는 지금처럼 유명인들로 넘쳐 나지 않았다. 아무도 이스탄불에 오지 않았다. 가끔은 자신의 나라에서는 전혀 알려지지 않았는데 내가 우리 신문에 유명인이라고 소개하여, 신문에 난 사진을 보고 놀라거나 혼란스러워하기도 했다. 그들 중 한 명은, 몇 년이 지난 후 정말로 자신의 나라에서 내가 우리 신문에서 예견한 바 있는 유명세를 얻었다. '유명한 디자이너 아무개가 어제 우리 도시에 왔다'라고 내가 기사를 쓴 후 이십 년이 지나, 그녀는 정말로 프랑스인(실존주의자) 디자이너가 되었다. 하지만 내게 고마워하지도 않았다. 서양인들은 감사할 줄 모른다.

내가 유명인으로서는 자격이 없는 사람들, 국내 도둑들을 (지금은 마피아라고 부른다.) 취재하느라 바빴던 당시의 어느날, 흥미로운 기삿거리가 될 수 있을 늙은 약제사를 만났다. 지금은 내가 겪고 있는 불면증과 기억상실증으로 이 사람은 고생하고 있었다. 이 두 병에 동시에 걸렸을 때 가장 끔찍한 점은, 하나로(불면증으로 시간이 많아진 것) 다른 하나를(기억력 상실) 상쇄할 수 있을 거라 생각하지만, 그 정반대라는 사실이다. 이 노인은, 지금 내가 그렇듯이 불면의 밤을 지새우면서 기억이 얼마나 도망을 쳤던지, 도무지 흘러갈 줄을 모르는 시간과 밤의 한가운데에, 정체성 없고, 개성 없고, 냄새 없고, 색깔 없는 세계에, 외국 잡지에서 번역했던 글에서 자주 언급되는 '달의 뒷면'에 자신이 홀로 있는 것만 같았다.

나라면 글을 쓰는 데서 방법을 찾겠지만, 노인은 자신의 약국 실험실에서 그 병을 치료할 약을 개발했다. 나와 마약 중

독자인 동료 기자가 참석했던(약제사까지 모두 세 명뿐) 기자회견에서 약은 마침내 기대했던 효과를 발휘했다. 병에 든 분홍색 액체를 과장된 몸짓으로 컵에 따라 마신 후에 수년 동안 그를 피해 다녔던 잠 속으로 빠져든 것이다. 이 사건은 대단한 반향을 일으켰지만(터키인이 마침내 무언가를 발명했다는 소식에 사람들이 흥분한 것은 당연했다.) 불면증을 치료한 약이 그를 기억의 거룩한 정원으로도 데려갔는지는 알지 못했다. 늙은 약제사가 잠든 채 다시는 깨어나지 않았기 때문에.

이틀 후 그의 장례식에서, 나는 어두워지는 하늘을 쳐다보며 그가 무엇을 기억하고 싶었을지 계속 생각해 보았다. 지금도 궁금하다. 나이가 들수록, 많은 짐을 나르고 싶지 않은 까다로운 동물처럼, 우리가 가장 먼저 내던진 기억은 가장 좋아하지 않았던 것들일까, 아니면 가장 무거운 것들일까, 그도 아니면 가장 쉽게 내려놓을 수 있는 것들일까?

이스탄불의 아름다운 곳에 있는 작은 방에서 망사 커튼 사이로 쏟아져 들어온 햇볕이 우리 몸을 어떻게 비추었는지를 나는 잊었다. 매표소에 있는 창백한 룸[60] 처녀를 사랑하다 미쳐 버린 암표 장수가 어느 극장 앞에서 일했는지 잊었다. 내가 신문에 해몽 칼럼을 쓸 때 편지를 보내와 나와 똑같은 꿈을 꾸었던 독자들의 이름을, 그들에게 답장을 보내 공유했던 비밀과 함께 오래전에 잊었다.

오랜 세월이 흐른 후, 잠 못 이루던 밤에, 여러분의 칼럼 작

---

60) 이슬람 국가에 사는 그리스 혈통의 사람들을 칭하는 말.

가가 그 사라진 시기를 되돌아보면서 부여잡을 나뭇가지를 절
망적으로 찾고 있을 때, 그의 머리에 이스탄불 거리에서 보냈
던 끔찍한 하루가 떠올랐다. 나의 온몸, 온 영혼을 완전히 뒤
덮는 욕구는 바로 키스였다!

　오래된 극장 한 곳에서, 아마 어느 토요일 오후에, 어쩌면
극장보다도 오래된 미국 범죄 영화를(「주홍의 거리」) 보다가 그
리 길지도 않은 키스 신을 보았다. 흑백영화에 나오는 다른 키
스 신과 별 차이가 없고, 당시의 검열 지침 덕분에 사 초도 되
지 않는 키스 신이었지만 어찌 된 일인지 어떤 여자와 그 영화
에 나오는 것과 같은 방식으로, 입술로 그녀의 입술을 누르며,
그렇다, 온 힘으로 눌러 키스하고픈 욕구가 내 안에서 강하게
솟아올랐다. 그 충동이 너무나 강해서, 비참함으로 숨이 막힐
것만 같았다. 나는 스물네 살이었지만 그때까지 어떤 여자와
도 입술로 키스한 적이 없었다. 사창가의 여자들과 잠을 자지
않았던 것은 아니다. 하지만 그 여자들은 결코 키스를 해 주
지 않았고, 나도 그녀들의 입술에 키스하고 싶지 않았다.

　아직 영화가 끝나지 않았지만 나는 거리로 나섰다. 도시의
어딘가에 나와 키스하고 싶어 하는 여자가 나를 기다리기라
도 하는 듯 초조하고 조급했다. 당시 난 튀넬까지 걸어서, 거
의 달려서, 갈라타사라이 궁으로 급히 되돌아와, 나를 둘러
싼 어둠 속에서 무언가를 찾는 듯, 어떤 익숙한 얼굴, 어떤 미
소, 내가 키스해도 될 어떤 여자를 떠올리려 기억을 더듬어 보
았다. 나를 애인으로 생각해 줄 친구나 친척은 없었고 앞으로
애인이 되어 줄 그 누구도 알지 못했다! 나는 붐비는 도시에

있었지만 너무도 외로웠다.

하지만 그래도 탁심에 도착하자마자 버스를 탔다. 아버지가 나와 어머니를 버렸을 때 외가 쪽 먼 친척이 우리에게 신경을 써 주었다. 그들에게는 나보다 두 살 어린 딸이 있어서 우리는 가끔 함께 잭스 놀이[61]를 했다. 한 시간 후, 멀리 폰득자데에 있는 그 집에 가서 문을 두드리는 순간, 내가 키스하려고 꿈꾸었던 그 소녀가 이미 몇 년 전에 결혼을 했다는 것이 생각났다. 그래서 은퇴한 그녀의 부모가 나를 맞아 주었다. 수년이 흐른 후에 내가 왜 찾아왔는지 이해할 수 없어 좀 놀란 모습이었다. 우리는 이것저것 이야기를 하면서(내가 신문기자가 되었다는 데에도 그들은 별 관심을 보이지 않았다. 남의 험담을 하는 저속한 직업이라고 생각하는 모양이었다.) 라디오에서 중계하는 축구 경기를 들으며 차를 마시고 시미트[62]를 먹었다. 그들은 친절하게도 저녁 식사를 함께하자고 했지만, 나는 무엇인가를 얼버무리고 나왔다.

밖으로 나와 추위를 온몸으로 느끼면서도, 키스에 대한 욕구는 사그라들지 않았다. 내 피부는 얼음 같았지만, 내 피는 끓어올랐고 내 살은 불타올랐기 때문에, 내 절망은 견딜 수 없이 깊어졌다. 에미뇌뉘에서 카드쾨이로 가는 페리를 탔다. 그곳에는 고등학교 시절의 친구가 살았는데, 이웃에 키스할 만한 여자애가(그러니까 결혼 안 한 여자애) 있다고 한 적이

---

61) 공깃돌(jackstone)을 가지고 하는 아이들의 놀이.
62) 고리 모양의 빵. 겉에 깨가 뿌려져 있다.

있다. 그의 집이 있는 페네르바흐체로 걸어가면서, 그 여자애
가 없더라도 친구가 그녀와 같은 여자애를 알 거라고 혼잣말
을 했다. 친구가 살던 곳 근처에서 어두운 목조 저택과(대부
분 부서져 버렸지만) 사이프러스 나무 주위를 뱅뱅 돌았다. 똑
같아 보이는 목조 주택 사이를 오가며, 이 창문 저 창문을 기
웃거리며, 불 켜진 창문을 바라보며, 결혼하기 전에 한 남자에
게 키스를 해 줄 여자를 그려 보았다. 창문을 바라보면서 '저
기 있어! 내 입술에 키스해 줄 여자가!'라고 생각했다. 우리 둘
사이의 거리는 그리 멀지 않았다. 정원 벽, 문, 나무 계단. 하지
만 난 그녀에게 가 닿지 못했고 키스할 수 없었다. 모두가 갈
망하는 비밀스럽고, 이상하고, 마술 같은 것, 꿈처럼 생소하고
믿을 수 없는 것, 그 두려운 희망은 그 순간 얼마나 가깝고, 얼
마나 멀었던가!

　다시 유럽 연안 쪽으로 돌아오는 길에, 페리 안의 여자들
중 한 명에게 강제로 혹은 다른 사람으로 착각한 것처럼 키스
한다면 어떻게 될까 하고 생각했던 것이 기억난다. 하지만 나
는 이런 어려운 술책을 교묘히 실행할 상황도 아니었지만 내
가 찾는 그런 얼굴도 보이지 않았다. 이스탄불의 군중 사이를
걸으면서, 내쉬는 모든 숨이 헛되고 절망적으로 되어 가고 눈
을 돌리는 모든 것에서 공허, 공허만을 보았던 적이 전에도 있
었지만 그날처럼 그렇게 강하게 느낀 적은 없었다.

　축축한 인도를 오랫동안 걸었다. 언젠가 내가 부자가 되고
명성을 얻으면, 이 공허한, 공허한 거리로 돌아와 내가 원하
는 것을 찾으리라고 스스로에게 말했다. 그러나 그 순간에는,

여러분의 성실한 칼럼 작가가 어머니와 함께 살고 있는 집으로 돌아가, 발자크에게서, 아니 터키어 번역본으로 라스티냐크[63]가 하는 말에서 위안을 얻을 수밖에 없었다. 그 시절, 나는 재미 삼아 책을 읽지 않았다. 대부분의 터키 사람들처럼 나도 독서를 의무로, 언젠가는 유용하게 될 지식을 얻기 위한 방법으로 생각했다. 그러나 그것이 어떻게 내가 지금 원하는 것을 얻게 해 준단 말인가? 그렇게 방에 틀어박혀 있다가, 잠시 후 초조해하며 다시 방 밖으로 나갔다. 욕실 거울에 비친 나를 들여다보며 아무것도 안 된다면, 최소한 자신에게 키스할 수 있을 거라고 생각했으며, 거울을 보며 영화 속 배우들을 떠올렸던 것이 기억난다. 그 배우들의(조앤 베넷, 댄 두리에이) 입술이 도무지 내 눈앞에서 사라지지 않았다. 하지만 내 입술이 아니라 겨우 거울에 키스할 수밖에 없었다.

어머니는 탁자에 앉아 옷본과 모슬린 천 조각에 둘러싸여 누군지도 모르는 부유한 친척이 결혼식에서 입을 이브닝드레스를 만들고 있었다.

우리는 이런저런 이야기를 나누었다. 대부분 내가 장차 하고 싶은 것들, 나의 희망, 나의 포부 같은 이야기들과 꿈이었을 것이다. 하지만 어머니는 내 말을 귀 기울여 듣지 않았다. 내가 무슨 말을 하는지는 어머니에게 중요하지 않았다. 중요한 것은 토요일 저녁에 집에서 어머니와 함께 있다는 것이었다. 나는 화가 나기 시작했다. 그날 저녁 웬일인지 어머니의 머

---

63) 발자크의 소설 『고리오 영감』의 주인공으로 젊은 법학도이다.

리는 잘 빗겨져 손질되어 있었다. 입술에는 희미하게 립스틱
이 칠해져 있었다. 지금도 기억하는 붉은 벽돌색 립스틱. 나는
나의 것과 닮았다고들 하는 어머니의 입과 입술을 하염없이
바라보았다.

"날 왜 그렇게 바라보니?"

어머니는 걱정스레 물었다.

한동안 정적이 흘렀다. 나는 어머니를 향해 다가갔지만, 두
걸음을 내딛지 못하고 멈춰 섰다. 다리가 떨렸다. 더 이상 다가
가지 못하고 고함을 지르기 시작했다. 내가 무슨 말을 했는지
확실하게 기억나지는 않지만 당시 자주 벌어지던 격렬한 말다
툼이 시작되었다. 이웃들이 우리가 싸우는 소리를 들을 거라
는 두려움도 우리 둘 다 안중에 없었다. 상대에게 자기 마음
속에 있는 것을 내뱉을 수 있는, 심지어 커피 잔을 깨거나 난
로를 걷어찰 수도 있는 그런 때, 분노가 해방되는 순간이었던
것이다.

마침내 뿌리치고, 모슬린 천, 실패, 수입 바늘(아트르 회사에
서 생산한 첫 터키산 바늘은 1976년에야 시중에 나왔다.) 사이에서
울고 있는 가여운 어머니를 남겨 둔 채 집 밖으로 뛰쳐나왔
다. 한밤중까지 도시의 거리 여기저기를 돌아다녔다. 쉴레이마
니예 사원의 안뜰로 들어가, 아타튀르크 다리를 지나, 베이올
루로 갔다. 나는 내가 아니었다. 분노와 복수의 혼이 날 따라
다니는 것 같았다. 내가 되어야 할 사람이 날 따라오는 것 같
았다.

베이올루에 있는 무할레비 가게에 들어가 사람들 사이에

섞이려고 했지만, 사람들로 들끓는 토요일 밤의 그 공허한 시간을 채우러 온 사람과 눈이 마주칠까 두려워 아무도 바라볼 수 없었다. 왜냐하면 나와 같은 사람들은 서로를 금방 알아보고, 서로를 너무나 경멸하기 때문이다! 잠시 후 어떤 남녀가 내게 다가왔다. 남자는 내게 뭔가 설명하기 시작했다. 이 하얀 머리의 유령이 누구인지 내 기억 속을 샅샅이 뒤져 보았다.

그는 다름 아니라 내가 페네르바흐체에서 찾으려 했던 그 옛 친구였다. 결혼을 했고, 철도청에서 근무했으며, 머리가 너무 일찍 세었고, 옛 시절을 잘 기억했다. 옛 친구를 우연히 만나면, 오직 옆에 서 있는 자기 아내에게 보여 주기 위해, 당신을 치켜세우며 당신이 이 세상에서 가장 재미있는 사람이고 자신은 그 좋은 시절의 비밀을 공유하고 있다는 듯이 떠들어 대며 당신을 놀라게 하는 사람을 아는가? 그가 그랬지만 나는 놀라지 않았다. 단지 그의 환상과도 같은 기억 속의 그 역할에 동참할 생각도 없었고, 그의 과거 기억 속에 내가 남겨 놓은 비참하고 슬픈 삶 속에 내가 여전히 붙들려 있다는 것도 모르게 했다.

설탕이 들어가지 않은 무할레비를 숟가락으로 떠먹으며, 나는 오래전에 결혼했으며, 돈도 잘 벌고, 네가 집에서 나를 기다리고 있으며, 시보레는 탁심에 주차해 놓았고, 네가 먹고 싶다고 졸라서 여기에 닭 가슴살로 만든 후식을 사러 왔으며, 우리는 니샨타쉬에 살고 있으니 집에 가는 길에 내려 줄 수 있다고 말했다. 그는 고맙지만 여전히 페네르바흐체에 산다고 했다. 처음에는 조심스럽게, 호기심으로, 그다음에는 자기가 좋은 가문에 대해 많이 안다는 것을 아내에게 증명하려고 (네가 좋은 가문 출신이라는 말을 듣고 나서) 몇 가지를 물었다. 나는 그 기회를 놓치지 않고 아마 너를 기억할 거라고 말했다. 물론 그는 기억했다! 당연히 기억하고말고! 그는 네게 깊은 존경과 안부를 전했다. 나는 닭 가슴살로 만든 후식 꾸러미를 들고 무할레비 가게에서 나오면서, 영화에서 배운 정중한 서양인의 매너로 먼저 그에게, 그다음에는 그의 아내에게 키스를 했다. 당신들은 얼마나 별난 독자들이고, 이곳은 얼마나 별난 나라인가?

13장
여기 누가 왔나 보세요

우린 아주 예전에 만났어야 해요.
— 튀르칸 쇼라이[64]

갈립은 뤼야의 전남편의 집에서 나와 간선도로로 내려갔
다. 택시를 찾아봐도 없었고 이따금 휙휙 지나가는 시외버스
에도 탈 수 없었다. 바크르쾨이 기차역까지 걷기로 했다. 눈
속을 엉금엉금 걷는 동안 마음은 정처 없이 헤매 다녔다. 떠
났던 이유마저(단순하고 이치에 닿는 것으로 이해되었다.) 잊어버
린 채 이전의 삶으로 돌아와 있는 뤼야와 만나는 상상을 몇
번이나 거듭했으나, 그런 상상 속에서 다시 시작한 생활에서
는 뤼야에게 그녀의 전남편을 만나러 갔다고 도저히 말할 수
없었다.

바크르쾨이 역은 구멍가게 앞에 놓아둔 오래 써서 허름해

---

64) 터키의 유명한 여자 배우.

진 냉장고 같았다. 삼십 분 후에 기차에 오르자 어떤 노인이 오늘처럼 추웠던 사십 년 전 겨울밤 이야기를 해 주었다. 우리도 곧 전쟁에 끼게 될 듯한 어둡고 가난한 시기에, 노인이 속한 여단은 트라키아의 어느 마을에 고립되어 길고 힘든 겨울을 보냈다. 어느 날 아침, 비밀 지령이 내려왔고, 말을 타고 마을을 떠나서, 하루 종일 말을 몬 끝에 이스탄불에 도착했지만 도시에는 들어가지 못하고 할리치 만이 보이는 언덕에서 밤이 오기를 기다렸다. 도시에서 왕래가 드물어지자 어둡게 해 놓은 가로등의 희미한 불빛에 의지해 어두운 거리로 들어갔다. 얼음이 언 돌길 위로 조용히 말을 몰고 가 쉬틀뤼제에 있는 도살장에 말들을 맡겼다. 노인은 선혈이 낭자한 학살 장면을 자세히 설명해 주었다. 무자비한 도살자들, 하나씩하나씩 쓰러져 오래된 안락의자에서 스프링이 튕겨 나오듯이 피로 얼룩진 자갈 위로 내장이 쏟아져 나온 채 어찌할 줄 모르고 누워 있는 말들, 자기 차례를 기다리는 말들의 눈과 기묘하게 닮아 있는, 마치 죄인처럼 조용히 도시로 들어가는 기병대의 눈……. 갈립이 기차 소음 너머로 들었던 건 이게 전부였다.

시르케지 기차역 앞에는 택시가 한 대도 없었다. 갈립은 사무실까지 걸어가 거기서 밤을 보낼까 잠시 생각했으나 유턴을 하는 택시가 보이자 자신을 태우기 위해서 멈출 거라 예상했다. 하지만 차는 길 저쪽에서 기다리던, 흑백영화에서 금방 나온 듯한 서류 가방을 든 흑백의 남자 앞에 멈춰 섰다. 승객을 태운 후 택시는 갈립 앞에서도 멈추더니 먼저 탄 '신사 분'과 함께 갈라타사라이에서 내려 주겠다고 했다. 갈립은 택시에 탔다.

갈라타사라이에서 내린 후에, 흑백영화에서 나온 듯한 남자와 한마디도 나누지 않은 것을 후회했다. 갈립은 카라쾨이 다리에 묶여 있는 불 켜진 빈 배들을 보면서 이렇게 말하는 상상을 했다.

"오래전 한번은 이렇게 눈이 오던 어느 겨울밤에……"

이렇게 말을 시작했더라면 끝까지 쉽게 이어 갔을 것이고 남자도 갈립이 기대했던 바대로 관심을 보였을 것이다.

아틀라스 극장에서 약간 떨어진 곳에 있는 여성화 가게의 진열장을(뤼야는 240을 신는다.) 들여다보고 있을 때, 작고 마른 남자가 갈립에게 다가왔다. 도시가스 검침원을 연상시키는 가짜 가죽 서류 가방을 들고 있었다.

"별을 좋아하시나요?"

그는 이렇게 물었다. 그는 외투 대신 재킷의 단추를 목까지 채워 입었다. 구름 없는 밤에 탁심 광장에서 망원경으로 별을 보는 데 100리라를 받는 사람인 모양이라고 생각했는데, 남자는 가방에서 앨범을 꺼냈다. 남자는 페이지를 넘겨 보여 주었다. 질 좋은 종이에 인쇄한 유명한 영화배우들 사진이었다.

물론 진짜 유명한 스타들이 아니라 그들을 닮은 사람들이 그들의 옷을 입고, 그들의 장신구를 달고, 그 무엇보다 그들의 포즈를, 담배 피우는 모습, 키스라도 하려는 듯 입술을 앞으로 동그랗게 내민 모습을 흉내 낸 사진이었다. 각 '스타'들의 페이지에는 신문 헤드라인에서 오린 눈에 잘 띄는 이름과 연예 잡지에서 가져온 컬러 사진이 붙어 있고 그 주위에는 그들을 닮고자 했던 사람들이 가장 매혹적인 포즈를 취하는 사진이 붙어 있었다.

가방을 든 마른 남자는 갈립이 사진에 관심을 갖는 것을 보고는 그를 예니 멜렉[65] 극장으로 가는 좁은 골목으로 끌고 가더니, 직접 그의 손으로 넘겨 보라는 의미로 앨범을 갈립에게 건넸다. 천장에서 내려오는 가는 줄에 매달린 잘린 팔과 다리가 장갑, 우산, 가방, 스타킹 옆에 전시되어 있는 이상한 진열장에서 흘러나오는 불빛 아래서, 무대 위에서 춤을 추듯이 치마를 한없이 펼치고, 새빨간 담뱃불을 붙이는 튀르칸 쇼라이들을, 바나나 껍질을 벗기고, 뇌쇄적으로 카메라를 바라보고, 대담하게 폭소를 터뜨리는 뮈즈데 아르[66]들을, 안경을 끼고, 벗은 브래지어를 꿰매고, 설거지를 하며 몸을 앞으로 숙이고, 슬프게 울면서, 절망적으로 먼 곳을 응시하는 휠야 코치이이트[67]들을 갈립은 자세히 들여다보았다. 그를 주의 깊게 관찰하던 앨범 주인은 금서를 읽는 학생을 붙잡은 선생처럼 단호하게 갈립의 손에서 앨범을 빼앗더니 가방에 쑤셔 넣었다.

"선생을 그녀들에게 데려다 드릴까요?"

"어디 있는데요?"

"당신은 신사 같군요. 따라와요."

골목길을 지나가면서 그는 집요하게 누가 마음에 드느냐고

---

65) '새로운 천사'라는 뜻.
66) 터키의 유명한 여자 배우.
67) 터키의 유명한 여자 배우.

물었고 갈립은 튀르캰 쇼라이라고 대답했다. 가방을 든 남자는 마치 비밀을 말해 주듯 이렇게 말했다.

"바로 그 장본인이에요. 그녀도 기뻐할 거고, 당신을 좋아할 겁니다."

베이올루 파출소 옆, '동무들'이라는 간판이 걸린 오래된 석조 건물이었다. 일층으로 들어가자 먼지와 직물 냄새가 났다. 어두운 방에 재봉틀이나 천은 보이지 않았지만 어쩐지 갈립은 '동무들 양복점'이라고 부르고 싶은 생각이 들었다. 하얗고 높은 문을 지나 환한 두 번째 방으로 가자 포주가 돈을 내야 한다는 것을 상기시켰다.

"튀르캰! 튀르캰, 이제트가 널 보러 왔어!"

남자는 돈을 주머니에 쑤셔 넣으며 이렇게 외쳤다.

카드놀이를 하던 여자 두 명이 웃으며 갈립을 돌아보았다. 오래되어 망가진 연극 무대를 연상시키는 방은, 연통이 막혀 연기가 잘 빠지지 않는 난로가 있는 공간 특유의 졸리게 만드는 탁한 공기, 졸리게 만드는 향수 냄새, 지겨운 '터키 팝' 음악 소리로 가득했다. 추리소설을 읽을 때 뤼야가 그러는 것처럼(한쪽 발을 소파 등받이에 올린 채) 소파에 누워 있는, 스타도 뤼야도 닮지 않은 여자는 유머 잡지를 뒤적이고 있었다. 그녀가 뮈즈데 아르라는 것은 그녀의 블라우스에 새겨 놓은 뮈즈데 아르라는 글씨에서 알 수 있었다. 웨이터 복장의 늙은 남자는 이스탄불 정복이 세계사에서 얼마나 중요한지를 논쟁하는 텔레비전에 앞에서 잠들어 있었다.

파마 머리에다 청바지를 입은 그 여자가, 이름은 생각나지 않는 미국 여배우와 조금 닮았다고 생각했지만 그 유사성이 의도적인지는 확신할 수 없었다. 다른 문으로 들어온 한 남자가 뮈즈데 아르에게 다가가, 자신이 경험한 것도 신문 헤드라인을 보고서야 믿는 사람처럼, 블라우스 위에 쓰여 있는 이름을 술에 취해 첫 음절을 삼키면서 진지하게 길게 빼면서 읽었다.

갈립은 표범 무늬 옷을 입은 여자가 튀르칸 쇼라이일 거라 생각했다. 자신에게 느릿느릿 걸어오는 그녀는 거의 우아해 보일 정도였다. 그녀는 어쩌면 진짜와 닮은 것 같았다. 긴 금발이 오른쪽 어깨로 늘어뜨려져 있었다.

"담배 피워도 될까요?"

그녀는 사랑스럽게 미소 지었다. 필터 없는 담배를 입술로 가져가더니 이렇게 말했다.

"불 좀 붙여 주겠어요?"

갈립이 담배에 불을 붙이자 여자의 머리 주변은 담배 연기로 자욱해졌다. 시끄러운 음악 소리가 사라진 후 이상한 정적이 이어졌고, 그녀는 안개 속에서 나타난 성녀처럼 보였다. 긴 속눈썹이 달린 커다란 검은 눈을 보면서, 갈립은 평생 처음으로 뤼야 외의 다른 여자와 잠자리를 할 수 있을지도 모른다는 생각을 했다. 갈립이 돈을 찔러주자 공무원처럼 옷을 입은 남자가 그를 '이제트'라고 불렀다. 그들이 위층의 지정된 방으로 올라갔을 때, 여자는 담배를 악방크라는 글씨가 쓰인 재떨이에 눌러 끄고는 담뱃갑에서 새 담배를 꺼냈다.

그리고는 조금 전과 같은 목소리와 태도로 말했다.

"담배 피워도 될까요?"

그녀는 조금 전과 같은 포즈로 담배를 입가에 물고는 조금 전과 같은 거만한 눈빛으로 멋지게 웃었다.

"불 좀 붙여 주겠어요?"

조금 전과 같이, 가슴이 보일 듯이 멋지게 상상의 라이터를 향해 몸을 굽혔다는 것을 깨닫고서야, 이 담배 피우는 제스처와 여자의 말이 튀르칸 쇼라이가 출연한 영화에 나왔다는 것을, 그도 그 영화의 남자 주인공이었던 배우 이제트 귀나이가 되어야 한다는 것을 갈립은 알게 되었다. 담뱃불을 붙이자 여자의 머리 주변은 다시 믿을 수 없을 만큼 자욱하게 연기로 덮였다. 잠시 후 긴 속눈썹이 달린 검은 눈이 연기 속에서 천천히 모습을 드러냈다. 도대체 스튜디오에서나 나올 수 있을 이 많은 연기를 어떻게 입 안에서 나오게 할 수 있단 말인가?

"왜 말이 없어요?"

미소를 지으며 여자가 말했다.

"아니에요."

"당신은 교활해 보이는군요, 아니면 혹시 순진한 건가요?"

그녀는 호기심과 분노를 지어내서 말했다. 그녀는 같은 문장을 같은 제스처를 취하며 한 번 더 말했다. 커다란 귀걸이가 드러낸 어깨에 늘어져 있었다.

갈립은 화장대에 달린 둥근 거울 끝에 끼워 놓은 스틸 사진들을 보고서야, 그녀가 입은 등이 엉덩이까지 파인 표범 무늬 드레스가 튀르칸 쇼라이가 이십 년 전에 「나의 매춘부 연인」이라는 영화에 술집 여자로 출연할 때 입었던 옷이라는 걸 알았다. 그녀는 계속해서 그 영화의 대사를 선보였다.

(버르장머리 없고 불만스러운 아이처럼 목을 삐딱하게 하고, 턱 밑에 모으고 있던 두 손을 갑자기 펴며) "지금 잔다는 것은 말도 안 돼요! 난 술에 취하면 놀고 싶다고요!"(이웃집 아이를 걱정 하는 아주머니처럼 이마에 주름을 만들며) "이제 그, 다리가 열릴 때까지 나와 함께 있어요!"(갑자기 흥에 겨워) "오늘은 당신과 함께 있으라는 운명인가 봐요!"(숙녀처럼) "만나서 반가워요, 만나서 반가워요, 만나서 반가워요……."

갈립은 문 옆에 있는 의자에 가 앉고 여자는 영화에서와 비 슷하게 동그란 화장대 의자에 앉았다. 바로 이 장면이 거울 가 장자리에 끼워져 있었다. 여자의 등은 진짜보다 아름다웠다. 그녀는 거울을 통해 갈립을 바라보았다.

"우린 아주 예전에 만났어야 해요."

갈립은 거울에 비친 여자를 보며 이렇게 말했다.

"우린 아주 예전에도 만났어. 학교에 다닐 때는 한 번도 같 은 줄에 앉지 못했지만 따스한 봄날, 긴 학급 토론 후에 창문 이 열리면, 바로 뒤에 있는 칠판 때문에 거울처럼 된 유리창으 로 너의 얼굴을 지금처럼 바라보곤 했어."

"흠……. 우린 아주 예전에 만났어야 해요."

"우린 아주 예전에도 만났어. 우리가 처음 만났을 때 네 다 리가 얼마나 가냘프고 얼마나 약해 보였던지 부러질까 봐 겁 이 났어. 어렸을 때는 피부가 약간 거칠었지만, 클수록, 중학교 이후부터 생기가 돌면서 믿을 수 없을 만큼 우아하고 부드러 워졌지. 집 안에서 노는 것이 지루해 미칠 지경이었던 여름날 에 해변으로 갔다가, 타라비야에서 산 아이스크림을 손에 들고 돌아올 때면, 날카로운 손톱으로 팔에 묻은 소금을 긁어 알파벳을 쓰곤 했지. 나는 너의 가는 팔에 난 솜털을 아주 좋아했어. 햇빛에 타 분홍빛으로 변한 너의 다리를 좋아했어. 내 머리 위 선반에서 무엇인가를 꺼내려고 몸을 뻗칠 때 내 얼굴에 흘러내리는 너의 머리카락을 좋아했어⋯⋯."

"우린 아주 예전에 만났어야 해요."

"네 엄마 것을 빌려 입은 수영복 끈이 등에 남긴 자국을, 신경질이 날 때 머리칼을 무심코 잡아당기던 모습을, 필터 없는 담배를 피울 때 중지와 엄지로 혀끝에 묻은 담배 가루를 떼는 모습을, 입을 벌리고 영화를 보는 모습을, 책을 읽으면서 밑에 있는 접시에서 볶은 이집트 콩과 개암을 무의식적으로 집어 먹는 모습을, 열쇠를 자주 잃어버리는 것을, 근시라는 것을 인정하지 않고 눈을 가늘게 뜨는 모습을 나는 좋아했어. 네가 눈을 가늘게 뜨고 먼 곳을 보고 있으면 나는 네가 다른 곳에서 다른 생각을 하고 있다는 것을 알고 불안해하면서도 너를 사랑했어. 너에 대해 아는 것을 사랑하는 만큼, 너에 대해 모르는 것을 사랑했어. 오, 하느님, 얼마나 두려웠는지!"

갈립은 거울 속 튀르캉 쇼라이의 얼굴에 희미하게 염려하는 기색이 나타나는 것을 보고는 입을 다물었다. 여자는 화장대 옆에 있는 침대에 누웠다. 그러고는 이렇게 말했다.

"이리 와요, 아무것도 그만 한 가치가 없어요, 그 어떤 것도, 알겠어요?"

갈립은 주저하며 앉았다.

"혹 튀르캉 쇼라이는 사랑하지 않나요?"

그녀의 목소리에 깃든 질투심이 진심인지 연기인지 알 수
없었다.

"사랑해."

"내가 속눈썹을 깜박이는 모습을 좋아했죠, 그렇죠?"

"좋아했어."

"당신은 내가 「아름다운 여자」에서 해변 계단을 내려오는
모습을, 「나의 매춘부 연인」에서 담배 피우는 모습을, 「섹시한
여자」에서 긴 파이프로 담배 피우는 모습을 좋아했죠, 그렇
죠?"

"좋아했어."

"그렇다면 이리 와요."

"얘기를 조금 더 해."

"뭐라고요?"

갈립은 잠시 생각했다.

"당신 이름은 뭐예요? 직업은?"

"변호사."

"내게도 변호사가 있었어요. 내 돈을 모두 다 가져갔으면서
도 내 명의로 되어 있는 자동차를 남편에게서 가져오지 못했
죠. 그 차는 내 거예요, 알겠어요? 내 거. 지금은 어떤 창녀가
몰고 다녀요. 56년식 시보레. 소방차같이 빨간. 자동차를 되찾
아 주지 않는 변호사가 무슨 소용이 있어요? 남편 손에 있는
내 차를 되찾아 줄 수 있어요?"

"그럴 수 있어."

"그럴 수 있다고요? 당신은 그럴 거예요, 그러고말고요. 그

렇게 해 주면 당신과 결혼할게요. 이 생활에서 날 구해 줘요. 그러니까 영화의 삶에서. 영화배우 역할도 지겨워. 이 멍청한 민족은 영화배우를 예술가가 아니라 창녀로 보고 있으니까요. 난 영화배우가 아니라 예술가야, 알아듣겠어요?"

"물론."

"나랑 결혼할래요?"

그녀는 유쾌하게 말했다.

"나랑 결혼한다면 내 차로 함께 돌아다니면 돼요. 결혼할래요? 하지만 날 사랑해야 해요."

"결혼하겠어."

"아니야, 아니야, 당신이 내게 물어야지, '나와 결혼해 주겠어'라고 물어봐요."

"튀르칸, 나와 결혼해 주겠어?"

"그렇게 말고요! 진심으로, 느낌을 가지고 물어요, 영화에서처럼 말예요. 먼저 자리에서 일어나요. 앉아서 물어보는 사람은 없어."

갈립은 애국가를 부를 것처럼 자리에서 일어났다.

"튀르칸! 나와, 나와, 결혼해 주겠어?"

"하지만 난 처녀가 아니에요. 사고가 있었거든요."

"말을 탈 때, 아니면 계단 난간에서 미끄럼을 탈 때?"

"아니요, 다림질할 때 그랬어요. 웃고 있군요. 하지만 술탄이 당신 목을 치라는 명령을 내렸다는 것을 어제서야 들었어요. 결혼했나요?"

"결혼했어."

"항상 결혼한 사람만 나한테 걸린다니까!"

그녀는 「나의 매춘부 연인」에서 나온 분위기로 말했다.

"하지만 중요하지 않아요, 중요한 건 철도청이니까. 올해 어떤 축구팀이 우승할 것 같아요? 앞으로 상황이 어떻게 될까요? 언제 군인들이 이 무정부 상태에 종지부를 찍을까요? 당신 머리를 좀 자르면 더 멋져 보일 것 같은데요."

"내 사적인 것에 대해서는 언급하지 말아, 무례한 것이니."

"내가 지금 뭐라고 했는데요?"

여자는 놀란 듯한 표정을 지어내며, 눈을 크게 뜨고는 튀르칸 쇼라이처럼 깜박거렸다.

"나랑 결혼하면 내 차를 돌려받게 해 줄 수 있느냐고 했어요. 아니지, 내 차를 돌려받게 해 주면 나랑 결혼하겠느냐고 했지요. 차 번호를 줄게요. 34 CG 5월 19일 1919년. 아타튀르크가 아나톨리아를 해방시키기 위해 삼순[68]을 떠난 날이에요. 56년형 시보레."

"시보레에 대해 말해 줘."

"좋아요. 하지만 잠시 후면 문을 두드릴 텐데요. 비지타가 끝나 가요."

"터키어로 '방문'이오."

"뭐라고요?"

"돈은 신경 안 써."

---

68) 터키 흑해 지방에 있는 도시 이름. 아타튀르크는 독립전쟁 시에 이 지방에서 출발하여 전 아나톨리아 지역을 구했다.

"나도 그래요. 56년형 시보레는 내 손톱에 칠한 매니큐어 같은 붉은색이었어요. 바로 이 색과 똑같아요. 손톱 하나가 부러졌네, 그죠? 어쩌면 내 시보레도 어디 부딪혔을 수도 있어요. 내 남편이라는 작자는, 그 창녀에게 선물하기 전에 매일 그 차를 타고 여기로 왔어요. 하지만 지금은 단지 길에서만 그를 볼 수 있어요, 그러니까 차를 말이에요. 차가 탁심 광장을 돌 때 보았지요, 차 안에는 다른 운전사가 있었어요. 카라쾨이 부두에서 기다릴 때도 보았는데 또 운전사가 달랐어요. 어느 날 보니 나의 시보레가 다른 색이 되어 있었어요, 밤색으로. 그다음 날은 크롬 도금을 하고 라이트를 달고 있었죠, 크림 커피색이고요. 다음 날은 꽃으로 장식하고 앞에 인형을 앉혀 놓은 분홍색 웨딩 카가 되었더군요. 그런데 일주일 후에 보니 검은색으로 변해 있었고, 안에는 검은 콧수염이 난 경찰 여섯 명이 앉아 있더군요. 아니 이번에는 경찰차가 되었나? 차에 '경찰'이라고 쓰여 있더군요, 착각이 아니라니까요. 내가 알아볼 수 없도록 물론 차 번호도 매번 바꿔 놓고."

"물론."

"물론, 경찰들도 운전사들도 그녀의 애인들이죠, 하지만 그녀와 바람난 나의 남편은 아무것도 몰라요. 어느 날 날 두고 떠나 버렸어요. 당신을 두고 떠난 사람이 있나요? 오늘이 며칠이지요?"

"12일."

"시간이 빨리도 흐르는군요. 당신은 내가 계속 말을 하게 하네요. 혹시 다른 특별한 것을 원하나요? 말해 봐요, 당신이

맘에 들어요, 점잖은 사람인데 뭐 어때요? 정말 돈이 많아요? 정말로 부자인가요? 아니면 혹 이제트처럼 청과물 가게 주인인가요? 아니지, 변호사라고 했지. 변호사님, 수수께끼 하나 내 봐요. 좋아요, 내가 내죠 뭐. 술탄과 보스포루스 다리는 무슨 차이가 있게요?"

"몰라."

"아타튀르크와 마호메트는요?"

"몰라."

"당신은 너무 쉽게 포기하는군요!"

그녀는 자신을 바라보던 화장대 속 거울에서 일어나 갈립의 귀에 대고 끽끽거리며 답을 속삭였다. 그러고는 갈립의 목에 팔을 둘러 감고는 중얼거렸다.

"우리 결혼해요. 카프산에 가요. 서로의 것이 되어요. 다른 사람이 되어요. 날 데려가요, 날 데려가요, 날 데려가요."

그들은 장난처럼 입맞춤을 했다. 이 여자에게 뤼야를 연상시키는 무언가가 있었던가? 없었다. 하지만 갈립은 그래도 만족했다. 함께 침대로 쓰러졌을 때 그녀는 뤼야를 떠올리게 하는 무엇인가를 했다. 하지만 완전히 뤼야처럼 하지는 않았다. 뤼야가 그의 입속으로 혀를 넣을 때면, 갈립은 매번 그의 아내가 한순간 아주 다른 사람이 되었다는 생각이 들어 두려웠다. 튀르칸 쇼라이의 닮은꼴이 뤼야보다 더 크고 더 무거운 혀를 마치 승리한 듯, 하지만 귀엽게 장난치듯 갈립의 입속에 넣자, 갈립은 자신의 품에 안긴 여자가 아니라, 자기 자신이 완전히 다른 사람이 되었다고 느꼈고, 무척이나 흥분했다. 여자가 장난치듯 그를 밀었을 때, 국산 영화에 나오는 전혀 진짜 같지 않은 키스 신에서 그러하듯, 먼저 한 명이 다른 한 명의 몸 위로, 그다음에는 위치를 바꾸어 다른 한 명이 몸 위로 올라가 돌면서 커다란 침대의 한끝에서 다른 끝까지 뒹굴었다.

"어지러워요!"

여자는 그곳에 없는 어떤 환상을 모방하면서 머리가 정말로 어지러운 듯한 시늉을 했다. 갈립은 침대의 한끝에 있는 거울을 통해 자신들을 볼 수 있다는 것을 알자, 이 달콤한 뒹굴기 장면이 왜 필요한지 이해하게 되었다. 여자는 자신의 옷을 벗고 갈립의 옷도 벗기면서 거울에 비친 모습을 기분 좋게 바라보았다. 잠시 후, 둘은 함께, 마치 체조 경기에서 어려운 동작을 하는 선수들을 평가하는 심사위원들처럼 제삼자가 보고 있기라도 하듯, 어쩌면 그들보다 더 즐겁게, 거울을 통해 여자의 기교를 눈요기하듯 일일이 다 바라보았다. 잠시 후 갈립이 거울을 보지 않았던 순간, 여자는 침대 스프링 울리는 소리가 작게 들릴 때 이렇게 말했다.

"우리 둘이 다른 사람이 되었어요. 나는 누구죠, 나는 누구죠, 나는 누구죠?"

그녀가 이렇게 물었지만 갈립은 흥분한 나머지 그녀가 듣고자 하는 대답을 주지 못했다.

"이 곱하기 이는 사. 들어 봐, 들어 봐, 들어 봐."

그녀는 갈립의 귀에 술탄과 한 불운한 왕자 이야기를 마치 동화처럼, 마치 일어나지 않은 일처럼 속삭여 주었다.

"내가 당신이면, 당신은 나야. 내가 당신이 되고, 당신이 내가 되면 어때!"

그녀는 옷을 입으며 이렇게 말했다. 그러고는 음흉하게 미소 지으며 물었다.

"튀르칸 쇼라이가 맘에 들었어요?"

"그래."

"그렇다면 날 이 생활에서 구해 줘요, 구해 줘요, 여기서 데리고 나가 줘요, 날 데리고 가 줘요, 우리 다른 곳으로 가요, 함께 도망쳐요, 결혼해요, 새로운 인생을 시작해요!"

이것은 어떤 영화에 나왔던 무슨 장면일까? 갈립은 주저했다. 어쩌면 여자가 원하는 것도 이것이었으리라. 그녀는 갈립이 기혼이라는 것을 믿지 않는다고 말했다. 자신은 결혼한 남자들을 잘 알고 있다면서. 그들이 결혼하면, 56년형 시보레를 갈립이 되찾아 주면, 함께 보스포루스 해안을 돌아다니고, 에미르간에서 뺑튀기를 사고, 타라비야에서 바다를 바라보고, 뷔윅데레에서 식사를 할 것이다.

"난 뷔윅데레 안 좋아해."

갈립이 말했다.

"그렇다면 당신은 헛되이 그를 기다리는군요. 그는 오지 않을 거예요, 절대로."

"난 급하지 않아."

"난 급해요."

여자가 고집스레 말했다.

"하지만 그가 와도 내가 그를 알아보지 못할까 봐 두려워요, 사람들이 모두 다 본 후에, 마지막으로 그를 볼까 봐 두려워요."

"그가 누구지?"

갈립이 물었다.

여자는 비밀스러운 분위기로 웃었다.

"당신 영화 전혀 안 보죠? 게임의 법칙 모르죠? 그건 기밀 정보예요. 이런 나라에서 그런 것을 발설한 사람들을 살려 두기나 할까요? 난 살고 싶어요."

비밀스럽게 사라진 후에, 살해당해 보스포루스 바다로 던져진 어떤 친구에 관해 그녀가 이야기하고 있을 때 누군가 문을 두드렸다.

여자는 입을 다물었다. 그러나 갈립이 방을 나갈 때 그녀가 속삭였다.

"우리는 모두 그를 기다려요, 우리는 모두, 우리는 모두 그를 기다려요."

14장
우리는 모두 그를 기다린다

나는 불가사의한 것을 끔찍이도 좋아한다.
— 도스토옙스키, 「편지들」

우리는 모두 그를 기다린다. 우리는 모두 오랜 세월 동안 그를 기다려 왔다. 우리는 갈라타 다리 위의 인파에게 싫증이 나서 할리치 만의 납빛을 띤 푸른 물을 바라보며 그를 기다린다. 수르디비에 있는 작은 방도 데우지 못하는 난로에 장작을 던지면서, 지한기르에 있는 오래된 그리스식 건물의 그 끝나지 않을 듯 이어지는 계단을 올라가면서, 한적한 아나톨리아 마을의 술집에 앉아 친구들이 올 때까지 시간을 보내기 위해 이스탄불의 신문에 나오는 퍼즐을 풀면서, 우리는 그를 기다린다. 우리의 꿈이 우리를 어디로 이끌든, 신문에 나온 비행기를 타든, 밝은 거실로 들어가든, 아름다운 여인을 안든, 우리는 그를 기다린다. 질퍽거리는 인도를 슬픔에 잠겨 걸을 때, 최소한 백 명은 읽은 신문으로 싸 놓은 식료품을 들고 있을 때, 가장 싼 비닐로 만드는 바람에 들어 있는 사과에도 합성 물질 냄새가 배는 비닐 봉지를 들고 있을 때, 손바닥과 손가락에 보라색 자국을 남기는 시장바구니들을 들고 있을 때도 그를 기다린다. 병을 깨는 남자와 숨 막히는 모험을 하는 아름다운 여자가 등장하는 영화를 보는 토요일 밤에, 매춘부와 하룻밤을 보내고 외로움만 더한 채 사창가에서 돌아오는 길에, 우리의 소소한 집착을 조롱하는 친구들을 뒤로하고 술집에서 돌아올 때, 도무지 잠들지 않고 떠드는 아이들 때문에 라디오 연극은 결국 한마디도 듣지 못했지만 그래도 우리를 초대해 준 이웃에게 고마워할 때, 우리는 모두 그를 기다린다. 어떤 사람들은 그가, 개구쟁이 아이들이 새총으로 가로등을 깨는 뒷골목 어두운 구석에서 처음 나타날 거라고 한다. 복권, 스포츠 토토, 여자 누드 사진이 나오는 잡지, 장난감, 연초, 콘돔 등 온갖 잡동사니를 파는 불경스러운 가게 앞에 그가 나타날 거라고 하는 사람도 있다. 그가 어디에 처음 나타나든지, 어린 아이들이 하루에 열두 시간 동안 고기를 반죽하는 미트볼 식당 앞에 나타나든지, 하나가 되길 열망하는 수천 개의 눈이 모인 극장에 나타나든지, 천사처럼 순수한 양치기들이 묘지에 있는 사이프러스 나무의 마법에 걸렸던 초록색 언덕에 나타나든지, 끝없는 기다림의 시간이 끝날 때, 영원의 시간이 눈깜짝할 사이에 사라질 때, 우리 중 누군가 운이 좋아 그를 처음 만나면 그 누군가는 그를 즉시 알아볼 것이고 구원의 시간이 왔음을 알 수 있을 것이라고 모두들 입을 모았다.

오로지 글을 읽을 수 있는 사람들만이 알 수 있겠지만, 코란은 이 문제에 대해 명백하게 밝히고 있다.(이스라 장 97절과 하느님이 코란을 "서로 유사하게 하고 반복하게" 했다고 한 주마르 장 23절 등.) 코란의 계시 이후 삼백오십 년이 지났을 때 예루살렘 출신의 무타하르 이븐 타히르가 쓴 『기원과 역사』라는 책에 의하면, 이 문제에 관한 유일한 증거는, 마호메트가 "이름이나 모습, 혹은 하는 일이 나와 일치하는 누군가가 인도할 것이다."라고 말했다는 것이다. 결국 이 말은 하디스[69]와 다른 성전들에 관한 정보를 제공하는 증언으로 이어진다. 이로부터 다시 삼백오십 년 후, 이븐 바투타[70]가 『여행기』에다 사마라에 있는 시아 파들이 '시간의 현인' 묘소의 지하 통로에서 의식을 거행하며 그가 나타나기를 기다렸다고 언급한 것을 우리는 알고 있다. 삼십 년 후에 피루즈 샤가 자신의 서기에게 받아쓰게 한 바에 의하면, 그가 계시할 글자들의 비밀과 함께 그를 기다리는 불행한 사람들이 델리의 노랗고 먼지 낀 거리에 수천 명 있다. 또한 같은 해에 이븐 할둔이 과격 시아 파의 문서를 자세히 조사한 『서문』에서 이 점을 더욱 분명히 했다. 그는 다음과 같은 내용을 분명히 밝혔다. 그와 함께 닷잘, 혹은 유럽인들의 이해와 언어로 말하자면 예수의 적인 사탄이 나타나고, 종말과 구원의 날에 그가 닷잘을 죽이리라는 것이다.

놀라운 사실은, 한적한 아나톨리아 마을에 있는 집에서 꿈꾸었던 어떤 환상을 써 보낸 소중한 독자 메흐메트 일마즈도,

---

69) 마호메트의 언행을 기록한 것으로, 코란에 버금가는 권위를 지닌다.
70) Ibn Batuta(1304~1378). '아랍의 마르코 폴로'로 알려진 탐험가이자 여행가.

그보다 칠백 년 전 이 환상을 꿈꾸며 『마그레브의 불사조』를 쓴 이븐 아라비도, 그가 천백십일 년 전에 구원한 사람들을 이끌고 이스탄불을 기독교인들로부터 수복하리라는 것을 꿈에서 본 철학자 알 킨디도, 베이올루 뒷골목에 있는 잡화상의 실패, 단추, 나일론 스타킹 사이에서 그를 꿈꾸었던 여성 판매원도, 모두 위대한 구원자를 꿈꾸며 기다리면서도 그의 얼굴을 도무지 상상하지 못했다는 것이다.

하지만 우리는 닷잘의 모습은 잘도 상상한다. 알 부하리의 『예언자들의 생애』에 의하면 닷잘은 외눈박이에다 붉은 머리칼을 하고 있다. 『순례자』에 의하면 그 얼굴 위에 자신이 누구라고 쓰여 있다. 타얄리시에 의하면 닷잘은 목이 굵고, 이로부터 천 년 후에 이스탄불에서 환상을 꿈꾸었던 호자 니자메딘 에펜디의 『테브히드』[71]에 의하면 그는 눈이 빨갛고 몸집이 크다. 내가 신문사 신참 시절이었을 때, 아나톨리아에서 많이 읽혔던 신문 《카라괴즈》에 실린 터키 용사의 모험을 그린 만화에서, 닷잘의 입은 비뚤어져 있었다. 아직 정복되지 않았던 콘스탄티노폴리스의 미녀와 사랑을 나눈 우리 용사와 엄청난 계략을 부려 싸웠던(내가 화가에게 제의한 장면) 닷잘은 이마가 넓고, 코가 크고, 콧수염이 없었다. 닷잘은 우리 상상력을 이렇게나 생생하게 부추긴 데 반해서, 우리 모두가 기다려 온 구원자에 대해서는, 그를 생생하게 묘사했던 유일한 우리 작가인 의사 페리트 케말이 『르 그랑 파샤』를 남겼을 뿐이다. 프랑

---

71) 신의 존재와 총체성에 관해 쓴 운율시.

스어로 써서 1870년 출판했기 때문에, 우리들 중 일부는 이를 터키 문학의 손실이라고 보고 있다.

그를 온전히 묘사한 유일한 작품 『르 그랑 파샤』가 프랑스어로 쓰여 있어 터키 문학으로 여기지 않는 것은,《예배의 근원》혹은《위대한 동양》같은 동양주의 잡지에서, 러시아 작가 도스토옙스키가 『카라마조프가의 형제들』에 나오는 대심문관의 모델을 이 소책자에서 도용했다고 주장하는 것만큼 잘못되고 통탄할 일이다. 동양이 서양을, 서양이 동양을 도용했다는 영원한 전설에 대해 들을 때마다 항상 이런 생각이 든다. 우리가 세상이라고 하는 꿈의 세계가, 우리가 몽유병 환자처럼 어리둥절한 상태에서 문을 통해 들어가 버렸던 집이라면, 문학 역시 우리가 익숙해지고 싶어 했던 그 집의 방에 걸린 벽시계와 비슷하다.

1. 이 꿈이라는 집의 방에 있는 똑딱거리는 시계 중 하나만 시간이 맞고 나머지는 틀리다고 하는 것은 난센스이다.

2. 방에 있는 시계 중 하나가 다른 것보다 다섯 시간 빠르다고 하는 것도 난센스이다. 왜냐하면 같은 시계가 일곱 시간 늦다는 결론도 같은 논리로 나올 수 있기 때문이다.

3. 같은 이유로, 시계가 9시 35분을 가리킨 후 한참이 지나 다른 시계가 9시 35분을 가리키는 것을 보고, 두 번째 시계가 첫 번째 시계를 모방했다는 결론을 내리는 것도 난센스이다.

이백 권이 넘는 신비주의 책을 쓴 이븐 아라비는 코르도바에서 거행될 이븐 뤼쉬드의 장례식에 참석하기 일 년 전에 모로코에 있었다. 내가 위에서 언급한(식자공, 지금 이 부분이 칼럼의 위쪽에 있다면 '위'를 '아래'로 고치게!) 코란의 이스라 장에서 영감을 받아 글을 쓴 것도 바로 이때이다. 좀 더 구체적으로는, 마호메트가 어느 날 밤 예루살렘으로 인도된 이야기, 계단을(아랍어로 미라치) 통해 승천한 이야기, 천국과 지옥을 본 이야기에서(꿈) 영감을 받아 책을 썼다. 지금, 이븐 아라비의 안내로 그가 일곱 개의 천국과 구름 사이로 돌아다니면서 본 것과 거기서 만난 예언자들과 나눈 이야기를 읽고, 또 글을 쓸 당시(1198년) 그가 서른다섯 살이었다는 것을 알고서, 그의 꿈에 나온 소녀 니잠은 맞고 베아트리체는 틀렸다거나, 이븐 아라비는 맞고 단테는 틀렸다거나, 『이스라의 책과 아스라의 사당』은 맞고, 『신곡』은 틀렸다고 결론을 내리는 것은 조금 전 언급한 첫 번째 난센스의 예이다.

11세기 안달루시아의 철학자 이븐 투페일은 한 아이가 무인도에 떨어진 후 거기서 자연, 물체, 자신에게 젖을 먹인 사슴, 바다, 죽음, 하늘, '신성의 진실'을 알게 된다는 책을 썼다. 그러나 이 『하이 이븐 약잔』('독학의 철학자'라는 뜻)이 『로빈슨 크루소』보다 육백 년 앞섰다고 하거나, 『로빈슨 크루소』가 물건과 도구에 대해 더 세세하게 묘사했기 때문에 이븐 투페일이 대니얼 디포보다 육백 년 뒤처졌다고 하는 것은 두 번째 난센스의 예이다.

무스타파 3세 시절의 종교학자 하즈 외리위딘 에펜디는, 1761년 3월 어느 금요일 저녁에 한 수다스러운 친구가 그의

집을 방문하여 서재에 있는 웅장한 책장을 보더니 무례하고
도 부적절하게 "하지만, 선생! 책장도 선생의 이성처럼 어지럽
군요!"라고 하는 말을 듣고, 그 순간 영감에 휩싸여 그의 이
성도 호두나무 책장도 모두 제자리에 있다는 것을 주제로,
이 둘을 서로 비교하며 증명하여 긴 메스네비를 쓰기 시작했
다. 그가 이 작품에서, 두 개의 뚜껑이 달려 있고 두 개의 선
반과 열두 개의 서랍이 있는 멋진 아르메니아산 책장처럼, 우
리의 머릿속에도 시간, 장소, 숫자, 종이, 오늘날 '원인과 결과',
'실존', '필연성'이라고 하는 수많은 잡동사니를 저장하는 열두
개의 서랍이 있다고 한 것이, 독일 철학자 칸트가 순수이성의
12범주를 열거한 그 유명한 책을 출간한 것보다 이십 년 앞섰
다며, 칸트가 그를 모방했다는 결론을 내리는 것은 세 번째
난센스의 예이다.

의사 페리트 케말이 우리 모두가 기다려 온 그, 위대한 구
세주의 모습을 생생하게 그려 내면서, 백 년 후 동포들이 이런
난센스로 접근하리라는 것을 알았더라도 그리 놀라지 않았을
것이다. 왜냐하면 어차피 그의 삶은 자신을 꿈 같은 고요에
방치한 무관심과 무시의 후광으로 둘러싸여 있기 때문이다.
오늘날 그 어떤 사진에서도 볼 수 없는 그의 얼굴을, 몽유병자
의 환상 같은 얼굴처럼 겨우 상상할 수 있다. 그는 아편 중독
자였다. 그가 파리에 있는 자신의 많은 환자들을 자신처럼 아
편 중독자로 만들었다는 것을 압두르라흐만 쉐레프의 『신오
스만주의자[72]와 자유』라는 책에서(가치가 평가 절하된 책) 알
수 있다. 그는 1866년에(그렇다, 도스토옙스키가 두 번째로 유럽

여행을 하기 일 년 전) 모호한 반항과 자유라는 바람에 휩쓸려 파리로 갔다. 유럽에서 발행되는 신문 《자유와 밀고자》에 사설을 한두 편 썼다. 하지만 청년투르크당원들이 터키 황실과 화해하고 하나둘 이스탄불로 돌아갈 때도 그는 파리에 남았다. 다른 흔적은 없다. 책의 서문에 보들레르의 『인공 낙원』에 대해 언급했고, 내가 아주 좋아하는 드퀸시[73]에 대해 알고 있었을 것이므로, 아마도 아편을 복용하는 시도를 했는지도 모른다. 하지만 '그'를 설명한 책에는 이러한 경험이 아니라, 정반대로 오늘날 우리에게 반드시 필요한 강한 논리의 흔적이 보인다. 나는 이 글을, 이 논리를 조명하고, 우리 군대의 애국 장교들에게 『르 그랑 파샤』에 나오는 강력한 사상을 소개하기 위해서 쓰고 있다.

하지만 이 논리를 이해하기 위해서는 먼저 책의 분위기 속으로 들어가야 한다. 1870년 파리의 풀레 말라시 출판사에서 나온, 약간 두꺼운 누런 갱지에 인쇄하고 푸른 장정을 입힌 책을 상상해 보라. 구십 쪽밖에 되지 않는다. 당시의 이스탄불이 아니라 오늘날 볼 수 있는 석조 건물, 인도, 돌이 깔린 거리를 연상시키고, 당시의 석조 감옥과 19세기의 구식 고문 기계가

---

72) 국가 이념으로서 오스만주의 채택을 주장했던 지식인들로, 헌법 제정과 국회 구성을 주장했다. 오스만 제국 말기 술탄의 전제정치에 반대하고 유럽의 자유사상을 도입하기 위하여 저널리즘을 개척한 사람들이었으며, 주로 파리와 런던에서 활약했다.
73) Thomas De Quincey(1785~1859). 영국의 비평가, 수필가. 아편 사용자인 자신의 경험을 엮어 아편이 주는 몽환의 쾌락과 매력, 남용에 따른 고통과 공포를 이야기한 『어느 아편 중독자의 고백』이 대표작이다.

아니라 최근에 익숙해진 쥐구멍 같은 콘크리트 방(천장에 사람이 매달려 있고, 심문관과 전기 고문대가 있는)이 그려진 삽화(프랑스 화가 드 테니엘이 그린)를 상상해보라.

책은 한밤중, 이스탄불의 뒷골목을 묘사하며 시작된다. 야경꾼이 지팡이로 인도를 치는 소리와 먼 마을에서 개들이 싸우며 울부짖는 소리만 들려온다. 목조 가옥의 격자창에서는 한 줄기 빛도 새어 나오지 않는다. 난로 연통에서 나오는 희미한 연기는 지붕과 사원 돔 위에 내린 가녀린 안개와 섞인다. 이 깊은 정적을 깨고, 텅 빈 인도를 걷는 발소리가 들린다. 모두들 이 이상하고, 새롭고, 기대하지 않았던 발소리를 희소식처럼 듣고 있다. 스웨터를 몇 겹이나 껴입고 추운 침상에 들어갈 준비를 하는 사람들도, 겹겹이 덮은 이불 아래서 꿈을 꾸는 사람들도.

그다음 날은 전날 밤의 암울함은 사라지고 온통 햇빛의 축제이다. 모두들 그를 알아보았다. 그의 발자국으로 알 수 있었다. 모두들 결코 끝날 것 같지 않던 비참한 영원의 시간이 끝에 가까워졌음을 알았다. 그는 축제의 분위기 속에, 돌아가는 회전목마, 이제는 화해한 예전 원수들, 막대 사과 사탕과 마준[74]을 먹는 아이들, 함께 장난을 치고 노는 여자들과 남자들, 악기를 연주하고 춤을 추는 사람들 사이에 있다. 아름다운 날들로 데리고 갈 그는, 승리를 좇는 불행한 사람들 사이에서 걸어가는 우월한 구원자이기보다는 형제들 사이에서 걷

---

74) 생강과 계피를 넣은 부드럽고 쫀득쫀득한 사탕.

는 형이다. 하지만 그의 얼굴에는 어떤 회의, 어떤 생각, 어떤 예감의 그림자도 있다. 바로 이러한 때, 그가 이렇게 생각에 잠겨 거리를 걸을 때, 그랑 파샤의 측근들이 그를 붙잡아 돌로 둘러싸인 도시의 감옥에 감금한다. 그랑 파샤는 한밤중 손에 기름 등잔을 들고 그를 만나러 감옥으로 와서 밤새 이야기를 한다.

이 그랑 파샤는 누구인가? 나도 저자와 마찬가지로 독자들이 자유의지로 결론을 내리기를 바라기 때문에 그의 이름을 터키어로 번역하지 않겠다. 그가 파샤라는 것으로 보아 고위직 관리, 위대한 군인이나 계급이 높은 군인이라고 생각할 수 있다. 단호히 말하는 것으로 보아 철학가, 혹은 자신보다는 정부와 민족을 생각하는 우리 나라에서 자주 볼 수 있는 사람들을 일컫는 현자라고 생각할 수도 있다. 밤새 그 감방에서 그랑 파샤는 말하고, 그는 듣기만 했다. 그랑 파샤가 그를 할 말 없게 만든 논리와 말은 이렇다.

1. 모든 사람들처럼 나도 즉시 당신이 그라는 것을 알았다.(이렇게 그랑 파샤는 말문을 열었다.) 글자나 숫자에서 비밀을 찾거나, 하늘이나 코란에서 신호를 살피거나, 지난 수천 년 동안 당신의 이름하에 이루어진 예언에 의존할 필요도 전혀 없었다. 나는 대중들의 얼굴에 나타난 기쁨과, 승리로 인한 흥분을 보고는 당신이 그라는 걸 알았기 때문이다. 지금 그들은 자신의 고통과 슬픔을 잊게 하고, 잃어버렸던 희망을 되찾게 하고, 승리에서 다시 승리로 뛰어가게 만들어 주기를 당신에

게 기대하고 있다. 그런데 당신은 이러한 것들을 그들에게 줄 수 있는가? 수백 년 전에 마호메트는 절망에 빠진 사람에게 희망을 줄 수 있었다. 그의 칼로써 그들을 승리에서 승리로 뛰게 해 주었던 것이다. 하지만 오늘날 나의 믿음이 무엇이든 간에, 이슬람 적들의 무기는 우리보다 훨씬 강력하다. 군사적 승리는 불가능하다! 자신을 그라고 소개한 가짜 메시아들이 인도와 아프리카에서, 영국인들과 프랑스인들에게 말썽을 일으켰다가 짓밟혀 사라지고, 결국 더 심각한 파멸의 원인이 되었다는 것으로 이 사실이 확인되지 않았더냐?(이를 설명한 페이지들에는 단지 이슬람뿐만 아니라, 동양이 서양에 대항해 커다란 승리를 거두는 것은 이제 환상일 뿐임을 보여 주는 군사적, 경제적 비교도 들어 있다. 그랑 파샤는 서양의 부(富)와 동양의 빈곤을 사실주의 경제학자가 하는 것처럼 정직하게 비교하고 있다. 그는 사기꾼이 아니라 정말로 그이기 때문에, 암울하게 그려진 그 그림을 슬픔에 잠겨 말없이 인정하고 있다.)

2. 하지만 이는 물론 가슴 아프도록 가난하고 불행한 사람들에게 승리의 희망을 줄 수 없다는 의미는 아니다.(이렇게 그랑 파샤는 말을 이었다. 자정이 훨씬 지나 있었다.) 우리는 단지 외부의 적에 대항해 싸울 수만은 없다. 내부의 적은 어떠한가? 모든 빈곤과 아픔의 원천인 우리 내부에 있는 죄인들, 고리대금업자들, 흡혈귀들, 잔인한 사람들, 자신들을 일반 시민처럼 속이는 사람들이 아닐까? 오로지 우리 내부에 있는 적에 대항해 싸울 전쟁만이 불행한 형제들에게 승리와 행복에 대한 희망을 줄 수 있다는 것을 당신도 알겠지? 그렇다면, 이 전쟁

이 용감한 군인이나 이슬람 투사가 아니라, 밀고자나 사형집 행인, 경찰, 고문하는 사람들과 함께 벌일 전쟁이라는 것을 당신도 안다는 뜻이다. 절망적인 사람들에게 빈곤에 책임이 있는 죄인을 보여 주고 그의 머리를 짓이겨야만 그들은 천국이 지상으로 내려왔다는 것을 믿을 것이다. 우리가 근자 삼백 년 동안 한 일도 오로지 이것이다. 우리 형제들에게 희망을 주기 위해 우리 가운데에 있는 죄인을 보여 주었다. 빵만큼이나 희망도 원하는 그들은 믿었다. 죄인들 중 가장 영리하고 가장 단호한 사람은 이 모든 것이 이루어지는 논리를 알았기 때문에, 자신들의 죄에 대해 판결이 내려지기 전에, 물론 죄라는 게 있다면, 그들의 불행한 형제들에게 조금이라도 더 희망을 안겨 주기 위해 작은 죄를 열 배로 부풀려 자백했다. 우린 때론 그들 중 일부를 용서해 주었다. 그들은 우리에게 동참해 죄인 사냥을 나갔다. 희망은 코란처럼 단지 우리의 영적인 행복뿐만 아니라 세속적인 삶도 지탱하게 만든다. 왜냐하면 우리는 일용할 빵을 제공하는 곳에서 희망과 자유 역시 기대하기 때문이다.

3. 나는 당신이, 당신에게 기대하는 이 모든 어려운 일을 완수할 정도로 단호하며, 대중 속에서 죄인들을 눈 하나 깜짝하지 않고 끌어낼 정도로 공정하며, 기꺼이 하지는 않겠지만 그들을 고문할 정도로, 모든 일을 감내할 정도로 강하다는 것을 알고 있다. 왜냐하면 당신이 그이기 때문이다. 하지만 오로지 이 희망만으로 언제까지 대중들을 미혹시킬 수 있느냐? 사람들은 시간이 지나도 상황이 더 좋아지지 않는 것을 알 것

이다. 손에 들고 있는 빵이 커지지 않으면 당신에 대한 희망도 사라지기 시작할 것이다. 그렇게 되면, 책과 두 세계에 관한 그들의 믿음도 다시 사라지기 시작할 것이고, 하루 전에 경험했던 깊은 비관, 부도덕, 정신적 빈곤에 다시 휩쓸릴 것이다. 최악의 것은, 당신을 의심하고, 당신을 혐오하기 시작할 거라는 사실이다. 밀고자들은 사형집행인들에게, 부지런한 고문관들에게 기꺼이 양도했던 죄인들에 대해 양심의 가책을 느끼기 시작할 것이다. 경찰과 간수는 자신들이 했던 무의미한 고문으로 너무나 지쳐서, 마지막 방법으로도, 당신이 그들에게 주려고 했던 희망으로도 그들을 미혹시킬 수 없을 것이다. 교수대에 포도처럼 주렁주렁 매달아 버렸던 불운한 사람들이 헛되이 희생되었다는 결론에 도달할 것이다. 그 심판의 날에, 그들은 더 이상 당신이 해 준 이야기도 믿지 않으리라는 것을 당신은 알 것이다. 하지만 그보다 더 나쁜 것도 당신은 알 것이다. 모두 함께 믿을 수 있는 이야기가 남아 있지 않으면, 모두들 하나하나 자신들의 이야기를 믿기 시작할 것이다. 모든 사람들은 각자 자신만의 이야기를 갖게 될 것이고, 모두들 자신의 이야기를 하고 싶어 할 것이다. 번잡한 도시의 더러운 골목에서, 도무지 정리되지 않는 진흙탕 광장에서, 수백만 명의 가련한 사람들은 머리 주위에 불행의 후광을 지니듯이, 자신들이 지닌 이야기들과 함께 마치 몽유병자들처럼 슬프게 돌아다닐 것이다. 그러면 그들의 눈에 당신은 그가 아니라 닷잘이 될 것이고, 닷잘도 당신이 될 것이다! 이번에는 사람들이 당신의 이야기가 아니라 닷잘의 이야기를, 그의 이야기를 믿고 싶어 할 것이다. 닷잘은 승리하여 돌아온 나, 혹은 나와 같은 사람일 것이다. 그도 이 불행한 사람들에게 당신이 수년 동안 그들을 속였으며, 그들에게 희망이 아니라 거짓말을 접종했고, 사실은 당신이 그가 아니라 닷잘이라고 말할 것이다. 어쩌면 이런 말을 할 필요도 없을 것이다. 오랫동안 닷잘 혹은 당신이 자신을 속였다는 결론을 내린 불행한 사람은, 한밤중, 어두운 거리에서, 총알도 뚫지 못할 거라 생각했던 육화된 당신의 몸에, 방아쇠를 당겨 버릴 것이다. 이렇게 해서 그들은, 당신이 오랫동안 그들에게 희망을 주고, 오랫동안 그들을 속였기 때문에, 이제 익숙해져서 사랑하게 되어 버린 진흙탕의 거리, 더러운 인도 한 곳에서 어느 날 밤 당신의 시체를 발견할 것이다.

15장
눈 오는 밤의 사랑 이야기

한가한 사람들, 동화를 좇는…….
— 루미, 『메스네비』

튀르칸 쇼라이 닮은꼴의 방에서 나와 얼마 지나지 않아, 갈립은 시르케지에서 갈라타사라이로 갈 때 함께 택시를 탔던 남자, 흑백영화에서 금방 튀어나온 듯한 남자를 보았다. 갈립이 베이올루 경찰서 앞에 서서 어디로 갈지 결정을 내리지 못하고 있는데, 순찰차가 푸른색 등을 깜박이며 모퉁이를 돌아 인도로 접근했다. 그러고는 순찰차의 문이 다급히 열리더니 경찰 두 명이 한 남자를 끌고 나왔고, 갈립은 그를 곧장 알아보았다. 흑백영화에서 나온 듯한 분위기는 사라지고 범죄자의 푸른빛이 감돌고 있었다. 온갖 공격에 대비해 경찰서를 환하게 밝히고 있는 밝은 빛 속으로 들어서자 입 근처에 핏자국이 보였으나, 그는 닦으려고도 하지 않았다. 택시 안에서도 꼭 안고 있던 서류 가방은 경찰의 손에 들려 있었다. 그는 체념한 듯 걸어갔지만, 앞을 똑바로 보는 것이, 자신의 삶에 무척이나 만족하는 사람처럼 보였다. 그는 경찰서 외부 계단에서 갈립을 보더니 소름 끼치는 미소를 지었다.

"안녕하십니까, 선생!"

"안녕하십니까."

갈립은 주저하며 대답했다.

"누구야?"

경찰 하나가 갈립을 가리키며 물었다.

남자를 경찰서 안으로 떠밀면서 들여보냈기 때문에 뒷말은 들을 수 없었다.

간선도로로 나갔을 때는 1시가 지난 새벽이었지만 여전히 사람들이 눈길을 오르내렸다. 영국 영사관과 평행하게 나 있는 길에는, 오로지 돈을 쓰기 위해 온 아나톨리아의 지주뿐 아니라 지식인도 출입하는 가게가 밤새 영업을 하는 모양이라고 갈립은 생각했다. 이런 이야기는, 조롱하듯이 이런 곳을 언급하는 예술 잡지를 읽고 뤼야가 전해 주었다.

갈립은 전에 토카틀르얀 호텔이 있었던 건물 앞을 지나다가 이스켄데르와 우연히 마주쳤다. 입에서 나는 냄새로 보아 라크를 엄청나게 마신 모양이었다. BBC 텔레비전 프로그램 제작팀을 저녁에 페라 팔라스 호텔에서 데리고 나와서 '이스탄불에서의 천하루 밤 여행'을(쓰레기통을 파헤치는 개들, 마약과 카펫 상인들, 배가 나온 벨리 댄서들, 나이트클럽 불량배들) 시켜 주고, 뒷골목에 있는 나이트클럽으로 데려갔다고 했다. 서류 가방을 든 이상하게 생긴 남자가, 무슨 말인가를 한 어떤 사람에게(이스켄데르 일행이 아니라 근처에 앉은 다른 사람) 화를 냈고 결국 경찰이 와서 그 남자를 끌고 갔으며, 상대방은 창문을 넘어 도망쳤다고 했다. 소동이 끝나고 다시 사람들이 테이블을 채운 후 즐거운 밤이 시작되었는데, 갈립도 합류하고 싶은지 물었다. 갈립과 이스켄데르는 필터 없는 담배를 찾아 베이올루 거리를 돌아다니다가, 나이트클럽이라는 간판이 걸린 곳으로 들어갔다.

즐거움과 소음과 무관심이 갈립을 맞았다. 영국 기자들 중에서 아름다운 여자 하나가 이야기를 하는 중이었다. 터키 클래식 음악 합주단의 연주가 끝나고, 마술사가 상자 속에서 상자를, 그 상자 속에서 다른 상자를 꺼내면서 묘기를 시작했다. 여자 조수는 다리가 휘어졌고 아랫배에는 제왕절개수술 자국이 있었다. 그 여자는 아기가 아니라, 자기가 들고 있는 졸린 토끼를 낳을 수 있을 것만 같았다. 마술사가 전설적인 터키 마술사 자티 순구르의 '사라진 라디오' 묘기를 선보인 후, 상자 속에서 상자를 꺼내기 시작하자 주의는 다시 산만해졌다.

테이블 한쪽 끝에 앉은 영국 여자가 하는 이야기를 이스켄데르가 터키어로 통역해 주었다. 갈립은 놓쳐 버린 앞부분을, 그녀의 의미심장한 얼굴을 보고 알 수 있을 거라 기대하며 들었다. 아홉 살 때부터 자신을 알고 또 사랑해 온 남자로 하여금 확실한 사실을, 잠수부가 해저에서 건져 올린 비잔틴 주화에 새겨진 얼굴에서 읽은 의미를 받아들이게 하려는 어떤 여자의(갈립은 이야기를 하는 그 여자라고 생각했다.) 이야기였다.

여자는 그 의미를 자명하게 보았지만, 남자는 여자를 향한 사랑의 열정에 눈이 멀어 그것을 함께 보려 하지 않았다. 그는 단지 사랑의 시만을 쓸 뿐이었다.

"이렇게 해서 이 사촌들은 결혼했다. 모두 잠수부가 해저에서 가져온 주화 덕분이었다. 그러나 주화에 새겨진 얼굴의 불가사의한 암호가 여자의 삶을 송두리째 바꿔 버렸음에도 남자는 전혀 눈치채지 못했다."

이스켄데르는 이렇게 통역했다.

여자는 죽을 때까지 탑에서 혼자 살아야 했다.(갈립은 여자가 문제의 그 남자를 떠났다고 생각했다.) 이야기가 끝나자, 테이블은 정중한(갈립이 보기에는 바보 같은) 침묵에 휩싸였다. 아름다운 여자가 바보 같은 남자를 떠났다고 모두들 갈립처럼 기뻐하기를 바라는 것은 잘못일지도 모른다. 어쩌면 시작부터 이야기를 듣지 않아 다르게 느끼는지도 모른다. 하지만 갈립은 그 '아름다운 여자'의 아름다움과 절반만을 들었던 이야기의 '비극적인 결말'이(왜냐하면 그들이 가식적이며 바보 같은 정적에 휩싸였기 때문에) 우스워 보였다. 이야기가 끝났을 때, 갈립은 그 여자가 아름답다기보다는 상냥할 뿐이라는 결론을 내리고 싶었다.

이후 키 큰 남자가 이야기를 시작했다. 이스켄데르가 설명해 준 대로라면, 갈립도 그 이름을 여기저기서 들었던 작가였다. 안경을 낀 그 남자는 어떤 작가 이야기를 할 테니, 자기 이야기라고 생각하지 말아 달라고 경고했다. 말하는 내내 이상한 미소를 짓는 걸로 봐서, 약간 부끄러워하는 듯 보이기도 하고 사람들과 가까워지고 싶은 듯도 보였으므로, 갈립은 그의 의도를 파악하기 힘들었다.

오랜 세월 동안 집에 혼자 틀어박혀 아무에게도 보여 주지 않았던 소설, 보여 주었더라도 아무도 출판하지 않을 장편소설을 썼던 작가에 대한 이야기였다. 이 작품에(당시에는 작품도 아니었지만) 너무나 집착한 나머지 문을 닫아걸고 혼자 지내는 것이 습관이 되어 버렸다. 사람들과 어울리는 것을 좋아하지 않거나 그들의 삶의 방식이 싫어서가 아니라, 책상에서 도무지 떠날 수 없었기 때문이었다. 그러나 책상 앞에서 너무나 오랜 시간을 보내면서, 사회생활의 기술을 완전히 잊어버렸고, 어쩌다 한번 사람들 사이에 끼게 되어도 당황하여 한구석으로 물러난 채 책상 앞으로 돌아갈 시간만 기다리곤 했다. 책상에 앉아 매일 열네 시간 이상을 보낸 후, 아침 무렵, 도시의 사원 첨탑과 언덕에서 그날의 첫 기도 소리가 들려오기 시작하면, 작가는 침대로 들어가서, 오랜 세월 동안 단 한 번, 그것도 우연히 보았던 여인을 그려 보곤 했다. 사람들이 말하는 사랑이나 성적인 감정이 아니라, 오직 외로움의 반대가 될 수 있는 상상 속의 동지 같은 그리움으로 여인을 갈망했다.

'사랑'에 대해 아무것도 알지 못하고 단지 책에서만 읽었으며, '성적'인 문제도 별로 흥미롭게 여기지 않던 작가는, 너무나 아름다운 여자와 마침내 결혼하게 되었다. 비슷한 시기에 책도 출판되기 시작했다. 하지만 책도 결혼도 그의 일상에 별로 영향을 주지 않았다. 여전히 작가는 하루 열네 시간을 혼자 책상에 앉아, 정성 들여 문장을 만들거나 새하얀 종이를 뚫어지게 바라보며 새로운 소설에 들어갈 세부 사항들을 구상했다. 유일한 변화라면, 아침 무렵 침대에 들어갈 때 아름답고 고요한 아내가 꾸는 꿈과 자신이 기도 소리를 들으며 상상한 꿈의 연결 고리였다. 아내 곁에 누워 환상을 꿈꿀 때, 작가는 자신의 꿈과 아내의 꿈 사이에 어떤 연관이 있는 것처럼 느꼈다. 마치 숨을 들이마시고 내쉴 때 무의식적으로 자리 잡는, 절도 있는 음악의 강약을 떠올리게 하는 조화였다. 작가는 새로운 삶에 만족했다. 오랫동안 홀로 지냈지만 다른 사람 곁에서 자는 것이 어렵지 않았다. 그는 아름다운 여자의 숨소리를 들으며 환상을 꿈꾸는 것을, 자신들의 꿈이 서로 섞인다고 믿는 것을 좋아했다.

어느 겨울날, 아내가 이렇다 할 이유나 핑계도 대지 않고 떠나 버리자, 작가에게는 힘든 시기가 시작되었다. 아침 기도 소리를 들으며 침대에 누워도, 도무지 옛날처럼 꿈을 꿀 수 없었다. 결혼 전과 결혼 생활 중에 쉽게 상상을 하며 평안하게 꿈꾸었던 환상이 이제는 흐릿하고 앞뒤가 맞지 않게 되었고, 기발하지도 않았다. 의도한 대로 쓰이지 않는 소설처럼, 그의 꿈 속에 잠겨 있는 어떤 비밀이 드러나기를 거부한 채 그를 막다른 골목으로 이끌어, 그의 무능력을 확인하고 그의 혼란과 타협하게 하는 것만 같았다. 아내가 떠난 지 얼마 되지 않았던 시기에 작가의 꿈은 너무나 나락으로 떨어져 버렸고, 매일 아침 기도 소리와 함께 잠들던 작가는, 새가 나무에서 지저귀기 시작하고, 갈매기들이 밤마다 모여들던 도시의 지붕에서 떠나고, 쓰레기차와 새벽 첫 버스가 지나가고 많은 시간이 흘러도 잠을 이룰 수 없었다. 설상가상으로 작가의 이런 꿈과 수면 부족은 그가 쓰고 있는 글에도 영향을 미쳤다. 스무 번이나 다시 써도, 가장 단순한 문장에조차 자신이 원하는 생명을 불어넣을 수 없었다.

그의 모든 세계를 휘감은 이 침울함에서 벗어나기 위해 작가는 많은 노력을 했으며, 새롭게 엄격한 규율을 세워 그 안에 자신을 집어넣었고, 예전 꿈의 조화를 찾기 위해 그 꿈들을 일일이 기억하려고 안간힘을 썼다. 몇 주가 지난 후, 아침 기도 소리가 들리고 잠자리에 든 바로 직후, 몽유병 환자처럼 일어나 책상에 앉아 자신이 원하던 생생함과 아름다움이 있는 문장을 쓰기 시작했고, 자신이 슬럼프에서 빠져나왔다는 것과 이렇게 하기 위해 무의식적으로 어떤 이상한 속임수를 썼다는 것을 깨달았다.

아내가 떠나 버린 남자, 더 이상 자신의 꿈을 꾸지 못하는 작가는, 예전의 자신, 누구와도 침대를 함께 쓰지 않는 자신, 아름다운 여자의 꿈과 자신의 환상을 섞지 않던 예전의 자신을 꿈꾸었다. 이제는 과거가 되어 버린 자신을 너무나 힘을 들여 너무나 집중적으로 꿈꾸어, 그는 결국 상상했던 그 사람의 자리로 돌아갔다. 이렇게 해서 그는 다시 환상을 꿈꾸기 시작하면서 평온하게 잠들 수 있었다. 얼마 지나지 않아 이 두 명이 동시에 존재하는 이중생활에 익숙해졌기 때문에, 상상하거나 글을 쓰기 위해 자신을 강요할 필요도 없었다. 그는 같은 담배로 재떨이를 채우고, 같은 컵으로 커피를 마시며, 다른 사람이 되어 글을 썼다. 같은 침대에서, 같은 시간에, 자신의 과거의 유령으로 변해 편히 잠잘 수 있었다.

어느 날, 아내가 이렇다 할 이유나 핑계도 대지 않고 자신에게(그녀의 표현으로는 '집으로') 돌아오자 작가에게는 다시 익숙하지 않은 힘든 시기가 시작되었다. 왜냐하면 처음 버림을 받았을 때 그의 꿈에 나타난 불확실성이 그의 온 삶에 스며들어 버렸기 때문이었다. 겨우겨우 잠이 들지만 악몽으로 깨어났고, 과거의 정체로도 새로운 정체로도 평온을 찾지 못한 채, 이 둘 사이에서, 마치 집으로 가는 길이 헷갈린 취객처럼 헛되이 돌아다녔다. 불면의 밤을 지새우던 어느 날 아침, 작가는 침대에서 일어나 베개를 들고 라디에이터와 먼지 냄새가 나는 책상과 종이가 있는 방으로 갔다. 그곳에 있는 긴 의자에 구부리고 눕자 곧바로 깊은 잠에 빠졌다. 그날 아침 이후부터는 조용하고 비밀스러운 아내의 곁에서 그녀의 이해할 수 없는 꿈과 함께 잠들지 않고, 계속 거기에서, 책상과 종이 옆에서 잠을 잤다. 깨어나자마자 비몽사몽간에 책상에 앉아, 꿈의 연장선처럼 보이는 자신의 소설을 평온하게 써 나갈 수 있었다. 하지만 지금은 그를 두렵게 하는 다른 고민이 있었다.

아내가 떠나기 전에 그는 서로의 삶을 바꾼, 서로 닮은 두 사람에 관한 책[75]을(독자들이 '역사적'이라고 했던) 썼다고 한다. 그리하여 이후 평온하게 잠을 자고 글을 쓰기 위해 과거의 정체에 감싸인 작가는 이 소설을 쓴 사람이 되었다. 그가 다시 처음의 그로 돌아왔을 때, 그는 자신의 미래와 자신이 보이지

---

75) 오르한 파묵의 소설 『하얀 성』을 암시한다.

않았는데, 그는 이 둘에 대해 처음부터 다시 쓰고 있는 자신을 발견했다! 모든 것이 다른 것들의 복제물이고, 모든 사람들이 자기 자신이자 자신의 모조물이며, 모든 이야기가 다른 이야기로 전개되는 그 세계가 너무도 사실처럼 보여서, 이렇게 '사실적인' 이야기는 아무도 읽지 않을 것만 같아서, 쓸 때도 재미있고 독자들도 즐길 수 있는 비현실적인 세계를 만들어 내기로 했다. 그때부터, 아름답고 신비로운 아내가 침대에서 조용히 잠을 자는 한밤중에, 도시의 어두운 골목, 가로등이 깨진 뒷골목, 비잔틴 시대의 유물인 지하 통로, 찻집, 술집, 마약 중독자들이 모이는 나이트클럽을 돌아다녔다. 이런 곳을 다니면서 관찰할수록 그가 '우리 도시'라고 상상했던 모든 것이 실제 현실임을 알게 되었다. 이 세계가 한 권의 책이라는 것이 증명되었다. 삶의 책 속으로 들어간 그는, 매 순간 발견하는 새로운 얼굴, 새로운 간판, 새로운 이야기에 기뻐하며 더 오랜 시간을 거리를 돌아다니며 보냈다. 그러나 이런 시간이 길어질수록 침대에 잠들어 있을 아름다운 아내와 돌보지 않고 책상 위에 놓아둔 쓰다 만 이야기로 돌아가는 것이 두려워졌다.

그렇게 이야기는 끝났다. 사랑보다는 외로움, 이야기보다는 사람에 관한 이야기였기 때문에 침묵이 찾아왔다. 모두들 '이유 없이 버림받는 것'에 대한 기억이 있기 때문에, 이 작가의 아내가 왜 그를 떠났는지 궁금해할 거라 갈립은 생각했다.

다음으로 이야기를 시작한 술집 여자는, 자신의 이야기가 사실이라고 몇 번이나 강조했다. 단지 터키뿐만 아니라 전 세계에 본보기가 되었으면 했기 때문에 '우리 관광객 친구들'도 이 점을 충분히 이해하고 있는지 확인하고 싶어 했다. 이야기는 그리 멀지 않은 과거에, 이 나이트클럽에서 시작되었다. 두 사촌은 몇 년 만에 나이트클럽에서 우연히 만났고, 서로에 대한 어린 시절의 열정이 다시 불타올랐다. 여자는 술집 여자, 남자는 건달이었기(여자는 관광객들에게 '그러니까 포주'라고 말했다.) 때문에 명예 살인[76]의 이유도 없었다. 그 당시는 나이트클럽도 나라처럼 조용했다. 젊은이들은 거리에서 서로에게 총질을 하는 대신 볼에 입맞춤을 했다. 명절에는 서로에게 폭탄이 아니라 사탕이 든 꾸러미를 보냈다. 여자와 남자는 행복했다. 여자의 아버지가 갑자기 죽은 후에는 같은 집에 살기 시작했다. 하지만 침대는 따로 썼으며, 결혼할 날만을 학수고대했다.

결혼식 날, 그 여자와 모든 베이올루의 술집 여자들은 화장을 하고 옷을 차려입고 향수를 뿌렸다. 남자는 이발소에 가서 이발을 하고 수염을 깎은 후 밖으로 나오다가 대로에서 기가 막히게 아름다운 여자에게 사로잡히고 말았다. 한순간 그의 혼을 다 뺏은 여자는 그를 자신이 머물고 있는 페라 팔라스 호텔로 데려갔고, 오랫동안 만족스러운 사랑을 나눈 후 자신의 비밀을 털어놓았다. 이 불운한 여자는 이란 왕과 영국 여

---

76) 이슬람권에서 순결이나 정조를 잃은 여성 또는 간통한 여성을 상대로 자행되어 온 관습으로, 집안의 명예를 더럽혔다는 이유로 남편 등 가족 가운데 누군가가 해당 여성을 살해하는 것을 말한다. 살해한 가족은 붙잡혀도 가벼운 처벌만 받기 때문에 이슬람 국가에서 공공연하게 저질러졌다.

왕의 사생아였다. 그녀는 하룻밤의 정사 이후 자신을 버린 어머니와 아버지에게 복수를 하기 위한 거대한 계획의 일환으로 터키에 왔다. 그녀는 이 젊은 건달을 통해 절반은 국가 정보국에, 절반은 비밀 경찰 기구에 있는 지도를 손에 넣으려 했다.

열정의 불길로 타오르는 이 젊은 건달은 그녀에게 양해를 구하고 결혼식이 열릴 나이트클럽으로 뛰어갔다. 하객들은 가 버리고 여자는 한구석에서 울고 있었다. 그는 먼저 여자를 위로한 후, 어떤 '국가적인 소송'과 관련된 일을 추적하는 중이라고 말했다. 결혼을 연기한 그들은 술집 여자, 벨리 댄서, 술집 마담, 술루쿨레 지역의 집시에게 소식을 넣어 비리에 익숙한 이스탄불 경찰들을 하나하나 포섭했다. 그러나 드디어 둘로 나누어진 지도 조각을 손에 넣고 합쳤을 때, 그녀는 사촌이 자신을(그리고 같이 애써 준 다른 이스탄불 여자들을) 가지고 놀았으며 이란 왕과 영국 여왕의 딸에게 빠졌다는 것도 알게 되었다. 그녀는 무너진 마음을 추스른 후 왼쪽 브래지어 속에 지도를 숨기고, 가장 싸구려 창녀와 파렴치한 남자가 가는 쿨레디비 사창가로 숨어 버렸다.

사촌은 심술궂은 공주의 명령을 받아 이스탄불을 샅샅이 뒤지기 시작했다. 그녀를 찾아다닐수록, 자신이 사랑하는 사람은 찾게 만든 사람이 아니라 찾고 있는 사람, 다른 어떤 여자가 아니라, 공주가 아니라 어린 시절의 사촌이라는 것을 알게 되었다. 결국 쿨레디비에 있는 사창가에서 어린 시절의 사랑이, 나비넥타이를 맨 어떤 부유한 남자에 대항하여 '자신의 순수성을 보호하기 위해' 온갖 기교를 다 부리는 것을 거울에

뚫려 있는 구멍을 통해 들여다보고는 문을 부수고 들어가 여자를 구해 냈다. 구멍에 대고 애태우며 바라보았던 눈(반라의 연인이 피리를 부는 모습을 보았던) 위에는 고통으로 인해 커다란 사마귀가 생겨났고, 다시는 없어지지 않았다. 여자의 왼쪽 가슴 아래에도 이와 똑같은 사랑의 표시가 있었다. 경찰과 함께 페라 팔라스 호텔로 잠입하여 표독스러운 계집을 붙잡았을 때, 남자 잡아먹는 그 여자의 옷장 서랍에서 수만 명의 순진한 젊은이들이 다양한 포즈로 찍은 전라 사진이(정치적 협박용으로 썼던) 나왔다. 또한 낫과 망치 그림이 들어 있는 성명서, 마지막 술탄의 유서, 비잔틴 십자가 마크가 위에 새겨져 있는 터키를 분할할 마스터플랜은 물론이고 텔레비전에서 테러리스트들과 함께 보여 주었던 책 수백 권이 발견되었다. 경찰은 이 여자가 마치 매독 같은, 터키 내 테러 유입에 책임이 있다는 것을 알면서도, 벌거벗은 채 '곤봉'을 들고 있는 경찰의 사진이 수없이 나왔기 때문에, 신문에 기사화되기 전에 사건을 은폐해 버렸다. 사촌들의 결혼 소식이 사진과 함께 기사화되는 것만은 허락했다. 이 이야기의 당사자인 술집 여자는, 목에 여우 털이 달린 멋진 외투를 입고 지금도 달고 있는 진주 귀걸이를 건 사진이 실린 신문 조각을 가방에서 꺼내 돌려 보라고 했다.

잠시 후, 사람들이 자신의 이야기를 의심하고 게다가 가끔씩 미소를 짓는 것을 보자, 여자는 화를 내면서 자신이 설명한 것이 사실이라며 누군가를 불렀다. 희생자의 수많은 부도덕한 사진을 찍었던 공주의 사진사가 여기 있었던 것이다. 술집 여자가 테이블로 다가온 회색 머리 사진사에게, 멋진 이야기를 해 주면 '손님들'이 그 대가로 사진도 찍고 팁도 두둑하게 줄 거라 하자, 늙은 사진사는 곧바로 이야기를 시작했다.

지금부터 최소한 삼십 년 전, 그의 작은 스튜디오에 하인 하나가 찾아와 쉬쉬리 전찻길 근처에 있는 집으로 사진사를 데려갔다. 그는 사교 파티에 더 적당한 사진사들이 많은데도 왜 나이트클럽 사진사로 알려진 자신을 불렀는지 궁금해하면서 그 집으로 갔다. 사진사를 맞이한 젊고 아름다운 과부는 그에게 '사업상의 거래'를 제안했다. 베이올루 나이트클럽에서 사진을 찍어 아침에 갖다주면 많은 돈을 주겠다는 것이었다.

사진사는 호기심 반으로 수락했다. 이 사업상의 거래 이면에 사랑 이야기가 있다는 느낌이 들어서 아름답지만 약간 사시에 피부가 검은 여자를 최대한 가까이에서 관찰해 보기로 했다. 그러나 그는 두 해가 지난 후에야 그녀가 예전에 알았거나 사진에서 보았던 어떤 특정한 남자를 찾는 것이 아니라는 것을 알았다. 매일 아침 그녀가 자신의 손에 들어온 수백 장의 사진 속에서 골라, 다른 포즈나 확대한 사진을 원했던 남자들은 얼굴도 나이도 전혀 달랐기 때문이다. 몇 년이 지나고, 약간은 동업 때문에 생긴 친밀감, 약간은 비밀을 공유하는 믿음으로 그녀는 사진사에게 털어놓았다.

"이 공허한 얼굴들, 이 무의미한 표정들! 거기서는 아무것도 읽을 수가 없어요! 더 이상 이런 사진들을 가져오지 말아요, 쓸모없으니까. 그들에게서는 어떤 의미도 어떤 글자도 볼 수가 없어요!"

그는 다른 포즈를 취한 사진을 보여 주었지만, 그들에게서도 아무것도 읽을(여자는 이 단어를 매우 강조했다.) 수가 없다고 여자는 말했다.

"얼마나 슬퍼 보여요! 얼마나 풀 죽어 보여요! 나이트클럽이나 술집에서도 이렇다면, 세상에! 그들이 사무실로, 지루한 계산대로, 공무원 책상으로 돌아갔을 때는 그 얼굴이 얼마나 공허할지 상상해 봐요!"

하지만 그 두 사람에게 희망을 주는 한두 가지 경우를 전혀 만나지 못한 것은 아니었다. 한번은 늙은 남자의(나중에 알아보니 보석상이었던) 주름이 가득한 얼굴에서 여자는 오랫동안 곰곰이 생각했던 어떤 의미를 읽었다. 하지만 그 의미는 너무 오래되고, 너무 정체되어 있었다. 이마의 주름과 눈 아래에 있는 풍부한 글자들은, 항상 자신을 반복할 뿐 이제는 그 어떤 것도 조명하지 않는 닫힌 의미의 마지막 후렴구들이었다. 한번은 현재를 가리키고 힘 있는 글자로 생생하게 살아 있는 얼굴을 만났고, 이 남자의(회계원) 사진들을 확대하여 그의 폭풍우 치는 얼굴에 흥분했는데, 어느 어두운 아침에 여자는 신문에 나온 이 회계원의 커다란 사진과 '2천만 리라 횡령'이라는 헤드라인을 보여 주었다. 콧수염 난 경찰 사이에 서서 평온하게 카메라를 바라보는 그는 편안해 보였고, 범죄와 위법의 흥분이 끝나 버린 그의 얼굴은 헤너를 바른 희생양의 얼굴처럼 텅 비어 보였다.

여기까지 듣고 나서, 테이블에 앉아 있던 사람들은 당연히 진짜 사랑은 사진사와 여자 사이의 사랑이라고 속삭이며 눈

짓을 주고받았지만, 사진사는 새로운 영웅을 등장시키며 이야기를 끝맺었다. 어느 시원한 여름 아침, 복잡한 나이트클럽 테이블에 앉아 있는 남자의 사진에서, 여자는 무의미한 얼굴들 사이에서 빛나는 그 얼굴을 발견하고는 십일 년 동안의 조사가 절대 헛되지 않았음을 확신했다. 그날 밤, 그는 다시 나이트클럽으로 가서 그 멋진 젊은 남자의 사진을 여러 장 찍었으며, 여자는 그 얼굴에서 단순하고 분명한, 아주 순수한 의미를 읽을 수 있었다. 바로 사랑이었다. 그 남자의(알아본 바로는 서른두 살이며 카라쾨뢰에 있는 작은 가게에서 시계를 수리했다.) 깨끗하고 환한 얼굴에 세 개의 라틴어 문자가 확연히 새겨져 있어서, 그녀는 너무나 선명하게 그 의미를 읽을 수 있다며, 사진사가 그에게서 아무것도 보지 못하는 것을 믿지 못했다. 그 얼굴에서 아무것도 안 보인다면 그가 눈이 먼 게 틀림없다고 그녀는 화를 냈다. 그녀는 그날 하루 종일 중매쟁이 앞에 처음으로 나서는 신부처럼 떨면서, 처음부터 상처받을 것을 아는 사랑에 빠진 사람처럼 한숨을 쉬며, 아주 작은 희망의 빛만 보여도 실현될 행복의 가능성을 지나치게 자세히 상상하며 시간을 보냈다. 일주일 후, 사진사가 다양한 핑계와 술수로 찍어 온 수백 장의 시계 수리공 사진이 여자의 거실 벽을 뒤덮었다.

사진사가 더 가까이에서, 더 세세하게 사진을 찍은 어느 저녁 이후, 천사의 얼굴을 한 시계 수리공은 나이트클럽에 발길을 끊었고 여자는 미친 사람처럼 변했다. 시계 수리공을 찾으라고 사진사를 카라쾨뢰에 보냈지만, 그는 가게에도, 마을 사람들이 가리켜 준 집에도 없었다. 일주일 후 다시 찾아갔을 때는 시계 가게는 매각 중이었고, 집도 이사 가고 없었다. 이후, 여자는 사진사가 오로지 '돈이 아니라, 사랑' 때문에 가지고 오는 사진에 관심을 보이지 않았다. 시계 수리공이 아니면 가장 흥미로운 얼굴에도 곁눈질조차 하지 않았다. 가을이 일찍 찾아온 어느 바람 부는 아침, 사진사는 여자가 관심을 가질 흥미로운 '작품'을 손에 들고 문을 두드렸다. 항상 호기심 많았던 관리인이 만족스러운 듯, 여자가 주소가 확실하지 않은 다른 곳으로 이사 갔다고 말했을 때, 사진사는 비통해하며 자신의 이야기가 끝났다고 생각했다. 이제는 어쩌면 과거를 떠올리며 상상할 자신의 이야기가 시작될 참이었다.

하지만 이야기의 진짜 끝은 몇 년이 흐른 후, 멍한 상태로 읽었던 신문의 헤드라인에서 나왔다. '여자가 남자의 얼굴에 질산을 뿌리다!' 애인의 얼굴에 질산을 뿌린 여자의 이름도, 얼굴도, 나이도 쉬쉬리에 살던 여자와 일치하지 않았다. 얼굴에 질산이 뿌려진 남편도 시계 수리공이 아니라, 사건이 발생한 작은 아나톨리아 마을의 검사였다. 게다가 신문에 나온 세부 사항 중 그 어느 것도 몇 년 동안 상상했던 여자와 멋진 시계 수리공의 특징과 일치하지 않았다. 하지만 '질산'이라는 단어를 보자마자 우리의 사진사는 이 부부가 '그들'이라는 것을 감지했다. 그들은 오랫동안 함께 살았고, 자신을 이용하여 함께 도망쳤으며, 어쩌면 자신처럼 둘 사이에 끼어드는 많은 불행한 남자에게서 벗어나기 위해 이 놀이를 계획했을 것이다. 그날 샀던 다른 천박한 신문에서, 완전히 녹아서 의미와 글자로부터 온전히 구제된 행복한 얼굴의 시계 수리공을 보자, 자신이 얼마나 옳았는지도 알게 되었다.

여기서 사진사는 말을 멈추고 외국 기자들을 관찰하면서, 그들이 자신의 이야기를 인정하고 흥미롭게 생각하는지 살핀 다음, 마치 군사 기밀을 알려 주듯이 마지막 이야기를 들려주었다. 다시 몇 년이 지난 후, 녹아 버린 얼굴 사진은 그 천박한 신문에 다시 실렸는데, 오랫동안 계속되는 중동전쟁의 최근 희생자라며 이런 설명을 붙여 놓았다.

'그들은 결국 모든 것이 사랑 때문이었다고 말했다.'

테이블에 있던 사람들이 모두 함께 사진을 찍기 위해 사진사를 보며 포즈를 취했다. 한두 명의 신문기자와 광고 제작자, 갈립이 어디선가 본 것 같은 대머리 남자와 테이블 끝에 앉은 외국인들도 있었다. 테이블에는 하룻밤 묵을 여인숙을 공유하는, 혹은 별로 중요하지 않은 발굴을 함께하는 사람들 간의 우연적인 우정과 호기심이 형성되었다. 사람들이 거의 빠져나간 나이트클럽은 조용했으며, 무대 조명도 벌써 꺼져 있었다.

갈립은 이 나이트클럽이 튀르캰 쇼라이가 술집 여자로 출연했던 「나의 매춘부 연인」의 촬영 장소와 비슷하다는 생각이 들어, 늙은 웨이터를 불러 물어보았다. 어쩌면 그 순간 모두가 자신을 바라보았기 때문인지, 어쩌면 귀동냥으로 들었던 다른 이야기의 흥분 때문인지 늙은 웨이터도 짧은 이야기를 들려주었다.

그 영화는 아니지만, 여기 이 나이트클럽에서 촬영된 후 뤼야 극장에서 상영되었고, 자신도 열네 번 관람했던 옛날 영화와 관련된 이야기였다. 제작자와 아름다운 여배우가 영화에 한두 장면 등장해 줄 것을 제의하자 웨이터는 기꺼이 수락했다. 두 달 후에 상영된 영화에 나온 얼굴과 손은 웨이터의 얼굴과 손이었다. 하지만 다른 장면에 나오는 등, 어깨, 턱은 자신의 것이 아니었다. 이 사실은 영화를 볼 때마다 웨이터를 두렵게 만들었고, 한편으로는 이상한 희열로 소름이 끼치게도 했다. 더욱이 자신의 입에서 다른 사람, 게다가 다른 영화에서 자주 들었던 사람의 목소리가 나오는 데에 도무지 익숙해지지가 않았다. 영화를 본 그와 친한 사람들은 이 소름 끼치고, 혼란스럽고, 꿈같은 바꿔치기에 대해 그 웨이터만큼 관심을 보이지 않았다. 더 중요한 것은, 그들이 영화의 기교를, 작은 기교로 어떤 사람이 다른 사람이 되고, 자신을 다른 사람으로 보이게 할 수 있다는 것을 알아채지 못했다는 점이었다.

웨이터는 동시상영을 하는 여름 주간에 베이올루 극장가에서 자신이 잠깐 나오는 그 영화가 상영될 거라고 몇 년 동안 헛되이 기다려 왔다. 영화를 한 번만 더 볼 수 있다면, 자신의 청년 시절을 보기 위해서가 아니라, 친한 사람들은 이해하지 못했지만 이 테이블에 있는 출중한 사람들은 이해할 수 있는 다른 '명백한' 이유로 아주 새로운 인생을 시작할 수 있을 거라고 믿었기 때문이었다.

늙은 웨이터가 돌아간 후 테이블에서는 그 '명백한 이유'가 무엇인지에 대해 오랫동안 이야기를 나누었다. 대부분의 사람들은 그 이유가 당연히 사랑이라고 했다. 웨이터는 자신 혹은 자신의 세계 혹은 영화 예술을 사랑했다. 술집 여자는 웨이

터가 (모든 레슬링 선수처럼) '동성애자'라고 하면서, 그가 발가
벗고 거울을 보며 자기 자신을 능욕하는 것이, 부엌에서 어린
웨이터 조수들을 성적으로 압박하는 것이 발각되었다고 말
했다.

갈립이 어딘가에서 봤다고 생각한 대머리 노인은, 술집 여
자의 '우리 국가적 스포츠'를 하는 레슬링 선수들에 관한 이
'근거 없는 선입견'에 반대하고 나서면서, 특히 트라키아에서,
아주 가까이에서 본 이 특별한 사람들의 모범적 가정 생활에
대한 사실을 열거하기 시작했다. 그때 이스켄데르가 그 남자
가 누구인지를 갈립에게 말해 주었다. 영국 기자들의 일정 때
문에 정신없이 바쁘던 시기에, 제랄을 찾고 있을 때, 그렇다,
아마도 갈립에게 전화를 했던 날 밤, 페라 팔라스 호텔의 로비
에서 이 대머리 노인과 만났다. 노인은 그에게 자신이 제랄을
알고 있으며, 개인적인 일 때문에 제랄을 찾고 있다며 이 조사
에 합류했던 것이다. 이후에도 이곳저곳에서 그의 앞에 나타
나, 단지 제랄을 찾기 위해서가 아니라 발이 넓어서(그는 은퇴
한 군인이었다.), 사소한 다른 일에서 그와 영국 기자들을 도와
주었다. 대머리 노인은 어설픈 영어 한두 단어로 말하는 것을
아주 좋아했다. 빈 시간에 유용한 일을 하고 싶어 하고, 친구
사귀는 것을 좋아하며, 이스탄불을 아주 잘 알고 있는 사람이
었던 게 확실했다. 노인은 트라키아 출신의 레슬링 선수에 대
해 언급한 후, 진짜 이야기를 할 차례가 왔다며 자신의 이야기
를 하기 시작했다. 사실 이것은 이야기라기보다는 질문이었다.

대낮에 일식이 일어나 마을로 돌아가 버린 양 떼를 우리에

가두고 집으로 향한 늙은 양치기는, 아주 사랑하는 아내가 정부와 침대에 누워 있는 것을 발견했다. 순간 어찌할지 결정을 내리지 못하고 있다가, 칼을 움켜쥐고 두 사람을 죽여 버렸다. 자수를 한 후 재판관 앞에서 자신을 변호할 때, 그는 아내와 그녀의 정부가 아니라, 자신의 침대에서 본 전혀 알지 못하는 어떤 여자와 그녀의 정부를 죽였다고 말했다. 양치기가 주장하는 논리는 아주 간단했다. 오랜 세월 함께 살고, 사랑하고, 믿고, 알던 여자가 '자신'에게 그런 짓을 할 리가 없는바, 자신도, 침대에 있는 여자도 사실 다른 사람들이었다는 것이다. 양치기는 이 놀라운 변화를, 일식이 부여한 비범한 신호라고 믿으며 받아들였다. 양치기는 순간적으로 변했던, 또 기억했던 그 다른 사람이 저지른 죄의 벌을 물론 받을 것이지만, 그가 침대에서 죽인 여자와 남자도 자신의 집에 들어와 그의 침대를 뻔뻔하게 사용한 도둑으로 간주해 주길 원했다. 죗값이 무엇이든지 치르고 나면, 일식 이래로 보지 못했던 아내를 찾으러 길을 나설 것이고, 그녀를 찾은 후에는 잃어버린 자신의 정체를, 어쩌면 아내의 도움으로 찾기 시작할 참이었다. 그렇다면 재판관은 양치기에게 어떤 벌을 주었을까?

은퇴한 군인의 물음에 테이블에 있던 사람들이 내놓는 대답을 들으면서, 갈립은 이 이야기를, 이 질문을 다른 곳에서 읽거나 들었다는 생각을 했다. 하지만 어디에서인지 도무지 기억나지 않았다. 사진사가 인화하여 가지고 온 사진을 보면서 그 이야기와 대머리 남자를 어떻게 아는지를 생각해 낼 바로 그 순간에 자신도 남자에게 자신의 정체를 말해 버리게 되고, 사진사의 이야기에 나오는 얼굴들처럼, 의미가 어렵게 읽히는 얼굴 중 하나의 비밀도 풀릴 것 같았다. 갈립은 자기 차례가 오자 재판관이 양치기를 용서해야 한다고 말하면서, 은퇴한 군인의 얼굴에 나타난 의미의 비밀이 풀리는 것을 느꼈다. 은퇴한 군인은 이야기를 시작할 때는 어떤 사람 같았는데, 이야기를 끝냈을 때는 다른 사람이 되어 있었다. 이야기를 할 때 그에게 무슨 일이 일어났을까? 이야기를 할 때 그를 변하게 한 것은 무엇이었을까?

갈립은 이야기할 차례가 오자, 오래전에 다른 칼럼 작가에게 들었다며, 늙고 외로운 신문기자의 사랑 이야기를 했다. 이 남자는 바브알리에서 신문과 잡지에 번역을 하거나, 최근 영화나 연극에 대해 글을 쓰면서 평생을 보냈다. 여자들보다는 여자들의 옷과 장신구에 관심을 가졌기 때문에 한 번도 결혼을 하지 않았고,[77] 베이올루 뒷골목에 있는 방 두 칸짜리 작은 집에서 자신보다 늙고 더 외로워 보이는 얼룩 고양이와 함께 살았다. 평온무사하게 보낸 인생에서의 유일한 충격은, 과거를 추적하는, 읽는 것으로는 끝나지 않을 마르셀 프루스트의 책을 인생의 끝 무렵에 읽기 시작했다는 것이었다.

늙은 기자는 그 책을 너무나 좋아해 한동안은 만나는 모두에게 그 책에 대해 이야기했다. 하지만 자신처럼 안간힘을 들여 그 책 전부를 프랑스어로 읽고 좋아할 사람을 찾는 것은 고사하고, 자신의 흥분을 공유할 그 누구도 만날 수 없었다.

---

77) 당시 오르한 파묵이 집필 중이었던 『순수 박물관』의 모티프이기도 하다.

이렇게 해서 그는 내성적인 사람이 되었고, 몇 번을 읽었는지도 모를 책 속의 이야기들, 장면들을 자기 자신에게 말하기 시작했다. 답답할 때마다, 감정 없고, 섬세함이 결여되고, 탐욕스럽고, 이런 사람들이 대개 그렇듯이 교양도 없는 사람들의 조악함과 무정함을 견뎌야 하는 상황에 부딪힐 때마다 '무슨 상관이야? 어차피 난 지금 여기 없어! 지금 난, 내 집의 침실에 있어. 다른 방에서 자거나 잠에서 깨어나는 알베르틴을 상상하고 있어. 혹은 잠에서 깨어난 알베르틴이 집 안에서 돌아다닐 때 내는 그 부드럽고, 그 달콤한 발소리를 즐겁고 유쾌하게 듣고 있어!'라고 혼자 생각했다. 불행한 마음으로 거리를 걸을 때면, 마치 프루스트의 소설에 나오는 서술자처럼, 집에 자신을 기다리는 젊고 아름다운 여자가 있다는 것을, 한때 아는 것만으로 행복이라고 여겼던 알베르틴이라는 이름의 이 여자가 자신을 기다린다는 것을, 알베르틴이 그를 기다리면서 무엇을 하는지를 상상했다. 난로가 잘 타지 않는 자신의 방 두 칸짜리 집으로 돌아와서는, 프루스트가 그를 떠난 알베르틴에 대해 이야기했던 다른 권에 나오는 페이지들을 슬프게 떠올렸다. 그러면 빈집의 우울이 마음속에서 느껴졌고, 한때 여기서 알베르틴과 웃고 이야기하고 커피를 마셨던 것을, 찾아올 때면 언제나 고집스럽게 초인종을 눌렀던 것을, 너무나 자주 질투심에 굴복했던 것을 기억하여 뼈에 사무치는 텅 빈 집의 한기를 느꼈다. 함께 떠난 베네치아 여행의 기억들을, 마치 자신이 프루스트인 양 혹은 그의 정부 알베르틴인 양 가장했던 것을 하나하나 기억하며 슬픔과 행복의 눈물을 흘렸다.

얼룩 고양이와 함께 보낸 일요일 아침, 조잡한 이야기를 싣는 신문, 호기심 많은 시끄러운 이웃, 이해심 없는 먼 친척, 입이 거친 버릇없는 아이들이 말한 그 조롱 섞인 언사들을 떠올리며 화를 낼 때, 그는 낡은 서랍에서 반지를 찾은 시늉을 하며, 그것이 하녀 프랑수아가 장미 나무로 만든 탁자 서랍에서 찾은 알베르틴이 놓고 간 반지라고 생각했다. 그런 후 얼룩 고양이가 들을 수 있을 정도의 소리로 상상 속의 하녀에게 이렇게 말했다.

"아니야, 프랑수아, 알베르틴이 깜박한 게 아니야. 반지를 돌려보내는 것도 쓸데없는 일이고. 왜냐하면 알베르틴은 어차피 곧 집으로 돌아올 테니까."

늙은 작가는 아무도 알베르틴을 알지 못하고, 아무도 프루스트를 알지 못하는 우리 나라는 이렇게 애처롭고 가련하다고 생각했다. 언젠가 이 나라에 프루스트와 알베르틴을 이해할 누군가가 나타나면, 그렇다, 어쩌면 그때는 콧수염 난 가난한 사람들이 더 나은 삶을 살기 시작할 거고, 어쩌면 그때는 질투가 나는 순간에 서로를 칼로 찌르는 대신, 프루스트처럼 애인에 대한 이미지를 눈앞에 어떻게 떠올릴 것인가에 대한 상상에 빠져들 것이다. 지식인으로 간주되어 신문사에서 일하는 모든 작가와 번역가는 프루스트를 읽지 않았고, 알베르틴도 알지 못했고, 늙은 기자가 프루스트를 읽었다는 것도 몰랐으며, 그가 프루스트와 알베르틴 그 자체라는 것을 이해하지 못한 그들은 사악하고 둔한 사람들이었다.

하지만 이 이야기에서 놀라운 부분은, 늙고 외로운 기자가 자신을 어떤 소설의 주인공이나 작가로 여긴 것이 아니었다. 왜냐하면 아무도 읽지 않은 어떤 서양인의 작품을 열정적으로 좋아하는 터키인들은 모두 얼마 지나지 않아 자신이 그 책을 아주 커다란 애정을 갖고 읽었다는 사실이 아니라, 그것을 자신이 썼다고 진심으로 믿기 시작하기 때문이다. 이후 이 사람은 자기 주위에 있는 사람들을, 이 책을 읽지 않아서가 아니라, 그 자신이 썼던 것과 같은 책을 쓰지 못했기 때문에 무시했다. 바로 이러한 이유 때문에, 늙은 기자가 오랜 세월 동안 자신을 프루스트 혹은 알베르틴으로 여긴 것이 놀라운 것이 아니라, 오랫동안 모두에게 숨겨 왔던 자신의 비밀을 어느 날 젊은 칼럼 작가에게 털어놓은 것이 놀라운 것이다.

늙은 기자는 어쩌면 이 젊은 칼럼 작가에게 아주 특별한 사랑을 느꼈기 때문에 털어놓았을 것이다. 이 젊은 칼럼 작가에게는 프루스트나 알베르틴을 연상시키는 어떤 아름다움이 있었던 것이다. 아몬드 모양의 콧수염, 건장하고 고전적인 몸, 멋진 엉덩이, 긴 속눈썹에다 프루스트와 알베르틴처럼 다갈색 피부에 키가 작았다. 파키스탄 사람을 연상시키는 비단처럼 부드러운 피부는 반짝반짝 빛이 났다. 하지만 닮은 점은 이 정도뿐이었다. 유럽 문학에 대한 기호는 폴 드 코크와 프티그릴리 정도뿐인 젊고 아름다운 칼럼 작가는 늙은 기자의 비밀과 사랑 이야기를 듣자 처음에는 호탕하게 웃었고, 다음에는 그 흥미로운 이야기를 자신의 칼럼에 쓰겠다고 말했다.

자신이 저지른 실수를 깨달은 늙은 기자는, 젊고 잘생긴 동료에게 모든 것을 잊어 달라고 애원했다. 하지만 여전히 웃고 있는 상대는 듣는 척도 하지 않았다. 늙은 기자는 집으로 돌아와, 자신의 모든 세계가 한순간 무너져 버렸다는 것을 알았다. 이제는 빈집에서 프루스트의 질투심도, 알베르틴과 보냈던 아름다운 시간들도, 알베르틴이 어디로 갔는지도 생각할 수 없었다. 이스탄불에서 오로지, 오로지 자신만이 알고, 자신만이 경험한 그 비현실적이며 마법적인 사랑, 인생에서 유일한 자부심의 원천이며 아무도 더럽힐 수 없는 그 숭고한 사랑이 곧 수만 명의 이해심 없는 독자들에게 거칠게 설명될 것이고, 자신이 몇 년 동안 숭배했던 알베르틴은 능욕당할 것만 같았다. 늙은 기자는, 전 수상의 횡령 비리, 라디오의 최근 프로그램의 허점에 관한 것 외에는 읽지 않는 바보 같은 독자들이, 나중에 쓰레기통 밑에 깔거나, 생선을 다듬을 종이에서 알베르틴의 이름을, 그가 아주 사랑하고, 죽을 만큼 질투하고, 자신을 떠났을 때 절망에 빠져 불행해졌고, 발벡에서 처음 보았던 자전거 탄 모습을 결코 잊지 못하는 사랑하는 알베르틴의 아름다운 이름을 볼 거라고 생각할수록 죽고만 싶었다.

이러한 이유로 마지막 용기를 내어 단호히 마음을 먹고 아몬드 모양의 콧수염과 비단결 같은 피부의 젊은 칼럼 작가에게 전화를 걸었다. 이 불치의 특별한 사랑, 속수무책에다 끝없는 질투심은 '그, 오로지 그'만이 이해할 거라며, 프루스트와 알베르틴에 대해 절대 칼럼에서 언급하지 말아 달라고 그에게 애원했다. 그러고는 용기를 내어 이렇게 덧붙였다.

"게다가 자네는 어차피 마르셀 푸르스트의 그 작품을 읽지도 않았잖은가!"

"누구의 무슨 작품요, 뭐요?"

늙은 기자의 사랑을 이미 오래전에 잊어버린 젊은 칼럼 작가는 문제가 뭐냐며 이렇게 되물었다. 늙은 기자는 모든 것을 다시 설명했다. 젊고 무정한 칼럼 작가는 다시 똑같이 폭소를 터뜨리며, 네 네, 바로 이 이야기를 써야만 한다고 기쁜 듯 말했다. 어쩌면 노인이 이 주제에 대해 써 주길 원한다는 생각이 들었기 때문이기도 했다.

그리고 쓰기도 썼다. 칼럼이라기보다는 이야기에 가까운 그 글에서, 늙은 기자는 지금 듣고 있는 이야기처럼 서술되었다. 어떤 이상한 서양 소설의 주인공을 사랑하고, 자신이 작가이자 주인공이라고 생각하는 이스탄불 출신의 외롭고 처량한 노인. 칼럼 속의 늙은 기자에게도, 실재하는 늙은 기자처럼 얼룩 고양이가 있었다. 칼럼 속에 나오는 노인도, 칼럼에서 언급되고 있는 이야기에서 자신이 조롱당하는 것을 보고 충격을 받는다. 그 칼럼에 나오는 이야기 속 늙은 기자도 프루스트와 알베르틴이라는 이름을 신문에서 보고 죽고 싶어 한다. 이야기 속 이야기 속에 있는, 이야기 속의 외로운 기자들, 프루스트들, 알베르틴들은 늙은 기자의 인생의 마지막 밤의 악몽에서 바닥이 없고, 끝이 없는 우물에서 한 명씩 한 명씩 나타났다. 한밤중에 악몽에서 깨어나, 아무것도 모르기 때문에 상상하며 행복해할 수 있는 사랑도 이제는 없었다. 그 매정한 칼럼이 게재되고 사흘이 지난 날 아침, 문을 부수고 집 안으로 들어가 보니, 도무지 불이 붙지 않는 난로에서 새어 나온 연기 때문에, 늙은 기자는 잠을 자며 조용히 죽어 있었다. 얼룩 고양이는 이틀 동안 굶었지만, 그래도 주인의 살을 먹을 용기는 내지 못했다.

　모든 다른 이야기들처럼, 갈립이 해 준 이야기도 무척 슬펐지만 듣는 사람들을 서로 연결시켜 주면서 기분 좋게 만들었다. 외국 기자들을 포함해 몇 명은 테이블에서 일어나, 나이트클럽이 닫을 때까지 라디오에서 흘러나오는 음악에 맞춰 술집 여자와 춤을 추고, 즐기고, 웃었다.

16장
나는 나 자신이 되어야 해

당신이 유쾌하거나, 우울하거나, 그리워하거나,
사려 깊거나, 정중해지고 싶다면,
행동 하나하나를 그대로 연기해야 한다.
— 퍼트리샤 하이스미스, 「재능 있는 리플리 씨」

이십육 년 전 어느 겨울밤에 겪었던 형이상학적 경험을 이 칼럼에서 짧게 언급한 적이 있다. 십일 년 혹은 십이 년 전인데, 잘 기억이 나지 않는다.(기억력에 절망하게 되는 요즈음, 이러한 상황에서 참고하는 '비밀 기록 보관소'도 지금 내게 없다!) 그 문제를 심도 있게 다룬 칼럼이 나간 후 독자들로부터 편지가 쏟아졌다. 항상 그렇듯, 그들이 기대하거나 그들에게 익숙한 글을 쓰지 않아 화가 난(왜 여느 때처럼 국내 문제에 대해 쓰지 않았나? 왜 여느 때처럼 비 오는 이스탄불의 슬픈 거리에 대해 쓰지 않았나?) 독자들의 편지 가운데, '또 다른 아주 중요한 문제에 대해' 내가 자신과 같은 관점을 가졌다는 것을 '감지'한 독자의 편지도 있었다. 그는 조만간 날 방문할 것이며, 견해가 같다고 생각되는 '특별'하고 '심오'한 문제에 대해 토론해 보자고 했다.

　자신이 이발사라고 했던(이것도 이상하게 들렸지만) 이 사람의 편지를 잊어버릴 무렵, 어느 날 오후에 정말로 이 장본인이 내 앞에 나타났다. 미처 완성하지 못한 글을 마무리하고 인쇄소로 보내야 할 상황이어서 전혀 시간이 없었다. 게다가 이 이발사가 자신의 고민을 장황하게 설명하고, 자신의 그 끝없는 고민에 대해 왜 내 칼럼에서 충분히 다루지 않았느냐며 날 몰아붙일 거라 생각했다. 난 그 사람을 따돌리기 위해 다른 때에 들르라고 말했다. 그러자 그는 자신이 오겠다고 내게 미리 써 보냈으며, 어차피 다른 때에 올 시간도 없다고 했다. 그는 내가 당장 그 자리에서 대답할 수 있는 질문만 두 가지 하겠다고 했다. 나는 이발사가 곧장 본론으로 들어간 것이 마음에 들어 그렇다면 빨리 물어보라고 말했다.

　"당신은 자기 자신이 되는 일이 어렵습니까?"

　이상하고도 재미있는 일을, 나중에 웃을 수 있는 화젯거리를 기대하며 내 책상 주위로 사람들이 하나둘 모여들기 시작했다. 내 밑에 있던 젊은 기자들, 농담으로 인기가 많았던 뚱뚱하고 시끄러운 축구 전문 기자…… 이렇게 해서 나는 사람들의 기대에 부흥하기 위해 '기발한' 농담으로 답했다. 이발사는 이 농담을 자신이 원하는 대답처럼 주의 깊게 들은 후, 두 번째 질문을 했다.

　"오로지 자기 자신일 수 있는 방법이 있을까요?"

　이번에는 자신의 호기심을 만족시키기 위해서가 아니라, 다른 사람의 부탁으로 대신 묻는 듯한 투였다. 질문을 미리 준비해 외워 온 게 확실했다. 내가 처음 한 농담으로 여전히 웃음소리가 들려왔고, 재미있는 일이 있나 하고 다른 사람들도 우리 틈에 끼어들었다. 이러한 상황에서는 '자기 자신일 필요'를 논하는 존재론적인 연설 대신, 사람들이 흥분하며 기다리는 두 번째 농담을 멋지게 터뜨리는 것이 더 자연스럽지 않겠는가? 나는 이 두 번째 농담이 첫 번째 농담에 더해져 이 사건이 내가 없을 때도 회자될 멋진 이야기로 변하길 기대했다. 지금은 기억하지 못하는 두 번째 농담을 들은 이발사는 이렇게 내뱉은 후 가 버렸다.

"그런 건 줄 알았소!"

우리 민족은 모욕이나 무시가 있어야만 숨은 의미에 관심을 가지기 때문에, 내가 이발사에게 너무 무례하게 대한 건 아니었는지 별로 신경 쓰지 않았다. 좀 더 심하게 말해, 공중화장실에서 나를 알아보고 흥분한 나머지 바지를 여미며 인생의 의미를 묻거나 신을 믿는지 묻는 독자를 무시하듯 이발사를 무시했다고도 할 수 있다.

하지만 시간이 흐를수록……. 이 완성하지 못한 문장에, 이발사의 질문이 얼마나 적절했는지 생각하며 거만했던 내 태도를 후회하게 됐다는 내용이 이어질 거라 예상하는 독자들이 분명 있을 것이다. 죄책감이 너무 컸던 나머지 악몽에 시달리다 한밤중에 깨어났다는 이야기를 기대하는 사람들도 있을 것이다. 하지만 이런 독자들은 아직도 나를 잘 모른다. 나는 단 한 번을 제외하고는 이 이발사를 전혀 생각조차 하지 않았다. 그 '한 번'도 다른 생각에서 비롯되었다. 내 머리에 떠오른 것은 그를 알기 몇 년 전에 했던 어떤 생각의 연장이었다. 게다가 애초에 그것은 생각이라고도 할 수 없었다. 어린 시절부터 갑자기 귀밑에서, 아니 이성이나 영혼의 깊은 곳에서 흘러나와 반복되기 시작한 후렴구 같은 것이었다.

나는 나 자신이 되어야 해, 나는 나 자신이 되어야 해, 나는 나 자신이 되어야 해.

어느 날 한밤중에, 일가친척들과 직장 '친구들' 사이에서 분주하게 하루를 보내고 잠자리에 들기 전에, 낡은 안락의자에 (침실이 아니라 방에 있는) 앉아, 발을 둥근 의자에 뻗고, 담배를 피우며, 천장을 쳐다보고 있었다. 하루 종일 보았던 사람들의 말, 소음, 끊임없는 요구가 합쳐져 하나의 소리가 되어, 귀밑에서 퍼지는 불쾌하고 괴로운 두통처럼, 사악한 치통처럼 울려 퍼졌다. '생각'이라고 말하고 싶지 않았던 그 후렴도 처음에는 이 메아리에 반하는, 뭐라고 해야 할까, 일종의 반작용으로 시작되었다. 그것은 사람들의 끝나지 않는 소음에서 나를 구해 내, 내면의 소리, 나 자신의 행복과 평온, 심지어 나의 향기를 찾을 수 있는 길로 인도하겠다고 약속했다.

넌 너 자신이 되어야만 해, 넌 너 자신이 되어야만 해, 넌 너 자신이 되어야만 해!

그날 밤, 그 성난 사람들로부터, 그들이(금요 예배를 주관하는 이맘, 교사들, 나의 고모, 나의 아버지, 나의 삼촌, 정치인 모두) 내가 그리고 우리 모두가 파묻혀야 한다고 했던 그 역겨운 혼란의 진흙탕으로부터 멀리 떨어져 있는 것에 내가 무척 만족스러워한다는 것을 깨달았다. 그들의 무미건조하고 구태의연한 이야기에서가 아니라 내 상상의 정원에서 돌아다니는 것이 얼마나 좋았던지, 안락의자에 앉아 둥근 의자 위로 올린 나의 가느다란 다리와 가련한 발조차 애정 어린 마음으로 바라보았고, 담배를 입으로 가져가 천장을 향해 연기를 내뿜게 하는 투박하고 못생긴 내 손조차 아량으로 바라보았다. 처음으로 나 자신이 되었다! 처음으로 나 자신이 되었기 때문에, 드디어 나 자신을 '좋아할' 수 있었다! 바로 이 행복한 순간, 후렴도 그 색이 바뀌었다. 사원 벽을 따라 걸으며 돌이 나올 때마다 같은 단어를 반복하는 마을의 바보처럼, 기차 차창 밖으로 지나치는 전신주를 하나, 하나, 하나, 세는 늙은 승객처럼, 나는 그 주문을 계속 되뇌었고, 그것은 나와, 나의 그 오래되고 가련한 방과, 그 안에 있는 모든 것을 맹렬히 뒤덮어 버렸다. 이런 격렬한 후렴을 되풀이하면서, 내 안에서 복받쳐 오르는 기쁨을 느꼈다.

나는 나 자신이 되어야 해, 나는 몇 번이고 되뇌었다. 그들을 개의치 않고, 그들의 소리, 그들의 냄새, 그들의 욕구, 그들의 사랑, 그들의 증오를 개의치 않고 나는 나 자신이 되어야 해. 둥근 의자 위에서 편히 쉬고 있는 발을, 천장을 향해 내뿜는 담배 연기를 바라보며 되뇌었다. 나는, 나는 나 자신이 되어야 해, 왜냐하면 나 자신이 되지 못하면 '그들이' 원하는 내가 될 것이고, 나는 그들이 원하는 그런 사람을 견뎌 낼 수 없으며, 그 견딜 수 없는 사람이 되느니 아무것도 되지 않는 것이 더 나으니까. 차라리 세상에 존재하지 않는 편이 나을지도 모른다. 청년 시절, 숙부와 고모는 항상 나를 두고 "기자 일을 한다니, 참 안타깝지, 하지만 열심히 하니까, 혹시 모르지, 언젠가는 성공할지도."라고 말하곤 했고, 나는 그들이 말한 그런 사람이 되었다. 몇 년 동안이나 그런 사람으로부터 벗어나기 위해 애쓴 결과, 이미 성인이 된 나는 아버지가 새어머니와 살던 집으로 들어갔다. 나는 '오랜 시간 열심히 일해 약간은 성공한' 사람이 되었다. 심지어 나도 자신을 다른 식으로 보지 못했고, 내가 아닌 나는 살갗 위에 추한 가죽처럼 들러붙어, 그들과 함께 있을 때면 나 자신이 아닌 그들의 말을 했다. 그러고는 저녁 무렵 집에 돌아와 내가 아닌 내가 어떤 말을 했던지를 하나하나 다시 떠올리며 자학했다. "이번 주 긴 칼럼에서는 이 문제를 언급했습니다.", "최근 일요일자 신문 칼럼에서 이 문제를 다루었습니다.", "내일자 칼럼에서는 이것도 말할 겁니다.", "이번 주 화요일에 실릴 긴 칼럼에서 이것도 파헤칠 겁니다." 이런 단순한 말들을 불행으로 숨이 막힐 때까지 반복했다.

나의 삶은 이런 나쁜 기억들로 가득 차 있다. 안락의자에 앉아 다리를 뻗고, 나 자신이 되었다는 기분을 더 만끽하기 위해 '내가 아닌 나'의 모습을 하나하나 떠올려 보았다.

군대 생활을, 단지 입대 첫날 동료 신병들이 정해 주었다는 이유로, '가장 힘든 상황에서도 농담을 포기하지 않는 사람'이 되어 보냈다는 것을 기억해 냈다. 시간을 보내기 위해서가 아니라 시원한 어둠 속에서 혼자 앉아 있기 위해 형편없는 영화를 보러 갔을 때도, 오 분 휴식 시간에 담배를 피우는 할 일 없는 사람들이 나를 '중요한 일을 할 훌륭한 젊은이'로 생각한다는 결론을 내렸기 때문에, '의미심장하고 숭고하기까지 한 명상에 잠긴 사람'으로 행동했던 것을 기억해 냈다. 쿠데타 계획과 정권 탈환의 환상에 빠져 있던 시기에는, 쿠데타가 지연되어 우리 민족의 괴로움이 더 오래 지속될까 봐 걱정하며 밤잠을 이루지 못할 정도로 민족을 사랑하는 사람처럼 행동했다는 것을 기억해 냈다. 남의 눈을 피해 몰래 갔던 사창가에서, 매춘부들이 그런 사람들에게 더 잘해 준다는 이유로, 얼마 전에 끔찍하고 절망적인 사랑을 겪은 사람 행세를 했던 것을 기억해 냈다. 길을 우회하여 갈 시간이 없을 때, 파출소 앞을 착하고 순종적인 시민처럼 보이려고 노력하면서 지나갔던 것을 기억해 냈다. 오로지 한 해의 마지막이라는 그 끔찍한 망년회를 혼자 보낼 용기가 없었기 때문에 갔던 할머니의 집에서, 나도 모두와 함께한다는 의미로 빙고 게임을 하며 무척 즐기는 체했던 것을 기억해 냈다. 마음에 드는 여자들 앞에서 나 자신이 되지 못하고, 그녀들이 그렇게 하면 좋아할 거라는 생각에, 누군가에게는 결혼과 삶의 투쟁 이외에는 아무것도 생각하지 않은 사람처럼, 누군가에게는 국가를 위한 투쟁 이외에는 아무것도 시간을 할애하지 못하는 단호한 사람처럼, 누군가에게는 우리 나라에 만연한 불감증과 몰이해에 진저리가 난 민감한 사람처럼, 진부한 표현으로는 '은밀한 시인'처럼 보이려고 노력했던 것을 기억해 냈다. 지금까지도(그렇다, 가장 마지막으로) 두 달에 한 번 찾아가는 단골 이발소에서도 진짜 나 자신이 되지 못하고, 지금까지 모방했던 이 모든 사람들의 조합인 나 자신을 모방했던 것을 기억해 냈다.

사실 나는 이발소에 편히 쉬려고 갔다.(글의 서두에 나오는 이발사와는 물론 다른 사람이다!) 하지만 이발사와 함께 머리를 어떻게 자를지 이야기하면서, 거울 속에 비치는 머리칼 아래 있는 얼굴과 그 아래 있는 어깨와 가슴을 보면서, 의자에 앉아 거울 속 모습을 보고 있는 이 사람은 나 아닌 다른 사람이라는 것을 곧바로 알아보았다. 이발사가 "앞머리를 얼마나 자를까요?"라고 하며 만지는 그 머리는, 그 머리를 지탱하고 있는 목, 어깨, 가슴은 나의 것이 아니라 칼럼 작가 제랄 씨의 것이었다.

　나는 이 사람과 아무런 관련이 없다. 너무나 명확한 이 사실을 이발사도 알아챌 것만 같았다. 하지만 그는 전혀 인지하지 못했다. 게다가 그는 내가 나 자신이 아니라 칼럼 작가라는 것을 더 많이 느끼기를 바라는 듯, 칼럼 작가에게나 물을 질문들을 해 대곤 했다. "지금 전쟁이 나면 우리가 그리스를 이길까요?", "수상의 부인이 헤픈 여자라는 것이 사실인가요?", "물가 인상의 책임은 청과물 가게에게 있나요?" 어디에서 기인하는지 도무지 알 수 없는 어떤 힘은 나 자신이 거기에 대답하는 것을 허락하지 않았고, 나 역시 놀라면서 이상하게 바라보았던 거울 속 칼럼 작가가 나 대신 여느 때와 같이 잘난 척하는 말투로 중얼거렸다. "평화는 좋은 것이지요!", "사람을 교수형에 처한다고 해서 물가가 내려가지 않는다는 것을 알아야 해요!"

　모든 것을 안다고 생각하고, 자기가 언제 무엇을 모르는지조차 알며, 자신의 약점과 결점을 교묘한 농담으로 돌릴 줄도 아는 이 칼럼 작가를 내가 얼마나 혐오했던가! 나를 더욱 '칼럼 작가 제랄 씨'로 만드는 질문을 해 대는 그 이발사를 얼마나 증오했던가! 그 순간, 내게 이상한 질문을 하려고 신문사로 찾아왔던 이발사도 바로 이 나쁜 기억 속에서 떠올렸다.

그 밤늦은 시각, 안락의자에 앉아 발을 둥근 의자 위로 뻗고, 맹렬하게 울리는 그 오래된 후렴을 들으며 좋지 않은 기억들을 떠올리니, 그에게 대답할 말이 생각났다. "그렇소, 이발사 선생! 사람들은 자기 자신이 되도록 도무지 내버려 두지 않습니다. 자기 자신이 되도록 놔두지 않는다고, 절대로 놔두지 않아요!" 이 말은 후렴처럼 끊임없이 울리면서도, 내가 다른 누구와도 공유하고 싶지 않았던 평온 속에 나를 더욱 깊이 파묻었다. 그 순간, 처음에 등장했던, 신문사로 나를 찾아온 이발사와 나중에 그를 기억나게 했던 이발사 사이의 연결 고리를 발견했다. 이전 칼럼에서 쓴, 오로지 충실한 독자만이 알아챌 어떤 질서, 어떤 의미, 뭐라고 해야 하나, '비밀스러운 균형'이라고만 설명할 수 있다. 사실, 나의 미래를 가리키는 신호였다. 길고 복잡했던 하루의 끝에, 나만의 안락의자에 앉아 자신을 찾는 것……. 그것은 오랜 세월 모험으로 가득했던 여행을 마치고 집으로 돌아오는 것과 같다.

17장
나 기억나니?

지금 다시 그 시절을 돌아보아도,
어둠 속을 배회하는 군중만 희미하게 떠오른다.
— 아흐메트 라심, 『작가, 시인, 문학인』

이야기를 나누었던 사람들은 나이트클럽에서 나와 바로 흩어지지 않고 약간씩 내리기 시작한 눈을 맞으며 무엇인지 모를 새로운 재밋거리를 기대하며 서로를 바라보았다. 마치 방화나 살인을 목격한 후 또 다른 사건도 터질 거라는 생각에 현장에서 꼼짝 않는 사람들 같았다. 이제는 머리에 커다란 중절모를 쓴 대머리 남자가 말했다.

"모든 사람에게 공개된 장소가 아닙니다, 이스켄데르 씨. 이 많은 사람들을 수용할 수 없을 거예요. 난 영국 사람들만 데리고 가고 싶은데. 그들이 이 나라의 다른 면도 봐야 하지 않겠어요, 최소한 교훈은 얻겠지요."

그러고는 갈립을 보고 말했다.

"물론 당신도 와도 됩니다."

그러나 그들이 테페바쉬를 향해 걸음을 옮기자, 다른 사람들처럼 쉽게 떨어져 나가지 않은 두 사람, 골동품상을 한다는 여자와 수세미 수염의 중년 건축가도 따라왔다.

미국 영사관 앞을 지날 때, 중절모를 쓴 남자가 갈립에게 물었다.

"니샨타쉬와 쉬쉬리에 있는 제랄 씨의 집에 가 본 적 있습니까?"

"그건 왜요?"

갈립은 이렇게 되물으며 남자의 얼굴을 가까이 들여다보았으나 아무것도 읽을 수 없었다.

"이스켄데르 씨가 당신이 제랄 살리크의 조카라고 했거든요. 그를 찾고 있지 않아요? 그가 영국인들에게 우리 나라를 설명하는 것이 좋지 않겠어요? 보시오, 마침내 세계가 우리에게 관심을 보이고 있잖소."

"물론 그렇지요."

"그의 주소를 압니까?"

중절모 쓴 남자가 물었다.

"아니요, 아무에게도 알려 주지 않았어요."

"그가 여자들과 함께 집에 틀어박혔다는 것이 사실이에요?"

"아닙니다."

"언짢게 듣지 마세요. 소문일 뿐이니까, 뭐. 온갖 것을 다 말하니, 원. 사람들의 입이 봉투가 아니니 다잡아서 오므려 버릴 수도 없잖습니까. 게다가 제랄 씨처럼 정말 전설적인 사람이라면 말할 필요도 없지요! 난 그를 개인적으로 좀 압니다."

"그렇습니까?"

"정말이에요. 나를 니샨타쉬에 있는 자기 집으로 부른 적도 있어요."

"거기가 정확히 어딥니까?"

"이미 오래전에 헐렸어요. 2층짜리 석조 건물이었는데, 저녁 무렵 자신의 외로움에 대해 불만을 토로하더군요. 언제든 연락하라고 했었는데 말이죠."

"하지만 그 자신이 혼자 있기를 원하는걸요."

"당신은 그를 잘 모르는 것 같군요. 그가 내게 도움을 청하는 것 같은 느낌이 들어요. 그의 주소를 정말 모릅니까?"

"정말 모릅니다. 하지만 모든 사람들이 그를 자기와 동일시하는 데는 다 이유가 있겠지요."

"비범한 인물이에요!"

중절모를 쓴 남자가 이렇게 결론을 지었다. 둘은 제랄의 가장 최근 칼럼으로 주제를 돌렸다.

튀넬로 가서 골목길을 걸을 때 야경꾼의 호루라기 같은 소리가 들리자, 모두들 뒤돌아서서 좁은 골목을, 보랏빛 가로등만이 밝히고 있는 눈 덮인 인도를 바라보았다. 갈라타 탑으로 통하는 골목으로 들어갔을 때, 갈립은 길 양쪽에 있는 건물의 꼭대기 층이 마치 극장 커튼처럼 천천히 닫히는 느낌이 들었다. 갈라타 탑의 꼭대기에는 빨간 등이 켜져 있었고, 눈은 내일도 더 올 것 같았다. 새벽 2시, 그리 멀지 않은 곳에서 가게의 덧문을 내리는 소리가 들렸다.

일행은 탑 주위를 서성이다가 갈립이 여태까지 본 적이 없는 골목으로 들어가서, 살얼음이 덮인 인도를 걸어 내려갔다. 중절모를 쓴 남자는 어느 작고 오래된 2층집 대문을 두드렸다. 한참 후, 2층에서 불이 켜지고 푸른빛이 도는 머리가 창밖으로 나왔다.

"문 열어, 나야. 영국 손님들을 데리고 왔어."

중절모를 쓴 남자는 이렇게 말한 후 영국 사람들을 보며 수줍은 듯한, 죄지은 듯한 미소를 지었다.

얼굴이 창백하고 수염을 깎지 않은 서른 정도 된 남자가 '멜리흐 마네킹 제작소'라고 쓰여 있는 문을 열었다. 졸음이 가시지 않은 얼굴이었다. 검은 바지와 푸른 줄무늬가 있는 파자마 상의를 입은 채였다. 마치 비밀 사건의 동지들을 대하듯 비밀스러운 눈길로 일일이 손님들에게 악수를 청하고는 상자, 주형, 깡통, 여러 가지 몸의 일부로 가득 찬, 물감 냄새가 나는 환한 방으로 그들을 맞아들였다. 한구석에서 꺼낸 팸플릿을 나누어 주면서 단조롭게 설명을 시작했다.

"우리 기관은 발칸과 중동에서 가장 오래된 마네킹 사업체입니다. 백 년 전통의 우리 회사는 터키의 현대화와 산업화 정도를 알려 주는 지표가 되었습니다. 우리의 팔, 다리, 엉덩이는 백 퍼센트 터키에서 생산될 뿐 아니라……."

"제바르 씨, 우리 친구들은 전시실을 보러 온 게 아니에요. 당신이 아래층에, 지하에 무엇이 있는지 안내해 주기를 기대하고 있어요. 불행한 사람들, 우리 역사, 우리를 우리이게 만든 것 말이에요."

대머리 남자가 못마땅하다는 듯 이렇게 말했다.

안내인이 얼굴을 찌푸리며 손잡이를 당기자 넓은 방에 있는 수백 개의 팔, 다리, 머리, 몸통이 갑자기 고요한 어둠 속으로 사라지고, 계단으로 통하는 층계참을 밝히는 작은 백열등이 켜졌다. 모두 함께 철제 계단을 내려갔다. 밑에서 습한 기운이 올라와 갈립은 일순 걸음을 멈췄다. 제바르 씨는 놀랄 만큼 편한 행동으로 갈립에게 다가왔다.

"당신이 갈구하는 것을 여기서 찾을 거요, 두려워 마시오! 그가 나를 보냈소. 그는 당신이 잘못된 길에서 배회하고, 길을 잃는 것을 전혀 원하지 않아요."

그는 마치 모든 것을 안다는 듯 말했다.

다른 사람에게도 이 수수께끼 같은 말을 했을까? 첫 번째 방에 들어가자, 안내인은 마네킹들을 가리키며 '아버지의 첫 작품들'이라고 소개했다. 그다음 방에서 백열등이 비추고 있는 오스만 제국 선원, 해적, 서기, 앉은뱅이 식탁 주위에 책상다리를 하고 앉아 있는 시골 사람 마네킹을 보고 있을 때, 안내인은 잘 알아들을 수 없는 무슨 말인가를 또 속삭였다. 세 번째 방에서 빨래하는 여자, 머리가 잘려 나간 무신론자, 손에 작업 기구를 든 사형집행인 마네킹을 보고 있을 때, 갈립은 처음으로 안내인의 말을 이해했다.

"백 년 전, 첫 번째 방에서 보았던 작품들이 처음 만들어졌을 때는 모두들, 할아버지까지도 오로지 한 가지 단순한 생각만 품고 있었습니다. 가게 진열장에 전시되는 마네킹들은 우리 나라 사람들을 모델로 해야 한다는 것이었지요. 할아버지가 원한 것은 그것뿐이었습니다. 하지만 유력한 비밀 결사단에 의해 저지되었는데, 그들 역시 이백 년 전 국제적 음모의 희생자였습니다."

그들은 계단을 더 내려가, 다른 계단으로 연결되는 문을 지나서, 천장에서는 물이 떨어지고 백열등을 연결하는 전선이 빨랫줄처럼 휘감겨 있는 방에 도착했다. 그 방에는 수백 개의 마네킹이 있었다.

참모총장을 지낸 삼십 년 동안, 국민이 적과 협력할까 봐 나라에 있는 모든 교량을 폭파하고, 러시아인들에게 신호가 될까 봐 사원 첨탑을 허물고, 적들의 수중에 들어가면 길을 잃을 미로가 되게끔 이스탄불을 비워 유령 도시로 선포하려 했던 페브지 착크막 육군 총사령관의 마네킹, 자기들끼리 결혼을 거듭해 아버지, 어머니, 딸, 할아버지, 숙부가 모두 서로 똑같이 닮은 콘야[78]의 시골 사람 마네킹들, 가가호호 방문하며 우리를 우리이게 만드는(우리도 모르는 사이에) 오래된 물건들을 모으는 고물장수 마네킹들을 보았다. 자기 자신도 다른 사람도 될 수 없기에 출연했던 영화에서도 자신이 되지 못하는 영화배우, 꾸밈없이 자신을 가장 잘 연기한 터키의 유명 배우, 서양의 학문과 예술을 동양으로 전달하기 위해 전 생애를 번역과 번안 작업에 바치면서 애처롭게 헤매었던 사람, 이스탄불의 미로 같은 거리를 베를린처럼 보리수나무가 줄지어 선 거리로, 파리처럼 별 모양으로, 상트페테르부르크처럼 다

---

78) 터키 남서부 지역에 있는 도시 이름.

리로 이어진 거리로 만들기 위해 돋보기를 들고 평생 지도를 연구한 사람, 저녁마다 서양인들처럼 개에 목걸이를 매달고 산책을 시키며 용변을 누이기도 하는 현대적인 거리를 평생 꿈꾼 은퇴한 장군도 마네킹이 되어 서 있었다. 새로운 국제적인 방법이 아닌 우리의 전통적인 방법으로 고문을 하려다가 조기 은퇴당한 정보국 요원, 어깨에 자루를 메고 마을마다 돌아다니며 보자, 삼치, 요구르트를 파는 행상도 있었다. '찻집 풍경'(안내인은 '할아버지가 시작하고, 아버지가 발전시키고, 내가 이어받은 시리즈'라 소개했다.)에서는 머리가 어깨로 축 처진 실업자, 체스나 주사위 놀이를 하면서 자신이 살고 있는 세기와 자신이 누구인지를 잊을 수 있었던 행운아, 한 손으로 찻잔을 잡고 다른 한 손으로 값싼 담배를 피우며 자신들이 잃어버린 존재의 이유를 기억하려는 듯 영원의 지점을 바라보는 사람, 자신의 내면 세계로 빠지거나 빠질 수 없기 때문에 카드에, 주사위에, 서로에게 저주를 퍼붓는 서민들을 보았다. 안내인은 이렇게 말했다.

"할아버지는 임종의 문턱에 다다라 자신이 얼마나 강력한 국제적 음모와 맞섰는지를 깨달았습니다. 그 역사적인 세력은 우리 민족이 정체성을 찾는 것을 원하지 않았기 때문에 우리의 가장 귀중한 보물인 일상생활의 행동과 동작을 빼앗으려 했고 할아버지를 베이올루에서, 가게에서, 이스틱랄 거리에서, 진열장에서 내쫓았습니다. 아버지는 할아버지의 유일한 유산이 지하, 그래요, 지하라는 것을 그때까지 몰랐어요. 이스탄불은 생겨난 이래로, 항상 지하 도시였다는 것을요. 마네킹을 놓아 둘 공간을 새로 마련하기 위해 땅을 파 내려가면서 진흙 속에서 나타난 통로들을 보고서야 알게 되었지요."

그들은 지하 통로로 이어진 계단을 내려가면서, 이제는 방이라고도 할 수 없는 진흙 동굴과 층계참을 지나며 수백 개의 불행한 마네킹들을 보았다. 수백 년 된 먼지와 진흙으로 뒤덮인 채 백열등 빛 아래에 서 있는 마네킹들을 보고 갈립은 잊힌 버스 정거장에서 절대 오지 않을 버스를 기다리는 사람들을 떠올렸다. 그 마네킹들은 이스탄불 거리를 걸을 때 느꼈던 어떤 환영을, 모든 불행한 사람들이 서로 형제라는 생각을 떠올리게 했다. 자루를 들고 있는 복권 판매상들을 보았다. 냉소적이고 신경질적인 대학생들을 보았다. 견과류 가게 점원들, 새를 좋아하는 사람들, 보물을 찾는 사람들을 보았다. 서양의 학문과 예술이 동양에서 도용된 것임을 증명하기 위해 단테를 읽는 마네킹, 사원 첨탑이 다른 세계로 보내는 신호라는 것을 증명하기 위해 지도를 그리는 마네킹, 고압선에 감전되고 전기 충격에 파랗게 질려 이백 년 전의 사건을 상기하기 시작한 신학 고등학생 마네킹들을 보았다. 진흙으로 덮인 방들에 줄지어 있는 마네킹들은 사기꾼, 정체성을 찾지 못하는 사람, 죄인, 다른 사람으로 변신한 사람 같은 무리로 나뉘어 있었다. 불행한 부부, 평온하지 못한 사자(死者), 무덤에서 나온 전사자를 위한 자리도 있었다. 얼굴과 이마에 글자가 쓰여 있는 비밀스러운 사람, 이 글자의 비밀을 폭로한 현인과 이 현인의 후계자 역할을 하는 오늘날의 유명인도 보았다.

한구석, 유명한 현대 터키 작가와 예술가 사이에, 이십 년 전부터 그의 특징이 된 레인코트를 걸친 제랄 마네킹도 있었다. 안내인은 이 마네킹 앞을 지나며, 한때 자신의 아버지가 많은 기대를 걸었던 이 작가는 아버지가 누설한 글자의 신비를 악용했고 값싼 승리를 위해 자신을 팔았다고 했다. 마네킹은, 이십 년 전 제랄이 안내인의 아버지와 할아버지에 대해 썼던 칼럼이 들어 있는 액자를 마치 사형수처럼 목에 걸고 있었다. 시 당국으로부터 허가를 받지 못하고 불법으로 파 내려간 진흙 방의 벽에서 습기와 곰팡내가 스며 나왔기 때문에, 갈립은 제대로 숨을 쉬려 애쓰면서 안내인을 따라갔다. 그의 아버지가 수많은 배반을 경험한 후, 아나톨리아 여행에서 모은 글자의 신비에 희망을 가지게 되고, 이 신비를 마네킹과 불행한 사람의 얼굴에 새길 당시, 이스탄불을 이스탄불이게 만든 지하 통로가 하나하나 그 앞에 열렸다고 안내인은 설명했다. 갈립은 뚱뚱하고 거대한 몸, 부드러운 시선, 작은 손을 한 제랄 마네킹 앞에서 한동안 꼼짝 않고 서 있었다. 이렇게 말하고 싶었다.

'내가 한 번도 나 자신이 되지 못한 건 전부 당신 탓이야! 나를 당신이게 한 그 모든 이야기를 믿은 건 모두 당신 때문이야!'

그는 아버지의 잘 나온 옛날 사진을 열심히 관찰하는 아들처럼, 제랄의 마네킹을 주의 깊게 오랫동안 바라보았다. 그가 입은 바지의 옷감은 시르케지에 있는 먼 친척의 가게에서 세일 가격으로 샀으며, 레인코트는 자신을 영국 추리소설의 주인공과 닮아 보이게 했기 때문에 아주 좋아했으며, 재킷 주머니의 가장자리 터진 부분은 자주 주머니 속으로 손을 넣어 꾹꾹 누르기 때문에 생겼으며, 아랫입술과 목젖 위에 면도칼로 베인 상처는 최근에 보지 못했으며, 재킷 주머니에 있는 만년필은 제랄이 여전히 사용하고 있다는 것을 기억해 냈다. 갈립은 이 남자를 사랑하고 또 두려워했다. 제랄과 함께 있고 싶었고, 또 도망치고 싶었다. 그를 찾고 있었고, 또 그를 잊고 싶었다. 해독할 수 없는 삶의 의미를, 제랄은 알았지만 자신에게 감추었던 어떤 비밀을, 세상 속에 있는 두 번째 세상의 신비를, 농담으로 시작하여 악몽으로 변하는 어떤 놀이의 출구를 그에게서 알아내기 위해, 제랄의 목덜미를 잡듯 재킷을 움켜쥐었다. 안내인은 멀리서 흥분을 감춘 채 늘 되풀이하는 곡을 연주하듯 이야기를 계속했다.

"아버지는 이제 더 이상 거리에서도, 집에서도, 사회의 그 어떤 곳에서도 찾을 수 없게 된 의미를 자신이 알아 낸 글자로 마네킹의 얼굴에 새겼습니다. 너무나 빨리 만들어 내는 바람에 지하에는 공간이 충분하지 않을 정도였습니다. 그러므로, 역사의 지하로 연결하는 통로를 그때 발견한 것이 단지 우연이라고만은 할 수 없습니다. 아버지는 이제 우리 역사가 지하에서만 살아남을 수 있다는 것을, 지하의 삶은 지상 붕괴의 신호라는 것을, 끝이 하나하나 우리 집으로 열리는 통로가, 해골로 들끓는 지하도가 오로지 우리가 창조한 진짜 국민들의 얼굴에서 삶과 의미를 찾을 역사적 기회라는 것을 아주 잘 알고 있었습니다."

갈립이 목덜미를 놓자 제랄 마네킹은 납으로 만든 군인처

럼 좌우로 천천히 흔들렸다. 갈립은 이 이상하고, 공포스럽고,
우스운 모습을 앞으로 절대 잊지 못할 거라 생각하면서 한두
걸음 뒤로 물러났다. 담배에 불을 붙였다. 그는 머뭇거리며 일
행을 쫓아 '어느 날엔가 마네킹이 해골과 뒤섞여 들끓게 될'
지하 도시 입구로 다가갔다.

그쪽으로 가자, 안내인은 1536년 전 비잔틴 사람들이 아틸
라[79]의 공격이 두려워 할리치 만 밑에 파 놓은 지하 통로를
가리켰다. 그는 사람들에게 램프를 들고 들어가면 의자에 앉
아 있는 해골, 거미줄로 뒤덮인 책상, 칠백칠십오 년 전 라틴
습격자의 침략을 피해 숨겨 둔 보물을 지키는 수호상을 보게
될 거라고 화난 목소리로 말했다. 갈립은 안내인의 설명을 들
으며, 이 모습과 이야기가 의미하는 수수께끼를 아주 오래전
에 제랄의 칼럼에서 읽었던 기억이 났다. 안내인은 다가올 붕
괴의 강력한 계시를 읽은 아버지가 어떻게 지하 세계로 내려
갈 결심을 하게 되었는지 설명하며, 비잔티움, 비잔트, 노바 로
마, 안투사, 차르그라드, 미크라그라드, 콘스탄티노플, 코스폴
리, 이스틴 폴린[80] 바로 아래에 이전 문명이 피난했던 지하 통
로가 있다고 했다. 안내인이 열을 올리며 설명한 바에 의하면,
이로 인해 지하 세계가 있는 비정상적인 형태의 이중 도시가

---

79) Attila(406?~453). 훈족의 왕. 5세기 전반의 민족 대이동기에 지금의 헝
가리인 트란실바니아를 본거로 하여 주변의 게르만 부족과 동고트족을 굴
복시켜 동쪽은 카스피해에서 서쪽은 라인강에 이르는 지역을 지배하는 대
제국을 건설했다.
80) 모두 이스탄불을 일컫는다.

생겨났으며, 지하 문명은 자신들을 그곳으로 몰아낸 지상 세계에 매번 복수를 했다. 갈립은 이 이야기를 들으면서, 제랄이 어떤 칼럼에서 아파트를 지하 문명의 연장선처럼 언급했던 것을 기억했다. 분노로 인해 점점 커져 가는 목소리로, 지하의 엄청난 붕괴 징조에, 불가항력적인 그 심판의 날에 동참하기 위하여, 아버지가 모든 통로를, 쥐와 해골과 거미줄로 덮인 보물로 가득한 모든 지하도를 마네킹으로 채우고 싶어 했고, 이 엄청난 붕괴의 축제에 대한 환상으로 삶에 새로운 의미를 부여했으며, 자신도 의미를 가진 글자를 마네킹에 새겨 아버지를 따르고 있다고 안내인은 설명했다.

갈립은 이 남자가 매일 아침 일찍 일어나 누구보다 먼저 《밀리예트》를 사서, 질투심과 분노에 차 제랄의 글을 읽는 것은 아닌지 궁금해졌다. 안내인은, 원한다면, 이 놀라운 지하 통로로 들어가, 용기가 있다면, 천장에 매달아 놓은 금 목걸이와 팔찌 사이로, 압바스의 포위 때문에 두려움에 휩싸여 지하로 내려간 비잔틴 사람들의 해골과 십자군으로부터 도망쳐 들어와 서로 뒤엉켜 있는 유대인들의 해골을 볼 수 있을 거라고 말했는데, 이로써 갈립은 안내인이 제랄의 최근 칼럼을 주의 깊게 읽었다는 것을 확신하게 되었다. 안내인은 계속해서 칠백 년 전, 비잔틴이 육천 명이 넘는 이탈리아인을 학살할 때 달아난 제노바인, 아말피인, 피사인의 해골이, 육백 년 전 흑사병을 피해 아조프 해에서 배를 타고 도시에 들어온 해골과 함께, 아바르족의 공격 때 지하로 내려진 테이블에 서로 기대어 앉아 심판의 날을 인내하며 기다리는 모습을 볼 수 있다고 말했다. 그의 설명이 계속될수록, 갈립은 그가 제랄만큼 끈기가 있다는 생각이 들었다. 안내인은 오스만 제국의 약탈을 피해 비잔틴인들이 숨었던 통로들을 가리켰다. 그 통로들은 아야 소피아 사원에서 아야 에이레네 성당과 판토크라토 사원[81]까지 연결되었고, 그것만으로도 충분하지 않아 이곳 할리치만까지 이어졌다고 했다. 이백 년 뒤 무라트 4세가 커피, 담배, 아편에 대한 금지령을 내리자 사람들은 또다시 숨어들기 시작했으므로, 커피 분쇄기, 커피 주전자, 아편과 연초 담는 주머니, 커피 잔 같은 것을 손에 꼭 쥔 채, 그들을 구원해 줄 마네킹을 기다리는 해골을 볼 수 있었다. 갈립은 먼지를 실크 외투처럼 뒤집어쓴 제랄의 마네킹을 떠올렸다. 안내인은, 궁정 음모에 실패한 뒤 비잔틴 제국에서 쫓겨난 유대인들이 파 놓은 지하 통로로 내려온 아흐메트 3세의 아들의 해골과 칠백 년 뒤 애인과 함께 하렘에서 도망친 그루지야 여자 노예의 해골 이야기도 해 주었다. 덧붙여 위조지폐를 찍는 인쇄업자가 젖은 지폐를 손에 들고 있는 모습이나, 무슬림 레이디 맥베스가 탈의실로 쓰는 동굴로 내려와, 지금까지 어떤 무대에서도 본 적 없는 사실감을 주기 위해 밀수입된 버팔로의 피가 담긴 그

---

81) 아야 소피아 사원: 6세기에 기독교 교회로 지어졌다가 15세기에 동로마 제국의 수도였던 콘스탄티노플이 오스만 제국에 점령된 후 이슬람 사원으로 바뀌었다.
아야 에이레네 성당: 이스탄불의 유일한 그리스 정교회 성당.
판토크라토 사원: 1124년 에이레네 여제가 건설한 수도원 교회였으며, 지금은 제이렉 자미라는 이슬람 사원이 되었다.

룻에 두 손을 담가 붉은색으로 물들이는 모습을 볼 수도 있다고 했다. 또한 젊은 화학자들이 녹이 슨 불가리아 배에 실어 미국으로 수출할 최고급 헤로인을 만들기 위해 불순물을 제거하는 모습도 볼 수 있을 거라고 했다. 갈립은 이 모든 의미를 제랄의 칼럼뿐 아니라 그의 얼굴에서도 읽을 수 있을 거라는 생각이 들었다.

한참 뒤, 안내인은 설명을 마치며 아버지의 가장 커다란 꿈이자 자신의 꿈을 이야기했다. 어느 더운 여름날, 지상에서 이스탄불 전체가 오후의 지독한 더위로 이글거리고, 파리, 쓰레기 더미, 먼지 구름 속에서 졸고 있을 때, 그 어둡고 곰팡내 나는 통로에서 오랜 세월을 견뎌 온 해골들이 조금씩 움직이며 생명을 얻게 되는 것이다. 그때, 시간과 역사, 법과 금기를 초월한 그들의 삶과 죽음을 정화하고 축복하는 큰 축제가 벌어지는 것이다. 안내인이 그려 낸 기쁨의 날을 듣자, 갈립은 더 이상 안내가 필요 없을 듯했다. 그는 이미 마네킹과 해골이 춤추고, 음악이 정적 속으로 사라지고, 그 정적이 해골들의 교접 소리로 채워지는 모습을 그려 볼 수 있었으며, '친애하는 시민들'의 표정에서 고통의 흔적을 읽어 낼 수 있었고, 발밑에 흩어진 깨진 찻잔과 술잔을 볼 수 있었다. 지상으로 돌아가면서 자신이 들은 모든 이야기, 자신이 본 모든 마네킹의 얼굴이 그를 짓누르는 느낌을 받았다. 다리에 힘이 없는 것은 가파른 계단 때문도, 좁은 통로 때문도, 긴 하루의 피곤함 때문도 아니었다. 그들이 멈추지 않고 지나갔던 습기 찬 방에서, 백열등만이 비추는 미끄러운 계단을 내딛으며 지나친 그 얼굴들 때문이었다. 갈립은 마네킹들, 그의 형제들의 표정에 나타난 고단함을 자신의 몸으로 느꼈다. 그들의 떨어뜨린 목, 굽은 허리, 곱사등처럼 굽은 등, 휘어진 다리는 갈립 자신의 몸의 연장이었다. 그들의 얼굴이 자신의 얼굴이었고 그들의 절망이 자신의 절망이었다. 그들이 활기차게 다가오는 듯해도 갈립은 그들을 보고 싶지 않았고 눈을 마주칠 엄두도 나지 않았지만, 자신의 일란성 쌍둥이를 떨쳐 버릴 수 없듯이, 그들로부터 눈을 뗄 수도 없었다.

그가 믿고 싶은 것은(제랄의 칼럼을 읽던 십 대 때 그가 믿었던 것), 그 수수께끼를 풀 수 있다면, 지금 보이는 세계 너머에 숨겨진 비밀을 발견할 수 있다면, 진실이 생각보다 단순할 것이며, 그 열쇠를 찾는 사람들에게 자유를 안겨 줄 비밀 처방이리라는 것이다. 하지만 제랄의 글을 읽을 때마다 그랬던 것처럼, 자신이 이 세계 속에 너무나 파묻혀 있다는 것을 알게 되었고, 비밀을 풀려고 할 때마다 기억을 잃어버린 사람처럼 아무것도 모르는 아이가 된 기분이 들었다. 마네킹이 무엇을 의미하는지, 그가 이곳에 왜 왔는지, 마네킹의 얼굴에 쓰인 글자가 무엇을 뜻하는지 알지 못했다. 그 자신의 존재 의미도 알수 없었다. 지상으로 가까워질수록, 위로 올라갈수록, 갈립은 방금 목격한 지하 세계의 비밀을 기억해 내기가 힘들어졌고, 그것이 머릿속에서 빠져나가는 것이 느껴졌다.

위쪽으로 올라오면서 너무 평범해 안내인이 언급하지 않던 평범한 서민 마네킹들이 있는 방을 지났는데, 갈립은 그들의 얼굴을 보자마자 그들이 같은 생각을 하고 같은 운명을 지녔다는 것을 알 수 있었다. 옛날, 그들은 모두 함께 살았고 그 삶에는 의미가 있었지만, 지금은 어떤 알 수 없는 이유 때문에, 기억을 잃어버린 것처럼 그 의미도 잃어버렸다. 의미를 다시 찾으려고 할 때마다, 거미줄로 뒤덮인 기억의 미로로 들어갈 때마다 그들은 길을 잃었다. 돌아갈 길을 찾아 칠흑 같은 이성의 골목을 헛되이 헤맬 때, 새로운 삶을 열어 줄 열쇠는 바닥 없는 기억의 우물 속으로 떨어져 버렸다. 그들은 영원히 길을 잃었다는 것을 깨닫고는 자신의 집, 자신의 조국, 자신의 과거, 자신의 역사를 잃어버린 자만이 알 수 있는 주체할 수 없는 고통에 휩싸였다. 길을 잃고 집에서 멀리 와 버렸다는 고통은 견딜 수 없을 만큼 심해서, 더 이상 그 신비를, 그들이 찾으러 온 잃어버린 기억을 찾으려 애쓰지 않고, 자신을 신에게 맡긴 채, 영원의 시간을 조용히 인내하며 기다리는 수밖에 없었다. 그러나 갈립은 지상으로 올라갈수록 그들의 숨 막힐 듯한 기다림을 함께할 수 없을 거라는 생각이 들었다. 자신이 찾는 것을 발견하기 전에는 절대 평온도 찾지 못할 것이다. 다른 사람의 형편없는 모조품이 되는 것이, 과거와 기억과 꿈을 잃어버린 사람이 되는 것보다 낫지 않겠는가?

철 계단까지 왔을 때쯤에는, 갈립은 제랄의 입장이 되어, 마네킹들과 이들을 만들어 낸 그 사고를 멸시하고 있었다. 허튼 사고일 뿐이며, 모든 것의 기원을 배반하는 강박증이고, 악랄한 모방이며, 냉소적인 농담에다, 절대 이해할 수 없는 비참한 어리석음인 것이다. 이 안내인, 자기 자신의 모방물을 보라! 자신의 사고를 정당화하기 위해, 아버지가 소위 말하는 이슬람 조형 미술에 대한 금지령을 따르지 않았다는 이야기를 하고 있다. 우리가 '사고'라고 하는 것은 단지 형상일 뿐이며, 우리가 여기서 본 것들은 바로 일군의 형상들인 것이다. 처음 들어갔던 방으로 돌아오자, 안내인은 이제 이 '위대한 사고'를 지키기 위해 마네킹 사업을 하는 것이라며, 손님들에게 초록색 모금함에 마음이 가는 대로 얼마쯤 넣어 달라고 요구했다.

갈립은 초록색 모금함에 1000리라를 넣고 나서, 골동품 가게 여자와 마주 보게 되었다. 여자가 물었다.

"나 기억나니?"

그녀는 막 꿈에서 깬 것처럼 보였다. 어린애같이 즐거운 표정이었다.

"외할머니의 이야기가 모두 사실이었나 봐."

어두운 불빛 아래서 그녀의 눈은 고양이 눈처럼 빛났다.

"뭐라고요?"

갈립은 당황하며 물었다.

"나 기억 못 하는구나. 중학교 다닐 때 같은 반이었잖아. 나 벨크스야."

"벨크스."

이렇게 말하면서, 뤼야 말고는 기억하는 얼굴이 없다는 걸 깨달았다.

"차도 가져왔고 나도 니샨타쉬에 사니까, 데려다줄게."

신선한 공기가 있는 밖으로 나간 사람들은 천천히 흩어졌다. 영국 기자들은 페라 팔라스 호텔로 갔다. 중절모를 쓴 남자는 갈립에게 명함을 주면서 제랄에게 안부를 전하고는 지한기르의 뒷골목으로 사라졌다. 이스켄데르는 택시를 타고 가고, 수세미 콧수염의 건축가는 벨크스 그리고 갈립과 함께 걸었다. 그들은 아틀라스 극장 뒤 노점상에서 필래프[82]를 사 먹었다. 탁심 근처에서 시계 가게의 성에 낀 진열장에 놓인 시계들을 마치 신기한 장난감을 보는 것처럼 바라보았다. 갈립이 밤의 하늘빛과 같은 찢어진 군청색 영화 포스터와 사진관 유리창 너머로 오래전에 참수된 전 수상의 사진을 보고 있을 때, 건축가 쉴레이마니예 사원으로 가자며, 방금 다녀온 '마네킹 지옥'보다 더욱 흥미로운 것을 보여 주겠다고 했다. 사백 년 된 그 사원이 천천히 움직이고 있다는 것이었다! 그들은 벨크스가 탈림하네 뒷골목에 세워 둔 자동차를 타고 조용히 출발했다. 어둡고 끔찍한 2층집들 사이를 지나면서, 갈립은 "너무나 끔찍해!"라고 외치고 싶었다. 하늘에서는 조금씩 눈이 내렸고, 도시는 잠들어 있었다.

한참을 달려 사원 입구에 도착했다. 건축가는 예전에 이 사원의 보수공사 일을 맡으면서 사원 밑에 있는 통로를 알게 되었다고 했다. 몇 푼만 주면 모든 문을 흔쾌히 열어 줄 이맘도 안다고 했다. 벨크스가 엔진을 끄자, 갈립은 내리지 않고 차에서 기다리겠다고 말했다.

"차 안에 있다가는 얼어 버릴걸!"

벨크스가 말했다. 갈립은 여자가 자기에게 아주 친근한 말

---

82) 고기나 새우 등을 넣고 버터로 볶은 밥으로 대표적인 터키 요리.

투로 이야기하는 것을 깨닫고는, 그녀가 아름다웠음에도 불구하고, 두꺼운 외투를 입고 머리에 스카프를 두른 모양새 때문에 먼 친척 아주머니와 닮았다는 생각이 들었다. 갈립은 아주머니 댁에 명절마다 방문했는데, 아주머니가 내놓는 아몬드 과자가 너무나 달아서, 한 조각 먹은 후 억지로 쥐어 주는 다른 조각을 먹기 전에 물을 한 컵 마셔야 했다. 왜 뤼야는 명절 때 친척들을 방문하지 않았을까?

"가고 싶지 않아!"

갈립은 단호하게 말했다.

"왜? 첨탑에도 올라갈 수 있어."

벨크스는 이렇게 말하고는 건축가를 돌아보았다.

"첨탑에 올라갈 수 있죠?"

잠시 정적이 흘렀다. 그리 멀지 않은 곳에서 개 한 마리가 짖었다. 갈립은 눈 덮인 도시의 소리를 들었다.

"내 심장으로는 계단을 못 오릅니다. 당신들 둘이 가시죠."

건축가가 말했다.

갈립은 첨탑에 올라갈 기대로 차에서 내렸다. 백열등이 눈 덮인 나무를 비추는 첫 번째 안뜰을 지나 사원 내부 안뜰로 들어서자 석조 건물이 실제보다 작아 보이며 사원은 비밀을 숨기지 못하는 친숙한 건물이 되었다. 대리석 위에 쌓여 얼어붙은 눈은 외국식 광고에 나오는 달의 표면처럼 어둡고 얽은 자국이 있었다.

건축가는 아치 모퉁이에 달려 있는 철문 자물쇠를 익숙하게 만지작거리기 시작했다. 그러면서 건물이 세워져 있는 언덕의 경사와 사원의 무게 때문에 지난 수백 년 동안 사원은 매년 5~10센티미터씩 할리치 만 쪽으로 미끄러져 왔다고 말했다. 사실은 더 빠른 속도로 해안가로 기울어져야 정상이지만 사원을 둘러싸고 있는 '이 거대한 돌벽'이 지연시켜 주었다는 것이다. 그 원리는 아직 밝혀지지 않았다. 너무나 정교하여 현대 기술을 능가하는 '하수구 시스템', 정밀하게 설계되어 오차 없이 흐르는 '물 형세', '복잡한 지하 통로'의 역사는 400년을 거슬러 올라갔다. 자물쇠가 열리고 어두운 통로를 향해 들어설 때 갈립은 여자의 눈에서 생기 있게 반짝이는 호기심을 보았다. 어쩌면 벨크스는 출중하게 아름다운 건 아닌지도 몰랐다. 하지만 그녀가 다음에 무엇을 할지 궁금하게 만들었다.

"서양인들은 이 비밀을 풀지 못했지!"

건축가는 취한 사람처럼 말했고, 취한 사람처럼 통로로 들어갔다. 갈립은 밖에 남아 있었다.

가장자리에 얼음이 언 기둥의 그림자 속에서 이맘이 나타났을 때 갈립은 통로에서 들려오는 소리에 귀를 기울이고 있었다. 이맘은 이 이른 아침에 잠을 깨웠다는 데에 전혀 불만이 없어 보였다. 통로에서 들려오는 소리에 그도 귀를 기울인 후에 물었다.

"저 여성은 관광객입니까?"

"아닙니다."

갈립은 턱수염이 이맘을 나이 들어 보이게 한다고 생각하며 이렇게 대답했다.

"당신도 선생입니까?"

"네."

"그럼 당신도 피크레트 씨처럼 교수군요!"

"네."

"정말로 사원이 움직이고 있나요?"

"정말입니다, 그 때문에 왔습니다."

"신께서 기뻐하실 겁니다!"

이맘은 뭔가 미심쩍은 듯 보였다.

"여자가 아이도 데리고 왔습니까?"

"아닙니다."

"저기, 가장 깊은 곳에 아이가 숨어 있답니다."

"사원이 수백 년 동안 미끄러져 왔다던데……."

갈립은 의심스럽다는 듯 말했다.

"알고 있습니다, 거기로 들어가는 것은 금지되어 있는데, 여자 관광객이 들어가더니, 아이를 데리고요, 내가 보았습니다, 나올 때는 혼자였어요. 아이는 안에 있어요."

"경찰에 신고하지 그랬어요."

"그럴 필요 없습니다. 왜냐하면 그들의 사진이 신문에 나왔으니까요, 여자와 아이 말이에요. 에티오피아 왕의 손자였어요. 이제 그들이 아이를 꺼내 갔으면 합니다."

"아이의 얼굴에 뭐가 있죠?"

갈립이 물었다.

"이보시오, 그게 안 보여요? 당신도 이미 알 텐데요. 아무도 아이의 눈을 들여다볼 수가 없었습니다."

이맘은 의심스럽다는 듯 말했다.

"아이의 얼굴에 뭐가 쓰여 있죠?"

갈립이 고집스럽게 물었다.

"얼굴에 많은 것이 쓰여 있지요."

이맘이 자신감을 잃은 모습으로 말했다.

"얼굴을 읽을 줄 압니까?"

이맘은 대답하지 않았다.

"잃어버린 얼굴을 되찾으려 한다면, 그 의미를 좇는 것만으로 충분합니까?"

갈립이 물었다.

"그건 나보다 당신이 더 잘 알 거요."

이맘은 불안한 듯 말했다.

"사원은 열려 있습니까?"

"내가 방금 열었어요. 아침 기도를 하기 위해 곧 사람들이 올 거요. 안으로 들어가시오."

사원 안에는 아무도 없었다. 네온 전등은 갈립 앞에 바다의 표면처럼 펼쳐져 있는 보라색 카펫이 아니라 휑뎅그렁한 벽을 비추고 있었다. 양말을 신은 발이 꽁꽁 얼어붙었다. 그는 감동을 기대하며 돔, 기둥, 머리 위의 웅장한 돌 더미를 쳐다보았다. 하지만 감동받기를 바라는 바람 이외에 아무것도 일지 않았다. 그곳엔 어떤 기대, 모호한 징조만이 있었다. 사원은 그것을 구성하는 돌처럼 자기 자신만으로 만족하는, 폐쇄되어 있는 거대한 물체라는 생각이 들었다. 방문자를 어딘가로 초대하지도 않았고 다른 곳으로 보내 주지도 않았다. 하지만 아무것도 아무것을 의미하지 않는다면, 어떤 것도 어떤 것이든 의미할 수 있다. 갈립은 한순간 푸른빛을 본 것만 같았다. 잠시 후 비둘기 날갯짓 소리같이 빠르게 퍼덕거리는 소리를 들었다. 하지만 이내, 결코 오지 않을 환상을 기다리던 그 오래된 정적 속으로 돌아갔다. 그러자 그를 둘러싼 것들, 그 벽에 박힌 돌들이 실제보다 더 '적나라하다'는 생각이 들었다. 그것들은 마치 "우리에게 의미를 부여해 줘!"라고 그를 향해 외치는 것 같았다. 잠시 후 두 노인이 속삭이며 천천히 걸어와 미흐랍[83] 앞에 무릎을 꿇자, 그들의 외침이 더 이상 들려오지 않았다.

어쩌면 이러한 이유 때문에, 갈립은 첨탑을 오르면서도 기대감도 무엇도 갖지 않았는지 모른다. 건축가가 벨크스 부인이 기다리지 않고 올라갔다고 말하자, 갈립은 서둘러 계단을 오르기 시작했다. 하지만 얼마 지나지 않아 심장 뛰는 소리가 관자놀이에까지 느껴져서 멈춰 서야 했다. 다리와 엉덩이에 통증이 오기 시작해 그 자리에 주저앉았다. 계단을 밝히는 백열등을 지날 때마다 그 앞에 앉았다가 다시 다음 계단을 밟았다. 위에서 여자 발소리가 들려오자 발걸음을 재촉했다. 하지만 한참 후 쉐레페[84]에 도달했을 때에야 그녀를 따라잡을 수 있었다. 그녀와 함께 조용히, 아무 말도 하지 않고 오랫동안 어둠 속 이스탄불을, 희미한 도시의 불빛을, 드문드문 내리는 눈을 바라보았다.

---

83) 이슬람 사원의 벽에 있는, 기도 방향을 가리키는 움푹 들어간 곳.
84) 기도를 읊는 첨탑에 있는 발코니.

하늘이 서서히 밝아 왔지만 도시는 별빛이 비추지 않는 어둠 속에 있는 것 같아서, 갈립은 밤이 끝나려면 멀었다고 생각했다. 갈립은 추위에 떨면서 아래로 보이는 사원, 콘크리트 흉물, 굴뚝 연기에 비치는 빛이 도시 밖이 아니라 도시 안에서 새어 나오는 것 같다고 생각했다. 형태를 갖추어 가는 행성의 표면을 보고 있다고 해도 믿을 수 있을 것 같았다. 사원의 돔으로 덮여 있는, 오르막길과 내리막길로 된 도시의 조각들, 콘크리트, 돌, 기와, 나무, 플렉시 유리가 천천히 열리고 그 틈 사이로 신비스러운 지하 세계의 불꽃색 광명이 새어 나올 것만 같았다. 하지만 그리 오래 가진 않았다. 곧 도시는 그 구체적인 모습을 드러내기 시작했다. 벽, 굴뚝, 지붕 사이로 담배와 은행 광고판의 커다란 글자들이 보이기 시작하자, 바로 옆에 있던 확성기에서 아침 기도를 알리는 이맘의 금속성 목소리가 울려 퍼졌다.

벨크스는 계단을 내려가면서 뤼야에 대해 물었다. 갈립은 아내가 집에서 기다린다고 대답했다. 뤼야에게 주려고 오늘 추리소설을 세 권 샀다고, 그녀는 밤에 추리소설 읽는 것을 좋아한다고 했다.

그들이 그녀의 개성 없는 무라트 자동차에 탔을 때, 벨크스가 또다시 뤼야에 대해 물었다. 언제나처럼 한적한 지한기르 거리에 수세미 콧수염의 건축가를 내려 주고 탁심으로 향할 때였다. 갈립은 뤼야가 직장에 다니지 않으며, 추리소설을 읽고 가끔 번역도 한다고 말했다. 탁심 광장을 돌면서, 여자는 뤼야가 번역을 어떻게 하는지 물었다. 갈립은 아주 천천히

하고 있다고 대답했다. 갈립은 아침마다 사무실에 가고, 뤼야
는 아침을 먹은 식탁을 정리한 후 거기에서 일을 한다. 하지만
갈립은 뤼야가 그 탁자에서 일하는 것을 보지 못했기 때문에
머리에 그려 볼 수도 없었다. 또 다른 질문을 하자, 갈립은 잠
에 취한 듯 멍하게, 뤼야가 침대에서 일어나기 전에 집에서 나
오는 날도 있다고 대답했다. 일주일에 한 번 이모와 고모 집에
저녁을 먹으러 간다는 말도 했다. 가끔 저녁에는 코낙 극장에
간다는 말도 했다.

"알아, 너희들을 극장에서 봤어. 로비에 붙어 있는 영화 포
스터 보는 모습, 계단을 올라 사람들로 가득한 발코니석으로
가는 모습, 언제나 다정하게 뤼야의 손을 잡고 있는 모습을 보
며 네가 삶에 아주 만족한다는 걸 알 수 있었지. 하지만 너의
아내는 군중 속을 볼 때나 벽에 붙어 있는 포스터를 볼 때, 자
신에게 다른 세계의 문을 열어 줄 얼굴을 찾고 있었어. 멀리서
도 그녀가 얼굴에 있는 비밀스러운 의미를 읽는다는 걸 알 수
있었어."

갈립은 아무 말도 하지 않았다.

"중간 휴식 시간 오 분 동안 너는 여느 착실한 남편처럼 부
인을 기쁘게 하려고 코코넛이 들어 있는 초콜릿 바나 펭귄 아
이스크림을 사고 있었어. 동전으로 나무 상자 밑을 두드리는
상인에게 손짓하며 주머니에서 잔돈을 찾고 있었지. 그때 너
의 아내는 극장의 희미한 불빛 아래서 스크린에 나오는 카펫
청소기 광고, 오렌지 짜는 기계 광고를 불행하게 응시하면서,
여전히 단서를 찾으면서, 자신을 다른 나라로 데려가 줄 마법

의 신호를 찾고 있었지."

갈립은 아무 말도 하지 않았다.

"자정 무렵 다른 연인들이 서로의 외투에 기대어 극장을 나설 때, 너희 부부가 팔짱을 낀 채 앞을 보며 집으로 걸어가는 것을 봤어."

갈립이 말을 끊었다.

"그러니까 네가 말하는 것은 결국 네가 우리를 극장에서 보았다는 거지, 딱 한 번."

"딱 한 번이 아니야. 극장에서 열두 번, 거리에서 예순 번 이상, 식당에서 세 번, 가게에서 여섯 번 너희들을 보았어. 집에 돌아와서는, 어린 시절에 그랬던 것처럼, 네 옆에 뤼야가 아니라 내가 있다고 상상하곤 했지."

잠시 정적이 흘렀다.

코낙 극장 앞으로 차를 몰면서 계속 말을 이었다.

"중학교 때, 뤼야는 언제나, 열쇠고리를 바지의 벨트 구멍에 걸고 남는 시간마다 머리를 적셔 늘 뒷주머니에 꽂고 다니는 빗으로 빗는 남자아이들과 어울려 웃고 있었지. 네가 책상 위에 놓인 책에서 머리를 들지 않고 곁눈으로 바라보는 사람이 뤼야가 아니라 나라고 나는 상상했어. 겨울 아침, 네가 옆에 있어 살피지도 않고 길을 건너던 그 유쾌한 여자아이가 뤼야가 아니라 나라고 상상했어. 토요일 오후, 너희 둘과 너희를 미소 짓게 하는 아저씨가 탁심 돌무쉬 정거장으로 걸어가는 것을 보면, 너와 함께 나를 베이올루로 데려가는 거라 상상했어."

"그 게임은 언제까지 계속되었지?"

갈립은 라디오를 켜면서 물었다.

"게임이 아니야." 여자는 골목 앞에서 속도를 줄이지 않고 덧붙였다. "너희 집이 있는 골목으로 들어가지 않을 거야."

"이 노래 뭔지 알겠어. 트리니 로페스가 부르곤 했지."

갈립은 자신의 집이 있는 골목을 먼 도시에서 온 엽서를 바라보듯이 돌아보며 말했다.

골목과 아파트에는 뤼야가 돌아왔다는 그 어떤 징후도 없었다. 갈립은 손을 가만두지 못하고 라디오의 채널을 돌렸다. 교양 있고 다정한 남자 목소리가 농부를 대상으로 마구간에 있는 들쥐를 퇴치하기 위한 조치들을 설명했다.

"결혼은 안 했어?"

갈립은 자동차가 니샨타쉬 뒷골목으로 들어갈 때 이렇게 물었다.

"난 과부야. 남편이 죽었어."

"네가 전혀 기억나지 않아."

갈립은 자신도 이유를 알 수 없게 매정한 목소리로 이렇게 말했다.

"그런데 너를 보면 다른 친구 얼굴이 떠올라. 아주 사랑스럽고 부끄럼이 많은 유대인 여자애였는데, 이름은 메리 타바쉬였어. 아버지는 보그 양말의 사장이었지. 새해가 되면 남학생이나 선생 중에서도 꼭 그 애에게 스타킹 신은 여자들이 나오는 보그 달력을 달라는 사람들이 있었어. 그 아이는 부끄러워하면서도 마지못해 가져오곤 했지."

잠시 정적이 흐른 후 여자는 말했다.

　"니하트와 처음 결혼했을 때 우린 무척 행복했어. 세심하고 조용한 사람이었지. 담배를 많이 피웠어. 일요일에는 신문들을 뒤적이고, 라디오로 축구 경기를 듣곤 했지. 누군가에게 얻은 플루트 연습도 했어. 술은 아주 조금 마셨지만 언제나 그의 얼굴은 가장 슬픈 술주정뱅이보다 더 슬퍼 보였어. 어느 날 지겨운 듯, 부끄러운 듯 마지못해 두통을 호소하기 시작했어. 알고 보니 오랫동안 뇌 한구석에 커다란 혹을 키워 왔다고 하더군. 고집 세고 조용한 애들 있잖아. 손을 꼭 쥐고 그 안에 뭔가를 숨기고 있으면서, 아무리 해도 손을 펴지 않는 아이들 말이야. 그렇게 뇌에 있는 혹을 고집스레 보호하고 있었던 거지. 결국 손바닥을 펼치고 그 안에 있는 구슬을 상대방에게 줄 때 아이들이 순간 미소를 짓는 것처럼, 그는 수술실로 들어갈 때 그렇게 만족스럽다는 듯이 내게 미소를 지었어. 그러고는 한마디도 남기지 않고 세상을 떠났어."

　벨크스는 할레 고모의 집에서 그리 멀지 않은 곳에 차를 세웠다. 갈립이 자주 지나가지는 않지만 자신이 사는 골목처럼 잘 아는 곳이었다. 그녀는 외형과 문이 쉐흐리칼프 아파트와 놀랄 정도로 닮은 아파트로 갈립을 데리고 들어갔다.

　여자는 오래된 엘리베이터 안에서 말을 이었다.

　"죽음으로 내게 일종의 복수를 했다는 것을 나는 알아. 내가 뤼야를 모방하는 것처럼, 그는 너를 따라 해야 했어. 코냑에 취해 자신을 제어하지 못하고 그에게 뤼야와 너에 대해 장황하게 떠들었던 적이 몇 번 있었거든."

집 안에 들어섰을 때 잠시 정적이 흘렀다. 자신의 집과 같은 식으로 꾸며 놓은 아파트에 앉아 갈립은 마치 사과라도 하듯이 걱정 어린 목소리로 말했다.

"니하트도 우리 반이었지."

"너와 닮은 것 같아?"

갈립은 기억의 심연에서 한두 장면을 어렵사리 찾아 꺼냈다. 갈립과 니하트가 체육 수업에 빠져도 괜찮다는 보호자의 서명이 들어간 사유서를 들고 서 있고 체육 선생은 그들에게 허약하다고 나무라고 있었다. 따스한 어느 봄날, 갈립과 니하트는 지독한 냄새가 나는 학생 화장실 수도꼭지에 입을 대고 물을 마시고 있었다. 니하트는 뚱뚱했고, 서툴렀으며, 행동이 느렸고, 영리하지도 않았다. 갈립은 안간힘을 써도 자신의 모방자가 잘 기억나지 않았고 친근감도 느끼지 못했다.

"그래, 니하트는 날 약간 닮았어."

"전혀 닮지 않았어."

한순간 벨크스의 눈은 갈립이 그녀를 처음 주의 깊게 봤을 때처럼 위험스러운 빛으로 반짝였다.

"그가 너와 전혀 닮지 않았다는 것을 난 알고 있었어. 하지만 우린 같은 반이었지. 네가 뤼야를 보는 것처럼 그가 나를 바라보게 만들 수 있었어. 점심시간에 내가 뤼야와 다른 남자아이들과 함께 쉬티쉬 무할레비 가게에서 담배를 피울 때, 우리 유쾌한 그룹을 걱정스러운 눈빛으로 바라보는 그를 보곤 했지. 나도 그 그룹의 일원이었거든. 슬픈 가을 저녁, 어둠이 빨리 내리고 아파트의 희미한 불빛이 비추는 나뭇가지가 앙상해 보이는 때에도 네가 뤼야를 생각하듯 그가 나를 생각할 거라는 것을 알았지."

아침을 먹을 때, 열린 커튼 사이로 밝은 햇빛이 들어왔다.

"난 자기 자신이 되는 것이 얼마나 어려운지 알아."

상대방이 같은 이야기에 사로잡혀 있다는 걸 아는 듯이 벨크스는 갑자기 주제를 바꾸었다.

"하지만 난 이걸 서른 살이 될 때까지는 알지 못했어. 그 전에는 이 문제를, 단순한 질투처럼, 다른 사람이 되고 싶어 하는 것으로 생각했어. 한밤중, 침대에 등을 대고 누워 천장의 그림자를 쳐다보면서, 나는 너무나 다른 사람이 되고 싶어서, 마치 장갑을 벗듯 나의 피부 가죽에서 빠져나갈 수 있을 거라는 생각을 했어. 그 욕망이 너무 강렬해서 그 사람의 피부 속에 들어간다면 너무나 편안해질 거라고, 새로운 인생을 시작할 수 있을 거라고 생각했어. 극장에 앉아 있을 때, 혼잡한 시장에서 서 있을 때, 자신만의 세계에 파묻힌 사람들을 볼 때, 나 자신의 인생을 그녀의 인생처럼 살지 못하는 것이 얼마나 고통스러웠던지 눈물이 쏟아지곤 했어."

여자는 딱딱하게 구운 얇은 빵 위로 버터를 바르지 않은 나이프를 마치 버터가 발려 있는 듯 무심히 움직였다.

"왜 나 자신의 인생이 아니라 다른 사람의 인생을 살고 싶어 하는지, 이렇게 많은 세월이 흐른 후에도 이해할 수가 없어. 더욱이 왜 이 사람 혹은 저 사람이 아니라 뤼야가 되고 싶어 하는지도 명확하게 말할 수 없어. 내가 말할 수 있는 것은 오랫동안 이것을 숨겨야만 하는 병으로 여겼다는 거지. 나의 병, 이 병에 걸린 나의 영혼, 이 병을 안고 살아갈 수밖에 없는 나의 몸이 부끄러워. 나의 인생은 진짜가 아니라 모방일 뿐이야. 모든 모방자들처럼 부끄러워해야 하고, 슬퍼해야 하고, 가련하게 여겨야 할 일이지. 그 당시에는, 이 불행에서 벗어나기 위해서는 오로지 '진짜 나 자신'을 더 많이 모방하는 것 말고는 다른 방도가 없었어. 한때는 학교나 마을이나 주변을 바꿔볼 생각도 했지. 하지만 너희들에게서 멀어지는 것은 너희들을 더 많이 생각하게 할 뿐이라는 것을 알고 있었어. 비 오는 어느 가을 오후, 아무것도 하고 싶지 않아서, 창에 부딪히는 빗방울을 바라보며 몇 시간 동안 안락의자에 앉아 있었어. 너희들을 생각했지. 뤼야와 갈립을. 내 손에 있는 실마리들을 보면서 뤼야와 갈립이 그 순간 무얼 하고 있을지를 생각하곤 했어. 그런데 한두 시간 후에 어두운 방 안에, 안락의자에 앉아 있는 사람이 내가 아니라 뤼야라고 믿고 싶은 마음이 들었지. 나는 이 끔찍한 생각으로부터 엄청난 희열을 느꼈어."

그녀는 부엌으로 왔다 갔다 하며 차와 구운 빵을 가져오면서, 잘 모르는 사람에 관해 즐겁게 이야기하듯이 편하게 웃으며 말을 이어 갔기에, 갈립은 그녀가 설명하는 것들을 불편하지 않게 들을 수 있었다.

"남편이 죽을 때까지 이 병은 계속되었어. 어쩌면 지금도 계속된다고 할 수 있지. 하지만 이제는 그것이 병처럼 느껴지지 않아. 남편이 죽은 뒤 외로움과 후회의 나날을 보내며 깨달은 것이 있어. 사람이 자기 자신이 되는 길은 없다는 거야. 그때 나를 덮쳤던 깊은 후회는 똑같은 병의 변형일 뿐이었어. 내 새로운 열망도 마찬가지였지. 니하트와 함께한 삶을 되살리고 싶다는 열망, 이번에는 온전한 나 자신이 되어 살고 싶다는 열망 말이야. 이런 후회가 남은 인생을 엉망으로 만들 거라는 사실을 깨달았던 어느 날 밤, 이상한 생각이 떠올랐어. 삶의 초반은 다른 사람이 되고 싶어 나 자신이 되지 못했고, 중반은 나 자신이 되지 못한 그 세월을 후회하며 또 자기 자신이 아닌 사람으로 보낼 거라는 생각이었지. 이 생각이 얼마나 우습게 느껴졌던지, 웃음밖에 나지 않았어. 나의 과거, 나의 미래라 생각했던 공포와 불행이, 한순간 모든 사람과 나누고 더이상 생각하고 싶지 않은 운명으로 변해 버리고 말았어. 그누구도 자기 자신이 될 수 없다는 것을 이제는 전혀 의심 없이 확신하게 되었지. 버스 정거장에서 줄을 선 사람들 속에서 고민에 빠진 노인 역시 오래전에 자신이 열망했던 '실제' 인물들의 환영을 여전히 간직하고 있다는 것을 알았어. 겨울날 아침, 햇볕을 쐬어 주려 아이를 공원으로 데리고 나간 그 건강한 어머니 역시 희생자임을, 또 다른 어머니 상의 복사본임을 알았어. 극장에서 멍하게 걸어 나오는 슬픈 사람들, 복잡한 거리에서, 시끄러운 찻집에서 안절부절못하는 불행한 사람들은 그들이 되고 싶어 하는 '진짜'의 환영들로 아침저녁 불안해한다는 것을 알고 있어."

그들은 아침 식탁에 앉은 채 담배를 피웠다. 벨크스가 설명을 할수록, 높아지는 방의 온도와 함께, 오로지 꿈에서나 알수 있는 죄책감처럼 잠기운이 온몸을 휘감는 느낌이 들었다. 라디에이터 옆에 있는 긴 의자에서 잠깐 눈을 붙이겠다고 양해를 구할 때 벨크스는 그에게 '이 모든 것과 관련 있다'고 생각하는 왕자의 이야기를 하기 시작했다.

그렇다. 옛날에 어떤 왕자가 인생에서 가장 중요한 문제는 사람이 자기 자신이 될 수 있느냐 되지 못하느냐임을 발견했다. 그러나 갈립이 이야기의 색깔을 눈앞에 떠올리자 그는 다른 사람이 되어 버린 듯한 기분이 들었다. 그러고는 잠들어 버린 어떤 사람으로 변한 자신을 느꼈다.

18장
어두운 통풍구

이 오래된 저택의 풍경은
언제나 사람의 얼굴 같은 인상을 주었다.
— 너새니얼 호손, 『일곱 박공의 집』

몇 년이 지난 후 어느 저녁 무렵 그 건물을 보러 갔다. 그렇다고 내가 그동안 그 거리를 피해 다녔다는 말은 아니다. 정오 무렵, 단정치 못한 모습에 넥타이를 늘어뜨린 고등학생들이 커다란 가방을 흔들며 쏟아져 나오는 사이를 밀치며, 저녁때는 직장에서 집으로 서둘러 돌아가는 남자들과, 다과회를 끝내고 집으로 급히 돌아가는 여자들 사이에 섞여 그 복잡한 골목을 자주 지나다녔지만, 한 번도 그 건물을, 한때 내게 많은 것을 의미했던 그 아파트를 다시 보기 위해서 간 적은 없었다.

겨울이었고, 석양이 질 무렵이었다. 날은 빨리 어두워졌고, 굴뚝에서 나온 연기가 좁은 거리에 내려앉아 있었다. 두 층에만 불이 켜져 있었다. 늦은 시간까지 일하는 사무실 두 곳에 켜져 있는 희미하고 기력 없는 전등. 다른 층은 모두 캄캄했다. 어두운 커튼이 드리워져 있는 창문은 장님의 눈처럼 공허하고 무섭게 나를 내려다보았다. 얼마나 차갑고 쓸쓸하고 멋없는 모습인지! 한때 이곳에서 대가족이 서로 부대끼며 왁자지껄 살았다는 건 생각조차 할 수 없었다.

건물에 배어 있는 젊은 날의 죄로 벌을 받는 듯 보이는 그 폐허를 목격할 수 있어 즐거웠다. 이 죄에서 나의 몫으로 떨어진 행복을 한 번도 얻지 못했기 때문에 내가 이런 기분에 휩싸였고, 황폐한 모습에서 어떤 복수의 희열을 느꼈다는 것을 안다. 하지만 그 당시 내 머릿속에는 다른 것이 있었다. 나중에 아파트의 통풍구가 된 그 구덩이 안에 있던 비밀은 어떻게 되었나? 통풍구가 될 때, 구덩이와 그 안에 있는 것들은 어떻게 되었나?

나는 아파트 바로 옆에 있던 구덩이를 생각했다. 밤이면 나를, 나뿐만 아니라 아파트에 사는 여자아이들과 남자아이들, 심지어 어른들까지도 두려움에 떨게 했던, 그 깊이를 알 수 없는 구덩이를. 동화에 나오는 것처럼 그 안에는 박쥐, 쥐, 전갈, 독사가 들끓었다. 쉐흐 갈립이 『휘순과 아슉』에서 설명하고 루미가 『메스네비』에서 이야기했던 그런 구덩이라고 나는 확신했다. 양동이를 줄에 매달아 내리면 무언가 그 줄을 끊어버렸다. 사람들은 그 깊은 어둠 속에 괴물이 숨어 있다고 했다. 아파트만 한 검은 괴물이라는 것이다! "아이들은 절대 얼씬거려선 안 될 곳!" 사람들은 그렇게 말했다. 한번은 허리띠에 줄을 묶어 관리인을 구덩이 안으로 내려보낸 적이 있었는데, 그 검고 영원한 시간의 무중력 여행에서 돌아왔을 때 그의 폐는 담배 타르로 영원히 검게 그을렸고 눈가엔 눈물이 가득했다. 나는 구덩이 앞을 지키는 악독한 사막 마녀가 얼굴이 달덩이 같은 관리인 아내로 변장한다는 것도 이미 알았고, 구덩이의 비밀이 아파트에 사는 모든 사람들의 기억의 심연에 묻혀 있다는 것도 알았다. 그것은 우리 모두를 따라다니며, 절대 과거로 묻을 수 없는 비밀스러운 죄악처럼 모두의 삶에 그림자를 드리웠다. 그들은 자신의 치욕을 흙으로 덮는 속수무책의 동물처럼, 그 안에 있는 괴물, 추억, 비밀과 함께 구덩이를 잊었다.

어느 날 아침, 의미 없는 얼굴들로 들끓었던, 밤의 색에 흠뻑 잠긴 악몽에서 깨어났을 때, 구덩이가 덮여 있었다. 하지만 악몽은 아직 끝난 것이 아니었다. 공포는 그때부터 시작이었다. 구덩이의 축이 위로 올라가 하늘을 향한 것이다. 비밀과 죽음을 창문으로 가져온 이 공포스러운 곳을 어떻게 설명해야 할까? 어떤 사람들은 틈새라고 불렀고 어떤 사람들은 어두운 통풍구라고 불렀다.

물론 아파트 주민들이 혐오스럽고 재수 없다는 듯 '틈새' 혹은 '어두운 통풍구'라고(다른 이스탄불 사람들이 말하듯 '환한 곳'이 아니었다.) 했던 곳이 처음부터 이렇게 불린 건 아니었다. 아파트가 처음 지어졌을 때는 양쪽에 공터가 있었고, 더러운 벽이 늘어선 추한 콘크리트 건물 모양새가 아니었다. 예전에는 부엌 창문 너머로 사원, 전찻길, 여자 고등학교, 알라딘의 가게를 내다볼 수 있었다. 길고 좁은 복도에서 보이는 풍경과 창고, 하녀 방, 아이들 방, 다림질 방, 먼 친척 이모님 방, 가난한 손님들 방으로 사용하던 남는 방에서 보이는 풍경이 모두 똑같았다. 하지만 어느 날 건축업자가 옆의 공터를 사들였고, 우리와 그 세계 사이에 거대한 아파트가 들어섰다. 3미터쯤 떨어진 곳에 늘어선 새 창문들 말고는 아무것도 보이지 않았다. 이렇게 해서 더럽고 칙칙한 콘크리트 벽들, 서로 반사하는 창문들 사이에, 구덩이 속의 영원함을 연상시키는 어둡고 미동 없는 무거운 분위기가 생겨났다.

오래지 않아 침울한 분위기, 독하고 오래된 냄새를 풍기는 이 공간을 비둘기들이 차지했다. 비둘기들은 콘크리트 선반에, 저절로 깨진 창턱에, 자신들의 오물이 흘러넘쳐 다가갈 수도 없는 홈통에 계속해서 늘어나는 가족들을 위한 보금자리를 만들었다. 단순한 기상재해가 아니라 모든 악의 전령으로 간주되는 오만한 갈매기들도 가끔 그 무리에 동참하곤 했다. 한밤중 길을 잃어버려 깊이를 알 수 없는 구덩이의 컴컴한 창문에 부딪친 새까만 까마귀들도……. 천장이 낮고 환기가 되지 않는 아파트 관리인 집의 낮은 철문은 처음 찾아온 사람들에겐 감방 입구로 보일 만했다.(삐걱거리는 소리는 지하 감옥을 연상시켰다.) 머리를 숙이고 지나가야 하는 통풍구의 바닥에서는 갈기갈기 찢어진 쥐의 시체가 발견되곤 했다. 이 바닥은 거름이라고도 할 수 없는 온갖 배설물과 오물로 뒤덮여 있었다. 홈통을 통해 위층으로 올라간 쥐가 훔쳐서 밑으로 던진 비둘기 알 껍질, 꽃무늬 테이블보에서 검은색 구덩이로 떨어진 불운한 포크와 나이프, 졸린 침대 시트에서 떨어진 주인 잃은 양말 한 짝, 걸레, 담배꽁초, 깨진 창문의 유리 파편, 부서진 전구, 깨진 거울, 녹슨 침대 스프링, 플라스틱 속눈썹이 달린 눈을 절망적으로 그러나 끈질기게 떴다 감았다 하는 팔 없는 분홍색 인형, 바람이 빠진 공, 더러운 어린이용 팬티, 작은 조각으로 세심하게 찢어진 수상한 잡지, 신문 조각, 생각만 해도 무시무시한 사진······.

가끔은 아파트 관리인이 그런 물건 중 하나를 주워 들고, 마치 신원을 확인할 죄인처럼 그 더러운 물건의 끝자락을 멀리 떨어뜨려 집고는 층층마다 돌아다녔지만, 아파트에 사는 사람들은 지하 세계의 진창에서 건져 올린 그 의심스러운 물건을 아는 척하지 않았다.

"우리 물건 아니에요. 저 아래, '거기'에 떨어졌나요?"

사람들은 마치 필사적으로 도망치고 싶고 잊어버리고 싶지만 영원히 붙들려 있어야 하는 곳을 말하듯 '거기'라고 말했다. 전염성 있는 추한 병처럼 통풍구에 대해 말했다. 주의하지 않으면 그 통풍구가 삼킨 가련하고 불운한 물건처럼, 자신들도 사고로 그 시궁창에 떨어질 수 있었다. 그들 삶의 한가운데로 음흉하게 손을 뻗친 악의 소굴이었다. 신문에서 떠드는 세균들은 이곳에서 부화한 게 확실했다. 아이들이 멀쩡하다가 갑자기 병에 걸리고 어릴 때부터 귀신과 죽음에 사로잡히는 이유도 여기에 있었다. 집을 휘감던 이상한 냄새도 거기서 창문 틈새를 통해 들어왔다. 불운과 불길함도 거기서 새어 나온 것이 분명했다. 아파트 거주민들 위에 무거운 군청색 연기처럼 내려앉은 재앙의 구름도(파산, 빚, 집을 나가 돌아오지 않는 아버지, 근친상간, 이혼, 배신, 질투, 죽음……) 그들의 뇌리에 있는 통풍구의 역사와 밀접한 관련이 있었다. 잊어버리고 싶지만 기억 속에서 뒤엉켜 버린 책처럼.

하지만 천만다행으로, 보물을 찾아 이러한 책들의 금지된 페이지들을 뒤적거리는 누군가가 나타나게 마련이다. 전기 절약을 위해 불을 켜지 않는 어두운 긴 복도에서 아이들은(아, 아이들!) 꼭꼭 닫힌 커튼 사이로 들어가서, 호기심으로 가득 차 이마를 창문에 대고 그 공간을 바라보았다. 온 가족이 할아버지 댁을 방문한 날이면 하녀는 그 공간에 대고 소리를 질러 아래층과 옆집에 사는 사람들에게 식사가 준비되었다고 알렸다. 꼭대기 층으로 쫓겨난 어머니와 아들을 부르는 것을 잊어버리면, 어머니는 부엌 창문을 열고 사람들이 무엇을 먹는지, 어떤 음모를 꾸미는지 알아냈다. 벙어리에다 귀머거리인 남자는 저녁 내내 창가에 서서 자신의 늙은 어머니에게 들킬 때까지 어두운 공간을 바라보곤 했다. 비가 오는 날이면 젊은 하녀는 창가에 서서 떨어지는 빗방울을 보며 몽상에 잠기곤 했다. 세월이 흐른 후 몰락한 가족에게 돌아온 어떤 승리한 청년이 그러했듯이.

우리도 한번 되는 대로 그들이 본 보물들에 눈길을 던져 보자. 서리가 낀 부엌 창문으로 흐릿하게 보이는 소녀들과 여자들, 유령 같은 그림자가 천천히 엎드렸다 일어나며 기도하는 침침한 방, 이불이 펼쳐진 침대 위에 놓인 잡지와 그 옆으로 보이는 늙은 여인의 다리(오래 기다리면 한 손으로 페이지를 넘기고 게으르게 다리를 긁는 모습도 볼 수 있다.), 진실을 감추려는 가족에 반대하며 언젠가 깊이를 알 수 없는 구덩이의 비밀을 풀기 위해 돌아올 청년이 창문에 이마를 기대고 있는 모습.(이 청년은 맞은편 창문을 통해, 자신처럼 공상에 빠진 아름다운 계모를 바라보곤 했다.)

잊지 말아야 할 것이 더 있다. 어둠 속에서 웅크리고 있는 비둘기의 머리와 몸, 짙은 군청색의 주위, 흔들리는 커튼, 한순간 켜졌다 꺼지는 전등과 환한 방은 이후 같은 모습과 창문으로 변할 불행하고 떳떳지 못할 기억에 반짝이는 오렌지색의 흔적을 남겼다는 것 말이다. 인생은 짧다. 우리는 조금밖에 보지 못하고 조금밖에 알지 못한다. 그러니 상상이라도 하는 수밖에. 사랑하는 독자 여러분, 좋은 일요일 보내시길.

19장
도시의 신호들

오늘 아침 일어났을 때 나는 같은 사람이었을까?
만약 같은 사람이 아니라면, 도대체 난 누구일까?
— 루이스 캐럴, 『이상한 나라의 앨리스』

갈립이 깨어났을 때 앞에 낯선 여자가 서 있었다. 벨크스가 진초록색 치마로 갈아입어서, 낯선 곳에 낯선 여자와 있다는 느낌을 준 것이었다. 얼굴과 머리 모양도 완전히 달랐다. 머리는 영화 「북경의 55일」에 나오는 에바 가드너처럼 뒤로 빗어 올렸고, 입술은 슈퍼테크니라마 붉은색을 발랐다. 갈립은 그녀의 새로운 얼굴을 보면서 사람들이 오랫동안 자신을 속여 왔다는 것을 깨달았다.

잠시 후 갈립은 여자가 옷장에 단정하게 걸어 둔 외투 주머니에서 신문을 꺼내 역시나 깔끔하게 정리된 아침 식탁에 펼쳤다. 제랄의 칼럼을 다시 읽자니 예전에 종이 귀퉁이에 적어 둔 메모, 밑줄 그었던 단어와 음절이 엉뚱하게 느껴졌다. 순간 그가 표시해 놓은 단어들이 비밀을 풀어 줄 열쇠가 아니라는 것을 깨달았고, 더 나아가 비밀이란 것이 아예 없는 게 아닌지 의심스러워졌다. 마치 단어들이 스스로를 의미하면서 동시에 다른 것도 가리키는 것 같았다. 제랄이 일요일 칼럼에서 했던 이야기의(쇠퇴해 가는 기억 때문에 놀랄 만한 발견을 인류에게 알리지 못한 영웅에 관한 이야기) 문장은 세상 사람들이 다 알고 이해하는 다른 사람의 상황에 관한 다른 이야기 속 문장처럼 보였다. 너무나 확연한 사실이었기 때문에 글자나 음절이나 단어를 선택해서 다시 정렬할 필요조차 없었다. 글 속의 '보이지 않는', '비밀스러운' 의미를 이해하기 위해서는 그저 이러한 믿음을 가지고 칼럼을 읽으면 되는 것이었다. 눈으로는 단어 하나하나를 좇으면서, 이 문장들 속에서 우선 뤼야와 제랄이 숨어 있는 장소와 의미, 도시의 비밀과 인생 그 자체의 비밀도 모두 읽을 수 있을 거라고 믿었다. 하지만 칼럼에서 눈을 떼고 고개를 들어 벨크스의 새로운 얼굴을 볼 때마다 이 선한 신념은 사라져 버렸다. 이 선한 신념을 잃지 않기 위해 시선을 종이에 두고 칼럼을 계속해서 읽어 보려 했지만, 쉽게 찾을 수 있을 거라고 확신했던 그 숨겨진 의미는 여전히 잡히지 않았다. 인생의 비밀, 세계의 의미가 손에 닿을 듯한 그 경계에서 그는 행복했다. 하지만 그 비밀을 말로 표현하려 할 때 눈앞에 보이는 것은 구석에 앉아 자신을 바라보는 벨크스의 얼굴뿐이었다. 한참을 고민한 끝에 그는 신념과 직관으로는 어디에도 다다를 수 없다는 결론을 내렸다. 남은 것은 그의 이성밖에 없었다. 갈립은 칼럼 가장자리에 새로이 메모를 하고 새로운 음절과 단어에 밑줄을 긋기 시작했다. 깊은 생각에 잠겨 있을 때 벨크스가 식탁으로 다가왔다.

"제랄 살리크의 칼럼이구나. 너의 백부라는 것을 알고 있어. 지하 통로에 있던 그의 마네킹이 내게 얼마나 끔찍하게 보였는지 알아?"

"그래. 그런데 그는 백부가 아니라 백부의 아들이야."

"마네킹이 그를 얼마나 닮았던지. 너와 뤼야를 만날 수 있을 거라는 생각에 니샨타쉬를 돌아다닐 때 그를 우연히 만나곤 했는데, 정확히 같은 옷을 입고 있었어."

"오래된 레인코트야. 옛날에 자주 입곤 했지."

"그는 여전히 그 옷을 입고 니샨타쉬를 배회하고 있어, 유령처럼."

벨크스는 그러고는 이렇게 덧붙였다.

"가장자리에 써 놓은 메모들은 뭐야?"

갈립은 신문을 접으면서 말했다.

"칼럼하곤 상관없어. 실종된 극지(極地) 탐험가와 관련된 거야. 다른 탐험가가 다시 나섰는데, 그도 사라졌어. 두 번째로 실종된 사람의 비밀은 첫 번째 실종자의 비밀을 더 깊게 만들었지. 첫 실종자는 잊힌 도시에서 다른 이름으로 지금까지 살아왔는데 언젠가 살해당했대. 잊힌 도시에서 가명으로 살아가던 그 살해당한 사람은……."

갈립은 이야기를 끝냈을 때, 처음부터 다시 설명할 수밖에 없다는 것을 알았다. 그리고 다시 설명할 때, 이 이야기를 반복하여 설명할 수밖에 없게 만든 모든 사람들에게 깊은 분노를 느꼈다. "모든 사람들이 자기 자신이 되고 그 누구도 이야기를 할 필요가 없었으면 좋겠군!"이라고 말하고 싶었다. 이야기를 두 번째로 하면서 탁자에서 일어나 접은 신문을 다시 낡은 외투의 주머니에 넣었다.

"가니?"

벨크스가 주저하며 물었다.

"이야기 아직 안 끝났어."

갈립은 날카롭게 말을 던졌다.

갈립이 이야기를 끝내며 다시 한 번 바라보니, 벨크스는 얼굴에 가면을 쓴 것처럼 느껴졌다. 여자가 슈퍼테크니라마 붉은색으로 입술을 칠한 그 가면을 벗는다면 그 안에 숨겨진 얼굴에서 모든 의미를 명확하게 읽을 수 있겠지만, 그것이 무엇을 의미할지는 알 수 없었다. 어린 시절, 지루해서 머리가 돌아 버릴 지경일 때 '우리가 여기 왜 있지'라는 놀이를 했다. 다른 것을 하면서도 이 놀이를 할 수 있었는데, 지금도 마찬가지였다. 이야기를 되풀이하면서도 그의 이성은 부유할 수 있었다. 제랄이 이야기를 하면서 동시에 다른 것을 생각할 수 있었기 때문에 여자들에게 인기가 많다고 생각한 적이 있었다. 하지만 벨크스는 제랄에게 이야기를 듣는 여자가 아니라, 얼굴에 있는 의미를 감출 수 없는 사람처럼 그를 바라보았다.

"뤼야가 걱정하지 않을까?"

"응. 집에 들어가는 시간이 일정하지 않은 데에 뤼야는 익숙해. 의뢰인들 때문에 밤새운 날이 얼마나 많은지. 실종된 정치가, 가명으로 차용증서를 만드는 사기꾼, 방세를 내지 않고 사라진 세입자, 두 번째 결혼을 하기 위해 신원을 속인 불운한 남자, 이런 사람들이 내 의뢰인이야."

"하지만 정오가 지났어. 내가 집에서 널 기다리는 뤼야라면 한시라도 빨리 네가 전화해 주기를 바랄 거야."

"전화하기 싫어."

"너를 기다리는 사람이 나였다면, 걱정 때문에 몸져누워 버리고 말았을 거야. 창밖을 내다보면서 전화벨 소리를 기다리고 있을 거야. 내가 얼마나 걱정할지 알면서도 전화하지 않는다고 생각하면 더욱더 불행해질 거야. 자, 빨리 그녀에게 전화해서 여기 있다고 말해. 나와 같이 있다고 말해."

여자가 장난감을 들듯이 전화기를 양손으로 들고 오자 갈립은 집으로 전화를 걸었다. 아무도 전화를 받지 않았다.

"집에 아무도 없어."

"그녀는 어디 있는 거야?"

그녀는 궁금해서라기보다는 장난치듯 물었다.

"몰라."

그는 외투 주머니에서 신문을 꺼내 식탁으로 돌아와 다시 제랄의 칼럼을 읽기 시작했다. 너무나 여러 번 반복해서 읽었더니, 단어들이 그 의미를 잃고 단순한 형태로 변해 버렸다. 잠시 후 갈립은 자신도 이 칼럼을 쓸 수 있다는, 제랄처럼 글을 쓸 수 있다는 생각이 들었다. 이런 생각이 들자 그는 바로 옷장에서 외투를 꺼내 입고, 신문을 조심스레 접고, 칼럼을 찢어 내 주머니에 넣었다.

"가는 거야? 가지 마."

벨크스가 말했다.

택시를 잡는 데 한참이 걸렸다. 갈립은 이 익숙한 거리를 마지막으로 둘러보려고 아파트 창문을 올려다보았고, 머릿속에서 벨크스의 얼굴을 지우지 못할 것 같다는 생각이 들자 두려워졌다. 더 있으라고 애원하는 그녀가 아직도 보이는 듯했다. 그녀를 다른 이야기 속의 다른 얼굴로 기억할 수만 있다면! 뤼야가 읽었던 추리소설에 나오는 것처럼 운전사에게 "XX 거리, 빨리!"라고 말하고 싶었지만 겨우 갈라타 다리로 가자고 말했을 뿐이다.

일요일 나들이 인파를 멍하니 바라보며 다리를 건너는데 순간, 오랜 세월 동안 무의식에서도 괴롭히던 수수께끼를 풀 열쇠를 찾았다는 느낌이 들었다. 꿈속처럼 아주 깊은 곳에서, 이미 그것이 환상이라는 것을 알면서도, 서로 모순된 생각이 갈립의 머릿속에서 편안하게 움직였다. 휴가를 나온 군인, 낚시를 하는 사람, 배를 놓치지 않기 위해 아이들과 함께 종종걸음 치는 가족을 지나쳤다. 그들은 모두 갈립이 풀게 될 그 비밀 속에서 살면서도 그것을 인식하지 못했다. 갈립은 품에 아기를 안고, 운동화를 신은 아들을 데리고 가는 아버지를 보았다. 머리에 스카프를 쓴 모녀를 버스 안에서 보았다. 갈립이 비밀을 풀게 될 그 순간, 이들도 자신의 삶에서 오랜 세월 형성된 그것을 보게 될 것이다.

그는 마르마라 해가 내려다보이는 다리 위에 있었다. 그러다 갑자기 사람들 속으로 뛰어들었을 때는, 오래전 사람들의 얼굴에서 사라졌던 소모되고 위축된 의미들이 갑자기 돌아와, 단 몇 초 동안이었지만, 그들을 비추는 것 같았다. 사람들

은 놀라서(이 남자가 왜 그들을 향해 뛰어드는 거지?) 눈이 밝아
지고 커졌으며, 갈립은 그들을 바라보며 사람들의 비밀을 모
두 읽을 수 있을 것만 같았다.

사람들은 낡고 바랜 재킷과 외투를 입고 있었다. 그들은 세
상 그 무엇에도 놀라지 않고, 모든 것을 발아래 인도처럼 평범
하게 받아들였지만, 이 세계에 온전히 정착한 것은 아니었다.
생각에 잠겨 있었지만 조금만 부추겨도 눈이 밝아지고 가면
이 떨어져 나가, 잠시 동안일지라도 그것을, 그들의 과거와 영
혼을, 그 열쇠를 볼 수 있을 것이다. '그들을 불안하게 만들고
싶다! 그들에게 왕자 이야기를 해 줄 수 있다면!'이라고 생각
했다. 지금 머리에 떠오른 이 이야기가 새로운 것이 아니라, 마
치 자신이 경험하고 기억하는 것처럼 느껴졌다.

다리를 지나가는 사람들은 대부분 비닐봉지를 들고 있었
다. 비닐봉지는 종이봉투, 신문, 플라스틱, 금속 같은 것으로
불룩했다. 갈립은 마치 처음 보는 양 봉지 위에 쓰인 글자들
을 주의 깊게 읽었다. 한순간 비닐봉지 위의 단어와 글자가 다
른 세계, 진정한 세계를 보여 줄 것처럼 느껴졌다. 심장이 두
근거리기 시작했다. 하지만 그의 곁을 지나가는 모든 얼굴의
의미가 순간의 광채를 발하고 사그라지듯, 비닐봉지 위에 쓰
인 단어와 음절도 일순 새로운 어떤 의미로 빛난 후 하나하
나 사라졌다. 그래도 갈립은 여전히 그것들을 읽어 나갔다. 무
할레비 가게…… 아타쾨이…… 튀르크산…… 과일…… 할 시
간…… 궁전들…….

낚시를 하는 노인의 비닐봉지에서 글자가 아니라 황새 그림

을 보자, 단어만큼이나 그림도 읽을 수 있다는 생각이 들었다. 어떤 비닐봉지에서는 세상을 희망으로 바라보는 유쾌한 부모와 그들의 딸과 아들의 얼굴을 보았다. 어떤 봉지에는 생선 두 마리가 있었다. 신발 그림, 터키 지도, 건물 실루엣, 담뱃갑, 바크라와[85], 검은 고양이, 닭, 말편자, 사원 첨탑, 나무를 보았다. 모두 어떤 비밀의 신호임이 분명했다. 하지만 어떤 비밀이란 말인가? 예니 사원 앞에서 비둘기 모이를 파는 노파 옆에 놓인 비닐봉지에서는 올빼미 그림을 보았다. 이 올빼미가 뤼야가 읽던 추리소설 표지에 있던 그 올빼미, 혹은 음흉하게 숨겨 놓은 그놈의 형제라는 것을 깨달았을 때, 갈립은 모든 것을 몰래 조종하는 보이지 않는 손의 존재를 명확하게 느꼈다. 노출되고 해독되어야 하는 것은 바로 이 손의 놀이였고, 그 숨겨진 의미였지만 자신 외에 아무도 이 의미에 신경 쓰지 않았다. 그들이 이 의미에, 잃어버린 이 비밀에 깊이 파묻혀 있는데도 말이다!

갈립은 올빼미를 가까이에서 관찰하려고 마녀처럼 생긴 노파에게서 옥수수를 한 접시 샀다. 주변에 옥수수를 흩뿌리자 한순간 비둘기들이 거대한 우산 모양으로 갈립 주변에 모여들었다. 그렇다! 그의 생각이 맞았다! 비닐봉지에 그려진 올빼미는 뤼야가 읽던 추리소설에서 본 바로 그 올빼미였다! 비둘기에게 모이를 던지는 어린 딸을 자랑스럽고 행복하게 바라보는 부모들을 보자 갈립은 절망에 빠졌다. 어떻게 그들은 이 올빼

---

85) 아주 단 터키식 파이 과자.

미, 이 확실한 사실, 이 신호들을 눈치채지 못한단 말인가? 어떻게 여기 서서 아무것도 보지 못할 수 있단 말인가? 그들 마음속에는 어떤 의심의 편린, 희미한 지각조차 없었다. 그들은 잊고 있었다. 갈립은 뤼야가 집에서 자신을 기다리는 상상을 하고, 자신이 그녀가 읽는 소설 속 탐정이 된 상상을 했다. 풀어야 할 매듭은 이제 갈립 자신과 그 보이지 않는 위대한 손 사이에 있었다. 세계를 조종하고 갈립을 향해 비밀의 열쇠를 알려 주는 그 손.

구슬로 장식한 쉴레이마니예 사원 그림을 들고 이 사원 앞을 지나가는 견습생을 보는 것으로 충분했다. 비닐봉지에 쓰여 있는 단어와 글자와 그림이 신호라면, 그것들이 의미하는 것도 신호인 것이다. 그림의 현란한 색은 사원보다 더 사실적이었다. 단지 글씨와 얼굴과 그림뿐만이 아니라, 세상에 존재하는 모든 것들이 보이지 않는 손에 의해 움직였다. 갈립은 이런 생각을 하면서 진단 카프[86]라는 혼잡한 거리를 걸었다. 이마을 이름에도 아무도 알아채지 못한 특별한 의미가 있다고 결론을 내렸다. 퍼즐에서 마지막 쉬운 단어 하나만을 남겨 둔 사람처럼 자신도 인내심이 많으며 이제 곧 제자리를 찾을 수 있다는 생각이 들었다.

구불구불한 인도에 줄지어 선, 날림으로 지은 가게들을 살펴봤다. 그가 보고 있는 정원 가위, 별이 새겨진 드라이버, 주차 금지 표시, 토마토 페이스트 캔, 싸구려 식당 벽에 걸려 있

---

86) '감옥의 문'이라는 뜻.

음직한 달력, 플렉시 유리 글자로 장식한 비잔틴 수도교(水道橋), 셔터에 달려 있는 무거운 자물쇠, 모든 것이 읽어 달라고 외치는 비밀스러운 의미의 신호들이었다. 하자고만 든다면, 사람의 얼굴을 읽는 것처럼 이것들도 읽을 수 있을 거라고 생각했다. 이렇게 해서 펜치는 '조심', 작은 깡통에 든 올리브는 '인내', 자동차 타이어 광고에 나오는 행복한 운전사는 '거의 도달한'을 의미한다고 이해했다. 그래서 그는 거의 도달했으며 임무 완수를 위해 조심하고 인내해야 한다는 결론을 내렸다. 하지만 그의 주위는 해독해야 할 어려운 신호들로 가득했다. 전화선, 교통신호, 빨랫비누 상자, 손잡이 없는 삽, 할례 전문가 광고, 읽기 어려운 정치 구호, 전기 서비스 번호, 얼음 조각, 화살표, 글씨 없는 종잇조각……. 어쩌면 잠시 기다리면 모두 분명해질 것도 같았지만, 모든 것이 혼란스럽고 시끄러워 지쳐 갔다. 절대로 주인공에게 필요 이상의 실마리를 제공하지 않는 뤼야의 추리소설 속 세상은 얼마나 평온한가.

하지만 그래도 아히 첼레비 사원은 이해할 수 있는 의미를 나타냈기에 위안이 되었다. 수년 전, 제랄은 이 작은 사원에서 마호메트와 몇몇 성인들과 함께 있는 꿈을 꿨다고 쓴 적이 있다. 이 꿈을 풀어 보기 위해 찾아갔던 카슴파샤에 사는 해몽가는 그에게 죽을 때까지 글을 쓸 거라고 했다. 글에서 수만 가지 상상을 펼치므로, 훗날 자신의 생을 돌아봤을 때, 설혹 집 밖으로 나가 본 적이 없을지라도 전 생애를 긴 여행으로 기억할 거라고 했다. 갈립은 이 글이 유명한 에블리야 첼레비[87]의 작품에서 빌려 온 것이라는 걸 나중에야 알게 되었다.

청과물 시장 앞을 지날 때 '이렇게 해서, 이야기를 처음 읽었을 때와 두 번째 읽었을 때 그 의미가 전혀 달랐구나.' 하고 생각했다. 제랄의 칼럼을 세 번, 네 번 읽을 때마다 새로운 의미가 드러날 거라는 데에 전혀 의심의 여지가 없었지만, 그렇다 해도 갈립은 여전히 목적지를 향해 가는 과정에 있었다. 어린 시절 무척 좋아했던 퍼즐처럼, 연속적으로 이어진 문을 지나 비밀의 핵심에 점점 다가가는 것이다. 과일과 채소 가게가 널려 있는 골목에서 멍하니 걸을 때, 한시라도 빨리 어디 앉아 제랄의 모든 글을 다시 읽고 싶다는 생각이 들었다.

머릿속은 여전히 소음과 악취가 휘몰아치는 채로 시장에서 나오자 고물장수가 보였다. 텅 빈 인도에 넓은 보자기를 펼쳐 놓고 그 위에 진열해 놓은 물건들은 단숨에 갈립의 마음을 사로잡았다. 휘어진 파이프 두 개, 여러 종류의 오래된 레코드판, 검은 신발 한 켤레, 부러진 펜치, 램프 받침대, 검은 전화기, 침대 스프링 두 개, 자개로 만든 담배 파이프, 바늘이 멈춘 벽시계, 백러시아 은행권, 놋쇠 수도꼭지, 등에 화살이 달린 로마 여신(다이아나?) 입상, 빈 액자, 오래된 라디오, 문손잡이 두 개, 설탕 통.

그는 주의 깊게 일일이 발음하며 명명하고는 자세히 관찰했다. 그를 사로잡은 것은 물건들이 아니라 그것들이 배열된 순서였다. 도시의 고물장수들이 파는 물건이 늘 그렇듯 보자기

---

87) Evliya Çelebi(1611~1698). 오스만 제국 당시의 유명한 여행가. 당시 유럽을 포함한 오스만 제국 영토를 여행한 후 10권으로 된 『여행기』를 썼다.

위에 특별한 것은 없었다. 다만 이 노인은 물건들을 커다란 장기판에 놓는 것처럼 위아래 네 개씩 정사각형으로 줄지어 늘어놓았다. 나열된 모습의 단호함과 단순함은 우연이 아니라 의도된 것 같았다. 갈립의 머릿속엔 영어와 프랑스어를 배울 때 치렀던 단어 시험이 곧장 떠올랐다. 시험지에도 이렇게 열여섯 개의 물건 그림이 나란히 나열돼 있었다. 새로 배운 언어로 그림에 다시 이름 붙이는 문제였다. 갈립은 그 답들을 다시 되뇌고 싶었다. "파이프, 레코드판, 전화, 신발, 펜치……."

하지만 그 물건들이 다른 의미를 표시하는 것을 뚜렷하게 느끼자 갈립은 두려워졌다. 갈립은 놋쇠 수도꼭지를 보면서, 단어 시험을 보듯이 이것은 수도꼭지일 뿐 그 이상도 이하도 아니라고 되뇌었지만, 다시 그것을 보았을 때는 다른 의미를 발견하고 흥분했다. 보자기 위에 놓인 검은 전화기는 외국어 교재에 나오는 전화기처럼, 우리를 다른 목소리와 연결시켜 주는 전화기의 본래 기능을 보여 주었지만, 그는 두 번째 목적, 더 대단한 목적, 그것의 다른 목적, 숨겨진 더 대단한 목적을 감지했다.

두 번째 의미의 비밀스러운 세계에 어떻게 들어가고, 어떻게 암호를 풀 수 있을까? 그는 즐거움과 기대감으로 그 세계의 문턱에 서 있었지만, 어떻게 그 안으로 들어가야 할지 알 수가 없었다. 뤼야가 읽던 추리소설에서 매듭이 풀릴 때, 덮개 밑에 있는 두 번째 세계는 밝아지지만, 동시에 첫 번째 세계는 무관심의 어둠 속에 방치되곤 했다. 한밤중, 뤼야가 알라딘의 가게에서 사 온 이집트 콩을 먹으며 "살인자는 은퇴한 장교였어. 희생자에게 모욕을 당했나 봐. 결국 동기는 복수였던 거야!!"라고 할 때, 갈립은 아내가 영국인 하인, 라이터, 식탁, 자기 찻잔, 권총 같은 수많은 책의 세부 사항을 잊고, 단지 이 물건과 사람이 의미하는 새롭고 비밀스러운 어떤 의미의 세계만을 기억한다는 것을 알았다. 하지만 엉망으로 번역된 책의 마지막에 이르러 모든 사물은 뤼야와 탐정을 이 사물과 이 사람들이 의미하는 비밀스러운 새로운 세계로 이끌었다. 반면, 지금 갈립은 언젠가 볼 수 있을 거라는 희망으로 기뻐할 뿐이었다. 실마리를 더 찾기 위해, 갈립은 보자기 위에 물건들을 비밀스럽게 나열해 놓은 고물장수의 얼굴을 자세히 보면서, 그의 눈을 들여다보면서, 그의 얼굴을 읽으려 했다.

"검은 전화기 얼마입니까?"

"사는 사람이오?"

고물장수는 흥정하려는 듯, 그러나 조심스럽게 물었다.

갈립은 이 질문에 당황했다. 그가 누구인지 물을 거라고는 예상 못 했던 것이다. '올 것이 왔구나, 그들은 이제 나를 다른 것들의 표시로 보고 있어!' 하고 갈립은 생각했다. 하지만 그가 들어가고 싶은 세계는 이 세계가 아니라, 제랄이 단어들로 그려 낸 세계였다. 제랄은 이야기를 가지고 이 세계의 물건에 하나하나 이름을 붙이고 사람들을 살게 한 다음, 그 자신이 숨는 곳이 되어 열쇠를 숨겼다. 흥정을 하고자 하는 흥분으로 순간 반짝였던 고물장수의 얼굴은 다시 이전의 덤덤한 표정으로 돌아갔다.

"이건 어디에 쓰는 겁니까?"

갈립은 작고 단순한 램프 받침대를 가리키면서 물었다.

"탁자 다리요. 하지만 커튼 칸막이에 붙이기도 하고 문손잡이도 되지요."

갈립은 아타튀르크 다리 위를 지나면서 이제 얼굴만 봐야겠다고 결심했다. 그의 시선이 가 닿자 밝아지는 얼굴들을 보니, 번역본 만화에 나오는 갈수록 커지는 물음표처럼 한순간 머릿속에서 팽창했다. 하지만 그것들은 사라지는 얼굴과 함께 작은 흔적을 남기며 대기 속으로 흩어져 버렸다. 다리 건너편 지평선으로 시선을 돌렸을 때, 도시의 광경과 얼굴들이 그의 뇌리에 저장된 의미 사이에서 어떤 관련을 맺는 것처럼 보였다. 하지만 착각이었다. 어쩌면 사람들의 얼굴을 들여다보고 도시의 고색창연함, 불운, 사라져 버린 장려함, 슬픔, 가련함을 볼 수 있을지도 몰랐지만, 이는 비밀 세계를 가리키는 특별하게 계획된 실마리가 아니라 공유하는 패배, 공유하는 역사, 공범의 징후였다. 예인선이 흐릿한 푸른색 할리치 만을 휘돌아 나가면서 흉측한 갈색 물거품을 남겼다.

튀넬 뒷골목에 있는 찻집으로 들어가면서, 갈립은 일흔세 개의 새로운 얼굴을 관찰했다. 자신의 발전에 만족하며 테이블에 앉았다. 갈립은 일하는 소년에게 차를 주문하고 외투 주머니에서 제랄의 칼럼을 꺼내 처음부터 다시 읽기 시작했다. 글자, 단어, 문장에는 변한 것이 없었으나, 눈으로 훑어 가다 보니 전에는 떠오르지 않았던 생각들이 입증되는 것 같았다. 제랄의 글에 이상한 방식으로 반영되어 있는 것이 보였지만, 그것은 제랄이 아니라 갈립의 생각이었다. 자신의 생각과 제랄의 생각 사이의 일치점을 발견하자, 어린 시절에 자신이 되고 싶었던 사람을 완벽하게 모방해 냈을 때처럼 기쁨이 밀려왔다.

테이블 위에는 원뿔 모양으로 접은 종이가 있었고 그 주변에 해바라기 씨 껍질이 떨어져 있었다. 갈립은 전에 앉았던 사람이 노점상에서 해바라기 씨를 사 왔다고 추측했다. 원뿔 모양 종이의 가장자리를 보고 학교 공책에서 뜯어 만들었다는 것을 알았다. 그는 종이 반대쪽에 쓰인 어린애 같은 글씨를 자세히 읽었다.

1972년, 11월 6일. 12과. 숙제: 우리 집, 우리 정원. 우리 집 뒤 정원에는 나무가 네 그루 있다. 두 그루는 포플러 나무이고 두 그루는 버드나무이다. 버드나무 하나는 크고 하나는 작다. 우리 정원 주위로는 벽이 있다. 우리 아버지가 돌로 쌓고 철망으로 둘렀다. 집은 겨울에는 추위, 여름에는 더위로부터 우리를 보호해 주는 은신처이다. 우리 집은 우리를 악으로부터 보호해 준다. 우리 집에는 대문 한 개, 창문 여섯 개, 굴뚝 두 개가 있다.

아래에는 벽으로 둘러싸인 정원 안에 있는 집이 색연필로 그려져 있었다. 처음에는 기왓장 하나하나 정성스레 테두리를 그렸지만 나중에는 지붕 전체를 빨간색으로 대충 칠해 놓았다. 갈립은 그림 속 대문, 창문, 나무, 굴뚝의 수가 글에 쓰여 있는 것과 같은 것을 확인하자 또 다른 행복의 물결이 밀려오는 듯했다.

이런 느낌을 간직한 채, 종이를 뒤집어 메모를 하기 시작했다. 줄 사이에 쓴 단어들이, 아이가 숙제에 쓴 단어처럼 정말로 존재하는 사실들을 의미한다는 것을 조금도 의심하지 않았다. 마치 오랜 세월 동안 잃어버렸던 언어와 단어를 찾은 것 같았다. 언어와 단어를 잃어버렸다가, 이 숙제 종이 덕분에 다시 찾은 것 같았다. 조그마한 글자로 실마리들을 차례대로 끝까지 써 내려갔을 때, 갈립은 '이렇게 쉬울 수가! 제랄과 내가 비슷하게 생각하는 것이 확실하니까, 이제 얼굴을 더 많이 관찰해야겠다!' 하고 생각했다.

갈립은 주위에서 차를 마시는 사람들의 얼굴을 관찰한 후 다시 추운 거리로 나섰다. 갈라타사라이 고등학교 뒤쪽 거리에서 스카프를 쓴 채 혼잣말을 하며 걸어가는 노파를 보았다. 반쯤 닫힌 구멍가게 덧문 밑으로 몸을 숙이고 나오는 여자아이의 얼굴을 보고 모든 삶이 서로 비슷하다는 것을 읽었다. 얼음 위에서 미끄러지는 운동화를 내려다보며 걷는 빛바랜 옷을 입은 소녀의 얼굴에서는 불안에서 오는 고통이 무엇인지 읽었다.

갈립은 또 다른 찻집으로 들어가 앉아서는 주머니에서 아이의 숙제를 꺼내, 제랄의 칼럼을 읽을 때처럼 빠르게 읽어 내려갔다. 제랄의 칼럼을 읽고 또 읽다 보면 제랄의 기억에 접근하게 될 것이고, 제랄의 기억 속으로 침투하면 제랄이 어디에 숨어 있는지 알 수 있을 것이다. 그러니까 우선 제랄이 모든 글을 모아 둔 곳이 어딘지 찾아야만 했다. 그 보관소가 집, '우리를 악으로부터 보호해 주는 곳'이라는 건 명백했다. 숙제를 거듭 읽을수록, 사물들의 진짜 이름을 말하는 데 두려움을 느끼지 않는 아이처럼 순수해짐을 느꼈고, 종이에 쓰여 있는 말이 뤼야와 제랄이 어디에 숨어 있는지, 어디서 지금 자신을 기다리는지 말해 줄 것만 같았다. 이런 흥분에 휩싸일 때마다 새로운 실마리들을 메모하는 일 이외에 달리 할 수 있는 것이 없었다.

갈립은 다시 거리로 나가서 어떤 실마리는 지우고, 어떤 실마리는 부각시켰다. 그들은 도시 밖에 있을 리가 없다, 제랄은 다른 곳에서는 글을 쓸 수가 없으니까. 이 도시의 아시아 쪽에도 있을 리가 없다, 제랄은 그곳이 충분히 역사적이지 않다며 언제나 그곳을 경멸했으니까. 뤼야와 제랄이 친구의 집에 숨어 있을 리가 없다, 제랄에겐 그런 친구가 없으니까. 뤼야의 친구 집에 숨어 있을 리도 없다, 제랄은 그런 집에 가지 않을 테니까. 그들이 호텔에 숨어 있을 리가 없다, 아무리 남매간이라해도 남자와 여자가 같이 들면 의심을 받으니까.

갈립은 다시 찻집에 들렀고, 최소한 제대로 가고 있다고 확신했다. 그런 다음 베이올루 뒷골목으로 들어가 탁심으로 향했고, 다시 쉬쉬리로, 다시 니샨타쉬로, 그의 과거의 심장부를 향해 걸음을 옮겼다. 제랄이 이스탄불 거리의 이름에 대해 장황하게 언급했던 기억이 났다. 한 가게를 지나치다가, 제랄이 많은 지면을 할애하여 이야기했던, 지금은 고인이 되었지만 올림픽에서 메달을 딴 적이 있는 레슬링 선수의 초상화가 걸려 있는 것을 보았다. 잡지 《하야트》[88]에서 찢어 액자에 넣은 이런 흑백 사진은 시내 모든 이발소, 양복점, 채소 가게에서 볼 수 있었다. 갈립은 손을 허리에 얹고 겸손하게 미소 짓는 그의 얼굴을 관찰하다가 그가 교통사고로 죽었다는 것을 기억해 냈다. 레슬링 선수의 겸손한 미소와 십칠 년 전 그를 죽인 사고의 연관 관계를 생각한 것은 이번이 처음이 아니었다. 갈립은 이 사고가 신호라는 것을 깨달았다.

그러니까 그가 사실을 허구로 융합해 새로운 이야기를 나타내는 일군의 신호를 만들어 내려면, 일정한 역할을 하는 우연이 필요하다는 뜻이다. 갈립은 찻집에서 나와 탁심을 향해 걸어가면서 '예를 들어, 하스눈 갈립 거리의 좁은 인도 끝으로 마차를 끌고 가는 늙은 말을 보면, 외할머니가 내게 읽고 쓰기를 가르칠 때 사용했던 독본에서 본 말이 떠올라. 밑에 말이라고 쓰여 있는 그 커다란 그림 말을 떠올리는 순간, 나는 제랄이 오랫동안 혼자 살았던 테쉬비키예 가에 있는 아파트 꼭대기 층, 자신의 성격이 반영된 물건이 가득하고 그의 과거를 되불러오는 그곳이 생각난다. 이것은 다시 그 아파트가, 제랄이 내 인생에서 얼마나 중요한지 알려 주지.'라고 생각했다.

하지만 제랄은 이미 몇 년 전에 그 집에서 나갔다. 갈립은 신호를 잘못 읽었는지도 모른다는 생각이 들어 멈춰 섰다. 만약 자신의 느낌이 잘못된 길로 데려왔다고 믿기 시작하면, 도시에서 길을 잃어버릴 게 뻔했다. 분명히 그랬다. 그를 살아 움직이게 하는 건 이야기들이었고, 앞 못 보는 사람이 익숙한 물

---

88) '인생'이라는 뜻.

건을 찾듯, 이야기들을 가지고 어둠 속을 헤쳐 길을 찾았다. 사흘 동안 상실감을 안고 도시를 돌아다니며 스쳐 지났던 모든 얼굴에서 이야기를 만들어 낼 수 있었기에 기운을 차릴 수 있었다. 주위에 보이는 세계와 얼굴들도 모두 마찬가지일 거라고 확신했다. 그들을 살아 움직이게 하는 건 이야기들이었다.

갈립은 자신감을 회복하고 다른 찻집에 들어가 지금까지의 경과를 평가해 보았다. 실마리를 열거한 단어들은 종이 뒤에 써 놓은 숙제처럼 단순하고 분명해 보였다. 찻집의 한구석에 있는 흑백 텔레비전에서는 눈 덮인 경기장에서 벌어지는 축구 경기가 나오고 있었다. 경기장의 선은 석탄으로 그렸고 공은 진흙이 묻어 검게 변했다. 테이블보도 덮이지 않은 테이블에서 카드를 하는 한두 패를 빼고는 모두 그 검은 축구공을 바라보고 있었다.

갈립은 찻집을 나오면서, 자신이 찾는 비밀이 저 흑백의 축구 경기처럼 명백하다고 생각했다. 흘러 들어오는 이미지와 얼굴에 주의를 기울이기만 하면 된다. 그러면 그의 두 발이 자신을 이끌어 줄 것이다. 이스탄불은 찻집으로 가득 차 있다. 200미터에 한 번씩 찻집에 들르다 보면 도시를 처음부터 끝까지 모두 걸을 수 있다.

탁심 근처에서는 극장에서 나오는 사람들 틈에 별안간 섞이게 되었다. 그들은 최면에 빠진 사람처럼 앞을 바라보며 손을 주머니에 넣거나 팔짱을 끼고 계단에서 내려와 멍하니 앞을 보며 걸어갔고, 갈립은 그들의 얼굴에서 읽어 낸 것에 압도되어 그의 악몽 같은 것은 어느덧 사라져 버렸다. 극장에서 나온 사람들의 얼굴에선 평온함이 느껴졌다. 이야기에 푹 파묻혀 자신의 불행을 잊었던 것이다. 그들은 이곳 가련한 거리에도 있었고, 그곳, 그들이 가고자 갈망하는 그 이야기 속에도 있었다. 그들은 고통과 패배로 말라 버린 마음으로 극장에 갔지만, 이제 그 마음은 그들의 기억과 슬픔에 의미를 부여하는 풍부한 이야기로 다시 채워졌다. '그들은 다른 사람이 되었다고 믿고 있어!' 갈립은 생각했다. 순간, 자신도 그들이 좀 전에 본 영화를 보고, 그 이야기 속에서 사라져 다른 사람이 되고 싶다는 충동이 일었다. 거리를 걸으며 이따금 멈춰서 따분한 가게를 들여다보는 그들을, 자신들이 너무나 잘 아는 지루하고 황량한 세계로 다시 돌아가는 그들을 지켜보았다. '그들은 별로 노력을 안 하는구나!' 갈립은 생각했다.

다른 사람이 되기 위해서는 모든 노력을 기울여야 한다. 탁심 광장에 이르렀을 때 갈립은 적어도 자신에겐 꿈을 이루기 위해 노력할 각오와 결심이 있다는 것을 알았다. '나는 다른 사람이야!' 하고 혼자 중얼거렸다. 얼마나 멋진 기분인지! 그를 둘러싼 모든 세계가, 단지 발밑에 있는 얼음 낀 인도뿐만 아니라, 단지 코카콜라와 타멕 통조림 광고판뿐만 아니라, 그의 몸이 머리부터 발끝까지 변하는 것 같았다. 그것에 전념하는 것만으로도, 이 말을 계속해서 반복하는 것만으로도 모든 세상을 변화시킬 수 있다. 하지만 그렇게 과장할 필요는 없었다. 갈립은 '나는 다른 사람이야.' 하고 다시 한 번 중얼거렸다. 이름을 붙일 수 없는 다른 사람의 기억과 슬픔으로 가득 찬 음악이 그의 마음속에서 어떤 새로운 인생처럼 떠오르는 것을 느끼자 기분이 좋아졌다. 그 소리는 점점 커졌고, 그의 우주의 중심인 탁심 광장은 거대한 칠면조처럼 교통 체증과 씨름하고 있는 버스, 그 뒤로 천천히 기어가는 놀란 바닷가재 같은 전차, 항상 어둠 속에 있기를 고집하는 희미한 모퉁이와 함께 이 음악 속에서 천천히 변했다. 갈립은 한 번도 본 적 없는 가난하고 희망 없는 나라에 발을 내디디며, 그 중심부에 있는 화려한 '현대식' 광장을 주시했다. 역사적 유물들은 그 자리에 그대로 있었지만 눈 덮인 공화국 동상도, 그 어느 곳으로도 통하지 않는 그리스 계단도, 갈립이 십 년 전에 활활 타는 것을 즐거워하며 바라보았던 '오페라' 건물도, 이렇게 해서 자신들이 의미하던 상상 속 나라의 일부로 변해 버렸다. 갈립은 버스 정류장에서 서두르는 사람들 틈에서, 서로 밀며 버스에 타는 사람들 틈에서 비밀스러운 얼굴도, 베일에 가려진 두 번째 세계의 신호가 될 수 있는 비닐봉지도 볼 수 없었다.

그래서 그는 하르비예를 지나 니샨타쉬로 걸어갔다. 사람들의 얼굴을 읽기 위해 찻집에 들어갈 마음은 들지 않았다. 한참 후, 자신이 찾는 장소를 발견했다는 확신이 들었을 때, 마지막 순간에 자신이 누구였는지 잘 알 수가 없었다. "나는 아직 내가 제랄이 되었다는 확신이 없어!" 하고 그는 중얼거렸다. 제랄의 모든 과거를 조명할 옛날 칼럼, 공책, 신문에서 오린 것을 샅샅이 조사하고 나서야 "나는 아직 나 자신이길 그만두지 않았어!" 하고 덧붙일 것이었다. 마치 비행기 시간이 지연되어 한 번도 가 봐야겠다고 생각한 적 없는 도시에서 반나절을 보내게 된 여행객마냥 거리를 걸었다. 아타튀르크 동상은 군인이 이 나라 역사에서 중요한 임무를 맡았다는 것을, 흐릿하게 불을 밝힌 극장 앞에 있는 사람들은 이 나라 사람들이 일요일 오후 지루함을 다른 나라에서 수입한 환상으로 달랜다는 것을, 손에 칼을 들고 가게 진열장 밖으로 인도를 내다보는 샌드위치와 뵈렉 가게의 점원들의 슬픈 환상과 추억이 아련해지고 있다는 것을, 대로 가운데에 있는 벌거벗은 어두운 나무들은 저녁 무렵 더욱더 색이 짙어져 몰락하는 국가의 슬픔을 말해 주고 있었다.

"오, 신이시여, 이 시간에, 이 쓸쓸한 거리에서, 이 방황하는 도시에서, 무슨 할 일이 있습니까?"

갈립은 이렇게 중얼거리면서도 이것이 제랄의 옛날 칼럼에서 빌려 온 말이라는 것을 알고 있었다.

니샨타쉬에 도착했을 때는 날이 어두워져 있었다. 좁은 인도는 아파트 굴뚝에서 나오는 연기와 저녁 차량이 내뿜는 매연으로 가득했다. 갈립은 코를 찌르는 듯한 이 이상한 냄새를 들이마시고 평온함을 느꼈다. 니샨타쉬 한가운데의 교차로에 이르렀을 때쯤 다른 사람이 되고자 하는 바람이 너무나 강렬하게 솟아올라, 수만 번 보았던 아파트 앞, 가게 진열장, 은행 간판, 네온사인이 전혀 다르고 전혀 새롭게 보였다. 마음이 한결 가벼워져 모험에 뛰어들 준비가 되었다. 물론 자신이 평생 지내 온 거리가 다르게 보이는 것이 기분 때문이라는 것을 알았지만, 그는 그런 마음이 영원하리라는 것 또한 알았다.

갈립은 길을 건너 집으로 가는 대신, 테쉬비키예 가에서 왼쪽으로 돌았다. 온몸을 감싸는 느낌이 너무나 만족스러웠고,

자신이 된 그 사람에 몰두해서, 무엇을 보아도 그 새로움에 경탄했다. 마치 병실의 네 개의 벽 사이에서 살다가 퇴원한 환자처럼 새로운 광경을 눈에 채우고 있었다. "오랫동안 지나쳤던 무할레비 가게의 진열장이 보석 가게처럼 환했구나! 거리는 이렇게 좁고, 인도도 꽤 구불구불하구나!" 하고 말하고 싶었다.

어렸을 때, 몸과 영혼은 뒤에 남겨 두고 새로운 사람이 되는 상상을 하곤 했지만, 이 새로운 사람을 항상 외부에서 찾았다. 지금도 갈립은 그 환영을 어렴풋이 감지했다. '그가 지금 오스만 은행 앞을 지나고 있다. 지금은 어머니, 아버지, 할아버지와 오랫동안 함께 살았던 쉐흐리칼프 아파트 앞을 고개도 돌리지 않고 지나고 있다. 지금은 약국 앞에 멈춰 서서 계산대에 서 있는 남자를 보았고, 그가 주사 놓는 여자의 아들이라는 것을 알았다. 지금은 파출소 앞을 전혀 두려워하지 않고 지나간다. 지금은 싱어 재봉틀 사이에 있는 마네킹들을 옛 친구를 바라보듯 애정 어린 시선으로 바라본다. 지금은 목표가 뚜렷하고 단호한 사람처럼, 오랜 세월 동안 철저하게 계획하고 준비한 어떤 음모의 심장부를 향해 걸어간다.' 하고 갈립은 생각했다.

반대편 인도로 건너갔다가 곧장 돌아온 후, 다시 길을 건너 간간이 서 있는 보리수나무와 발코니마다 걸려 있는 듯한 광고판 밑을 지나 사원까지 걸어갔다. 그러고는 처음부터 똑같이 다시 반복했다. 그때마다 대로 약간 아래쪽과 위쪽으로 돌면서 연구 범위를 넓혔고, 과거 불행했던 자아 때문에 인식하지 못했던 세부적인 것들을 주의 깊게 관찰하고 기억의 한구석에 써넣었다. 알라딘의 가게 진열장에 쌓여 있는 오래된 신발, 장난감 권총, 나일론 스타킹 상자 사이에는 잭나이프가 있었다. 테쉬비키예 거리를 가리켜야 하는 일방통행 표지판은 쉐흐리칼프 아파트를 가리키고 있었다. 사람들이 사원의 낮은 벽 위에 새 모이로 올려놓은 마른 빵에는 날씨가 추운데도 곰팡이가 슬어 있었다. 여자 고등학교 벽에는 이중적 의미가 담긴 정치 구호가 쓰여 있었다. 아직 불이 켜져 있는 학원 교실 벽에는 아타튀르크 초상이 걸려 있었다. 먼지 낀 더러운 창문을 통해서 쉐흐리칼프 아파트 안이 들여다보였다. 이상하게도 꽃집 진열장에 있는 장미의 꽃망울에 안전핀이 꽂혀 있었다. 새로 개업한 가죽 옷 가게 진열장의 멋 부린 마네킹들도 쉐흐리칼프 아파트를, 한때는 제랄이, 이후에 뤼야가 아버지 어머니와 함께 살았던 그 꼭대기 층을 바라보고 있었다.

갈립도 마네킹들과 함께 아파트 꼭대기 층을 오랫동안 바라보았다. 뤼야가 읽던 외국 추리소설의 완벽한 주인공이 될 것을 스스로에게 강요하면서, 뤼야가 그 소설이나 마네킹처럼 이국적인 것을 꿈꾸었다는 사실을 떠올렸다. 마네킹들이 올려다보는 시선을 따라 제랄과 뤼야가 저 꼭대기 층에 있다고 결론 내리는 게 합리적인 듯 보였다.

아파트에서 눈을 돌려 사원을 향해 급히 걸어갔지만, 그러기 위해서는 온 힘을 다 써야 했다. 그의 다리가 쉐흐리칼프 아파트에서 멀어지길 원하지 않는 것 같았다. 한시라도 빨리 건물 안으로 들어가, 익히 잘 알고 있는 계단을 뛰어서 꼭대기 층으로 올라가, 안에 있는 그곳, 그 어둡고 두려운 곳에 도착해 무엇인가를 보여 주고 싶어 했다. 갈립은 그 장면을 보고 싶지 않았다. 온 힘을 다해 아파트 반대쪽으로 걸어가면서 지나치는 인도, 가게, 광고판에 있는 글자, 교통 표지판이 표시했던 오래된 의미를 읽어 내려고 노력했다. 제랄과 뤼야가 그곳에 있다는 것을 예감하자마자 재앙 같은 느낌과 두려움에 완전히 파묻혀 버렸다. 알라딘의 가게로 다가가면서 파출소에 가까워졌기 때문인지 아니면 모퉁이에 있는 일방통행 표시가 이제는 쉐흐리칼프 아파트를 가리키지 않는다는 것을 알아챘기 때문인지 몰라도 마음속의 두려움은 더 커졌다. 너무나 피곤하고 혼란스러워, 어딘가 앉아 생각할 장소를 찾아야 했다.

테시비키예-에미뇌뉘 돌무쉬 정거장 모퉁이에 있는 간이 음식점에 들어가 뵈렉과 차를 주문했다. 자신의 과거와 사라져 가는 기억에 이렇게 연연하는 제랄이 자신의 어린 시절과 청년 시절에 살았던 아파트를 빌리거나 사는 것보다 더 자연스러운 것이 있겠는가? 한때 그를 그곳에서 멀어지게 한 사람들이 지금은 돈이 없어 뒷골목 어딘가에 있는 먼지 낀 아파트에서 연명해 갈 생각을 하면, 제랄이 이 아파트를 구한 것은 스스로의 승리를 말하는 것이나 다름없었다. 이 승리를 뤼야 이외에 다른 모든 가족에게 감추는 것을, 대로에 살면서도 자신의 흔적을 아무에게도 드러내지 않는 것을 갈립은 전적으로 제랄에게 걸맞은 행동이라고 생각했다.

갈립은 간이 음식점에 막 들어온 가족에 주의를 집중했다. 일요일 오후를 극장에서 보내고 저녁 식사를 여기서 때우는 어머니와 아버지, 그들의 딸과 아들. 부모는 갈립과 같은 연배였다. 아버지는 주머니에서 꺼낸 신문에 가끔 눈길을 주었고 어머니는 격해지는 아이들의 싸움을 눈썹을 치키며 감시했다. 그녀는, 재빠르고 노련하게 모자에서 이상한 물건들을 꺼내는 마술사처럼, 작은 핸드백과 테이블 사이로 손을 움직이며 가족의 다양한 요구를 들어주었다. 코 흘리는 아이에게 손수건, 손을 내민 아버지에게 빨간 알약, 딸에겐 머리에 꽂을 핀, 아버지(이제 제랄의 칼럼을 읽고 있는)에게 라이터, 코 흘리는 아들에게 다시 똑같은 손수건⋯⋯.

뵈렉을 먹고 차를 다 마신 후에야 갈립은 그 아버지가 중고등학교 때 같은 반이었다는 것을 기억해 냈다. 문을 나서며 이 사실을 말하려는 충동을 억누를 때, 갈립은 남자의 오른쪽 볼에서 목으로 이어진 끔찍한 화상 자국을 보았고, 그 어머니가 쉬쉬리 테라키 고등학교에서 뤼야와 같은 반이었고, 잘 떠들고 영리했던 아이였다는 것도 기억해 냈다. 어른들이 옛일을 떠올리며 기억의 조각을 짜 맞추고, 새로운 정보를 나누고, 뤼야에 대해서도 사랑을 담아 말하며, 서로의 안부를 주고받는 사이에, 아이들은 이를 기회 삼아 서로에게 보복을 했다. 갈립은 그들에겐 아이가 없고, 뤼야는 지금 집에서 추리 소설을 읽으며 자신을 기다리고 있으며, 밤에는 함께 코낙 극장에 갈 것이고, 자신은 극장표를 사 오는 길이며, 오늘 길에서 다른 친구 벨크스와 우연히 만났다고 말했다.

"벨크스, 기억 안 나? 갈색 머리에 중키, 그 벨크스 말이야."

"우리 반에 벨크스라는 아이는 없었어!" 인정미 없는 부부는, 전혀 의심의 여지를 남겨 두지 않고 인정미 없이 단호하게 말했다. 그들은 이따금 졸업 앨범을 펼치고는 반 친구들 한 명 한 명을 떠올리며 추억에 잠긴다며, 그러니 확실하다고 했다.

갈립은 거리로 나오자마자 빠른 걸음으로 니샨타쉬 광장을 향해 걸었다. 그는 뤼야와 제랄이 코낙 극장에서 일요일 저녁 7시 15분 영화를 볼 거라 확신하며 곧장 극장으로 뛰어 들어갔다. 하지만 그들은 인도에도 극장 입구에도 없었다. 그들을 기다리면서 어제 오후에 보았던 영화에 나온 여자의 사진을 흘긋 보았을 때, 그녀의 처지가 되고 싶은 바람이 솟아올랐다.

길을 왔다 갔다 하면서 가게 진열장을 들여다보고, 인도를 지나는 사람들의 얼굴을 읽다가 다시 쉐흐리칼프 아파트 맞은편으로 왔을 때는 시간이 한참 지나 있었다. 저녁 8시가 되자 쉐흐리칼프 아파트를 제외한 모든 건물의 창문에서 텔레비전의 푸른빛이 흘러나왔다. 아파트의 어두운 집들을 주의 깊게 바라보다가 꼭대기 층 발코니 창살에 묶여 있는 군청색 헝겊을 발견했다. 삼십 년 전, 이곳에서 가족이 모두 함께 살 때, 물장수에게 보내는 신호로 발코니에 그런 헝겊을 묶어 두곤 했다. 에나멜 양동이를 마차에 싣고 와서 물을 배달하는 남자는, 이 군청색 헝겊을 보고 어떤 층에 물이 바닥났는지 알고 물을 배달해 주었다.

갈립은 헝겊도 신호라고 결론 내렸다. 어떻게 읽어야 할지에 대해 머릿속에 여러 가지 생각이 떠올랐다. 제랄과 뤼야가 여기 있다는 것을 알려 주는 신호일 수도 있다. 제랄이 과거에 대한 그리움으로 돌아왔다는 또 다른 징후일 수도 있다. 8시 30분 정도까지 생각하다 그는 집으로 향했다.

뤼야와 함께 저녁을 보내면서 담배를 피우고 책이나 신문을 읽던 거실의 불빛을 보자 갈립은 더없이 슬퍼졌다. 전혀 오래전 일이 아닌데도 아주 오래전 일처럼 느껴졌다. 여행란에 실린 사라진 천국 사진을 보는 것만 같았다. 뤼야가 집에 돌아왔다거나 들렀다는 흔적이나 징후는, 보금자리로 돌아왔을 때 지친 남편을 맞는 늘 같은 냄새나 늘 같은 그림자는 보이지 않았다. 갈립은 고요한 물건들을 램프의 슬픈 빛 아래 두고, 어두운 복도를 지나 어두운 침실로 갔다. 외투를 벗고 손을 더듬거려 침대를 찾아 드러누웠다. 거실의 램프, 복도로 들어온 가로등의 불빛이 방의 천장에 정교하게 새긴 악마의 얼굴 같은 그림자를 드리웠다.

침대에서 몸을 일으켰을 때, 갈립은 이제 무엇을 해야 할지 정확히 알고 있었다. 신문을 집어 들어 텔레비전 프로그램을 읽고, 영화 상영 시간표를 보면서 전처럼 같은 시간인지 확인했다. 제랄의 칼럼에 마지막으로 한 번 더 눈길을 주었다. 냉장고를 열어, 통에서 상하지 않은 올리브를 몇 개 집어내고 아직 먹을 만해 보이는 흰 치즈를 자른 다음 딱딱한 빵과 함께 먹었다. 뤼야의 서랍에서 찾은 꽤 큰 봉투에 되는대로 신문을 쑤셔 넣고는, 그 위에 제랄의 이름을 쓰고 챙겨 넣었다. 10시 15분에 집에서 나와 쉐흐리칼프 아파트로 걸어가서, 전에 서 있던 데서 뒤로 조금 떨어진 곳에 멈춰 섰다.

얼마 지나지 않아 아파트 계단에 불이 켜지더니 태곳적부터 이 건물을 관리해 온 이스마일이 입에 담배를 문 채 쓰레기통을 가지고 나와 커다란 밤나무 옆에 있는 큰 플라스틱 통에 비우기 시작했다. 갈립은 길을 건너 그 앞으로 갔다.

"안녕하시오, 이스마일 씨, 이 봉투를 제랄에게 전해 주려고 왔습니다."

"아, 갈립!"

그는 마치 교장 선생이 과거의 학생을 오랜만에 만난 것처럼 기쁘고도 걱정스러운 듯 말했다.

"하지만 제랄은 여기 없는데."

"아, 압니다. 여기 있는 거 알아요, 네, 하지만 아무에게도 말하지 않을 거예요."

갈립은 단호한 발걸음으로 아파트 안으로 들어가면서 말했다.

"어쨌든, 절대 아무에게도 말하지 마세요. 그가 지시했어요, 이 봉투를 이스마일 씨에게 맡겨, 이렇게 말했어요."

갈립은 어린 시절처럼 여전히 도시가스 냄새와 튀긴 기름 냄새가 나는 계단을 내려가 관리인의 집으로 들어갔다. 이스마일의 아내인 카메르는 예전 그 소파에 앉아 전에는 라디오가 있던 탁자 위에 놓인 텔레비전을 보고 있었다.

"카메르, 누가 왔는지 좀 봐요."

갈립이 말했다.

"어머."

그녀는 앉았던 자리에서 일어났다. 그들은 볼에 입을 맞쳤다.

"우릴 잊었지?"

"우리가 두 분을 어떻게 잊어요?"

"모두들 요 앞을 지나가지만 한 번도 들르지 않잖아?"

"제랄에게 이걸 가지고 왔어요."

갈립은 봉투를 내밀며 말했다.

"이스마일이 얘기했어?"

"아니에요, 제랄 본인이 나한테 말했어요. 난 그가 여기 있
는 거 알아요. 하지만 절대 아무에게도 말하지 마세요."

"우린 입 다물고 있어, 맞지? 제랄이 주의를 엄청 줬는걸."

"알아요, 그들이 지금 위에 있어요?"

"우리야 모르지. 한밤중에 우리 잘 때 들어오고, 우리 일어
나기 전에 나가니까. 보지는 못했고 소리만 들었어. 우린 쓰레
기를 치우고, 신문을 가져다 놓을 뿐이야. 신문이 문 아래에
며칠 동안 쌓여 있을 때도 있어."

"난 안 올라갈 겁니다."

갈립은 이렇게 말하며, 봉투 놓을 곳을 찾듯 관리인의 집
안을 둘러봤다. 똑같은 푸른색 바둑판 무늬 비닐 식탁보를 덮
은 식탁, 인도를 지나는 사람들의 다리와 진흙투성이 차 타
이어가 보이지 않도록 쳐 놓은 똑같은 빛바랜 커튼, 반짇고리,
다리미, 설탕 통, 천연가스 화덕, 그을음이 낀 라디에이터……
라디에이터 위, 선반 가에 박혀 있는 못에서 갈립은 열쇠를 보
았다. 여자는 다시 소파에 앉아 있었다.

"차 끓여 줄게. 침대에 편히 앉아."

한쪽 눈은 여전히 텔레비전을 향한 채 물었다.

"뤼야 부인은 잘 있어? 아이는 왜 아직 안 가져?"

이제 그녀는 텔레비전으로 온 신경이 다 가 있었다. 멀리서 보아도 화면에 나오는 아름다운 소녀가 뤼야와 닮아 보였다. 색깔은 어떤지 알 수 없었지만 머리칼이 자다 깬 듯 헝클어졌고, 피부는 하얗고, 시선은 어린이처럼 천진하고 고요했다. 그녀는 립스틱을 발랐고 즐거워 보였다.

"아름다운 여자군요."

갈립이 중얼거렸다.

"뤼야 부인이 더 아름다워."

카메르 부인도 조용히 말했다.

그녀는 경외심이 가득한 눈으로 계속 그 소녀를 바라보았다. 갈립은 손을 뻗어 못에서 노련하게 열쇠를 빼서 호주머니에, 실마리들로 가득 찬 숙제 옆에 넣었다. 카메르 부인을 바라보았으나 그녀는 보지 않았다.

"봉투를 어디에 둘까요?"

"나를 줘!"

거리 쪽으로 난 작은 창문으로 이스마일 씨가 빈 쓰레기통을 들고 아파트로 돌아오는 것이 보였다. 그가 엘리베이터에 오르는 소리가 들렸고, 엘리베이터가 움직이자 텔레비전 화면이 흐려지며 잡음이 났다. 갈립은 이 순간을 이용하여 카메르 부인에게 작별 인사를 했다. 천천히 조용하게 건물 입구로 올라갔다. 문을 열고 밖으로 나가지는 않은 채 큰 소리를 내며 문을 닫았다. 조용히 계단으로 돌아와 두 층을 올라갔다. 심장이 심하게 고동쳐 손가락까지 느껴질 정도였다. 갈립은 2층과 3층 사이 계단에 앉아, 빈 쓰레기통을 위층에 내려놓는 이스마일 씨가 다시 아래로 내려가기를 기다렸다. 계단을 밝히는 전등이 갑자기 꺼졌다. "자동!" 갈립은 어린 시절 이 단어가 얼마나 마법적이고 이국적이었는지 떠올리며 이렇게 중얼거렸다. 불이 다시 들어왔다. 관리인이 탄 엘리베이터가 밑으로 내려가자 갈립은 천천히 계단을 올라갔다. 한때 아버지와 어머니와 함께 살았던 층에는 변호사의 황동 명판이 붙어 있었다. 할머니와 할아버지가 살았던 층에서는 부인과 의사의 문패와 빈 쓰레기통을 보았다.

제랄의 현관문 위에는 그 어떤 신호도 이름도 없었다. 갈립은 도시가스 영수증을 가지고 온 부지런한 수금원처럼 익숙하게 초인종을 눌렀다. 초인종을 두 번째 눌렀을 때 계단 전등이 꺼졌다. 현관문 밑으로 빛은 새어 나오지 않았다. 초인종을 세 번째, 네 번째 누르면서, 끝이 없는 듯한 주머니에 손을 넣어 열쇠를 찾았다. 열쇠를 잡았을 때도 손은 계속 초인종을 누르고 있었다. '그들이 여기에 숨어 있다! 거실 안락의자에 앉아 아무 말도 없이 서로를 바라보면서 기다릴 것이다!' 갈립은 이렇게 생각했다. 처음에는 열쇠를 자물쇠 구멍에 맞추지 못해 다른 열쇠라는 생각마저 들었다. 하지만 혼란스러운 정신이 반짝하는 순간, 자신의 어리석음과 세상의 혼란스러운 질서를 발견해 버린 것처럼, 열쇠가 자물쇠 구멍에 딱 들어맞았다. 잘 짜인 인생의 기묘한 조화를 보는 것은 얼마나 놀랍고 행복한 일인지. 갈립은 우선 아파트에 불이 켜져 있지 않다는

것, 어두운 집 안 어딘가에서 전화벨이 울리기 시작했다는 것
을 인지했다.

(2권에 계속)

세계문학전집 **397**

검은 책 1

1판 1쇄 펴냄 2007년 6월 20일
1판 6쇄 펴냄 2012년 5월 17일
2판 1쇄 펴냄 2014년 2월 3일
2판 4쇄 펴냄 2019년 7월 29일
3판 1쇄 펴냄 2022년 2월 18일
3판 2쇄 펴냄 2023년 6월 12일

지은이 오르한 파묵
옮긴이 이난아
발행인 박근섭, 박상준
펴낸곳 (주)민음사

출판등록 1966. 5. 19. (제 16-490호)
서울특별시 강남구 도산대로1길 62(신사동) 강남출판문화센터 5층 (우편번호 06027)
대표전화 02-515-2000 팩시밀리 02-515-2007
www.minumsa.com

한국어 판 ⓒ (주)민음사, 2007, 2014, 2022. Printed in Seoul, Korea

ISBN 978-89-374-6397-6 (04800)
ISBN 978-89-374-6000-5 (세트)

* 잘못 만들어진 책은 구입처에서 교환해 드립니다.

세계문학전집 목록

세계문학전집은 계속 간행됩니다.